ro
ro
ro

Sabine Steck ist in Deutschland geboren und hatte als Unternehmerin zunächst einen ganz anderen Weg eingeschlagen, bevor sie entschied, ihrer Leidenschaft zu folgen und sich hauptberuflich dem Schreiben zu widmen. Heute ist sie Autorin und lebt in Norditalien, wo sie in ihrem Schreibretreat einen Rückzugsort für andere Autor:innen schafft, die sie berät und unterstützt. In ihre Krimis um Emma Ferrari lässt sie ihre Liebe zu ihrer Wahlheimat und zur italienischen Kulinarik einfließen – die unter Umständen auch in einem Örtchen in Bayern zu finden ist.

Sabine Steck

Mord nach Rezept

Der zweite Fall
für Emma Ferrari

Kriminalroman

Rowohlt Taschenbuch Verlag

1. Auflage

Originalausgabe
Veröffentlicht im Rowohlt Taschenbuch Verlag,
Kirchenallee 19, 20099 Hamburg, Juli 2025

Redaktion Kaja Sturmfels

Covergestaltung ZERO Werbeagentur, München,
unter Verwendung eines Motivs von Midjourney
Coverabbildung Shutterstock
Satz aus der Calluna
bei Pinkuin Satz und Datentechnik, Berlin
Druck und Bindung CPI books GmbH, Leck
ISBN 978-3-499-01359-1

Kontaktadresse nach EU-Produktsicherheitsverordnung:
produktsicherheit@rowohlt.de

MIX
Papier | Fördert
gute Waldnutzung
FSC® C083411

«Die mutigste Handlung ist immer noch,
selbst zu denken. Laut.»

Coco Chanel

1. KAPITEL

Die Amarettini sind doch hoffentlich eingetroffen!» Konstanze von Hohenfels klang, als hinge ihr Leben von den kleinen italienischen Keksen ab.

Emma sah schmunzelnd von dem Karton auf, der vor ihr auf einem Stapel Holzkisten stand. Sie gingen gerade gemeinsam Konstanzes lange Einkaufsliste durch und hakten ab, was Emma bereits eingepackt hatte. An den süßen Miniplätzchen würde es auf keinen Fall scheitern.

«*Ma certamente!* Machen Sie sich keine Sorgen, Konstanze, auch die sind rechtzeitig angekommen. Hier sind sie.» Emma wies auf die beiden prall mit Amarettini gefüllten Folienbeutel.

«Oh, Gott sei Dank!» Konstanze fuhr mit dem Finger ihre Einkaufsliste entlang und sah prüfend auf. «Und sie werden bestimmt für alles reichen?»

«*Assolutamente sì.* Und für den Fall der Fälle habe ich sogar für eine kleine Reserve gesorgt.»

«Das ist gut.» Konstanze von Hohenfels nickte fahrig. «Ja, das ist sehr gut. Und natürlich Ihre besten, nicht wahr?»

«Absolut.» Emma hatte zwar nur eine Sorte Amarettini im Sortiment, aber diese hatte sie sorgfältig ausgewählt, und sie fand, das zählte. «Möchten Sie noch mal davon kosten?»

«Hm ... ich weiß nicht ...» Konstanze sah zum Schaufenster.

Emma folgte ihrem Blick. Direkt vor dem Laden stand der alte Benz der Familie. Darin wartete Konstanzes Mutter, die Freifrau Isadora von Hohenfels, auf die Rückkehr ihrer Tochter.

«Alles in Ordnung, Konstanze?»

«Bitte?» Konstanze riss sich vom Fenster los. «Ja, es ist alles in Ordnung. Ich habe die Bestellung dreimal kontrolliert, es kann nichts fehlen.»

«Was gibt es denn heute noch zu tun?», erkundigte sich Emma, verschloss den Karton und wandte sich Richtung Kaffeemaschine.

«Ach ... verschiedene Dinge ...»

«Und trotzdem lade ich Sie vorher auf einen Cappuccino ein, *va bene*?»

Resolut machte sich Emma daran, den *caffè* zuzubereiten, und ließ ihrer Kundin keine Möglichkeit zum Widerspruch. Was auch immer Konstanze sonst fürs Wochenende vorzubereiten hatte, es würde nichts ausmachen, wenn sie sich ein paar Minuten entspannte.

Anna war an der Käsetheke fertig, und die wahrscheinlich letzten Kunden vor der Mittagspause verließen das kleine *Alimentari del Sole*. Das Glöckchen über der Ladentür bimmelte, als sie hinausgingen, und der vertraute Klang ließ Emmas Herz weit werden, immer noch, nach fast einem Jahr, in dem sie bereits die stolze Besitzerin nicht nur des Ladens, sondern des gesamten Hauses war. Emma hoffte, dass sie sich dieses Gefühl, diese Mischung aus Dankbarkeit und Glück, möglichst lange würde bewahren können.

«Kann ich euch bei irgendwas helfen?», fragte Anna, während sie sich die Hände an ihrer bunt bedruckten Schürze abwischte. «Oder habt ihr alles beisammen? Was ist mit den Basilikumstöckchen für die Tischdekora...?»

Emma schlug sich die Hand an die Stirn. «Der Mozzarella fehlt!» Entschuldigend sah sie ihre Freundin an. Es war sonst gar nicht ihre Art, jemanden mitten im Wort zu unterbrechen.

Anna lächelte nachsichtig. «Alles gut, ich kümmere mich darum.»

«Danke dir. Ach, wenn du sowieso ins Lager gehst, bring doch bitte gleich Ricotta mit.»

«Mache ich.»

Emma wandte sich an Konstanze. «*Caspita!* Ohne das Stichwort Basilikum hätte ich den Mozzarella für Ihre Mutter in dem ganzen Trubel beinahe vergessen!» Da es sich um die wöchentliche Ration der Freifrau handelte, hatte er natürlich nicht auf Konstanzes Bestellliste gestanden. Beim Gedanken daran, dass Isadora ihren Laden zwar nicht mehr betrat, auf ihren geliebten Mozzarella aber dennoch nicht verzichten wollte, schmunzelte Emma in sich hinein.

«Kein Wunder.» Konstanze sah Anna seufzend hinterher. «Ich mache ja die halbe Welt verrückt mit dieser Sache.»

Diese Sache – das war ihre Teilnahme an einem Kochwettbewerb namens «Auftischt is'», den das *Bayerische Tagblatt* veranstaltete. Seit Wochen berichtete die Zeitung über die Qualifizierungsrunden, diesen Sonntag fand in Himmelsricht das Finale statt. Dann würden unter den letzten vier Anwärtern das originellste Gericht, die beste Zubereitungsart und am Ende die Königin – oder der König? – am Herd ermittelt.

Parallel zum Wettbewerb würde es ein kleines Volksfest geben, das einen enormen Zulauf versprach. So war das beschauliche Dorf seit Tagen im absoluten Ausnahmezustand und Emmas *Alimentari* das inoffizielle Versorgungszentrum geworden. Viele der Besucher und Zuschauer, die von überallher angereist waren, hatten sich bei ihr mit Verpflegung für den Aufenthalt eingedeckt, denn die meisten von ihnen verbrachten die Zeit in Wohnwagen oder Campern.

An diesem späten Freitagvormittag war es endlich ein wenig ruhiger geworden. Zum Glück, denn so hatte Emma genügend Zeit für Konstanze von Hohenfels und ihre wichtige Bestellung gehabt.

Inzwischen hatte sie den Cappuccino fertig und platzierte ihn vor Konstanze auf einem der beiden Bistrotische bei der Kaffeemaschine. Dazu öffnete sie eine kleine Tüte der Amarettini, die sie zusätzlich zu denen für Konstanzes Menü besorgt hatte, und gab ein paar davon auf eine Untertasse. Nebenbei warf sie einen prüfenden Blick durchs Fenster zum Auto. Im Fond des Wagens zog sich die alte Freifrau den Lippenstift nach.

«Sie weigert sich standhaft, Ihren Laden zu betreten.» Konstanze, die ihren Blick bemerkt hatte, zog die Tasse zu sich heran und zuckte die Schultern. «Dann muss sie eben draußen warten, da kann ich ihr nicht helfen. Ich lasse mir nicht vorschreiben, wo ich einzukaufen habe und wo nicht.»

«Ich schätze Ihre Treue sehr, Konstanze», sagte Emma mit einem warmen Lächeln.

«Das ist doch selbstverständlich. Ich lasse mir von ihr ja viel gefallen, aber alles hat eine Grenze.» Sie rührte ihren Milchschaum etwas unter, dann probierte sie eines der Amarettini. «Mmh … sind die lecker!»

Emma zog es vor, darauf zu schweigen. Bis vor einem Jahr wäre es undenkbar gewesen, solche Worte aus Konstanzes

Mund zu hören. Die elegante Dame war stets bemüht gewesen, nach außen den Schein der guten Familienbeziehung zu wahren. Doch nach den Ereignissen um den Mord an Emmas Vermieter hatte sich ihre Freundschaft vertieft, und Konstanze hatte Vertrauen zu Emma gefasst. So nahm sie inzwischen kaum ein Blatt vor den Mund, wenn es um das schwierige Verhältnis zu ihrer Mutter ging.

«Ich freue mich sehr über Ihre Entscheidung, an ‹Auftischt is'› teilzunehmen», bekannte Emma. «Es war sicher nicht leicht, das der Freifrau beizubringen.» Tatsächlich hatte Konstanze das so lange wie möglich aufgeschoben und ihrer Mutter die Teilnahme an den Vorrunden glatt verschwiegen.

Sie verzog den Mund und hob die Brauen, was ihr ein verschmitztes Aussehen gab, und gönnte sich einen weiteren Keks. «Anfangs nicht, nein. Es war ein zähes Ringen. Sprüche wie ‹Das gehört sich nicht in unseren Kreisen› oder ‹So etwas tut man nicht, was sollen die Leute denken?› waren noch das Harmloseste, was ich mir anhören durfte. Aber am Ende konnte sie der Verlockung dann selbst nicht widerstehen, beim großen Finale als», sie malte Anführungszeichen in die Luft, «‹Dorfälteste› der Ehrengast der Veranstaltung zu sein.»

Emma schüttelte mit widerwilliger Bewunderung den Kopf. «Ja, Ihre Mutter ist wirklich umtriebig, das muss man ihr lassen. Und das in ihrem Alter.»

Konstanze zuckte die Schultern. «Wenn meine Gene genauso gut sind, habe ich noch viele aktive Jahre vor mir.»

Emma lachte. «Das wünsche ich Ihnen von Herzen. Jeder schätzt Sie mindestens zehn Jahre jünger als achtundsech zig.»

«Danke. Dafür lade ich Sie auf den nächsten Cappuccino ein.» Konstanze schmunzelte.

«Ich trinke immer gern einen mit, aber diese Cappuccini gehen aufs Haus.»

Konstanze wollte schon widersprechen, da öffnete sich mit einem Bimmeln die Tür.

«*Buongiorno*», grüßte eine männliche Stimme.

Emma wandte sich mit einem Lächeln zu dem Neuankömmling um. «*Buongiorno*. Meine Kollegin kommt gleich wieder und kümmert sich um Sie. Sehen Sie sich in der Zwischenzeit gern etwas um – oder wissen Sie schon, was Sie möchten?»

«Äh ... nein danke, ich wollte nur mit ...» Er sprach mit unverkennbarem Schweizer Akzent und wies mit einer verlegenen Geste in Richtung Konstanze. «Frau von Hohenfels ...»

«Doktor Hunziker, was führt Sie denn hierher? – Emma, darf ich Ihnen unseren Gast vorstellen? Das ist Doktor Filipp Hunziker. Er behandelt meine Mutter.»

Behandelt? Emma runzelte die Stirn. Isadoras ‹Behandlungen› waren seit Langem ein heißes Thema auf Gut Hohenfels. Bei ihren Ermittlungen im Vorjahr war sie einmal in eine überkochende Diskussion zwischen Konstanze und ihrer Mutter geraten und hatte sich fast verbrüht.

«Emma Ferrari», stellte sie sich daher nur vor.

Der Doktor deutete eine Verbeugung an. «Freut mich. Filipp Hunziker», antwortete er mit einem feinen Lächeln. Er war etwas kleiner als Emma, schlank und trug das dunkle Haar kurz geschnitten. Seine tief liegenden Augen waren dunkelbraun.

«Möchten Sie vielleicht auch einen Cappuccino, *dottore?*»

«No grazie.» Seine Stimme war sanft und passte zu der zurückhaltenden Erscheinung. «Ich wollte nur gern die Zustimmung von Frau von Hohenfels einholen, ihre Mutter zu einem kleinen Spaziergang mitzunehmen. Die Freifrau hat sich heute nicht genug bewegt und sollte ein paar Schritte tun. Ich bringe sie bald zurück.»

Konstanze nickte. «Ja, natürlich. Dann kann ich in Ruhe austrinken. Es ist ja gut, wenn sie nicht nur herumsitzt. – Seit ihr alter Jagdhund nicht mehr ist, mag sie kaum noch spazieren gehen», erklärte sie an Emma gewandt.

Hunziker lächelte. «Vielen Dank. Wir sehen uns dann heute Nachmittag zum Tee.»

Zum Tee? Was hatte Emma verpasst?

Das Bimmeln der Ladenglocke geleitete den Doktor hinaus, und Emma sah Konstanze fragend an. Die machte eine ratlose Handbewegung.

«Das wollen Sie gar nicht wissen.»

«*Invece sì*! Und ob ich das wissen will.»

Anna kam aus dem Lager zurück, in der einen Hand den erbetenen Frischkäse, in der anderen die kleine Kühlbox, mit der die Hohenfelser Damen wöchentlich mit Mozzarella versorgt wurden. Und sie war nicht allein.

«Hi zusammen.» Ihr Teenagersohn Dennis hob lässig die Hand.

Seine Mutter sah kurz zu Konstanze von Hohenfels und stöhnte. «Hab ich dir keine Manieren beigebracht?»

«Was denn? Ich hab doch gegrüßt.»

Emma musste sich ein Grinsen verkneifen. Der Junge erinnerte sie an ihre Tochter Raffaella, die in dem Alter genauso gewesen war.

«Kommst du deine *mamma* abholen zum Mittagessen?»

Sie streckte die Hand aus und wuschelte dem Jungen durchs Haar. Der zog unbehaglich den Kopf weg.

«Du bist die Einzige, die das darf», stellte Anna fest und platzierte die Kühlbox neben dem bereits fertig gepackten Karton. «Ist das alles, Frau von Hohenfels?»

«Ich denke, das ist es.» Konstanze sah Emma fragend an.

«*Certo*», antwortete Emma und wandte sich an Dennis. «Bist du so lieb und bringst die Sachen ins Auto raus? Mein Rücken ... das Alter, weißt du?» Sie grinste ihn schief an.

«Alt? Du bist doch nicht alt, Emma. So kriegst du mich nicht, da musst du schon mit einem anderen Argument kommen.» Trotzdem bückte er sich und nahm den Karton und die Kühlbox hoch. «Macht mir dann vielleicht wer die Tür auf?»

«*Ma certo, tesoro.*» Mit einer übertriebenen Verbeugung öffnete Emma ihm die Ladentür und anschließend den Kofferraum des Wagens. Als alles verstaut war, winkte sie Dennis zurück ins *Alimentari*, griff in eins der Regale und nahm ein Fläschchen alkoholfreien Aperitif heraus. «*Ecco, caro.* Als kleines Dankeschön.»

«Hey, das ist ja cool.» Dennis begutachtete die dunkelrote Farbe. «Den mag ich. Da wird mich Tanja drum beneiden.»

«Der wird geteilt, hörst du?», meldete sich seine Mutter zu Wort.

«Das bisschen? Da bleibt ja nix mehr für mich!»

«Hier ist einer für Tanja.» Emma gab ihm eine zweite Flasche. «Aber betrinkt euch nicht sinnlos», fügte sie mit erhobenem Zeigefinger hinzu.

«Geht mit dem doch gar nicht.» Dennis grinste.

«Besser ist es», bemerkte Anna. «Und wie heißt das?»

«Nice.»

«Das andere?»

«Danke.»

«Genau. Und jetzt ab nach Hause.» Sie schob ihn in Richtung Vordertür und winkte über die Schulter. «Ihnen einen schönen Nachmittag, Frau von Hohenfels. Emma, wir sehen uns später.»

«Danke und *a dopo*, Anna.»

Die beiden verließen den Laden, und Emma schloss hinter ihnen ab.

«Nun ist Ihr Cappuccino kalt geworden», stellte Konstanze fest.

«Und Ihrer leer. Möchten Sie noch einen?»

«Nein danke, einer am Tag ist genug.»

«Hm ... wenn ich mich nur auch auf einen einzigen Cappuccino am Tag beschränken könnte. Aber wenn man direkt an der Quelle sitzt ...» Emma hob ergeben die Schultern.

«Da haben Sie recht.» Konstanze betrachtete den letzten Keks in ihrer Hand, ehe sie ihn genüsslich verspeiste. «Die sind wirklich hervorragend.»

«Ja, das sind sie. Aber jetzt erzählen Sie mal. Was hat es mit dem Tee und dem Schweizer Doktor auf sich? Da kommt er doch her, oder?»

«Ja, genauer gesagt, aus Winterthur. Meine Mutter hat vor ein paar Jahren in einer Zeitschrift eine Annonce für eine Klinik entdeckt, die mit neuartigen Methoden zur Erhaltung der Jugend wirbt, und da sie ja bekanntlich sehr auf Gesundheit und Jugendlichkeit fixiert ist, ist sie sofort darauf angesprungen.» Sie schnaubte gänzlich undamenhaft und schüttelte den Kopf.

«Vor ein paar Jahren?» Emma sah nach draußen, wo jedoch weder von Hunziker noch seiner Patientin etwas zu entdecken war. «So lange behandelt er sie bereits?» Letztes Jahr hatte sie Isadora einmal beim Friseur mit einem Arzt telefonieren gehört, und da war ein anderer Name gefallen.

«Damals war es Doktor Liebeskind», erklärte Konstanze. «Hunziker ist der Nachfolger. Ein äußerst engagierter junger Mann.»

«Und sehr ... *educato* ... wohlerzogen, scheint mir.» Nach Emmas Geschmack etwas zu sehr.

«Oh ja. Er hat perfekte Umgangsformen ...»

«... was der Freifrau sicher gefallen haben dürfte.»

«Worauf Sie wetten können, Emma.» Konstanzes Mund umspielte etwas wie ein verschmitztes Lächeln, dann wurde sie wieder ernst. «So groß die Differenzen zwischen uns auch sein mögen ... sie ist immer noch meine Mutter. Auch wenn ich mir manchmal wirklich wünschte ...», sie räusperte sich, ehe sie leise fortfuhr, «... mir wünschte, es wäre einfacher mit ihr.»

«Das kann ich mir gut vorstellen.» Emma hatte Mitgefühl mit Konstanze, die trotz hohen gesellschaftlichen Ansehens und eines inzwischen leider weitgehend vergangenen Wohlstands mit dieser Mutter sicher nicht immer ein einfaches Leben gehabt hatte. Ein schönes vielleicht auch nicht.

«Nun, wie auch immer ...» Konstanze straffte sich und schob die Tasse auf dem Tisch hin und her. «Aus mir unbekannten Gründen bat sie den Arzt ihres», sie malte Anführungszeichen in die Luft, «Vertrauens, hierherzukommen und sie zu betreuen. Doch anstatt Liebeskind persönlich, wie sie selbstverständlich vorausgesetzt hatte, kam ein

Grünschnabel, wie sie ihn nannte. Sie hätten sie hören sollen.» Konstanze runzelte verärgert die Stirn. «Alle Heiligen holte sie vom Himmel. Aber der junge Mann ließ sich nicht beirren, und voilà … seine Hartnäckigkeit wurde belohnt. Einmal im Monat kommt er seitdem für ein paar Tage her und versorgt sie mit seinen Kuren und Essenzen und seinem Wissen und keine Ahnung, mit was allem.»

«Davon wusste ich ja gar nichts.»

«Nun …» Konstanze wirkte verlegen. «Es lag weder meiner Mutter noch mir daran, diese regelmäßigen Besuche an die große Glocke zu hängen. Sie ahnen, warum. Auf der einen Seite tun wir uns schwer, unsere Rechnungen zu bezahlen, und auf der anderen Seite gibt meine extravagante Mutter Unsummen dafür aus, sich das Leben zu verlängern.»

Oh ja, Emma wusste, dass Konstanze davon nicht erbaut war.

«Für sie ist der Gedanke, dass man sie für schwach oder gar kränklich halten könnte, unerträglich. Hunziker ist gestern Abend eingetroffen, und heute lässt sie sich zum ersten Mal offiziell zusammen mit ihm blicken. Sie ist wohl der Meinung, dass es bei so vielen fremden Menschen im Dorf nicht auffällt, mit wem sie sich unterhält. Das sehe ich persönlich anders, aber soll sie nur machen.»

Auch Emma hatte ihre Zweifel, dass Isadoras neuer Begleiter unbemerkt bleiben würde. «Na, in jedem Fall kann sie am Sonntag als Ehrengast allen zeigen, wie fit sie ist.»

«Ja.» Konstanze lachte ironisch. «Niemals hätte ich gedacht, dass sie sich dafür hergeben würde.» Sie gab ihre aufrechte Stehposition auf, stützte einen Ellenbogen auf den Bistrotisch und sah aus dem Fenster.

«Immerhin wurde sie vom Bürgermeister persönlich eingeladen.»

«Ach, das macht also auch die Runde. Das wird meiner Mutter gefallen. Die Freifrau legt großen Wert darauf, dass jeder von dieser Ehre, die ihr selbstverständlich zusteht, auch Kenntnis hat.»

«Natürlich.» Emma schmunzelte. «Aber ist es nicht schön, dass sie so aktiv sein kann, weil ihr die Verjüngungskuren helfen? Das tun sie ja offensichtlich, oder?»

Konstanze zögerte. «Nun ja. Meiner Mutter geht es zwar für ihr Alter hervorragend, aber diese ganzen Kuren und Pülverchen und Injektionen kosten natürlich eine Menge Geld. Das sind alles Dinge, die keine Krankenkasse bezahlt, auch nicht unsere private Versicherung. Keines dieser Mittel ist offiziell zugelassen, und schließlich dienen sie ja auch nur», wieder Gänsefüßchen, «der ‹Verlangsamung des Alterungsprozesses› und keiner tatsächlichen Krankheitstherapie. Aber wollen Sie sich von Ihrer eigenen Mutter vorwerfen lassen, dass Sie ihr die medizinische Versorgung versagen wollen?»

«*Ma veramente no!* Auf gar keinen Fall!»

«Sehen Sie – ich auch nicht. Aber sie macht es so dramatisch, als müsste sie ohne die Behandlung durch Doktor Hunziker morgen den Löffel abgeben. Ich sehe keinen Ausweg mehr, Emma.» Konstanze beugte sich zu ihr und senkte die Stimme, obwohl niemand in der Nähe war, der sie hätte hören können. «Wenn dieses Wochenende vorüber ist, werde ich mit ihr und Doktor Hunziker das entscheidende Gespräch führen. Gestern Abend habe ich ihn darauf vorbereitet, dass das aufhören muss. Ich habe keine andere Wahl. So geht es nicht weiter. So leid es mir tut und so sympathisch und kompetent er auch ist, ich muss seine regelmäßigen Besuche unterbinden, bevor uns das finanziell vollkommen ruiniert.»

Die Freifrau kämpfte seit Langem ums wirtschaftliche Überleben, hatte Grundstücke verkauft, um über die Runden zu kommen. Das große Anwesen verschlang Unsummen im Unterhalt, und die Pachteinnahmen aus den landwirtschaftlichen Flächen konnten nicht immer alles decken. Das hatte Konstanze Emma einmal anvertraut.

«Das klingt tatsächlich nach einer prekären Situation.» Spontan legte Emma ihrer Freundin eine Hand auf den Arm. Konstanze schenkte ihr ein schmales Lächeln. «Ich wünschte, ich könnte Ihnen helfen.»

«Danke für Ihr Ohr, Emma. Das tut gerade sehr gut. Manchmal braucht man einfach nur jemanden, der zuhört.»

«Sehr gern, Konstanze, das wissen Sie. Und wenn dieses Spektakel vorüber ist, machen wir uns mal einen schönen Frauenabend auf meinem Balkon. Wir haben es sowieso nicht geschafft, den einzuweihen, seit ich hier wohne.» Das würde zwar keine Probleme lösen, Konstanze aber immerhin für ein paar Stunden auf andere Gedanken bringen.

Diese seufzte. «Oh ja, sehr gern. – Ah.» Sie richtete sich auf. «Da kommen sie über den Dorfplatz zurück.»

«Lassen Sie Ihre Mutter nicht warten», riet Emma mit einem verschmitzten Zwinkern. Konstanze wandte sich zur Tür, Emma folgte ihr. «Wenn Sie sonst etwas brauchen, rufen Sie mich an, egal um welche Uhrzeit.»

«Sie sind zu entgegenkommend, Emma.»

«Ich will nur unbedingt, dass Sie diesen Wettbewerb gewinnen! Wir alle stehen hinter Ihnen und drücken die Dau-

Drücken wir die Daumen

men. *Incrociamo le dita,* wie wir in Italien sagen. Immerhin sind Sie die Favoritin.»

Emma drehte den Schlüssel im Schloss und hielt Konstanze unter dem Klingeln der Glocke die Tür auf. Die Piazza, wie Emma das Zentrum von Himmelsricht in Gedanken gern nannte, war belebter als sonst. Menschen flanierten vorbei und blieben vor ihrem Schaufenster stehen, aus dem Biergarten der Straubs klangen Stimmengewirr und Gelächter herüber, vor Brigittes Eisdiele waren alle Tische besetzt. Im Schatten unter der Linde gegenüber auf der hölzernen Bank saß Therese Obermüller, die Großmutter von Emmas Freundin Helene, den Rollator neben sich, und genoss das Treiben.

Als Konstanze vor den Laden trat, kamen Doktor Hunziker und Isadora von Hohenfels soeben beim Auto an.

«Nun, Doktor Hunziker?», wandte Konstanze sich an den jungen Arzt. «Haben Sie beide den Spaziergang genossen?»

«Natürlich haben wir das», antwortete die Freifrau, ehe Hunziker den Mund öffnen konnte.

«*Buongiorno*, gnädige Frau.» Emma ließ es sich nicht nehmen, Konstanzes Mutter genauso zu grüßen, wie sie es seit Jahren tat, auch wenn sie seit letztem Sommer eisern geschnitten wurde. Da hatte Emma es gewagt, die alte Dame in einem Mordfall als Verdächtige in Betracht zu ziehen, damit hatte sie deren Sympathien unwiderruflich verspielt, wie es schien.

Isadora von Hohenfels ignorierte den Gruß auch dieses Mal, drehte sich demonstrativ von Emma weg und tat so, als wäre das neu dekorierte Schaufenster das Interessanteste, was sie je gesehen hatte. Dass sie dabei neben einem wildfremden Passanten zum Stehen kam, schien ihr das kleinere Übel zu sein.

Emma, die das nahezu kindische Verhalten der alten Dame inzwischen kaltließ, wandte sich dem Arzt zu. Der sah betreten drein – offensichtlich war ihm das Verhalten seiner Klientin unangenehm –, doch Emma zuckte nur die Schultern.

«Ich hoffe, ihre Abneigung mir gegenüber wird die gnädige Frau nicht vorzeitig altern lassen», meinte sie mit einem Lächeln. «Ich würde ungern in Ihre Kur pfuschen.»

«Das wird sicher nicht der Fall sein, *Signora*.»

«Ach, wie nett!», rief Emma. «Ich höre diesen Dialekt so gern. Bitte sagen Sie doch noch etwas!»

«Ja, was soll ich denn sagen? ... Da fällt mir so auf Kommando gleich gar nichts ein», gestand er, und seine glatt rasierten Wangen färbten sich leicht rot.

«Vielleicht haben wir ja in den nächsten Tagen Gelegenheit, uns ein wenig zu unterhalten.» Das Wochenende würde, wenn Konstanzes Eingreifen Erfolg hatte, wohl auch die einzige Gelegenheit dafür sein.

«Aber sicher, sehr gern ...»

«Es tut mir ja sehr leid, Sie zu unterbrechen», mischte sich Konstanze ein. «Aber ich sehe gerade auf die Uhr. Ich habe jede Menge zu erledigen, und wir haben Sie auch lange genug aufgehalten, Emma. Lassen Sie uns fahren, Doktor. – Mutter, kommst du?»

Emma trat vom Auto weg in Richtung ihres Ladens und bemerkte, dass Isadora von Hohenfels leise, aber aufgebracht auf den fremden Passanten einredete, der neben ihr vor dem Schaufenster stand. Sie wirkte richtiggehend wütend. Dann wandte sie sich abrupt ab und ging auf den

Wagen zu, ohne irgendjemanden eines Blickes zu würdigen. Hunziker hielt ihr galant die Tür auf – kein Wunder, dass er bei ihr einen Stein im Brett hatte.

«Wir sehen uns morgen, Emma.» Konstanze winkte und stieg ein.

Auch Hunziker verabschiedete sich und ging über den Platz davon.

Als der Wagen losgefahren war, nahm Emma den Passanten vor ihrem Laden in Augenschein. Was mochte Isadora an ihm gestört haben? Es handelte sich um einen älteren Mann, sicher jenseits der siebzig. Er wirkte unscheinbar, sein Anzug war etwas zu groß, das Hemd bereits seit Jahren aus der Mode, und seine Lederslipper hatten stumpfe Kuppen vom vielen Tragen. Als er sich zu ihr umdrehte, schaute sie in ein vom Leben gezeichnetes Gesicht. Ein dichter Faltenkranz umgab seine Augen, die Emma jedoch freundlich entgegenblickten.

«Ein schönes Sortiment haben Sie», sagte er anerkennend.

«Danke. Ich bin ziemlich stolz darauf.»

«Das dürfen Sie auch sein.» Er nickte zum Fenster rechts der Tür, in dem Anna passend zum Wettbewerb eine Miniaturküche mit viel nettem Schnickschnack inszeniert hatte. «Man bekommt richtig Appetit auf die ganzen leckeren Sachen.»

«Das ist schön zu hören. Dann haben wir ja alles richtig gemacht.»

«Oh ja, das haben Sie.» Er lächelte schüchtern.

Etwas an ihm berührte Emma, und sie bedauerte, nicht mehr Zeit zu haben, denn jeden Moment würde Helene sie zu ihrem Spaziergang auf den Burgberg abholen.

«Wir haben leider gerade geschlossen, aber wenn Sie am Nachmittag wiederkommen möchten …», begann sie.

«Oh … ja, vielleicht.» Er blickte über den Dorfplatz, die Häuserfassaden entlang, die Straße hinauf und wieder herunter, als versuchte er, sich zu orientieren. «Mal sehen. Ich bin heute erst angekommen und weiß noch nicht, wie lange ich bleiben werde.»

«Da haben Sie genau das richtige Wochenende erwischt. Es wird einiges los sein.»

«Ich habe die Plakate gesehen», sagte er mit einem Schmunzeln. «Das klingt sehr interessant.» Er tippte sich zum Gruß an die Stirn, als trüge er einen Hut. «Dann vielleicht bis später.»

«Ja, bis später.»

Emma sah ihm hinterher, wie er Richtung *Strauberwirt* ging, doch bevor er das Wirtshaus erreichte, zog das Geräusch von klimpernden Fußkettchen ihre Aufmerksamkeit auf sich, und sie drehte sich um.

«Leni, da bist du ja.»

«*Ciao,* Emma!» Helene Straub, die junge Physiotherapeutin von nebenan, hatte wie immer für den Spaziergang ihre grüne Arbeitskleidung gegen sportliche Hosen und ein bequemes Shirt getauscht. «Du hast ja noch deine Ladenpantoffeln an!»

«Ich bin spät dran heute. Komm rein. Hast du schon was gegessen?»

«Eigentlich hatte ich auf eine Hartwurstsemmel gehofft.» Helene warf ihren dicken blonden Zopf nach hinten.

«Na, dann komm, ich mach dir ein Panino con Salame.» Emma schob sie grinsend vor sich her in den Laden, doch als sie die Tür hinter sich schließen wollte, hielt eine Stimme sie auf.

«Wartet auf mich, ich bin nicht so schnell.»

Sie drehte sich um. Helenes Großmutter Therese kam mit ihrem Rollator herangeschoben.

«Resi! Wie schön, dass du herüberkommst. Ich habe dich unter deiner Linde sitzen sehen.» Emma begrüßte die alte Dame mit einem liebevollen Händedruck.

«Ja, ich hab mir gedacht, ich schau schnell vorbei, bevor du mit der Leni deinen Spaziergang machst.»

«Das freut mich. Dann rein mit dir, damit ich zusperren kann.»

Emma wartete, bis Therese ihren Rollator in den Laden geschoben hatte, und schloss hinter ihr ab.

«Hallo, Omi! Geht's dir gut?» Helene drückte ihrer Großmutter einen Kuss auf die Wange.

«Ja, 's geht mir gut. Schlechten Leuten geht's immer gut, sag ich immer. Hier riecht's aber fein, Emma! Nach Bittermandeln und Marzipan.»

Wieder mal war Emma beeindruckt von dem feinen Geruchssinn ihrer alten Freundin. «Das sind Amarettini, Resi. Die habe ich für Konstanze bestellt, und gerade, als sie da war, haben wir sie gekostet. Hier, probier mal.» Sie drückte Therese die geöffnete Packung in die Hand und machte sich an das Panino für Helene.

«Rettinis? Was ist denn das?» Therese warf einen Blick hinein. «Ach, Plätzchen, da schau her!»

«Nimm, so viele du willst, Resi. Und du probier auch gern, Leni. Oder heb sie dir für unterwegs als Nachspeise auf. – Resi, magst du ein Tassoni?» Emma kannte die Vorliebe der alten Dame für das italienische Zitrusgetränk und sorgte dafür, dass sie immer genügend davon im Laden hatte.

«Nein, ich hab grad keinen Durst. Aber deine kleinen Rettinis hier schmecken mir! Sind da Mandeln drin?»

«Auch, ja. Und Aprikosenkerne und Amaretto.»

«Die sind ja wirklich gut. Zum Sterben gut, sag ich immer.»

2. KAPITEL

«Das wird ein heißes Wochenende.» Helene sah mit zusammengekniffenen Augen zum Himmel hoch, doch Emma wusste, dass sie nicht nur das Wetter meinte.

Die beiden hatten mit etwas Verspätung ihren gewohnt strammen Spaziergang auf den Burgberg begonnen und unterhielten sich dabei über Gott und die Welt – diesmal insbesondere über Konstanze von Hohenfels.

«Das wird es. Und Konstanze wird gewinnen», behauptete Emma vollmundig und nahm den letzten Anstieg den Hügel hinauf. Auch wenn ihr klar war, dass Konstanze starke Konkurrenz hatte, war es für sie ausgemachte Sache, dass ihre gemeinsame Freundin die absolute Favoritin des Wettbewerbs war. «Sie hat schließlich in der Vorentscheidung das gesamte Feld ausgestochen», fügte sie etwas atemlos hinzu, als sie oben angekommen waren.

Es war ein fantastischer Frühsommertag. Die Sonne strahlte von einem so klassisch weiß-blauen Himmel, dass es blankes Klischee war. Leichter Wind strich durch die Zweige der Bäume und ließ die Blätter zittern. Bienen summten in einem blühenden Strauch, und das Zwitschern der Vögel war in der Stille hier oben nahezu ohrenbetäubend.

«Ja, das stimmt.» Helene schloss auf.

«Das ist wirklich verrückt, oder? Ich wusste ja seit meiner Party letztes Jahr, dass sie ein Händchen für Fingerfood hat, aber dass sie so gut kochen kann … Und die Freifrau ist natürlich aus allen Wolken gefallen wegen ihrer Teilnahme an diesem Wettbewerb. Das hat Konstanze ihr nämlich bis kurz davor verheimlicht.»

«Wie hat sie das denn geschafft?»

Emma zuckte die Schultern. «Die Qualifikationen wurden ja nur im *Bayerischen Tagblatt* verfolgt, ohne großes öffentliches Getue. Das liest Isadora nicht. Und wie oft siehst du sie mit jemandem aus dem Dorf sprechen? Also hat sie es erst zur Endrunde erfahren.»

«Na, dafür ist sie jetzt als Ehrengast am Sonntag immerhin die Hauptperson», meinte Helene bitter.

«Konstanze sagte mir, ihre Mutter wäre wohl viel lieber in der Jury gewesen, aber das konnte der Bürgermeister verhindern. Dann hätte sie nämlich nicht mehr teilnehmen können.»

«Ja klar!» Helene nickte. «Das hätte ungut ausgesehen, wenn sie kocht und ihre Mutter bewertet.»

«Dabei bin ich überzeugt, Isadora hätte absichtlich gegen Konstanze gestimmt, nur um ihr eins auszuwischen, weil sie heimlich bei dem Wettbewerb mitgemacht hat.»

«Gott, die Frau ist über neunzig! Was will die eigentlich? Könnte sie nicht endlich mal abtreten und aufhören, ihrer Tochter dauernd das Leben schwer zu machen?»

«Leni! Du kannst doch nicht ernsthaft jemandem den Tod wünschen!»

Helene holte Luft, als wollte sie etwas hinterherschießen, zügelte sich dann aber. «Tu ich ja auch nicht. Aber es macht mich wahnsinnig, wenn ich so was sehe.»

«Ich verstehe dich ja. Aber irgendwann nimmt das ohnehin seinen natürlichen Lauf. Isadora wird nicht ewig leben, egal, was wir uns wünschen.»

«Na hoffentlich. Konstanze hätte es verdient, endlich nicht mehr unter der Fuchtel dieser Frau zu stehen.»

Emma sah Helene an. «Du magst sie gern, was?»

Inzwischen waren sie an der Burgruine angekommen und betraten die von einer brusthohen Mauer umschlossene Aussichtsplattform, die wohl einmal Teil des Innenhofes der trutzigen Anlage gewesen war. Von hier aus hatten sie einen fantastischen Blick über Himmelsricht und die Ausläufer des Hügellandes hinaus ins Donautal, heute sogar bis in die Alpen hinein, die als gezacktes dunkelblaues Band am südlichen Horizont erschienen.

Helene lehnte sich mit dem Rücken gegen die Mauer, schloss die Augen und reckte das Gesicht der Sonne entgegen. «Weißt du, ich werde ihren Auftritt damals bei uns im Wirtshaus nie vergessen. Als du unter Mordverdacht gestanden hast und sie diese Show abgezogen hat, um dir ihre Solidarität zu bekunden. Dafür hat sie bei mir für immer einen Stein im Brett.»

«Ja», sagte Emma versonnen. «Das war wirklich filmreif. Und es kam so unerwartet. Ich meine ... wir hatten vorher nie ein besonders freundschaftliches Verhältnis. Umso großartiger war diese Sache. Aber ehrlich gesagt ... irgendwie mochte ich sie immer.»

Helene blinzelte, drehte sich um und stützte die Unterarme auf die Mauer. «Mir war sie früher ein bisschen unheimlich. Als ich noch in der Schule war, haben wir mal eine Führung auf ihrem Gut gemacht und durften uns das Herrenhaus von innen ansehen. Heimatkundeunterricht und so. Da hat ihr Vater noch gelebt, glaube ich. Die haben uns dort bewirtet, also es gab Saft und belegte Brote und solche Sachen. Und sie war so steif und unnahbar. Aber anders als ihre Mutter, die sowieso ständig irgendwie ... wie soll ich sagen ... wie aus einer anderen Welt gewirkt hat. Die hat sich an dem Nachmittag gar nicht blicken lassen, wenn ich mich recht erinnere.»

«Das sähe ihr ähnlich.» Emma schnaubte. «Wie auch immer, als Ehrengast beim Wettbewerb kann sie nicht verhindern, dass Konstanze gewinnt.»

«Na, aber ganz sicher nicht», bestätigte Helene.

Unter das Gezwitscher der Vögel hatten sich inzwischen andere Geräusche gemischt. Die Mittagsruhe schien vorbei zu sein, das Leben hatte wieder begonnen. Aus dem Dorf drang Gehupe herauf, irgendwo unter ihnen knatterte ein Motorrad vorbei, und jemand lachte laut. Etwas links von ihnen, am Rande des Dorfes, wo der Fußballplatz lag, wurde gehämmert und gesägt.

«Ist das Zelt denn immer noch nicht fertig?» Emma kniff verwundert die Augen zusammen und spähte hinunter. Von hier oben sah das Festzelt tadellos aus, das helle Beige strahlte in der Sonne.

«Wenn du mich fragst, werden die die ganze Nacht daran arbeiten. Mein Paps hat erzählt, dass irgendwas gefehlt hat, was sie brauchten, um den Holzboden zu verlegen, und so hat sich alles verzögert. – Hach, das wird das Spektakel des Jahres.» Helene klang schwärmerisch.

«So etwas hat es nicht gegeben, seit ich hier lebe.»

«Das wird's so schnell auch nicht mehr geben, glaub mir.»

«Und was die für einen Aufwand betreiben! Für jeden Einzelnen bauen sie eine eigene Kochstelle auf.»

«Vier.»

«Und für jeden Einzelnen bauen sie eine eigene Kochstelle auf.»

«Na ja, die müssen ja alle dieselben Bedingungen haben, damit es gerecht zugeht. Obwohl … wer sich nicht bei dir eingedeckt hat, kämpft ja sowieso auf verlorenem Posten.»

«*Ruffiana!* Du bist eine kleine Schmeichlerin.» Emma schüttelte den Kopf, freute sich aber natürlich über die Wertschätzung.

«Das *Bayerische Tagblatt* lässt sich den Auftrieb ganz schön was kosten», fuhr Helene fort, ohne auf Emmas Bemerkung einzugehen.

«Und sie haben wieder Benedikt Kramer geschickt.» Emma warf ihrer Freundin einen verschmitzten Seitenblick zu.

Helene lächelte geheimnisvoll. «Ich weiß.»

«Was soll dieser Unterton bedeuten?»

«Diesmal war er beim Paps im Wirtshaus, um die Notizen für seinen Artikel zu sichten. Er schreibt zwar fürchterlich schmalzig, aber …»

«Aber?»

Helene zuckte die Schultern. «Aber ich glaub, er ist ein ganz Netter.»

«Sieh an. Und du darfst ruhig grinsen, ich sehe, dass du es dir kaum verbeißen kannst.»

Sofort strahlte Helene.

«Er hat mich gefragt, ob ich mal mit ihm ein Eis essen gehe.»

«Bei Bärbel? Dann weiß es morgen das ganze Dorf.»

Helene winkte ab. «Ach … sollen sie doch.»

Emma stellte sich dicht neben sie an die Mauer und stieß ihre Freundin mit der Schulter an. «*E allora?* Was hast du gesagt?»

«Ich überleg's mir.»

«Hast du hoffentlich nicht!»

Helene lachte auf. «Nein, natürlich nicht. Ich habe gesagt: Danke für die Einladung, sehr gern.»

«Mi prendi in giro», beschwerte sich Emma. «Oder wie heißt das hier? Du ver…?»

«Nein, ich verscheißer dich nicht. Er hat sehr höflich gefragt, und ich habe sehr höflich geantwortet. Meine Eltern haben mir schließlich Manieren beigebracht.»

«Ja, das haben sie», bestätigte Emma voller Überzeugung. Sie mochte ihre junge Freundin aus tiefstem Herzen und wünschte ihr so sehr, dass sie endlich ihren Traummann fand. Auch wenn Helene mit ihrer flapsigen Art oft so tat, als wäre sie überzeugter Single, wusste Emma aus ein paar eingestreuten Bemerkungen, dass sie sich insgeheim nach einer erfüllenden Beziehung sehnte. «Na, dann drück ich dir mal die Daumen. Ich finde den jungen Mann sehr sympathisch.»

«Mag sein», sagte Helene leichthin. «Der Neue an Isadoras Seite ist aber auch nicht zu verachten.»

«Der Neue an …» Emma prustete los. «Du hast vielleicht Ideen! Woher weißt du von ihm? Der ist doch eben erst im Dorf aufgetaucht.»

«Ich hab ihn und Isadora über den Dorfplatz spazieren sehen. Der ist echt schnucklig.»

«Findest du?»

«Irgendwie schon. Du nicht?»

Emma hob unschlüssig die Schultern. «Abgesehen davon, dass er mir viel zu jung wäre? Hm … er hat was Charmantes, das stimmt. Und er hat einen wirklich schönen Akzent.»

«Ein Schweizer halt. – Apropos Akzent … hast du mal wieder was von Grünauge gehört?»

Nun war es Emma, die breit grinste.

«Also, ja.» Helene hob vielsagend die Brauen. Den Spitznamen hatte sie dem Kommissar verpasst, der im vergangenen Jahr mit tatkräftiger Hilfe von Emma und ihren Freundinnen den Mord an Emmas Vermieter aufgeklärt hatte. Gieseking arbeitete bei der Mordkommission Regensburg und war nach der Ermittlung aus Himmelsricht verschwunden und zu seinen üblichen Tätigkeiten in der Stadt zurückgekehrt.

«Wir telefonieren hin und wieder», gab Emma zu.

«Hin und wieder?»

«*Ma certo.* Es gibt ja keinen Grund, sich zu treffen, aber ...»

«Ach nein? Du gefällst ihm, das hab ich dir schon damals gesagt!»

«Leni, jetzt lass mal gut sein. Wir sind uns sympathisch, und er hält mich über das Verfahren auf dem Laufenden. Und am Sonntag kommt er nach Himmelsricht.»

«Was?» Helenes Aufschrei schreckte einen Schwarm Vögel aus dem nahe liegenden Gebüsch auf, der unter protestierendem Gezwitscher auseinanderstob. «Und das sagst du mir jetzt erst?»

«Ich weiß es selbst noch nicht lange. Er macht mit seinem Fahrradclub eine Wochenendtour durch den Bayerischen Wald. Übermorgen sind sie ganz hier in der Nähe, da seilt er sich mittags ab und kommt für den Nachmittag vorbei.»

«Jetzt erzähl mir aber nicht, dass er sich für den Kochwettbewerb interessiert.»

«Als ich ihm von dem Spektakel und den Rollen der beiden Hohenfelser Damen dabei erzählt habe, war er Feuer und Flamme.»

«Isadora wird ihn genauso schneiden wie dich.»

«*Sì*, das steht zu befürchten.» Emma seufzte. Auch der Kommissar hatte die Sympathien der Freifrau verspielt. Aus demselben Grund wie sie. «Ich hoffe, das wird ihm nicht das Herz brechen.»

Helene schmunzelte. «Du kannst es ihm sicher wieder kitten.»

«Wenn nicht ich, dann Konstanzes Siegermenü», meinte Emma trocken. «Das wird der Knaller. Ihr Antipasto ist ein Gedicht, und sie macht ein Primo vom Feinsten. Das Hauptgericht ist exquisit und das Dessert ... mmh.» Sie schloss einen Moment genießerisch die Augen und meinte, das Aroma auf der Zunge zu spüren. «Für die Zutaten habe ich alle meine Lieferantenkontakte spielen lassen und nur das Beste vom Besten bestellt.»

«Netter Versuch.»

Emma lachte leise. «*Mannaggia*. Du bist wie ein Jagdhund, der immer auf der Fährte bleibt.»

«Solange du mich nicht als Trüffelschweinderl bezeichnest, ist alles gut. Also, erzähl mal. Ihr habt euch seitdem wirklich nicht mehr gesehen?»

Seitdem – das war vor beinahe einem Jahr gewesen. Zu Beginn der Ermittlungen um Emmas Vermieter war Gieseking von Helene als ihr Verehrer auserkoren worden. Dass bis heute nichts daraus geworden war, wurmte Emmas Freundin. Nun witterte sie anscheinend Morgenluft.

«Nein, haben wir nicht. Hab ich doch gerade gesagt. Wozu auch?»

«Um den Kontakt aufrechtzuerhalten? Um was Neues auszuprobieren? Um nicht mehr Single zu sein? Korbinian ist jetzt mit Petra zusammen. Was dein Ex-Mann kann, kannst du auch!»

Emma stöhnte. «Ach, Leni. Manchmal bist du ganz schön anstrengend.»

«Ich kümmere mich um dein seelisches Wohl, sonst nichts.»

Emma strich ihrer Freundin lachend über den Rücken. «*Sì*, das tust du. Aber lass mal gut sein, ich fühle mich sehr wohl so, wie es ist. Ich liebe meine kleine Wohnung über dem Laden, ich liebe mein *Alimentari*, und ich liebe meine Freiheit. *Va bene?* Du musst mich nicht verkuppeln. Mit meinem seelischen Wohl ist alles in Ordnung. Ich werde bald fünfzig, habe eine erwachsene Tochter und entwickle die ersten Schrullen. Kein Platz für Romantik.»

Helene verdrehte die Augen. «Na, wenn du meinst ... Hast du morgen eigentlich auch offen?»

«Natürlich. Nur am Sonntag nicht, obwohl in der Gemeinde darüber debattiert wurde, einen verkaufsoffenen Sonntag einzuschieben, damit die vielen Touristen mehr Zeit haben, ihr Geld in Himmelsricht auszugeben. Die Mehrheit hat sich dagegen ausgesprochen, und das finde ich gut so. Ich möchte ein bisschen Wettkampfluft schnuppern und Konstanze anfeuern.»

«Grünauge nicht zu vergessen. Irgendjemand muss ihm schließlich beim Essen Gesellschaft leisten, und mir ist er zu alt.»

Emma lachte. «Du gibst wohl nie auf.» Sie sah auf die Uhr. «So spät! Ich muss zurück, wir erwarten für den Nachmittag einen ziemlichen Ansturm.»

Gemeinsam verließen sie den Aussichtspunkt und machten sich auf den Rückweg. Wie üblich nahmen sie nicht denselben Weg den Berg hinunter, den sie gekommen waren, sondern gingen auf der anderen Seite talwärts, sodass sie einen Kreis schließen und gegenüber von Emmas *Alimentari* ankommen würden.

«Hast du viele Termine heute?», fragte Emma nach einer Weile.

«Bis abends habe ich laufend Klienten. Sind auch welche dabei, die normalerweise samstags kommen, aber morgen habe ich zu, weil ich meinem Paps und der Mama im Gasthaus helfen muss. Die sind ausgebucht und brauchen jede Hand.»

«Hoffentlich findest du Zeit für ein Date mit deinem Reporter, Leni», stichelte Emma, während sie in die Gasse einbogen, durch die sie in der Nähe der Linde auf den Dorfplatz gelangten. «Er wird sonst sicher ziemlich enttäuscht sein.»

Helene grinste. «Die Zeit nehm ich mir irgendwie. Keine Sorge.»

Wenig später traten Emma und Helene auf den Dorfplatz. Es herrschte reges Treiben. Am größten war der Andrang vor dem Gasthaus von Helenes Eltern. Die verschiedenen Stimmen, die von dort zu ihnen herüberwehten, waren laut, eine Frau klang aufgebracht.

Emma und Helene sahen sich an.

«Was ist denn da los?», fragte Helene.

«Komm, das finden wir heraus», meinte Emma. «So viel Zeit habe ich, schließlich ist Anna im Laden.»

Zusammen liefen sie über den Platz. Vor dem Eingang zum *Strauberwirt* stritten sich ein Mann in blauen Shorts und eine Frau in einem rot gepunkteten Sommerkleid. Die Frau gestikulierte hektisch in Richtung Eingangstür und redete auf den Mann ein. Etwas abseits sah ein Teenagermädchen mit verkniffenem Gesicht zwischen den beiden hin und her. Neben ihm standen zwei Koffer und einige Reisetaschen.

«Das wird dem Paps nicht gefallen, dass die Klimpels so einen Aufstand vor unserer Tür machen», raunte Helene Emma zu.

«Kennst du die etwa?»

«Sie sind vor ein paar Tagen angekommen und haben die beiden letzten freien Zimmer gebucht, aber wegen der Reservierungen fürs Wochenende müssen sie heute auschecken.»

«Und wo sollen wir jetzt hin?» Kopfschüttelnd wandte die Frau sich ab und machte ein paar Schritte von dem Mann weg. Ihr Gesicht war beinahe so rot wie die Punkte auf ihrem Kleid und stand in kräftigem Kontrast zum Schwarz ihrer Haare.

«Ich wollte uns ja rechtzeitig etwas anderes suchen», sagte ihr Ehemann mit ratlos erhobenen Händen. «Aber du meintest ...»

«Die kriegen eine richtig schlechte Bewertung von mir, da kannst du dir sicher sein», fauchte sie.

Das Mädchen rollte mit den Augen. «Aber wir haben das gewusst, Mama», fing sie an, wurde jedoch mit einer Handbewegung zum Schweigen gebracht.

«Misch du dich da nicht ein.»

«Janina hat recht, wir wussten, dass wir heute rausmüssen», versuchte es der Vater. «Da kannst du nicht ...»

«Dann muss *sie* uns eben bei sich wohnen lassen, das ist sie dir schuldig», unterbrach ihn seine Frau ungeduldig und holte Luft, um weiterzureden, da ging Helene dazwischen.

«Kann ich Ihnen irgendwie helfen?»

Die Rotgepunktete drehte sich brüsk zu ihr um. «Wenn wir Hilfe brauchen, melden wir uns, danke. – Ach, Sie sind das.»

«Ja, Frau Klimpel, ich bin das», antwortete Helene zuckersüß. «Was kann ich denn für Sie tun?»

«Na ja, was soll das denn sein? Wir sind ja keine Gäste mehr. Ihre Mutter hat uns vor die Tür gesetzt.»

Helene kniff die Augen zusammen, und Emma holte überrascht Luft. Es war eine Frechheit, die gutmütige Wirtin so hinzustellen!

«Wenn ich das mal geraderücken darf», Helene stemmte die Hände in die Hüften, «dann ist es wohl eher so, dass Sie ohne Reservierung gekommen sind und beim Einchecken erfahren haben, dass Sie nur bis heute früh bleiben können. Sie waren damit einverstanden und wollten die Zimmer trotzdem haben. Von vor die Tür setzen kann also keine Rede sein.»

Das leise Murmeln um Emma herum verebbte, und sie nahm aus den Augenwinkeln wahr, dass einige Passanten, die neugierig stehen geblieben waren, sich nun zerstreuten.

«Hätte mich auch gewundert», sagte jemand hinter ihr.

«Das hat meine Frau auch nicht so gemeint, nicht wahr, Schatz?», beschwichtigte Herr Klimpel hastig. «Es ist nur so, dass wir es sehr bedauern, ausziehen zu müssen, weil wir gern geblieben wären. Uns gefällt es hier.»

Seine Frau gab keine Antwort, und Emma hatte den Eindruck, dass ihr der eigene Auftritt nun auch ein bisschen peinlich war.

«Warum versuchen Sie es nicht im Hotel *Höllblick* bei Fabian Lackner?», schlug Emma vor. «Ich kann mir nicht vorstellen, dass er auch ausgebucht ist.» Sie ignorierte Helenes zweifelnden Blick und zog ihr Handy heraus. «Ich kann ihn anrufen, wenn Sie möchten.»

«Nein … nein danke.» Herr Klimpel schüttelte den Kopf. «Wir werden eine Lösung finden.»

«Das will ich dir auch geraten haben», zischte seine Frau. «Du weißt, worauf ich hinauswill.»

«Ja, ja.»

Janina schien geradewegs im Erdboden versinken zu wollen. «Mann, ihr seid so peinlich. Da müssen wir in meinen Ferien wegen Opa extra in diese doofe Gegend, und dann gibt's nur Stress. Hätten wir nicht lieber in den Europa-Park fahren können? Ich will nach Hause.»

«Wenn Sie Ihre Meinung ändern sollten, Sie finden mich dort.» Emma wies mit dem Finger über den Platz zu ihrem *Alimentari*, wo Anna gerade in diesem Augenblick die Vordertür aufschloss und zu ihr herüberwinkte. Sie winkte zurück und wandte sich wieder an die kleine Gruppe. «Ich muss dann leider wieder … Helene, wir hören uns.»

«Na klar. *Ciao*, Emma.»

«Auf Wiedersehen.» Sie nickte der Familie zu und überquerte den Platz. Welch ein Glück, dass sie mit ihrem Lädchen nicht solche Probleme hatte wie die Straubs mit ihren Zimmern. Ja, auch sie hatte mal eine nörgelige Kundin, und ja, das war manchmal anstrengend, aber im Großen und Ganzen lief es seit einiger Zeit so glatt, wie sie es sich nur wünschen konnte.

«*Incrociamo le dita*», murmelte sich vor sich hin, als ihr ihre eigenen Gedanken bewusst wurden. Anna hätte jetzt abergläubisch auf Holz geklopft, um das Schicksal nicht herauszufordern.

Sie ließ eine Gruppe Radfahrer passieren, und als die bunt

gekleidete Truppe vorüber war und den Blick auf die Front ihres Ladens wieder freigab, saß der Fremde von heute Mittag an einem der beiden Gartentische.

Es war eine gute Entscheidung gewesen, hier vor dem Laden eine Sitzgelegenheit zu schaffen, und Emma nahm sich vor, zwei weitere Tische und die Stühle dazu zu besorgen. Die Möglichkeit, im Freien einen Cappuccino oder Milchkaffee mit Blick auf die alte Linde und den Dorfbrunnen zu genießen und ein Panino oder einen Toast im Sitzen zu essen, wurde besser angenommen, als sie erwartet hatte. Außerdem würde sie Lisa fragen, ob diese sie mit Kuchen beliefern wollte. Sie selbst hatte nicht vor, der guten Bekannten schräg gegenüber Konkurrenz zu machen. Genauso wenig wie sie Bärbel von der Eisdiele damit brüskieren wollte, Gelati anzubieten.

Mit einem Lächeln gab sie dem Gast zu verstehen, dass sie ihn wiedererkannte. «Ich komme gleich zu Ihnen», sagte sie im Vorbeigehen.

«Ich habe keine Eile», antwortete er freundlich. «Lassen Sie sich nur Zeit.»

Anna bediente bereits die erste Kundschaft und war voll in ihrem Element. Sie wurde immer mehr zur Wurst- und Käsespezialistin und kannte sich mit den verschiedenen Käsereien bald besser aus als Emma selbst.

Emma lächelte. Sie würde ihre Freundin, sobald dieses turbulente Wochenende vorüber war, mal wieder auf einen richtig schönen Plauderabend einladen. Dabei probierten sie meist neue Delikatessen aus und überlegten, ob sie sie ins Sortiment aufnehmen sollten oder nicht, und wenn ja, ob etwas anderes stattdessen weichen musste, denn die räumlichen Möglichkeiten waren begrenzt. Anna war von

Anfang an die Vernünftigere von ihnen beiden gewesen und sorgte stets dafür, dass Emma in ihrer Begeisterung für neue Produkte nicht mehr bestellte, als im Laden und im Lager Platz hatte. Emma war heilfroh über die Umsicht und das Planungstalent ihrer Freundin.

Sie tauschte ihre Laufschuhe gegen die Ladenpantoffeln und wurde sofort von einem Schwung Kunden in Beschlag genommen, sodass sie kaum zum Verschnaufen kam. Erst nach einer halben Stunde wurde es ruhiger, und der Mann vor dem Laden fiel ihr wieder ein.

«*Mannaggia*, den hab ich ganz vergessen», murmelte sie zerknirscht und wischte sich die Hände an der Schürze ab.

«Wen meinst du?»

«Da saß ein Gast draußen, ich wollte ihn eigentlich fragen, was er möchte. *Madonna*, wie unprofessionell!»

«Ich kann mich darum kümmern», bot Anna an.

«Nein, lass mal, ich gehe selbst, das hab ich schließlich verbockt. Wenn er überhaupt noch da ist. Wahrscheinlich ist er längst weg.»

Doch der Fremde saß da und las konzentriert in einem Reiseführer der Gegend.

«*Mi scusi*», rief sie ihm entgegen und trat an den Tisch. «Tut mir so schrecklich leid. Aber ...»

Er sah auf und lächelte sie an. «Machen Sie sich keine Sorgen, ich habe die Prozessionen ja gesehen, die in den Laden geströmt sind. Ich bin im Urlaub, nicht auf der Flucht, habe also Zeit zu warten. Gar kein Problem.»

«*Grazie*, das ist sehr freundlich von Ihnen.» Emma war erleichtert. Es hätte ihr leidgetan, ihn vergrault zu haben, gleichzeitig hätte sie gut verstanden, wenn er gegangen wäre. «Darf ich Ihnen als Entschädigung ein Gläschen aufs

Haus anbieten? Einen Prosecco vielleicht? Oder eine schöne Zitronenlimonade?»

«Ich würde einen Cappuccino nehmen, wenn es Ihnen nichts ausmacht.»

«Sehr gern. Kommt sofort. Diesmal hält mich nichts davon ab, versprochen.»

Er schmunzelte und widmete sich wieder seinem Reiseführer, während Emma hineinging und den versprochenen Cappuccino zubereitete.

«Anna, möchtest du auch einen, wenn ich gerade dabei bin?»

Anna lehnte ab, aber da Emma bereits das Zweiersieb mit Kaffeepulver befüllt hatte und gerade niemand im Laden war, brühte sie trotzdem zwei Cappuccini und nahm die zweite Tasse kurzerhand für sich selbst mit hinaus.

«Stört es Sie, wenn ich Ihnen ein bisschen Gesellschaft leiste?», fragte sie vorsichtshalber, als sie sein Getränk vor ihm abstellte. Nicht jeder schätzte es, wenn man sich aufdrängte, aber sie hatte das Bedürfnis, sich ein bisschen mit ihm zu unterhalten. Er wirkte so ... verloren.

«Oh, aber nicht im Geringsten. Im Gegenteil, ich fühle mich geehrt. Bitte.» Er erhob sich halb, deutete eine Verbeugung an und wies mit der Hand auf den zweiten Stuhl am Tisch.

Emma nahm Platz. «Gefällt es Ihnen hier bei uns?», erkundigte sie sich neugierig.

«Ja, es ist ein sehr hübscher Ort. Und ich habe auch großes Glück mit dem Wetter.»

«Das haben Sie tatsächlich. Und mit dem Wochenende überhaupt!»

«Wenn man es so lebhaft mag.» Er wiegte den Kopf. «Eigentlich bevorzuge ich es ruhiger, aber andererseits ist es auch schön, wenn etwas mehr los ist. Was ist das denn für ein Ereignis, das hier stattfindet? Ich habe zwar die Plakate gesehen, als ich heute Morgen ankam, konnte mir aber keinen rechten Reim darauf machen.»

Während sie schluckweise ihre Tassen leerten, erklärte Emma ihm die Hintergründe des Wettbewerbs und dass die Himmelsrichter in zweifacher Hinsicht auf das Wochenende hinfieberten.

«Nicht nur, dass Himmelsricht als Austragungsort des Finales ausgewählt wurde, es geht auch eine von uns als Favoritin ins Rennen», erzählte sie nicht ohne Stolz in der Stimme. «Wir drücken Frau von Hohenfels natürlich alle die Daumen, dass sie gewinnt.»

«Frau von …?»

«Hohenfels. Unsere dorfeigene Adelsfamilie sozusagen.»

«Aha … interessant.»

«Oh ja.» Emma lachte. «Die Damen sind wirklich beeindruckend, alle beide.»

«Eine Familie, die nur aus Damen besteht … wie traurig.» Er griff zu seiner Reiselektüre. «Aber bitte sagen Sie, Frau …»

«Ferrari. Emma Ferrari.»

«Wie unhöflich von mir, mich nicht zuerst vorzustellen.» Er ließ das Buch auf den Tisch sinken und erhob sich. Wieder deutete er eine Verbeugung an. «Gestatten, Stiller. Lennart Stiller ist mein Name.»

«*Piacere*, Herr Stiller. Wie lange bleiben Sie denn hier bei uns in Himmelsricht?»

«Oh, ich wollte mir ein paar Tage nehmen, um die Umgebung zu erkunden», erzählte er und setzte sich wieder.

«Ich finde diese hügeligen Ausläufer sehr charmant und dachte mir, ein paar Spaziergänge wären etwas Schönes.»

«Das sind sie auf jeden Fall. Aber Sie wollten mich etwas fragen?»

«Ah ja, das wollte ich. Gibt es hier etwas, das Sie mir besonders empfehlen können?»

«Machen Sie unbedingt einen Spaziergang durch die Hölle.» Emma wartete auf die Irritation in seinem Gesicht, aber anscheinend war er mit der Lektüre seines Reiseführers bereits so weit gekommen. «Dort ist es ganz besonders schön.»

«Stimmt, vom Himmel in die Hölle zu kommen, ist hier ja in kürzester Zeit möglich», sagte er versonnen.

«Und wieder zurück», bestätigte Emma und lächelte. «Das ist tatsächlich eine unserer größten Attraktionen, wenn man es so nennen will. Ich mache diese Wanderung gern, wenn ich etwas Abstand von der Zivilisation brauche und für mich sein möchte.»

«Eine andere Besonderheit ist sicher Ihr Geschäft.» Er wandte sich zum Schaufenster um und musterte die ausgestellten Waren. «Sehr schön gemacht.»

«Die Deko verdanke ich meiner Mitarbeiterin. Sie hat das absolute Händchen dafür.»

Als hätte Emma sie gerufen, erschien Anna in der Tür. «Entschuldigt die Unterbrechung, aber dein Telefon klingelt, Emma.»

«Danke, Anna. – Ich komme gleich wieder», sagte sie an Stiller gewandt, der gelassen nickte und seinen Reiseführer wieder aufschlug.

Emma erledigte ihr Telefonat – ein Lieferant hatte ein Angebot für sie und wollte ihr verschiedene Varianten seiner biologischen Brotaufstriche und Pestos schmackhaft machen –, und als sie wieder nach draußen kam, war der Platz, an dem ihr Gast gesessen hatte, leer.

Anna kam mit einem Tablett, um die leeren Tassen abzuräumen. «Wer war das denn? Ihr habt euch so gut unterhalten. Kanntest du ihn?»

«Ein Tourist. Ich habe ihn heute zum ersten Mal gesehen, aber irgendwie ...» Sie schüttelte den Kopf. Wenn sie ehrlich war, hatte sie Isadora von Hohenfels' Unhöflichkeit wiedergutmachen wollen, doch Anna das zu erklären, würde jetzt zu weit führen. «Warum fragst du?»

«Nur so. Er sah ein bisschen so aus, als käme er von einem Filmset. Und irgendwie erinnert er mich an jemanden.»

«Einen Schauspieler?»

«Vermutlich. Jedenfalls an niemanden von hier. Niemand, den ich kenne, und trotzdem kam er mir so bekannt vor.»

Emma rückte die Stühle zurecht und folgte Anna nach drinnen. «Hast du eigentlich Hugo heute schon gesehen?»

Seit sie an der hinteren Eingangstür eine Katzenklappe hatte installieren lassen, verbrachte der große rote Kater viel mehr Zeit im Haus als vorher. Anscheinend genoss er den Luxus, dass er sich hier in Ruhe von seinen nächtlichen Jagdstreifzügen erholen und trotzdem jederzeit hinaus in die Freiheit konnte, wenn er wollte. So lag er oft den ganzen Vormittag in seinem Korb nahe der Treppe, die von Emmas Wohnung im ersten Stock hinunter zum Laden führte, und schlief.

«Ist er denn nicht oben?»

«Nein, zumindest war er vorhin nicht da, als ich die Pantoffeln angezogen habe.»

«Vielleicht wandelt er auf Freiersfüßen.»

«Er ist doch kastriert.»

«Flirten kann er ja trotzdem.» Anna zuckte die Schultern. «Aber vielleicht ist ihm auch nur zu viel los momentan.»

«Kann sein.»

Während sie gemeinsam die Käsetheke auf Vordermann brachten, die eingelegten Oliven nachfüllten und die verschiedenen Kräutertöpfchen neu arrangierten, berichtete Emma von den Ereignissen vor dem Gasthaus und Helenes beherztem Eingreifen.

«Was es nicht alles gibt …», befand Anna. «Schließlich wussten sie, dass sie nicht bleiben können.»

«Tja … manche Leute sind einfach wunderlich.»

3. KAPITEL

Der Samstagvormittag brachte Himmelsricht und Emmas *Alimentari* den erwarteten – und von manchen auch befürchteten – großen Andrang. Sie und Anna hatten alle Hände voll zu tun, den Ansturm an Kunden zu bewältigen. In weiser Voraussicht hatte Anna ihre Zwillinge zum Mithelfen verdonnert, und die beiden, denen das Jobben in Emmas Laden nicht nur wegen der großzügigen Aufbesserung ihres Taschengeldes Spaß machte, stellten sich wirklich geschickt an.

Tanja war von ihrer Mutter darin fit gemacht worden, die Einkäufe für den Transport oder, wenn gewünscht, als Geschenke zu verpacken. Außerdem war sie für das Spülen des Kaffeegeschirrs zuständig und durfte auch selbstständig Gemüse abwiegen. Dennis gefiel sich in der Rolle des Lagerleiters. Er sorgte mit Elan dafür, dass die Regale nicht leer wurden. Außerdem legte er für einen Teenager erstaunlich sorgfältige Listen an, was Emma nachbestellen musste.

«Du machst das super. Wenn ich mal in Rente gehe, kannst du den Laden übernehmen», sagte sie scherzhaft zu ihm, als er ihr wieder einen Zettel mit Artikeln vorlegte, die ausverkauft waren.

Dennis schnaubte. «Nee, das wär mir viel zu anstrengend. Jetzt so nebenbei geht das klar, aber ein Leben lang? Never.»

«Ja, ja, dann werd halt Beamter», stichelte seine Schwester und schob ihn mit der Schulter beiseite, um eine Tasse und ein Glas in die Teeküche zu tragen. «Jetzt mach Platz und steh nicht bloß rum.»

«Pffft ... Du wieder», maulte er, ließ sie aber durch und verschwand selbst wieder im Lager.

«Wie gut, dass ich vorhabe, dieses anstrengende Leben noch eine Weile selbst zu führen», meinte Emma lachend zu Anna.

Die rollte mit den Augen. «Dabei schwärmt er so davon, wie toll das hier ist und wie gut alles riecht und so weiter. Aber wehe, man spricht ihn drauf an.»

«Teenager halt. Kenne ich von Raffaella auch, aber das Gute ist, es geht vorbei.»

Emma sah auf, als die Türklingel bimmelte. Kurz froren ihr die Gesichtszüge ein, als sie die Familie erkannte, die hereinkam.

Es waren die Klimpels.

«*Buongiorno*», sagte sie dennoch freundlich. «Wie geht es Ihnen? Haben Sie eine Unterkunft gefunden?»

«Äh, ja, haben wir, vielen Dank», antwortete Herr Klimpel. «Andrea?» Er wandte sich zu seiner Frau um, die in der Nähe der Eingangstür stehen geblieben war und einen Stapel Küchenschürzen inspizierte, der auf einem kleinen Tischchen drapiert war. «Wolltest du nicht ...» Seine Stimme wurde zu einem Murmeln, das Emma nicht verstand.

Frau Klimpel richtete sich auf. «Ja, ich wollte fragen, ob Sie mir bestimmte Nudeln empfehlen können.»

«Natürlich.» Emma griff nach einem der Einkaufskörbe aus geflochtenem Bast, die sie neuerdings für ihre Kundschaft bereithielt und die so gut ankamen, dass sie hin und wieder sogar welche davon verkaufte. «Welche Nudelform hatten Sie sich denn vorgestellt? Und möchten Sie die mit Geschmack oder natur?»

«Was heißt das?» Andrea Klimpel sah sie fragend an.

«Na ja, wir haben hier Nudeln mit Safran, mit Spinat oder Rote-Bete-Extrakt, mit Lachs, Rotwein oder Trüffel, mit ...» Sie zählte die verschiedenen Geschmacksrichtungen auf, die sie im Angebot hatte, dazu die Formen, angefangen bei Spaghetti in verschiedenen Stärken, auch eckigen oder flachen, über Fusilli, Tagliatelle, Pappardelle, Linguine bis hin zu Mezze Maniche und Rigatoni.

Die Kundin hörte ihr zu, doch Emma hatte das Gefühl, dass sie gar nicht wirklich bei der Sache, sondern mit ihren Gedanken ganz woanders war. Der Vater stand derweil mit seiner Tochter vor dem Soßenregal, sie schienen sich nicht einig werden zu können, in welche Richtung es gehen sollte.

«Ich nehme diese Spaghetti», entschied Frau Klimpel schließlich und zeigte auf eine Packung feiner Nudeln ohne besondere Geschmacksrichtung. «Und ihr da drüben entscheidet euch endlich für 'ne Tomatensoße, ja? Das kann doch nicht so schwer sein, rot sind die schließlich alle.»

«Woher kommen Sie, wenn ich fragen darf?», erkundigte sich Emma, als sie mit den beiden Artikeln im Korb zur Kasse ging.

«Niedersachsen. Genauer gesagt, aus der Nähe von Cuxhaven», antwortete Herr Klimpel anstelle seiner Frau, die damit beschäftigt war, in ihrer Handtasche nach dem Geldbeutel zu kramen.

«Das ist ziemlich hoch im Norden, nicht wahr?»

«Ganz oben», bestätigte Janina. «Direkt an der Nordsee.»

«Wie schön. Ich liebe das Meer.»

«Was macht das?», fragte Frau Klimpel, die ihren Geldbeutel gefunden hatte.

Emma nannte ihr den Betrag.

«Was? Für ein Pfund Nudeln und einen Schluck Soße?»

«Andrea! Ich bitte dich!»

«Na, ist doch wahr, Gernot. Ich wollte ja nicht den ganzen Laden kaufen, nur ein Abendessen als Erinnerung, wenn wir wieder zu Hause sind.»

Emma verkniff sich eine Antwort und überließ es Tanja, den Einkauf in der Tragetasche zu verstauen, die ihr Herr Klimpel mit einem entschuldigenden Blick entgegenstreckte.

Dass Kunden mäkelten, ihre Ware sei zu teuer, kam hin und wieder vor, doch es störte sie nicht mehr, wie es das am Anfang getan hatte. Sie wusste, sie verkaufte allerbeste Qualität. Warum manche Menschen annahmen, die müsste das Gleiche kosten wie die industriell gefertigten italienischen Produkte aus den gängigen Supermärkten, war ihr ein Rätsel. Für Bioware aus nachhaltiger Herstellung in Familienbetrieben waren ihre Preise absolut angemessen.

Sie schenkte den Klimpels ein professionelles Lächeln und verabschiedete sie mit freundlichem Gruß.

«Na, die waren ja doof», urteilte Tanja neben ihr und schaute den dreien düster hinterher. «Wie du da so ruhig bleiben kannst, Emma.»

Sie zuckte die Schultern. «Es ändert ja nichts, wenn ich mich ärgere. Das ist eine Verschwendung von Zeit und Nerven. Jeder hat seine Gründe, warum er so ist, wie er ist.»

«Ja, ich weiß», meinte Tanja mit altklugem Unterton. «Schwierige Kindheit und so, oder?»

Emma lachte. «Zum Beispiel. Aber keine Sorge, was das angeht, läufst du nicht Gefahr, so zu werden.»

«Das weißt du doch gar nicht.» Tanja machte eine Handbewegung, die vieles ausdrücken konnte.

«Ich kenne deine Mutter, drum weiß ich das. Jetzt hol deinen Bruder und geht in die Mittagspause, die habt ihr euch wirklich verdient. Und nachher spendiere ich euch ein Eis bei Bärbel.»

Das Wort Pause ließ sich weder Tanja noch Dennis zweimal sagen, sie waren schneller verschwunden, als Emma gucken konnte. Dafür schlüpfte Hugo durch den geöffneten Spalt der Hintertür und strich ihr maunzend um die Beine. Gestern war er erst spät nach Hause gekommen und hatte einen erbeuteten Nachtfalter auf dem Fußabtreter zurückgelassen, den Emma am Morgen mit Bedauern entsorgt hatte. Manchmal verschlief er dann den gesamten Vormittag oben vor ihrer Tür und bequemte sich erst spät dazu, seinen Tagesaufgaben nachzugehen, wie zum Beispiel sich im Dorf sehen zu lassen und die Streicheleinheiten der Passanten entgegenzunehmen, wenn er malerisch neben Therese unter der Linde saß. Heute war er wohl früh aufgebrochen.

«Na, du kleiner Vagabund?» Emma beugte sich zu ihm runter und streichelte ihn liebevoll.

Seit Hugo im letzten Jahr maßgeblich an der Aufklärung des Mordes in ihrem *Alimentari* beteiligt gewesen war und in einem dazugehörigen Zeitungsartikel ausgiebig Erwähnung gefunden hatte, war er gewissermaßen zu einer Dorfberühmtheit avanciert. Benedikt Kramer, der Journalist, der damals über den Fall berichtet hatte, hatte es sich nicht nehmen lassen, ein Foto von ihm abzudrucken. Darauf saß der große rote Kater stolz vor der Eingangstür des Ladens und blickte mit halb geschlossenen Augen in die Kamera.

Fehlte nur der Schatten eines Löwen zu seinen Pfoten, hatte Emma amüsiert festgestellt.

Schnurrend rieb Hugo seinen Kopf an Emmas Hand, dann reckte er sich, stolzierte zur vorderen Tür, die der Wärme wegen offen stand, und legte sich auf einen sonnigen Fleck.

Anna trat neben Emma. «Hat er sich wieder eingefunden.»

Emma seufzte. «Ich weiß ja, dass er immer irgendwann heimkommt, aber wenn er zu lange wegbleibt, mache ich mir trotzdem Sorgen.»

«Ich weiß. Er gehört einfach hierher, und du hast dich an ihn gewöhnt.»

«*Infatti.*» Emma wandte sich um. «Und du geh jetzt auch in die Mittagspause, Anna. Deine Zwillinge warten sicher schon am Auto auf dich. Wir sehen uns später.»

Emma hielt den Laden geöffnet und naschte ein bisschen Käse und Tomaten, während die Mittagsruhe über dem Dorfplatz verging. Sie hatte vermutet, dass sich einige der Touristen bei ihr einfinden würden, und daher beschlossen, keine Pause zu machen. Und sie behielt recht. Es kamen zwar keine Menschenströme, doch immerhin war so viel Bewegung im *Alimentari*, dass sie zwischendurch gerade eben Zeit hatte, einen Schluck Wasser zu trinken und sich einen schnellen *caffè* zuzubereiten. Als der Nachmittag anbrach, ergänzte sie gerade Dennis' Liste mit Artikeln, die sie nachbestellen sollte, da klingelte ihr Handy.

«Konstanze, *ciao*. Wie geht's? Wie lief das Interview?»

«Emma, Sie müssen mir helfen, es ist etwas passiert, das ist die blanke Katastrophe.»

Emma schoss das Adrenalin bis unter die Schädeldecke. «Was ist denn los?», fragte sie alarmiert.

«Meine Mutter hat die Amarettini entdeckt und gestern zusammen mit Doktor Hunziker angeblich nur ein paar zum Tee gegessen.» Sie klang, als würde sie jeden Moment anfangen zu weinen. «Und gerade habe ich gesehen, dass die ganze Packung weg ist. So kann ich morgen nicht antreten, Sie wissen ja, ich brauche sie für das Primo *und* das Dessert.»

Emma atmete vorsichtig aus. «Ich habe noch welche, Konstanze, beruhigen Sie sich», sagte sie eilig.

«Oh mein Gott, was für ein Glück. Die müssen eine ganze Packung gegessen haben, stellen Sie sich das mal vor!» Nun klang Konstanze eher empört als verzweifelt. «Das waren viele!»

«Ja, ich weiß.» Emma musste sich trotz allen Schrecks einen amüsierten Unterton in der Stimme verkneifen. «Und keinem der beiden ist übel geworden?»

Sie selbst naschte die kleinen knusprigen Dinger auch gern, aber mehr als ein Dutzend bekam sie nicht hinunter.

«Das hätte ich ihnen so richtig gewünscht. Ich habe das eben erst bemerkt, als ich meine Sachen für morgen kontrolliert habe. Ich dachte, ich sehe nicht richtig – eine der beiden Packungen, einfach weg!»

Da Emma die Speisenfolge kannte, die Konstanze morgen zum Sieg führen sollte – sie hatte alles bis ins Detail mit ihr besprochen und gekostet, um wegen der Qualität der Zutaten sichergehen zu können –, wusste sie auch, welch wichtige Rolle die Amarettini spielten.

«Wie gestern gesagt, ich habe für Reserve gesorgt. Es sind also genug da.»

«Könnten Sie … könnten Sie sie mir vielleicht bringen? Ich weiß, Sie haben viel zu tun heute, sicher rennen Ihnen die Touristen die Bude ein, aber …»

Die Bude einrennen? Konstanze von Hohenfels wurde immer lockerer! Hatte sie heimlich mit den Bachmeier-Zwillingen geübt?

Eigentlich hatte eine Fahrt zum Gutshaus nicht auf ihrem Plan gestanden heute Nachmittag, doch Emma schluckte den Einwand hinunter. Anna hätte sicherlich kein Problem, wenn sie ein halbes Stündchen nicht da wäre.

«Ich komme, sobald Anna aus der Mittagspause zurück ist. Obwohl ich mich frage, ob ich die Amarettini nicht lieber erst morgen früh direkt ins Kochzelt bringen sollte, um Diebstahl zu vermeiden.» Den Scherz konnte sie sich nicht verkneifen, und tatsächlich lachte Konstanze bereits wieder.

«Das trauen sich die beiden nicht noch mal, glauben Sie mir. Ich habe sie ganz schön zur Schnecke gemacht.»

«Gut … dann also bis nachher.»

«Oh, ich danke Ihnen, Emma!»

Kopfschüttelnd ging Emma hinaus ins Lager und holte eine neue Ladung der Kekse nach vorn. Isadora von Hohenfels musste einen starken Magen haben und ihr Arzt ebenfalls.

Als Anna zurückkam, amüsierte sie sich königlich über den süßen Zahn der älteren Hohenfelserin.

«Fahr nur», sagte sie lachend. «Das schaffe ich. Ich glaube auch nicht, dass so viel los sein wird wie heute Vormittag, weil die meisten Leute das Schaukochen im Zelt verfolgen werden. Lass dir Zeit. Wenn es hektisch wird, rufe ich um Hilfe.»

Tatsächlich lief der Nachmittag ruhig an, und Emma

fuhr los. Der Weg zum Gut führte über einen sanften Hügel, der sich hinter Himmelsricht entlangzog und mit einem lichten Wald bewachsen war. Am Fuße dieser kleinen Erhebung öffnete sich nach einer Linkskurve die Einfahrt in den Hof des Anwesens. Emma ließ den Wagen ausrollen und parkte ihn neben dem Tor einer ehemaligen Scheune.

Sie nahm die Tüte mit ihrer Reserveration vom Beifahrersitz, stieg die Treppen zum Hauptportal hoch und betätigte die antike Klingel.

Konstanze musste hinter der Tür gewartet haben, so schnell riss sie diese auf.

«Es ist dieselbe Marke, die Packungen sind nur kleiner, weil diese Größe sich am besten verkauft», erklärte Emma, als sie sich begrüßt hatten.

«Oh, Sie sind wirklich ein Schatz, Emma.» Konstanze strahlte übers ganze Gesicht und nahm die Tasche mit den beiden Amarettini-Tüten entgegen. «Die werden jetzt gleich in Sicherheit gebracht. Kommen Sie.»

Anstatt sie ins Haus zu bitten, führte Konstanze sie über den Hof zu einem Nebengebäude, das als Garage genutzt wurde, wie Emma wusste. Konstanze öffnete das Tor und sperrte den Wagen auf.

«Ich habe mir überlegt, ich verstaue sie lieber gleich im Auto.»

«Das ist sicher eine gute Idee.»

«So ganz traue ich den beiden tatsächlich nicht mehr über den Weg. Nächste Woche können sie sich die Bäuche mit Amarettini so vollschlagen, dass sie sich nicht mehr bewegen können, aber für morgen sollen sie mir meine Kekse bloß in Ruhe lassen.»

«Wenigstens sind sie nicht auch noch an den Schafskäse gegangen», meinte Emma belustigt und sah Konstanze dabei zu, wie sie die Tüte mit den Plätzchen im Kofferraum verstaute.

«Doktor Hunziker hat meiner Mutter davon abgeraten, zu häufig Milchprodukte zu essen. Er sagt, das tue ihrer Verdauung nicht gut.» Konstanze sperrte das Auto wieder ab und schloss das Garagentor.

«Aha. Und lässt sie sich ihren Mozzarella auch verbieten?»

«Das war ein harter Kampf, und der Mozzarella hat gewonnen.»

Sie gingen über den Hof zurück zum Haus.

«Bleiben Sie auf eine Tasse Tee?»

Emma war unschlüssig. Einerseits freute sie sich über die Einladung, andererseits ...

«Ich weiß, Ihre Zeit ist heute knapp bemessen, aber ich halte Sie nicht lange auf. Nur eine Tasse.» Konstanze lächelte.

«Aber ja, gern.»

Sie folgte Konstanze ins Haus und in die Küche. Hier war sie erst ein Mal gewesen. Nicht, dass sie oft auf dem Gut zu Gast war, aber hin und wieder brachte sie eine Bestellung vorbei und wurde normalerweise stets in das offizielle Wohnzimmer gebeten, in dem sie auch bei ihrem allerersten Besuch empfangen worden war. Sie empfand die Atmosphäre mit den dunkel getäfelten Wänden, dem großen Kamin und den schweren geschnitzten Holzmöbeln immer noch so düster wie zu Anfang.

Auch die Küche war altmodisch und in dunklem Holz gehalten, aber immerhin mit allem ausgestattet, was Konstanze für ihre große Leidenschaft brauchte. Sogar einen modernen Salamander hatte sie sich angeschafft. Der Grill aus Edelstahl prangte in der Mitte der Arbeitsplatte und wurde wohl gern genutzt.

«Ist der neu?»

Konstanze folgte ihrem Blick, während sie das Teewasser aufsetzte.

«Jain. Den habe ich zum Glück sehr günstig gebraucht bekommen. Er funktioniert wunderbar, und ich liebe das Kartoffelgratin, das er zaubert. Das bekomme ich im normalen Ofen nie so hin.»

Emma nickte. «Ich finde es einfach beeindruckend, wie Sie es geschafft haben, Ihr Hobby vor uns allen geheim zu halten.»

Konstanze zog etwas die Schultern hoch, als müsste sie sich verteidigen. «Na ja ... Sie wissen vielleicht, wie das ist. Meine Mutter ...»

«Ich kann es mir vorstellen.» Unwillkürlich warf Emma einen Blick zur Küchentür.

«Seit wir uns keine Köchin mehr leisten können, ist es besser geworden. Irgendjemand muss ja dafür sorgen, dass etwas auf den Tisch kommt, nicht wahr? Da konnte sie nicht anders, als schließlich zu akzeptieren, dass ihre Tochter gern am Herd steht. Jedoch nur in unseren eigenen vier Wänden.»

Emma schüttelte den Kopf. «Die Zeiten haben sich doch eigentlich geändert.»

«Nicht für Isadora von Hohenfels.» Konstanze nahm eine Box mit verschiedenen Teesorten aus einem Schrank.

«Aber die Menschen um Sie herum sind weder blind noch blöd. Ich meine ... dass Sie kein Personal mehr haben, spricht sich doch herum. Die Leute haben sich längst ihre Gedanken gemacht, dass hier irgendwer kochen muss, wenn Sie nicht täglich den Lieferservice bemühen wollen – was finanziell wohl keinen Unterschied zur Köchin machen würde.»

Konstanze schmunzelte. «Natürlich. Aber was soll ich machen? Sie ist nun mal, wie sie ist, und ich werde sie sicher nicht mehr ändern.»

«Ja, ich weiß.»

Draußen wurden Stimmen laut. Isadora und der Doktor kamen zurück, von woher auch immer. Die Tür schwang auf, und die Freifrau trat in die Küche.

«Hallo, Mutter.»

«Ah, hier bist du, Konstanze.»

«*Buongiorno*, gnädige Frau.»

Natürlich erhielt Emma keine Antwort.

«Der Doktor und ich nehmen ebenfalls Tee», verkündete die alte Dame, als hätte sie es mit ihrem Butler und nicht mit ihrer eigenen Tochter zu tun.

«Selbstverständlich, Mutter.»

Isadora von Hohenfels war fast zur Tür hinaus, da verspürte Emma eine aberwitzige Lust, sie für ihre Arroganz etwas zu provozieren. «Wie geht es Ihnen heute, gnädige Frau?»

Die Freifrau fror gewissermaßen in der Bewegung ein, wandte sich dann langsam um und fixierte Emma mit einem Blick, der die gesamten Phlegräischen Felder zu Eis hätte erstarren lassen können.

Nach einer Kunstpause von eindrucksvoller Länge öffnete sie den Mund. «Wenn Sie glauben, dass Sie mit Ihren windigen Schmeicheleien ungeschehen machen können, was Sie sich erlaubt haben, täuschen Sie sich.» Dann verließ sie die Küche.

«Na immerhin habe ich eine Antwort bekommen», flüsterte Emma Konstanze amüsiert zu, als sie wieder allein waren.

Die presste kopfschüttelnd die Lippen aufeinander und nahm kommentarlos zwei weitere Tassen aus dem Schrank, stellte alles zusammen auf ein Tablett und lehnte sich mit einer bedauernden Grimasse neben dem Herd an die Küchenzeile.

«Schade. Ich hatte gehofft, sie würden länger ...»

Emma verstand sie, ohne dass sie den Satz beendete. Auch sie hätte lieber mit Konstanze allein Tee getrunken, aber jetzt einen Rückzieher zu machen und zu behaupten, dass sie keine Zeit habe, brachte sie nicht übers Herz. Von Anna war auch kein Hilferuf gekommen, also beschloss sie, zu bleiben und sich dem eisigen Schweigen der Freifrau zu stellen.

«Schon gut. Kann ich etwas helfen? Die Amarettini anrichten vielleicht?»

Konstanze brauchte eine Schrecksekunde, ehe sie den Scherz begriff. «Unterstehen Sie sich, Emma. Sonst müsste ich annehmen, meine Mutter hätte Sie zur Sabotage angestiftet.»

«*Ma mai in vita mia!* Das würde sie nie im Leben schaffen», versicherte Emma mit unschuldig erhobenen Händen, was ihr ein dankbares Lächeln einbrachte.

Das Wasser kochte, und Konstanze brühte den Tee auf.

«Kommen Sie», sagte sie schließlich und trug das Tablett hinüber in den Salon. Dort saßen Isadora und der Doktor bereits an der überdimensionierten Tafel und warteten.

Hunziker sprang sofort auf, als Konstanze und Emma eintraten.

«Kann ich Ihnen behilflich sein?» Zuvorkommend rückte er einen Stuhl beiseite, damit Konstanze das Tablett bequem auf dem Tisch abstellen konnte.

«Setzen Sie sich und trinken Sie Ihren Tee», ordnete Isadora an. «Sie gehören schließlich nicht zum Hauspersonal.»

Hunziker sah betreten drein, sagte aber nichts darauf. Was auch?

Emma hätte gern eine spitze Bemerkung gemacht, aber sie wollte Konstanze nicht zusätzlich in Verlegenheit bringen. Sie war sicherlich nervös wegen der entscheidenden Schlacht am Herd, die ihr morgen bevorstand. Also nahm Emma dankend ihre Tasse entgegen und nippte daran. Der Tee war wirklich gut, und sie nahm sich vor, Konstanze bei Gelegenheit nach der Sorte zu fragen.

Ehe das Schweigen unangenehm werden konnte, ergriff der Doktor das Wort. Er fragte Emma nach ihrem Lädchen und erzählte auf ihre Nachfrage von dem kleinen Bergdorf, aus dem er stammte.

«Auf unseren Bergwiesen gibt es eine Menge Kräuter, die meine Mutter immer gesammelt und für Aufgüsse verwendet hat», berichtete er. «Von ihr habe ich auch meine Leidenschaft für die Gesundheit. Ich sehe mich nicht als Arzt, der Krankheiten behandelt, stattdessen unterstütze ich Menschen dabei, ihre Gesundheit zu bewahren oder sie wiederzuerlangen, wenn sie sie verloren haben.»

«Und Doktor Hunziker ist vor allen Dingen Spezialist auf dem Gebiet der Anti-Aging-Forschung», warf Isadora explizit an ihre Tochter gewandt ein, als wüsste diese das nicht bereits. Emma war klar, dass sie die eigentliche Empfängerin der Botschaft war, und sie musste sich Mühe geben, nicht die Augen zu verdrehen über das kindische Verhalten der alten Dame.

«J-ja, natürlich», bestätigte der Doktor hastig. «Diesen ... Prozess zu verlangsamen, ist der Traum vieler medizinischer Koryphäen, die sich dem Thema verschrieben haben.»

«Und Sie haben bereits Erfolg mit Ihren Forschungen?», nahm Emma den Faden auf.

Hunziker warf einen Blick auf seine Klientin, den sie nicht anders als stolz interpretieren konnte.

«Nun, es ist ein weiter Weg», wich er dennoch aus. «Ich möchte mich da nicht mit irgendwelchen Ergebnissen brüsten, die wissenschaftlich nicht ausreichend fundiert sind. Sagen wir, die Entwicklungen lesen sich recht positiv.»

Diese Bescheidenheit verwunderte Emma. Sie hätte viel eher erwartet, dass der Doktor mit Isadora und seinen Fortschritten geprahlt hätte.

«Sehen Sie mich an», ließ sich da die Freifrau hinreißen, die Erfolge ihres Arztes an seiner Stelle zu unterstreichen, auch wenn sie dazu Emmas Anwesenheit zur Kenntnis nehmen musste. «Sehe ich etwa so aus, als stünde ich im dreiundneunzigsten Lebensjahr?»

«Absolut nicht, Frau von Hohenfels», bestätigte der Arzt, ehe Emma in ihrer Verblüffung Luft holen konnte. «Sie sehen aus wie das blühende Leben.»

Trotz allem musste Emma zugeben, dass der Mann recht hatte. Natürlich war das Gesicht der Freifrau vom Leben gezeichnet, doch sie hatte kaum mehr Falten als beispielsweise Therese Obermüller mit ihren fünfundachtzig Jahren.

Oder war die Anzahl der Falten ab einem bestimmten Alter unerheblich? Sie wusste es nicht.

Doktor Hunziker schien es unangenehm zu sein, so im

Mittelpunkt der Aufmerksamkeit zu stehen, und er brachte das Gespräch wieder zurück auf Emmas *Alimentari*. Von dort aus war es kein weiter Weg zu den Ereignissen des morgigen Tages und der Rolle, die die beiden Hohenfelser Damen bei dem Wettbewerb spielen würden.

«Und dabei wollten Sie mir meinen Auftritt als Ehrengast erst ausreden», sagte Isadora mit einem beinahe neckischen Blick zu Hunziker.

Der hob die Hände in einer unentschlossenen Geste. «Nun ja, Frau von Hohenfels, das alles ist immerhin mit einer gewissen Anstrengung verbunden, und das beziehe ich nicht nur auf die Tatsache, dass Sie viele unterschiedliche Gerichte in kürzester Zeit verkosten müssen. Auch der ganze Trubel, der dort herrscht, ist nichts, was ich mir für Sie als meine Patientin wünsche. Sie müssen zugeben, dass der heutige Vormittag Sie gehörig angestrengt hat. Und zusätzlich kann ich morgen nicht an Ihrer Seite sein, das macht mir Sorge.»

«Was?» Diese Information schien Isadora neu zu sein. Sie starrte ihn fassungslos an. «Sie lassen mich an diesem wichtigen Tag allein?»

Er beugte sich etwas vor und legte kurz seine Hand auf ihre. «Frau von Hohenfels, morgen ist mein freier Tag, und ausnahmsweise lässt sich der nicht verschieben. Aber Sie werden sich so gut unterhalten, dass Ihnen meine Abwesenheit gar nicht auffallen wird, und abends bin ich ja auch wieder da, um mich um Sie zu kümmern, falls es nötig sein sollte.»

«Das gefällt mir gar nicht. Wo müssen Sie denn unbedingt hin?» Sie klang wie ein Kind, das eben erfahren hat, dass seine Geburtstagsparty platzt.

«Ein Studienkollege von mir hat sich gemeldet. Er ist morgen zufällig in München, und wir haben vereinbart, uns zu treffen. Ich bitte vielmals um Entschuldigung, aber das ist für mich eine einmalige und wichtige Gelegenheit, denn wir haben vor, eventuell gemeinsam zu forschen. Das käme Ihnen auch zugute, liebe Frau von Hohenfels.»

Stille breitete sich aus, und Emma konnte förmlich sehen, wie es hinter der Stirn der alten Dame arbeitete.

«Na gut.» Ihr Tonfall machte klar, dass sie von dieser Planänderung nicht viel hielt. Nur konnte sie ihrem Arzt natürlich nicht verbieten, an einem Sonntag etwas anderes zu unternehmen, als ihr Händchen zu halten.

«Sie sind gut aufgehoben, glauben Sie mir. Und ich habe erfahren, dass auch mein Kollege hier vor Ort, Herr Doktor Rossmeier, anwesend sein wird.»

Isadora machte eine verächtliche Handbewegung, sagte aber nichts mehr darauf.

Emma lehnte eine zweite Tasse ab, als Konstanze sie ihr anbot. «Vielen Dank, aber ich muss zurück in den Laden.»

Der Doktor erhob sich sofort, als sie Anstalten machte aufzustehen. Er schien tatsächlich ein Gentleman der alten Schule zu sein.

Emma schüttelte ihm zum Abschied die Hand. «*È stato un piacere*. Es hat mich gefreut, Doktor Hunziker.» Das entsprach durchaus der Wahrheit.

«*Altrettanto*», antwortete er. «Mir war es auch eine Freude. Ich hoffe, ich finde einen Moment, in dem ich Sie in Ihrem *Alimentari* aufsuchen und ein paar Kleinigkeiten einkaufen kann, *Signora* Ferrari.»

«Das würde mich freuen. Auf Wiedersehen, Doktor. Gnädige Frau.»

Isadora von Hohenfels war zu sehr davon eingenommen, in ihrer Tasse zu rühren, als dass sie Emmas Gruß erwidert hätte.

Konstanze brachte sie zur Tür.

«Er macht auf mich einen sehr sympathischen Eindruck», befand Emma mit gesenkter Stimme. «Und er scheint Ihrer Mutter wirklich gutzutun.»

«Ich weiß.» Konstanze wirkte bedrückt. «Ich mag ihn ja auch, und er ist sicher sehr kompetent, aber ... Sie wissen schon.»

Ja. Emma wusste. Insgeheim fragte sie sich tatsächlich, wie Isadora ihre Behandlungen bisher hatte bezahlen können, denn eine solche Exklusivität hatte sicherlich ihren Preis. Doch es stand ihr nicht zu, ihre Neugier laut zu äußern. Vielleicht würde sie es irgendwann erfahren. Und wenn nicht, dann eben nicht.

«Danke, dass Sie gekommen sind, Emma. Und überhaupt: Danke für alles.»

«*Volentieri*», antwortete sie, auch wenn sie nicht genau wusste, was Konstanze über die rettenden Amarettini hinaus meinte. «Wir sehen uns morgen – oder haben Sie Lust, heute Abend mit uns auszugehen? Anna, Helene und ich wollen das Festgelände ein bisschen unsicher machen.»

Konstanze warf einen bedauernden Blick hinter sich. «Ich fürchte, ich muss passen. Und ehrlich gesagt, bin ich auch viel zu nervös, um mich zu entspannen.»

«Dann wäre ein bisschen Ablenkung vielleicht gerade gut für Sie.»

«Das ist sehr lieb von Ihnen, Emma, aber ich denke ... nein, ich werde mich lieber ausruhen.»

«Dann sehen wir uns morgen. Und machen Sie sich nicht

verrückt!» Emma lächelte Konstanze noch einmal zu, winkte über die Schulter und ging über den Hof zu ihrem Auto.

Der Abend war lau – und laut. Emma, Helene und Anna waren wie vereinbart zu dritt unterwegs und streiften über das Festgelände. Wobei der Ausdruck «Gelände» vielleicht ein bisschen hoch gegriffen war, wie Anna bemerkte.

Ort des Geschehens war der Fußballplatz von Himmelsricht. Wo neben dem Kochzelt Raum geblieben war, waren verschiedenste Stände, Foodtrucks und Buden wie Pilze aus dem Boden geschossen. Das Ganze glich einem kleinen Jahrmarkt. Luftgewehrschießen neben Zuckerwatte, Dosenwerfen neben gebrannten Mandeln und Hüpfburg neben Bratwurst. Es wirkte ein wenig nostalgisch, und Emma fühlte sich an die vielen Mottojahrmärkte ihrer italienischen Heimat erinnert. So eine *sagra*, manche Orte nannten sie auch *fiera*, stand jeweils unter einem bestimmten Motto – manchmal einem religiösen, meist aber einem kulinarischen.

Im Zelt spielte eine Band, und das ganze junge Gemüse des Dorfes und der Umgebung schien auf den Beinen zu sein.

«Das ist ja fast wie auf der Regensburger Maidult», stellte Helene fest. «Fehlen nur die Geisterbahn und das Riesenrad.»

«Ich glaube, wenn hier Platz gewesen wäre, hätte Beuerle auch dafür gesorgt», sagte Anna. «Bring ihn bloß nicht auf Gedanken.»

Der umtriebige Bürgermeister war Himmelsrichts größter Fürsprecher als Standort für die Austragung des Finales gewesen und hatte fast ein Jahr lang dafür geworben und

Unterstützer zusammengetrommelt. Bei der letzten Gemeinderatssitzung hatte er sich mit dem Ergebnis sehr zufrieden gezeigt, und Emma hatte es ihm gegönnt.

«Da ist Doro.» Helene stieß Emma an. Eine Frau winkte aus der Ferne, und sie winkten beide zurück. «Lasst uns zu ihr gehen, ich brauche bald wieder was.»

«Ich komme gleich nach», sagte Anna. «Ich möcht eben schauen, ob sie hier die gebrannten Erdnüsse haben, die Georg so mag.»

Emma und Helene schlossen zu Dorothea Artzt auf. Die Apothekerin stand in unmittelbarer Nähe zum Festzelt, hier war es lauter als am Rand des Platzes.

«Ganz schön was los hier, was?» Doro musste schreien, um sich verständlich zu machen.

«Ist doch nett, oder nicht?», brüllte Helene zurück.

Emma runzelte die Stirn. Die Band, die spielte, klang zwar nicht schlecht, aber die Lautstärke war gar nicht nach ihrem Geschmack.

«Kommt, lasst uns mal reingehen und uns umsehen.» Doro fasste beide resolut an den Armen und zog sie mit sich.

«Aber wenn Anna uns sucht ...», versuchte Emma zu widersprechen, kam jedoch nicht durch.

«Die findet uns bestimmt.»

Sofort standen sie mitten im Geschehen. Die bereits vorbereiteten Kochstellen waren noch an die Wände gerückt, um Platz für Tische und Bänke zu schaffen. Es sah aus wie in einem normalen bayerischen Bierzelt: gemütlich und voll. Die Musik spielte auf einen fulminanten Höhepunkt zu, und Emma war versucht, sich die Finger in die Ohren zu stecken.

«*Mannaggia*», murmelte sie. «Ich bin zu alt für diesen Scheiß.»

Plötzlich verstummte der Lärm, die Musikanten hatten offenbar Pause und gingen von der Bühne. Zurück blieb der erträgliche Geräuschpegel einer gut gelaunten Menschenmenge.

«Habt ihr Durst?», wollte Doro wissen. «Also ich ja.»

Die Frauen besorgten sich drei Bier und suchten sich einen Platz. Beim Blick über die Bänke fiel Emma ein Mann auf, den sie sofort erkannte. Sie ging zu ihm.

«Hallo, Herr Stiller», begrüßte sie ihn erfreut. «Sie haben es also auch gewagt, ihr Trommelfell zu riskieren.»

Er lachte und stand auf, um ihr die Hand zu reichen. «Ja, ein zugegebenermaßen zweifelhaftes Vergnügen, aber hin und wieder muss ich mal aus meiner Komfortzone raus und Dinge tun, die ich sonst nie tue. Das hier ...» Er machte eine raumgreifende Handbewegung. «... gehört definitiv nicht zu meinen Gewohnheiten.»

«Zu meinen auch nicht. Aber immerhin macht die Musik mal Pause, und man kann sich einigermaßen verständigen. Dann will ich Sie nicht vom Essen abhalten, einen schönen Abend.»

«Ihnen auch.» Stiller setzte sich wieder und widmete sich dem Teller vor ihm. Emma schob sich durch die Tischreihen zurück an den Rand, wo Helene und Doro einen Platz gefunden hatten.

«Wer war das?», erkundigte sich Doro, als Emma sich zu den beiden setzte.

Sie schilderte die gestrige Begegnung und erzählte, dass Lennart Stiller in Himmelsricht Urlaub machte.

«Hab ich euch endlich gefunden!» Plötzlich stand Anna neben ihnen. Sie hatte ebenfalls ein Bier in der Hand. «Ihr wart plötzlich verschwunden.»

«Das ist meine Schuld», bekannte die Apothekerin und rückte ein Stück zur Seite. «Komm, setz dich zu mir.»

«Schau mal, Anna, unser Kunde von gestern Nachmittag ist auch hier», sagte Emma.

«Wo denn?» Anna reckte den Hals.

Emma wandte sich um zu Stiller und hielt in der Bewegung inne. «Ach – er ist schon gegangen. Eben saß er da drüben.»

«Dein Eben ist eine Viertelstunde her, Emma», informierte Helene sie. «Vielleicht war ihm langweilig, so ganz allein.»

«Mir hat er eigentlich nicht den Eindruck gemacht, als würde er sich in seiner eigenen Gesellschaft langweilen», meinte Emma. «Aber er hatte beinahe aufgegessen, und wer weiß, wie lange er schon hier war.»

«Vielleicht ist er eine Runde spazieren», mutmaßte Anna, setzte sich zu ihnen an den Tisch und wandte sich zu Doro. «Wie geht es dir? Und wie sieht es derzeit mit deiner Produktion aus?»

«Hab ich sie auch gefragt», sagte Helene. «Bei mir wird's langsam knapp.»

«Nächste Woche ernte ich wieder und mache mich an die Arbeit. Reicht euch das? Emma? Wie sieht es bei dir aus?»

«Ich habe genügend. Wenn also von euch eine was braucht, bis Doro Nachschub hat, sagt Bescheid, ich helfe gern aus.»

«Ah, gut zu wissen.» Helene klang erleichtert. «Ich bin nächste Woche wieder dran, und du weißt ja, wie scheiße es mir an den ersten beiden Tagen geht.»

Anna nahm einen Schluck Bier. «Da hätte der Herrgott auch echt was anderes erfinden können. Bin mal gespannt, wann es bei Tanja anfängt.»

«Wie alt ist sie jetzt?» Doro strich sich die wilden roten Locken aus dem Gesicht.

«Dreizehn. Bald vierzehn. Es kann jeden Tag so weit sein. Machst du mir für sie vielleicht ein bisschen was mit? Oder ist sie dafür zu jung?»

«Vierzehn ... na ja.» Doro zögerte. «Das ist wirklich sehr jung, aber ... weißt du was? Ich mache dir lieber eine ganz niedrig dosierte Salbe für sie, das schadet ihr auf keinen Fall.»

«Danke, du bist ein Schatz.»

«Aber gern doch. Ach übrigens – wisst ihr, dass ich morgen eine besonders ehrenvolle Aufgabe habe?»

Emma schüttelte den Kopf. «Nein. Welche denn?»

«Ich bin für die Spezialbetreuung von Isadora von Hohenfels zuständig. Da schaut ihr, was?» Doro nickte mit scherzhaft übertriebenem Stolz.

Anna grinste. «Und das bedeutet was konkret?»

«Ich bringe ihr das Essen. Essen auf Beinen gewissermaßen, nicht auf Rädern.»

«Hä?» Helene sah von einer zur andern. «Versteh ich nicht. Wieso bringst du ihr Essen?»

«Na ja, die Jury geht beim Wettkochen von Kandidat zu Kandidat und kostet die Gerichte. Das will man der Ehrenvorsitzenden natürlich nicht zumuten, also bekommt sie einen besonderen Platz dort drüben.» Sie deutete quer durch das Zelt, wo am anderen Ende ein kleines Podest zu sehen war. «Hinter ihr werden die Zeltbahnen geöffnet, damit sie nicht durch den ganzen Trubel muss, und da wird sie dann sitzen und kosten, was ich ihr bringe.»

«Warum gibst du dich dafür her, Doro?», tadelte Helene. «Du machst dich für die Alte zum Affen, und wozu? Kann das nicht jemand anderes erledigen?»

Doro zuckte die Schultern. «Ach, weißt du, das macht mir nichts aus. Beuerle hat mich drum gebeten, also tu ich es. Für unser Dorf und für Konstanze. Ich drück ihr so die Daumen, dass sie gewinnt.» Sie lächelte. «Schließlich ist sie ja eine von uns, zumindest in letzter Zeit.»

4. KAPITEL

Sie kommen also tatsächlich?» Den halben Sonntagvormittag hatte Emma sich diese Frage bereits gestellt.

«Dachten Sie, ich mache einen Rückzieher? Versprochen ist versprochen, oder?»

Emma musste sich beherrschen, nicht zu vorfreudig zu klingen. «*Certamente*. Wo sind Sie denn gerade?»

Im Telefon rauschte es. Henrik Gieseking schien sich erst orientieren zu müssen. «Wenn meine Berechnungen stimmen und das Navi mich nicht im Stich lässt, habe ich ungefähr zehn Kilometer bis Himmelsricht.»

«Und wie schnell kann man die mit dem Rad fahren?»

Er lachte leise. «Das kommt darauf an.»

Emma lachte mit. «So genau wollte ich es auch nicht wissen. Wenn Sie da sind, sind Sie da. Ich warte im Laden auf Sie, da können Sie Ihr Rad sicher deponieren.»

«Das ist eine gute Idee, danke für das Angebot. Dann bis gleich.»

Während Emma wartete, füllte sie Hugos Näpfe mit frischem Wasser und Trockenfutter und fegte den Hausflur. Sie machte Ordnung im Lager und entsorgte leere Kartons und Schachteln. Gerade war sie damit fertig, als es an der Hintertür klopfte.

Lächelnd öffnete sie.

«*Commissario!* Wie schön, Sie zu sehen! Kommen Sie herein.»

«*Signora* Ferrari. Wie geht es Ihnen?»

«*Fantastico, grazie*. Und solange sich keine Leiche in meiner unmittelbaren Umgebung befindet, dürfte sich daran auch nichts ändern.»

Gieseking schob sein Fahrrad in den Hausflur. Bei jedem Schritt klackerte die Klickbindung seiner Radschuhe. Nachdem er sein Gefährt behutsam an die Wand gelehnt hatte, drehte er sich zu Emma um. Das auffällige Grün seiner Iris strahlte, als er ihr die Hand zur Begrüßung reichte.

«Ich muss sagen, ich habe mich richtig auf diesen Ausflug hierher gefreut. Ist ja nun eine ganze Weile her, dass wir uns zuletzt gesehen haben.»

«Ja, das ist allerdings wahr. Fast ein ganzes Jahr.» Emma fühlte sich ein wenig befangen nach der langen Zeit und musterte ihn verstohlen.

Henrik Gieseking machte auch im Raddress eine gute Figur. Allerdings kam er Emma, die ihn nur in formeller Kleidung kannte, in diesem Outfit reichlich fremd vor. Erst als er den Fahrradhelm abnahm und ihr sein halb spöttisches, halb herzliches Lächeln schenkte, verlor sich dieser Eindruck ein wenig.

Gieseking musste ihren Blick falsch interpretiert haben, denn er hielt mitten in der Bewegung inne.

«Keine Angst, Sie müssen sich mit mir nicht in diesem peinlichen Aufzug in der Öffentlichkeit zeigen.»

«*Ma per carità!* Das wäre ... *allora* ... also ich meine ...», stotterte Emma. Das Gegenteil war eher der Fall: Ihr gefiel durchaus, was sie sah. Doch das würde sie ihm ganz sicher nicht sagen. «Sie wirken ... sehr sportlich.» Innerlich verdrehte sie die Augen. Heute war sie ja mal wirklich wieder sehr schlagfertig.

Gieseking hatte ihre Verlegenheit offenbar nicht bemerkt. Die Fältchen um seine Augen vertieften sich mit seinem Lächeln. «Na, das hoffe ich.» Er hängte seinen Helm an den Lenker, zog einen Rucksack von den Schultern und hielt ihn mit verschmitztem Blick hoch. «Ich habe vorgesorgt. Kann ich mich irgendwo rasch frisch machen?»

«Oh ...» Erleichtert wies sie ihm den Weg zum Waschraum. «Es ist nur nicht aufgeräumt», entschuldigte sie sich. Hätte sie geahnt, dass er den Raum betreten würde, in dem sie das Putzzeug und allen möglichen Kram aufbewahrte, hätte sie lieber hier für Ordnung gesorgt anstatt nebenan im Lager. Das leichte Chaos hatte ihr letztes Jahr, als die Kripo alles unter die Lupe genommen hatte, ironischerweise weniger ausgemacht als jetzt. Aber nun war der *commissario* gewissermaßen privat hier, das war etwas anderes.

Gieseking lachte. «Keine Sorge, ich werde nichts anrühren.»

Wenige Minuten später kam er in Zivil zurück. Die dunkelblauen Sneaker verhielten sich auf den Fliesen vollkommen lautlos. Er sah immer noch sportlich aus in Jeans und wassergrünem Kurzarmhemd. Emma stieg der dezente Duft seines Eau de Cologne in die Nase.

«Es ist ein bisschen zerknittert vom Rucksack», meinte er entschuldigend und strich ein paar Falten glatt. Dass die Geste seinen muskulösen Brustkorb hervorhob, schien er nicht zu bemerken.

«Das wäre es im Lauf des Tages wahrscheinlich ohnehin geworden», beruhigte Emma ihn. «Wollen wir?»

«Aber ja. *Andiamo.*»

Sie lachte.

«Stimmt das so?»

«Ja, *perfettamente.*»

«Dann also los.»

Sie benutzten wieder die hintere Eingangstür. Auf der Schwelle blieb Gieseking kurz stehen und musterte den Türsturz.

«Man sieht Hugos Kratzspuren», sagte er, auf die Ermittlungen vom letzten Jahr anspielend. «Ach, und eine Katzenklappe hat er jetzt auch.»

«Hätte er die damals gehabt, hätten Sie sich diesen aufgebrachten Anruf bei mir sparen können», meinte Emma amüsiert.

Gieseking nickte. «Das mag stimmen. Was macht Ihr Team? All die klugen Frauen, die Sie um sich versammelt haben?», fragte er, als sie in die Straße hinter dem Haus einbogen, die quer durchs Dorf zum Sportplatz führte.

«Es geht allen gut, danke der Nachfrage. Frau Obermüller hört ein kleines bisschen weniger als letztes Jahr, aber ihre Nase ist phänomenal wie eh und je. Anna und Helene sind wohlauf, und Frau von Hohenfels ist der Star dieses Nachmittags. Ich bin gespannt, was Sie zu ihrer Menüfolge sagen werden.»

«An der Sie nicht unbeteiligt gewesen sein dürften, nehme ich an.» Es klang anerkennend, und Emma freute sich.

«Bis zu einem bestimmten Grad. Sie hat sich mit mir beraten, aber die Auswahl natürlich selbst getroffen. Jedoch konnte ich dafür sorgen, dass sie die besten Zutaten bekommen hat, die man auftreiben kann.»

«Daran habe ich nicht den geringsten Zweifel.»

Plaudernd durchquerten sie das Dorf, und je länger sie nebeneinander hergingen, desto mehr schwand Emmas Befangenheit. Sie hatten in der Endphase der Ermittlungen ein recht vertrauensvolles Verhältnis gehabt, und dieses Gefühl stellte sich nun langsam wieder ein. Gieseking hatte einen trockenen Humor, der gut zu ihrer eigenen Art passte. Sie fand es angenehm, in seiner Gesellschaft zu sein. Im Nu waren sie beim umgewidmeten Fußballplatz angekommen.

Der Vormittag hatte ruhig begonnen, nun war eine Musikgruppe aus dem Nachbardorf in Aktion und spielte Schlager. Die meisten schienen im Zelt zu sein, außerdem tummelten sich jede Menge Menschen auf der Wiese vor dem Zelt, wo bereits alle Buden geöffnet waren.

«Ganz schön was los hier», bemerkte Gieseking.

«Das hätten Sie mal gestern Abend sehen sollen.»

Er verzog das Gesicht, was ihr Kommentar genug war. Emma lachte.

«So habe ich auch geguckt. Aber es war trotzdem sehr lustig.»

«Da drüben ist ja Frau Obermüller.»

Emma folgte seinem Fingerzeig. Dort, neben dem kleinen Stand mit Zuckerwatte, saß ihre alte Freundin auf ihrem Rollator, zupfte an einer süßen weißen Wolke und beobachtete das Geschehen um sich herum.

«Ich würde sie gern begrüßen. Ihre Enkelin ist zum Dienst verdonnert, nehme ich an.» An die Familienverhältnisse zwischen Therese Obermüller und Helene Straub erinnerte er sich natürlich, schließlich hatte er während der Ermittlungen vor Ort einige Tage bei den Straubs logiert und kannte das Gasthaus bestens.

«Sie haben recht, aber wenn das Finale beginnt, wird sie natürlich da sein.»

«Was wird Frau von Hohenfels denn nun Feines kochen?», fragte er, während sie auf Therese zusteuerten.

«Das verrate ich Ihnen nicht, das weiß bislang nicht mal die Jury.»

«So spannend?» Er lächelte. «Na gut, dann lasse ich mich überraschen. Wann geht es eigentlich los?»

Emma sah auf ihre Armbanduhr. «In einer halben Stunde, denke ich.»

«Dann bin ich ja gerade rechtzeitig gekommen.»

«Das kann man wohl sagen.»

Therese kniff die Augen zusammen, als Emma und Gieseking sich ihr näherten. Als sie wenige Schritte entfernt waren, erkannte sie die beiden.

«Ja da schau her – der Herr Kommissar», sagte sie und ließ das Holzstäbchen mit ihrer Zuckerwatte sinken. Ihr Gesicht verzog sich zu einer beeindruckenden Faltenlandschaft, als sie ihn breit anlächelte. «Ist hoffentlich nicht wieder wer gestorben?»

Gieseking lachte herzhaft. «Nein, liebe Frau Obermüller, dieses Mal nicht. Heute bin ich tatsächlich nur zu meinem Vergnügen hier.»

«Na, das ist ja schön. Gell, Emma, da freust dich.»

«Ja, Resi, da freu ich mich sehr», bestätigte sie aufrichtig, wenn auch ein wenig peinlich berührt.

Gieseking schenkte ihr ein warmes Lächeln, ehe er sich wieder an Therese wandte. «Wie geht es Ihnen denn, Frau Obermüller?»

«Oh, gut, Herr Kommissar.»

«Frau Obermüller, heute bin ich wirklich mal nur der Gieseking, einverstanden?»

«Ja, da bin ich einverstanden. Und wissen S', Herr Gieseking, ich kann noch immer genauso gut riechen wie damals das Lakritz.»

«Das freut mich. Hoffen wir mal, dass das ganz lange so bleibt.»

«Das hoffen wir alle, gell, Resi?», fragte Emma.

Therese nickte bekräftigend. Dass der Kommissar sie während seiner Ermittlungen genauso ernst genommen hatte wie alle anderen Zeugen, hatte ihn auf Lebenszeit ihrer Hochachtung und Sympathie versichert.

«Und wenn wieder mal was ist ...» Sie tippte mit dem Zeigefinger an ihre Nase. «... dann nicht verzagen, Resi fragen, sag ich immer.»

«Das werde ich tun, wenn es nötig sein sollte.»

«Sie duften übrigens wieder genauso gut nach einem Sommerabend im Wald wie letztes Jahr.»

«Dass Sie sich daran noch erinnern ... schön!»

Emma räusperte sich. «Resi, kommst du mit ins Zelt? Es geht bald los, und wir wollen alle dabei sein, wenn Konstanze gewinnt.»

«Da hast recht, Mädel.» Therese stand auf und steckte den Rest Zuckerwatte vorsichtig am Stiel in ein kleines Loch am Korb ihres Rollators, sodass die weiße Wolke wie eine Fahne in die Luft stand. «Na schau, als wär's dafür gemacht. Gehen wir.»

Sie setzten sich in Bewegung, als Emma plötzlich jemanden nach ihr rufen hörte. Sie wandte sich um.

«Da seid ihr ja! Servus, Omi.» Mit klimpernden Fußkettchen und geröteten Wangen lief Helene auf sie zu. Sie trug das Dirndl, in dem sie im Wirtshaus gearbeitet hatte, und die Zöpfe, die sie sich dafür immer flocht. «Hab keine Zeit mehr gehabt zum Umziehen, sonst wär ich zu spät gekommen. – Oh! Hallo, Herr Kommissar!»

«Frau Straub.» Gieseking streckte ihr die Hand entgegen.

«Schön, auch Sie wiederzusehen. Wie geht es Ihren Eltern? Sie muss ich nicht fragen, dass es Ihnen gut geht, sieht man auf den ersten Blick.»

So charmant konnte er sein? Emma staunte. Auf sie hatte er letztes Jahr den Eindruck eines missmutigen Prinzipienreiters gemacht. Verständlicherweise, schließlich war sie erst mal die Hauptverdächtige gewesen. Mit der Zeit hatte sie Giesekings feinen Humor kennen- und schätzen gelernt, aber diese Freundlichkeit war ihr neu.

«Den Eltern geht's auch super, danke. Viel Arbeit halt, aber das ist ja gut so.»

«Denke ich auch. – Wollen wir?» Er wies auf den Zelteingang, vor dem sich inzwischen die Menschen drängten, und ließ ihnen den Vortritt.

Im Inneren nahmen nun die Kochstellen einen Großteil des freien Raumes an der Stirnseite des Zelts ein. Die Biertische des Vorabends waren beiseitegerückt und die Bänke in Reihen aufgestellt worden, um für mehr Zuschauer Platz zu schaffen. Auch Therese kam mit ihrem Rollator gut durch. Sie waren gerade zur rechten Zeit da, um die kurze Begrüßungsrede von Bürgermeister Beuerle mitzubekommen. Er schwärmte von der tollen Veranstaltung und gestand natürlich zu, dass sein Herz und seine gedrückten Daumen der örtlichen Kandidatin gehörten.

«Denn wo hat man sonst die Ehre, den Star einer solchen Veranstaltung persönlich zu kennen und seine Mitbürgerin nennen zu dürfen?», fragte er, bevor er zum Ende seiner Rede kam und den Ring freigab – für die «Helden am Herd», wie er sie nannte.

Emma und Helene warfen sich einen vielsagenden Blick zu, den Gieseking auffing.

«Ich habe bereits elegantere Reden gehört», raunte er.

Helene kicherte.

«Ach, er macht seine Sache doch ganz gut», verteidigte ihn Emma.

«Das sagst du nur, weil seine Frau regelmäßig bei dir einkauft», stichelte Helene.

«Was?» Gieseking verzog das Gesicht zu einer entrüsteten Miene. «Frau Ferrari, Sie sind bestechlich?»

«Da muss ich Sie jetzt leider enttäuschen: ja.» Ehe sie ihren Spaß ausbauen konnte, knuffte Helene sie in die Seite. «*Aia*! Was soll das denn?»

«Da drüben – schau!»

Emma folgte Helenes Blick und entdeckte die Klimpels. Vater, Mutter und Tochter waren, ob absichtlich oder nicht, in die bayerischen Farben Weiß und Blau gekleidet. Janina trug sogar ein Halstuch mit Rautenmuster. Emma erinnerte sich, dass die draußen vor der Tür irgendwo verkauft wurden.

Auch Giesekings Aufmerksamkeit war ihnen gefolgt. «Bekannte?»

«Touristen», erklärte Emma. «Sie mussten bei den Straubs raus, weil die voll waren, und das hat ihnen nicht gefallen. Die Frau ist ziemlich unfreundlich geworden.»

«Ah.» Er musterte die Familie, ehe er sich umwandte und den Rest des Zeltes in Augenschein nahm.

Auch Emma suchte ihre Umgebung ab. Teils nach Bekannten, aber auch, weil sie sehen wollte, wo genau Konstanze ihren Kochplatz hatte. Allerdings waren alle Küchen identisch, sie konnte es nicht ausmachen.

«Hier riecht's aber gut», merkte Therese an.

«Ich riech gar nichts, Omi.»

«Ich auch nicht», gab Emma zu.

Der Geräuschpegel im Zelt schwoll für einen Moment an, dann übertönte ein Tusch der Kapelle das Stimmengewirr. Nun übernahm ein professioneller Ansager das Mikrofon und schwor die Anwesenden auf die zu erwartenden Höhepunkte des Nachmittags ein.

«Als Erstes begrüßen Sie mit uns die Juryyyyy!» Er zog die letzte Silbe in die Länge, wie die amerikanischen Ansager bei Boxkämpfen oder Wrestlingshows. «Zuerst ein Mann, dessen Artikel in ganz Deutschland verschlungen werden und dessen Meinung geschätzt wie gefürchtet wird. Er ist der ungekrönte König der Kochkritiker: unser allseits beliebter *Tagblatt*-Lifestyleredakteur Dirk *The Tongue* Baumeisteeeeer.»

Tosender Applaus war die Reaktion auf den Namen, der Emma absolut nichts sagte, während sich ein beleibter Mittfünfziger mit Halbglatze auf der Bühne neben dem Ansager verbeugte.

«Und es kommt noch besser, meine Damen und Herren. Ihre Kochvideos auf YouTube sind legendär, Hunderttausende folgen ihr, und so manch eine und einer hat nur wegen ihr wieder zu Topf und Kochlöffel gefunden, statt sich weiterhin an Fast Food zu vergreifen. Freuen Sie sich auf die bekannte Influencerin Cookme Tryme Lovemeeeee.»

«What?» Helene schrie gegen die Begeisterung um sie herum an und warf Emma einen zweifelnden Blick zu. «Echt jetzt? Koch mich, probier mich, lieb mich? Das glaub ich nicht.»

«Im echten Leben heißt sie wahrscheinlich Lieschen Müller», warf Gieseking ein. «Und ich entschuldige mich bei allen Müllers und Elisabeths für dieses Klischee, aber der musste sein.»

Emma grinste breit. Das verschmitzte Lächeln, das um den Mund des Kommissars spielte, gefiel ihr.

Lieschen *Cookme* Müller sprang auf der Bühne auf und ab und ermutigte ihr Publikum zu weiteren Applausstürmen. Ihre knallrot gefärbten Haare wehten hinter ihr her, und ihre drahtige Figur ließ vermuten, dass sie nicht viel von dem, was sie kochte und liebte, auch wirklich probierte.

«Der dritte Juror dürfte Ihnen allen bestens bekannt sein, denn er ist *der* Lokalmatador. Der Ruf seines Hotels lebt von seiner Sterneküche, habe ich mir sagen lassen, und ich freue mich immens, dass er trotz aller Verpflichtungen heute hier sein kann: der allseits geschätzte Fabian Lackneeeeeeer. Woohooooo!»

Auch Fabian erhielt den verdienten stürmischen Applaus und winkte mit einem breiten Grinsen in die Menge. Emma freute sich für ihn, denn sie wusste, dass er es mit seiner Sterneküche in dieser Gegend nicht immer leicht hatte. Sicher würde das heute einen guten Publicityschub für den engagierten jungen Mann und sein Hotel bedeuten.

«Und jetzt, liebes Publikum, liebe Himmelsrichter, begrüßen Sie den Ehrengast dieses Nachmittags: unsere hochverehrte, unvergleichliche, charmante und wahrlich lebenserfahrene Isadora von Hohenfeeeeeeeels!»

Helene verkniff den Mund, als hätte sie Zahnschmerzen, und Gieseking lachte über das ganze Gesicht bei dieser Ankündigung.

Emma konnte nur den Kopf schütteln. «Ob er je persönlich mit ihr gesprochen hat?»

«Ach, wenn sie mag, kann sie durchaus charmant sein», warf Gieseking ein. «Bei unserem ersten Besuch hat sie Falk und mir so viel Honig um den Mund geschmiert, dass wir ihn zum Fünfuhrtee fast nicht mehr öffnen konnten.»

Der Arm des Conférenciers wies mit einer ausholenden Bewegung zur rechten Längsseite des Zeltes. Dort öffneten Dorothea Artzt auf der einen und ein Helfer auf der anderen Seite die Plane und schafften genug Platz, damit die alte Dame eintreten konnte. Doro begleitete die Freifrau auf das Podest und rückte ihr den Stuhl am mit einem blütenweißen Tuch bedeckten Tisch zurecht. Isadora setzte sich, bedeutete ihr, sie möge sich zu ihr beugen, und nach einem kurzen Wortwechsel verließ Doro mit hochrotem Kopf das Podest. Isadora hingegen thronte wie eine Königin auf ihrem Stuhl und blickte um sich. Sie hatte Emma stets an Queen Elizabeth II. erinnert, tatsächlich fehlte in diesem Moment nur, dass sie huldvoll in die Menge winkte. Es sah nicht so aus, als würde ihr die Situation missfallen. Im Gegenteil, sie wirkte ganz in ihrem Element.

Der Moderator rief die Teilnehmer der Endrunde auf, die alle brav beklatscht wurden, und trug leidenschaftlich die verschiedenen Menükompositionen vor. Emma lief das Wasser im Mund zusammen bei all den tollen Gerichten und besonders kunstvollen Bezeichnungen. Schließlich war er bei der Favoritin angelangt.

«Und last, but not least, begrüßen Sie mit mir zusammen die Frau, die wie keine Zweite dieses zauberhafte Örtchen Himmelsricht vertritt: Konstanze von Hohenfeeeeels.»

Allgemeines Klatschen und Gejohle war die Reaktion. Neben Emma, die begeistert applaudierte, schnitt ein Pfiff durch die Luft, und sie fuhr überrascht herum.

Gieseking grinste wie ein Lausbub. «Was?»

«Haben Sie gerade durch die Finger gepfiffen?»

«Trauen Sie mir das etwa nicht zu?»

Emma lachte. «Das kam unerwartet. War aber ziemlich cool.»

«Das hab sogar ich gehört», sagte Therese stolz.

Gieseking hob mahnend den Zeigefinger. «Aber psst jetzt. Was sie kocht, will ich nicht verpassen, nachdem Sie mir nichts verraten wollten.»

«Konstanze von Hohenfels zaubert uns ein außergewöhnliches mediterranes Menü aus gegrillten Mazzancolle auf Zitronen-Blattspinat mit kandierten Tomaten als Antipasto», las der junge Mann von seinem Spickzettel ab. «Als Zwischengericht gibt es Kürbisrisotto mit Amarettini und Ziegenkäseschaum, und als Hauptgericht freuen wir uns auf gefüllten Wolfsbarsch in der Salzkruste.»

Wieder jubelten ein paar Leute, die Emma nicht kannte. Ob das Konstanzes Koch-Fanbase war? Sie hatte so vieles noch nicht in Erfahrung gebracht, wurde ihr bewusst, und sie würde, wenn der Wettkampf vorüber war, Konstanze nach einigen Dingen fragen.

«Das war aber noch nicht alles», fuhr der Ansager marktschreierisch fort, «denn als Dessert erwartet uns der absolut unschlagbare und sagenhafte Amarettini-Kuchen mit Mascarponecreeeeeme.»

Erneut brandete Jubel auf, als handelte es sich um die Ankündigung eines Superstars, und Emma musste sich zusammenreißen, um nicht laut loszulachen. Aus den Augenwinkeln stellte sie fest, dass es Gieseking neben ihr auch so ging.

«Das klingt, als wäre Konstanze so bekannt wie Paul Bocuse, ohne dass wir etwas davon wissen», meinte sie.

Helene, die schräg vor ihr stand, wandte sich kopfschüttelnd um. «Und dabei macht er das bei allen anderen auch so. Lauter weltbekannte Köche, dem Geschrei nach.»

Der Applaus verebbte und ging wieder über in den normalen Geräuschpegel eines gut gefüllten Festzelts. Die vier Finalisten, zwei davon Männer, standen an ihren Kochstellen gewissermaßen in den Startlöchern. Konstanze hatte den Kochplatz ganz außen links. Neben ihr befand sich die zweite Frau, die etwa Mitte dreißig sein mochte und ihren mausbraunen Schopf zum Großteil unter einer Kochmütze versteckt hatte.

«Ich möchte Konstanze rasch Glück wünschen, bevor es losgeht», verkündete Emma. «Wartet ihr hier auf mich?»

Helene und der Kommissar entschieden, sie zu begleiten, also bahnten sie sich ihren Weg durch die Menge. Therese hatte eine andere ältere Dame getroffen und blieb an ihrem Platz.

Emmas Freundin sah fremd aus in ihrer weißen Kochkluft und hatte wie ihre Kontrahenten eine Mütze auf, die die Haare verbarg und das Logo des Sponsors trug. Wäre sie ihr so gekleidet irgendwo anders begegnet, hätte sie sie vielleicht nicht erkannt.

«Emma! Wie schön, dass Sie mich besuchen! Und Sie haben Verstärkung mitgebracht, wie ich sehe. Hallo, Helene, und guten Tag, Herr Kommissar.»

«Wir wollten Ihnen viel Glück und vor allen Dingen gutes Gelingen wünschen, Konstanze.» Emma hob ihre beiden gedrückten Daumen in die Höhe.

«Toi, toi, toi», rief Helene enthusiastisch. «Sie rocken das, da bin ich sicher.»

«Wir glauben fest an Sie, Frau von Hohenfels», bestätigte auch Gieseking.

«Danke.» Sie lächelte verlegen und zupfte an ihrer Kochjacke herum.

«Schick sehen Sie aus. Und so ungewohnt», sagte Emma.

«Es fühlt sich auch ungewohnt an», klagte Konstanze. «Das Ding ist so ungünstig geschnitten, ich kann mich darin kaum richtig bewegen, obwohl es mir zu groß ist.»

«Aber davon lassen Sie sich nicht aufhalten, oder?», versuchte Gieseking, sie aufzumuntern.

«Absolut nicht. Ich bin angetreten, um zu gewinnen.» Nun klang sie kämpferisch.

«So ist es recht!» Helene klatschte erfreut. «Und Sie werden auch gewinnen, davon bin ich überzeugt.»

«Meine sehr verehrten Damen und Herren, bitte begeben Sie sich auf Ihre Plätze, es geht looooooos.»

«Na dann ...» Emma winkte Konstanze noch einmal zu, bevor alle drei den Bereich vor ihrem Kochplatz verließen.

Um sie herum war es inzwischen so voll geworden, dass sie nicht einmal mehr drei Stehplätze nebeneinander ergattern konnten, also kämpften sie sich durch die Menge und fanden sich schließlich am anderen Ende der Köchereihe ganz in der Nähe von Isadoras Logenplatz wieder, wo sie erneut auf Therese trafen. Von hier aus hatten sie wider Erwarten einen richtig guten Blick, nicht nur auf das Geschehen und die Aktivitäten der verschiedenen Teilnehmer, sondern auch auf die Honoratioren des Dorfes. Unweit von Konstanze stand Bürgermeister Beuerle im Gespräch mit Doktor Rossmeier, daneben entdeckte Emma Lisa vom Dorfcafé und Bärbel, die die Eisdiele am Dorfplatz betrieb. Ob ihr Ex-Mann Korbinian mit seiner neuen Freundin, Friseurin Petra, auch anwesend war, konnte sie nicht sagen, doch sie ging davon aus, dass sie irgendwann später auf die beiden treffen würde. Zumindest hatte Petra bei ihrem letzten Haarschnitt eine Bemerkung fallen gelassen, der Emma entnommen hatte, dass sie beide sich das Event nicht entgehen lassen wollten.

Der Nachmittag schritt voran, die Spannung war seit dem ersten Griff zum Kochlöffel spürbar. Der Moderator ging zwischen den Teilnehmenden hin und her, unterhielt sich immer wieder kurz mit ihnen und kommentierte, wie sie vorankamen. Die Gerüche und Aromen, die aus den vielen Töpfen und Pfannen und Tellern aufstiegen, waren mehr als verführerisch. Emma war froh, dass sie zu Mittag gegessen hatte, doch auch so beneidete sie die Jurymitglieder glühend um all die Leckereien, die sie probieren durften. Allein vom Zitronenduft, der von Konstanzes Mazzancolle aufgestiegen war, als Dorothea sie an ihnen vorbeigetragen hatte, war ihr das Wasser im Munde zusammengelaufen.

Konstanze arbeitete sicher und souverän und schien ganz in ihrem Element zu sein, doch auch ihre Mitstreiter wirkten nach der Vorspeise alles andere als unsicher. Die Jury hatte alle Gerichte gekostet, ihre Pokerfaces erlaubten allerdings keinen Schluss, ob es bis hierher einen Favoriten gab. Dennoch meinte Emma, dass Fabian Lackner und Lieschen *Cookme* Müller bei Konstanzes Gericht anerkennend genickt hätten.

Emma ließ ihre Freundin kaum aus den Augen. Diese hatte bereits den Barsch in seine Salzkruste gepackt und in den Ofen geschoben und rührte nun mit Hingabe in ihrem Reistopf.

«Scheint viel langweilige Handarbeit zu sein, so ein Risotto», bemerkte Gieseking nahe an Emmas Ohr.

Die nickte. «Rühren, rühren, rühren, das ist das Geheimnis eines wirklich guten, cremigen Risottos. Natürlich neben absolut erstklassigen Zutaten. Was Konstanze hier macht, ist eine besondere Liga.»

Der Kommissar grinste. «Mit Ihren Zutaten auch kein Wunder.»

«Genau», bestätigte Helene an Emmas Stelle voller Stolz in der Stimme. «Was anderes wäre für Konstanze auch nie infrage gekommen, gell, Emma?»

So viel Lob war ihr ein bisschen peinlich, doch sie nickte, ohne zu widersprechen. «*Giusto.*»

«Was macht sie da jetzt?», wollte Gieseking wissen.

«Sie streut die zerbröselten Kekse über die Teller. Das Raffinierte an diesem Gericht ist der Kontrast aus dem cremig-weichen Risotto und dem Knuspereffekt der Amarettini-Stückchen obendrauf. Drum müssen die ganz frisch sein und dürfen erst direkt vor dem Verzehr darübergestreut werden. Und geschmacklich passen sie hervorragend zu dem ohnehin etwas süßlichen Kürbisaroma und dem Ziegenkäse.»

«Aha. Da habe ich nun wieder was gelernt.»

Emma schenkte ihm ein rasches Lächeln, ehe sie ihre Aufmerksamkeit zurück auf das Geschehen richtete.

Dorothea Artzt begab sich wie bei der Vorspeise zu den verschiedenen Teilnehmern und brachte die Gerichte nacheinander auf kleinen Tabletts zu Isadora auf ihrem Thron. Wie vorhin wehte Emma auch jetzt eine opulente Duftwolke entgegen, wenn sie an ihr vorbeiging.

«Na, Resi?», wandte sie sich an ihre alte Freundin, die mit entrückter Miene neben ihr stand und buchstäblich die Nase in die Luft hielt.

«Das riecht alles so gut», bestätigte diese. «Da könnt ich

mich glatt reinlegen und nicht mehr aufstehen. Essen hält halt Leib und Seele zusammen, sag ich immer.»

«Vergessen Sie das Trinken nicht, Frau Obermüller», scherzte Gieseking. «Dazu ein guter Schluck Wein ist sicher nicht zu verachten.»

«Ich wusste gar nicht, dass Sie so ein Genießer sind», wunderte sich Emma. Aber richtig, letztes Jahr, als sie die Aufklärung des Mordfalls gefeiert hatten, war der Kommissar von ihrem Prosecco auch sehr angetan gewesen.

«Ich komme ja kaum dazu. In der Regel trinke ich nur in netter Gesellschaft, allein zu Hause überhaupt nicht, und im Dienst ... dazu muss ich wohl nichts sagen.»

«Natürlich nicht.» Helene warf Emma einen vielsagenden Blick zu.

Die wusste, worauf ihre Freundin hinauswollte, sie zog es jedoch vor, so zu tun, als hätte sie das «Allein zu Hause» nicht gehört.

«Wir können ja im Anschluss an die Siegerehrung Konstanzes Erfolg feiern», schlug sie vor. «Sie sind nicht im Dienst, stattdessen in netter Gesellschaft. Das passt doch, *vero?*»

«Und vor allen Dingen sind Sie nicht allein zu Hause.» Helene konnte es nicht lassen.

Emma verdrehte die Augen und zog ihr unbemerkt von Gieseking eine Grimasse.

Helene zuckte unschuldig die Schultern.

«Das ist eine wirklich gute Idee», stimmte der Kommissar zu.

Niemand von ihnen schien in Erwägung zu ziehen, dass Konstanze nur auf dem zweiten Platz landen könnte – eine Tatsache, die Emma gefiel. Diesen Erfolg wünschte sie ihr so sehr.

Sie fing einen Blick von Dorothea auf, als diese mit dem Tablett von Konstanzes Kochplatz an ihnen vorbei und zum Podest eilte. Sie wirkte angespannt – was mochte Isadora ihr vorhin zugeflüstert haben?

Emma reckte den Hals nach der alten Dame. Die tupfte sich gerade geziert die Lippen ab und führte mit vornehm abgespreiztem kleinem Finger ein Wasserglas zum Mund, ehe sie sich ihrer nächsten Portion widmete.

Plötzlich ertönte dumpfes Fauchen, gefolgt von einem schrillen Aufschrei. Emma fuhr herum. Aus dem Kochtopf der jungen Frau neben Konstanze loderte eine hohe Flamme. Die Zuschauer direkt vor ihr waren auseinandergestoben, die Teilnehmerin selbst begann, hektisch mit einem Geschirrtuch auf das Feuer einzuschlagen.

«Himmel, Arsch und Zwirn – das sieht ja richtig gefährlich aus!»

«Na, und ob!» Emma wandte sich zu Helene um, die den markigen Spruch losgelassen hatte. Sie stand schräg hinter ihr und verfolgte das Geschehen mit großen Augen.

Und nicht nur sie, alle Besucher starrten in dieselbe Richtung. Sogar Isadora war an den Rand ihres Podests getreten und blickte mit gerecktem Hals über die Köpfe vor ihr hinweg, um etwas zu erkennen.

«Neugierige alte Schachtel ...» Helene war Emmas Blick gefolgt, dann drehten beide sich wieder zum Schauplatz des Geschehens um. «Wie ist das bloß passiert?»

«Hm ...» Emma zuckte die Schultern. War der Köchin das Flambieren außer Kontrolle geraten? Oder Schlimmeres? Die transportablen Kochstellen waren mit Gasflaschen versehen, hatte ein Schlauch ein Leck? Emma konnte sich das bei der deutschen Gründlichkeit, mit der solche Events vorbereitet, kontrolliert und überwacht wurden, kaum vorstellen.

Als ihr Tuch ebenfalls Feuer fing, wich die Teilnehmerin ängstlich zurück. Einer ihrer Konkurrenten eilte herbei und warf eine der bereitliegenden Brandschutzdecken auf die Kochstelle, was die Flammen sofort erstickte.

Erleichtert atmete Emma auf. Die junge Frau war von dem Schreck so weiß geworden wie die Kochjacke, die sie anhatte, doch auf den ersten Blick war niemand verletzt worden und auch sonst kein Schaden entstanden. Dennoch stand Doktor Rossmeier bereits neben ihr und besah sich Gesicht und Hände der Köchin. Er schüttelte den Kopf und tätschelte ihr beruhigend die Schulter.

«Alles in Ordnung», hörte Emma ihn sagen. Das Publikum schien noch immer gespannt den Atem anzuhalten. «Nur ein kleiner Schreck.»

«Ich höre trotzdem auf», verkündete die Frau mit zitternder Stimme. «Die Soße ist nicht mehr zu retten, und ich bin jetzt viel zu nervös, um weiterzumachen. Ich bin raus.»

Das war sicherlich sehr bedauerlich für sie, aber es war immerhin eine Konkurrentin weniger für Konstanze, dachte Emma. Ihre Freundin schüttelte der scheidenden Teilnehmerin mit einem mitfühlenden Lächeln die Hand zum Abschied, wandte sich dann aber gleich wieder ihren eigenen Töpfen zu.

Der Conférencier nahm den kleinen Zwischenfall zum Anlass, eine launige Anekdote zu erzählen, um das Publikum von dem Malheur abzulenken und die Stimmung wieder aufzulockern. Nach wenigen Momenten schien der kleine Küchenbrand vergessen, und auch Emma entspannte sich

«Emma! Was ist denn mit Isadora?», fragte Helene an ihrem Ohr.

Mist! In der Aufregung hatte sie ganz vergessen, auf Isadora und das Risotto zu achten, dabei hatte sie unbedingt wissen wollen, wie die alte Freifrau auf das Meisterwerk ihrer Tochter reagieren würde.

Schnell wandte sie den Kopf zum Podest ... und erstarrte.

Isadora von Hohenfels lag reglos mit dem Gesicht voran in ihrem Risottoteller.

Erschrocken griff Emma nach Giesekings Arm.

«Was ist?»

«Da! Wir müssen nachsehen, was mit der Freifrau los ist.»

Gieseking setzte sich sofort in Bewegung zu Isadoras Podest, Emma folgte ihm.

«Ist ein Arzt in der Nähe?», fragte er.

«Ja, Doktor Rossmeier dort drüben.» Sie deutete in die Richtung, in der sie ihn vorhin gesehen hatte, doch da stand nur der Bürgermeister.

«Sie kann ja wohl kaum zu viel getrunken haben, sie hatte nur Wasser, oder?» Helene schob sich hinter Emma durch die Zuschauer.

«Ich weiß es nicht. Hast du irgendwas gesehen?»

«Nein, ich war mit der Feuerpanne beschäftigt.»

Da ging es Helene also genauso wir ihr. Sie selbst hatte auch in die entgegengesetzte Richtung geschaut. Nun ärgerte sie sich darüber. Hatte die alte Dame zu viel gegessen? Vielleicht litt sie an Sauerstoffmangel? Es war warm im Zelt, fiel Emma jetzt auf. Die Gaskochstellen und die vielen Scheinwerfer hatten die Luft ziemlich aufgeheizt.

«Ich sehe nach ihr», rief Gieseking über die Schulter. «Sie versuchen bitte, den Arzt aufzutreiben.» Er hastete weiter, sprang behände über die Balustrade, die den Zuschauerraum begrenzte, und eilte zum Podest.

«*Va bene*», antwortete Emma mehr sich selbst als ihm und blieb stehen. Dummerweise drängten sich die Menschen um sie so dicht, dass kaum ein Durchkommen war. «Leni, siehst du Doktor Rossmeier irgendwo?» Emma reckte den Hals.

«Nein, ich habe ...»

«Lassen Sie mich durch», erklang es da neben ihr, und ein energischer Ellbogen schob sie beiseite.

Der gehörte Doktor Rossmeier, wie Emma mit Erleichterung feststellte. Hastig trat sie zurück, so weit es möglich war. Der Arzt war nicht so sportlich wie Gieseking und bahnte sich daher seinen Weg an der Absperrung entlang bis zur Zeltwand, wo er auf die andere Seite konnte.

«Los, wir auch!» Helene wollte Emma hinter Rossmeier her an den Leuten vorbeischieben, doch Emma sperrte sich.

«Wo ist denn Resi?»

«Die ist vorhin raus, das war ihr zu eng hier drin, hat sie gesagt.»

«Ah. *Molto bene.*» Emma hatte sich Sorgen um die alte Dame gemacht, als die Leute hinter ihnen immer weiter aufgerückt waren, um mehr von den Kochenden und den Mitgliedern der Jury zu sehen. «Dann komm, Leni. Vielleicht können wir irgendwie helfen.»

Gemeinsam folgten sie Doktor Rossmeiers Weg, bis sie direkt vor dem Podest standen. Emma sah nicht genau, was dort vor sich ging, denn der breite Rücken des Arztes versperrte ihr den Blick. Doch dann trat Rossmeier zur Seite, der Kommissar nahm die alte Dame kurzerhand auf die Arme und trug sie durch die Öffnung in der Zeltwand nach draußen.

Emma blickte sich um. Zwar sahen einige der Zuschauer neugierig zu Isadoras Platz hinüber, doch nachdem Gieseking mit ihr nach draußen verschwunden war, wandten sie sich wieder ab und konzentrierten sich auf die Jurymitglieder, die bei der mittleren der Kochstellen standen, jeweils einen Teller in der Hand. Sie wirkten unschlüssig und warfen einen fragenden Blick zum Moderator. Der machte, ohne seinen Redeschwall zu unterbrechen, eine kreisende Handbewegung, die ihnen wohl bedeuten sollte fortzufahren. Schließlich brannte es ja nicht mehr.

Hinter Helene schlüpfte Emma zwischen den beiden Planen hindurch nach draußen. Gieseking hatte Isadora direkt hinter dem Zelt auf den Boden gebettet. Der Arzt hockte bereits neben der alten Dame, hatte seine zusammengerollte Jacke unter ihren Kopf geschoben und fühlte ihren Puls.

«Können wir irgendwas tun?» Emma sah von Gieseking zu Rossmeier. Die Mienen der beiden Männer waren angespannt, die Blicke ernst.

«Ich rufe den Notarzt», informierte der Kommissar niemanden Bestimmtes.

«Das ist gut», antwortete Doktor Rossmeier und krempelte seine Ärmel hoch. Emma verfolgte sorgenvoll, wie er mit einer professionellen Herzdruckmassage begann.

Gieseking telefonierte kurz, dann kam er zurück.

«Der Rettungswagen ist gleich da, er steht auf der Vorderseite des Zelts und muss außen herumfahren. Ich habe ihnen gesagt, sie sollen ohne Blaulicht kommen, ich möchte hier keinen Menschenauflauf haben.»

Auf Rossmeiers Stirn hatte sich ein Schweißfilm gebildet. «Ich weiß nicht, ob der Notarzt viel helfen wird», sagte er mit brüchiger Stimme, während er erneut nach einem Puls fühlte. «Frau von Hohenfels ist tot.»

5. KAPITEL

Tot?» Emma fühlte, wie sich der Schock langsam in ihr ausbreitete, und trat unwillkürlich einen Schritt zurück.

Helene tat es ihr nach und schnappte nach Luft. «Tot?», wiederholte sie schrill und griff nach Emmas Handgelenk, als bräuchte sie Halt. «Aber wieso?»

Emma starrte auf die reglose Gestalt der Freifrau Isadora von Hohenfels zu ihren Füßen und fühlte sich in die Vergangenheit zurückversetzt, als sie ihren Vermieter Roland Seelig erschossen in der Teeküche ihres Lädchens gefunden hatte. Manchmal träumte sie noch von dieser Szene, aber das kam zum Glück nicht mehr oft vor.

Mühsam schüttelte sie das Entsetzen ab.

Isadora von Hohenfels lag, den Kopf auf Rossmeiers Jacke gebettet, vor ihr und wirkte, als würde sie schlafen. Wären da nicht ein paar orangefarbene Risottokörner und Amarettini-Krümel in ihrem Gesicht gewesen, hätte man außer ihrer etwas rötlichen Gesichtsfarbe nichts Ungewöhnliches bemerken können.

«Was ist denn da passiert? Geht's ihr nicht gut? Ja, die Hitze, sag ich immer.»

Emma fuhr herum. Neben ihr stand Therese. Sie hatte sich samt ihrem Rollator unbemerkt genähert und sah nun ebenfalls auf die Freifrau hinunter.

Emma griff sie am Arm. «Resi … Frau von Hohenfels ist … gestorben.»

«Ach!» Therese schlug sich die Hand vor den Mund. «Der liebe Gott sei ihrer Seele gnädig», murmelte sie und bekreuzigte sich. «Hat sie zu viele von deinen Rettinis gegessen?»

«Wie kommst du denn darauf?»

«Na, sie riecht nach denen. Weißt schon, die kleinen knusprigen Dinger, die du mir auch zum Probieren gegeben hast. Obwohl ...» Therese schloss die Augen und schnupperte gründlich. «Das riecht anders als deine Plätzchen. Nach dem Reis und dem Kürbis und Mandeln ... Aber da ist noch was ...»

«Was sagen Sie da, Frau Obermüller?» Gieseking stand plötzlich neben ihnen und musterte Therese aufmerksam.

«Na ja ...» Die alte Dame stockte und lächelte ihn treuherzig an. «Wissen S', Herr Kommissar, ich hab die kleinen Dinger von der Emma auch gekriegt, aber da haben die anders gerochen. Nicht so ... scharf. Verstehen S', was ich mein?»

«Nein, nicht ganz. Erklären Sie mir das bitte.»

Emma sah gespannt zwischen den beiden hin und her, jederzeit bereit, ihre alte Freundin gegen den Kommissar in Schutz zu nehmen, doch das schien nicht nötig zu sein. In Giesekings Gesicht arbeitete es, ganz offenbar nahm er Thereses Beobachtungen sehr ernst.

«Omi, was willst du denn damit sagen?», hakte auch Helene nach.

«Das hier ...» Therese beugte sich über Isadoras Gesicht und sog konzentriert die Luft ein. «... das da riecht wie deine Plätzchen, Emma, und trotzdem riecht's anders. Nicht so süß und nicht so ... heimelig. Da ist was dabei, das deine Rettinis nicht haben. Was Hartes.»

«Aha. Das ist ja interessant, Frau Obermüller», erwiderte Gieseking. «Sagen Sie ... na endlich!» Er brach ab, als der Rettungswagen um die Ecke des Festzelts bog.

Emma, Helene und Therese machten den drei Männern Platz, die eilig aus dem Wagen sprangen und sich um Isadora scharten. Auch Gieseking und Doktor Rossmeier hielten etwas Abstand. Mit einem bangen Gefühl in der Magengrube beobachtete Emma das Geschehen. Ihr Unbehagen verstärkte sich, als der Notarzt nach einer Weile mit einem betrübten Kopfschütteln aufstand.

«Tut uns leid. Da ist nichts mehr zu machen. – Wer von Ihnen hat uns informiert?»

«Das war ich.» Gieseking trat zu ihm.

«Sind Sie Angehöriger?»

«Ein Freund der Familie», antwortete er knapp. Emma fiel auf, dass er sich nicht in seiner Funktion als Kriminalbeamter vorstellte. «Wir kümmern uns um alles Weitere, vielen Dank.»

«Nichts zu danken. Falls Sie uns brauchen, wir bleiben in Sichtweite», sagte der Notarzt und räumte seine Geräte zusammen.

Emma spürte, wie ihre Knie anfingen zu zittern. Sie kam sich schrecklich hilflos vor. «Wir müssen Konstanze informieren.»

«Da hast du recht», sagte Helene geknickt. «Wer soll das denn machen? Ich trau mir das nicht zu.»

«Ich mach's auch nicht», verkündete Therese mit gedämpfter Stimme. «Nur dass ihr's wisst.»

Emma strich ihrer alten Freundin sanft über den Unterarm. «Das verlangt auch keiner von dir, Resi. Ich glaube, das macht am besten der Kommissar selber.» Sie sah sich nach

Gieseking um, der dabei war, die Zeltplane etwas zur Seite zu schieben. Nachdem er einen unauffälligen Blick hineingeworfen hatte, kam er zu den drei Frauen zurück.

Erst jetzt drangen die Geräusche aus dem Zelt wieder an Emmas Bewusstsein. Dort drinnen nahm die Veranstaltung ihren normalen Lauf. War denn niemandem aufgefallen, was hier geschehen war?

«Machen die einfach weiter?», fragte sie irritiert.

«Ja, mich wundert's auch», stimmte Helene ihr zu.

Gieseking hob beschwichtigend die Hand. «Zum einen kann noch niemand wissen, was passiert ist, und zum anderen ist es mir lieber, keine Schaulustigen hier zu haben, Frau Ferrari.»

Das leuchtete Emma ein. «Und was jetzt?» Fragend blickte sie zwischen dem Kommissar und Rossmeier hin und her.

«Ich werde den Totenschein ausstellen und den Bestatter rufen.» Der Arzt wischte sich den Schweiß von der Stirn und schloss seine Ledertasche. «Man muss Frau von Hohenfels von hier fortbringen.»

«Von welcher Todesursache gehen Sie aus?» Giesekings Stimme ließ Emma aufhorchen.

«Vermutlich Herzstillstand.»

«Und für Sie ist an diesem plötzlichen Tod nichts verdächtig?»

«Verdächtig? Wie kommen Sie darauf? Wissen Sie, wie alt die Dame war? Da stirbt niemand mehr plötzlich und unerwartet.» Er schüttelte den Kopf. «Frau von Hohenfels ist eindeutig eines natürlichen Todes gestorben.»

Gieseking musterte den Arzt mit schmalen Augen. «Und weshalb genau sind Sie sich dessen so sicher?»

Rossmeier schnaubte. «Jahrelange Erfahrung?» Er wirkte

missmutig, als er seine Hemdsärmel wieder herunterkrempelte und die Manschettenknöpfe schloss.

«Ihre Erfahrung in allen Ehren, Doktor, aber ... das wüsste ich gern genauer.»

«Sie können sich wahrscheinlich vorstellen, dass alles Weitere unter die ärztliche Schweigepflicht fällt, Herr Gieseking.»

Helene zog die Augenbrauen hoch. «Kommen Sie, finden Sie das jetzt wirklich so wichtig? Zumal Sie ja nichts darüber erzählen sollen, ob die Freifrau letzte Woche wegen Husten bei Ihnen war, sondern über ihre Todesursache.»

Mit hochrotem Kopf wandte Rossmeier sich zu ihr um. Emma fragte sich unwillkürlich, wie man an einem so warmen Tag lange Hemdsärmel tragen konnte. Helene stand im Trägertop neben ihr, und Emma selbst schwitzte in ihrer leichten Sommerbluse.

«Frau Straub, Ihnen muss ich doch bestimmt am allerwenigsten darüber erzählen, oder? Als Physiotherapeutin unterliegen Sie genauso der Schweigepflicht wie ich.»

«Noch mal: Hat Ihre Annahme einen haltbaren Grund, Herr Doktor?», ging Gieseking ruhig dazwischen, bevor Helene antworten konnte. «Mehr will ich gar nicht wissen.»

«Dazu kann und werde ich nichts sagen.»

«Na schön. Danke, Doktor.»

Mit einem Brummen, das alles oder nichts heißen konnte, nickte Rossmeier. «Ich kümmere mich jetzt um den Papierkram, bis der Leichenwagen eintrifft. – Hat jemand ihre Tochter informiert?» Er sah sich suchend um, schien aber keine Antwort zu erwarten.

Emma schwieg unbehaglich und wandte sich zu Helene, die sich neben ihr halblaut mit ihrer Großmutter unterhielt.

Sie wollte die beiden nicht unterbrechen, also trat sie näher an den Kommissar heran, der mit verschränkten Armen neben Isadora von Hohenfels stand und das Kinn nachdenklich in die Hand gestützt hatte.

«Sie sehen nicht überzeugt aus, *commissario*», sagte sie leise. «Was ist los?»

Er sah auf, und einen Moment lang machte er den Anschein, als wollte er sie mit einer unwirschen Antwort fortschicken, dann atmete er hörbar aus.

«Ich bin zwar weder Pathologe noch Arzt, aber ich bin mir nicht ganz sicher, was die Todesursache angeht. – Schauen Sie», führte er auf Emmas fragenden Blick hin aus und deutete auf Isadoras Gesicht. «Die Haut ist ziemlich gerötet, das sieht unnatürlich aus.»

Emma musste zugeben, dass sie eine solche Gesichtsfarbe von Isadora nicht kannte. Nicht einmal, wenn sie sich über sie echauffiert hatte, war sie so rot gewesen.

«Und dann der Bittermandelgeruch», fuhr Gieseking fort. «Das könnte möglicherweise auf eine Zyanidvergiftung hindeuten. Ich hatte vor einigen Jahren mal einen solchen Fall, da waren die Anzeichen ähnlich. Und dass Frau Obermüller den Geruch von dem der Kekse unterscheiden konnte, bestärkt meine Zweifel.»

«Aber wer … wie?» Emma fehlten die Worte. «Und was haben Sie jetzt vor?»

«Ich rufe die Staatsanwaltschaft an und beantrage eine Obduktion. Außerdem lasse ich die Spurensicherung kommen, die sollen sich genauer umsehen. Wenn die rechtsmedizinische Untersuchung meinen Verdacht bestätigt, werden wir herausfinden müssen, was passiert ist. Sollte ich mich täuschen …» Er hob die Arme zu einer vagen Geste.

«Aber davon gehen Sie nicht aus?»

Er wiegte den Kopf hin und her. «Momentan halte ich alles für möglich.»

«Mamma mia …»

«Lasst mich durch», ertönte da eine Stimme hinter ihnen, «ich muss wissen, was hier los ist! Wo ist meine Mutter?»

«Nein, Frau von Hohenfels, nicht, bleiben Sie …»

Konstanze! Emma fuhr herum.

Rossmeier konnte sie nicht aufhalten, Konstanze entwand ihm ihre Hand und stürzte auf Emma zu, bevor sie dicht vor ihr abrupt stehen blieb.

«Emma. Was ist hier los?», fragte sie tonlos. Sie sah Emma ins Gesicht, als würde sie es absichtlich vermeiden, auf den Boden hinter ihr zu schauen.

«Konstanze …», sagte Emma erstickt und streckte die Hand nach ihr aus, aber ihre Freundin trat einen Schritt zur Seite und sah nun doch an ihr vorbei.

«Mutter.»

Konstanze stand wie zur Salzsäule erstarrt.

«Mutter?», wiederholte sie, und nun klang sie fragend, als könnte sie nicht glauben, was sie sah. «Mutter, lass dieses dumme Spielchen und steh auf. Wie kannst du mir so den Tag verderben!»

Emma holte scharf Luft. «Konstanze», sagte sie sanft, doch ihre Freundin unterbrach sie.

«Sie ist sicher nur ohnmächtig geworden, oder?», fragte sie mit Blick auf Gieseking.

«Frau von Hohenfels, es tut mir leid», fing er mit ruhiger Stimme an. «Aber Ihre Mutter … Frau von Hohenfels ist leider verstorben.»

«Verstorben? Aber warum? Und *wie*? Meine Mutter würde nie freiwillig sterben. Erst recht nicht an so einem Tag. Sie kann nicht tot sein …» Ratlos sah sie zwischen Emma und dem Kommissar hin und her, und ihr verwirrter Blick, in den sich langsam Erkenntnis und dann Entsetzen schlich, schnitt Emma ins Herz.

«Es tut mir aufrichtig leid, Frau von Hohenfels. Ich verstehe, dass es schwer zu begreifen ist, wie eine kerngesunde Frau wie Ihre Mutter so plötzlich …»

Rossmeier war herangetreten, und Gieseking beendete den Satz nicht.

«Ich fürchte, Frau von Hohenfels hat einen Schock erlitten», sagte der Arzt nach einem prüfenden Blick in Konstanzes Gesicht. «Sie sollte sich erst mal fassen, bevor Sie ihr weitere Fragen stellen.»

«Gut», sagte der Kommissar. «Ihre Patientin. Wir reden später.»

«Das will ich meinen.» Damit wandte sich Rossmeier zu Konstanze um und begleitete sie zum Heck des Krankenwagens, wo sie sich auf eine der Stufen setzte.

Gieseking winkte einen der jungen Sanitäter zu sich, die das Geschehen aufmerksam beobachteten, und nahm ihn beiseite. «Und Sie gehen bitte einen Moment ins Zelt. Ich erkläre Ihnen eben, was Sie dort für mich tun können …»

Emma hörte ihn mit gedämpfter Stimme Anweisungen geben. Der junge Mann nickte und lief unverzüglich los, während Gieseking bereits sein Telefon in der Hand hatte und auf die Antwort am anderen Ende der Leitung wartete.

Konstanze sprach weiterhin kein Wort, ließ sich nur äußerlich ruhig und ohne Widerrede den Blutdruck messen.

Doch ihr fassungsloser Gesichtsausdruck und die Tatsache, dass sie den Blick nicht von ihrer toten Mutter nahm, verrieten Emma, dass ihre Erschütterung groß sein musste.

«Kann man sie nicht zudecken, bis der Leichenwagen sie abholt?», raunte Emma dem Kommissar zu, der seine Telefonate beendet hatte und inzwischen wieder neben ihr stand. «Ich finde, Konstanze muss das nicht dauernd sehen.»

«Sie haben recht.» Er ging zum Krankenwagen hinüber, ließ sich eine Decke geben und breitete sie vorsichtig über Isadora aus.

«Was sollen wir denn jetzt machen?» Helenes Frage war an Emma gerichtet gewesen, doch der Kommissar hatte sie gehört.

«Mir wäre es lieb, Frau Straub, wenn Sie Ihre Großmutter von hier wegbringen könnten.»

«Ja, das tue ich. Und dann?»

«Sollte sich herausstellen, dass wir mit Ihnen allen reden müssen, melden wir uns bei Ihnen. Jetzt gerade können Sie nichts tun, genießen Sie erst mal den restlichen Nachmittag, soweit möglich.»

«Verstehe.» Helene schenkte ihm ein schwaches Lächeln. «Emma?»

«Vorerst bleibe ich hier, falls Konstanze jemanden braucht. Nachher komme ich zu euch ins Wirtshaus, *va bene?*»

«Ja, gern. Dann bis später.»

Aus dem Zelt brandete Applaus nach draußen, und Emma wandte sich unwillkürlich um. Es erschien ihr etwas makaber, dass drinnen alles so weiterging, als wäre nichts passiert, während sie hier neben einer Leiche standen, die vor nicht mal einer Stunde eine quicklebendige und gewohnt arrogante Isadora von Hohenfels gewesen war.

«Komm, Omi, wir schauen mal, ob die Mami ein Stück Kuchen für uns hat.» Helene half Therese, den Rollator auf dem unebenen grasbewachsenen Untergrund zu wenden.

«Ich kann auch noch was backen, wenn Adelheid mehr braucht», merkte Therese an, bevor sie ein letztes Mal auf die Decke niederblickte, unter der Isadora lag. «Arme Frau», sagte sie kopfschüttelnd. «Aber irgendwann schlägt dein Stündlein, so ist das nun mal.»

Emma sah ihnen hinterher, dann drehte sie sich wieder um. Konstanze hatte inzwischen die Augen geschlossen und ließ den Kopf hängen. Wie mochte es in ihr aussehen? Das Verhältnis zu ihrer Mutter war, soweit Emma wusste, zeitlebens angespannt gewesen, ihre Reaktion vorhin machte jedoch deutlich, dass ihr Verlust sie dennoch erschütterte.

Emma seufzte.

«Darf ich fragen, was hier vor sich geht? Wo ist Doktor Rossm...?»

Neben ihr stand Bürgermeister Beuerle und starrte mit fassungsloser Miene auf die zugedeckte Gestalt auf dem Boden.

«Nein.» Seine Stimme klang erstickt. «Sagt mir nicht, das ist Isadora von Hohenfels.»

Emma nickte schwach. «Doch.»

«Was ist passiert? Sie war vorhin noch putzmunter! Ich fasse es nicht. Hat Doktor Rossmeier sie untersucht?»

«Hat er, aber weder er noch der Notarzt konnten etwas für sie tun», erklärte Emma. «Jetzt kümmert er sich gerade um Konstanze von Hohenfels.» Sie wies mit dem Kinn zum Krankenwagen hinüber.

«Was wollten Sie von Doktor Rossmeier?» Er hatte sich als Freund der Familie vorgestellt, aber offensichtlich war Kriminalhauptkommissar Gieseking bereits im Arbeitsmodus.

Beuerle zuckte verwirrt die Schultern. «Ich hatte ihn eigentlich fragen wollen, wie es Isadora geht und ob sie an ihren Platz zurückkommen kann, aber …» Er schluckte. «Das hat sich ja nun erledigt. – Die Ärmste», fügte er mit einem Seitenblick zu Konstanze heiser an.

«Allerdings», stimmte Gieseking zu – etwas trocken, wie Emma fand. «Haben Sie irgendetwas Ungewöhnliches bemerkt? Wo waren Sie, als es passierte?»

«Ich? Warum?» Beuerle sah ihn überrascht an, dann begriff er. «Oh Gott … denken Sie etwa, es war …» Er schüttelte den Kopf. «Ich stand in der Nähe von Konstanze und hatte die Köchin im Blick, deren Topf Feuer gefangen hatte. Darum habe ich nicht auf Isadora von Hohenfels geachtet. Also, um Ihre Frage konkret zu beantworten: Nein, ich habe nichts Ungewöhnliches gesehen und kann bei Ihren Ermittlungen leider nicht weiterhelfen.»

«Danke. Und noch gibt es keine Ermittlungen, sondern nur Überlegungen.» Gieseking nickte ihm zu und checkte sein Telefon.

«Was meinen Sie …», setzte Beuerle an und sah etwas verunsichert zu Emma. «Ist es unter diesen Umständen sehr pietätlos, wenn wir drinnen weitermachen wie geplant? Ich möchte ungern riskieren, dass die Stimmung ins Negative kippt, wenn die Leute erfahren, dass während der Veranstaltung jemand verstorben ist – noch dazu unser Ehrengast. Das wirft kein gutes Licht auf unser Dorf, und das würde ich wirklich gern vermeiden.»

Gieseking musterte den Bürgermeister einen Atemzug lang scharf. «Ich halte es auch für unnötig, die Zuschauer zu verunsichern», sagte er schließlich. «Bringen Sie die Veranstaltung daher möglichst ruhig zu Ende, aber ich würde auf eine große Siegerehrung verzichten.»

Beuerle nickte zögerlich. Emma sah förmlich, wie es in seinem Kopf ratterte. Doch dann nickte er erneut, entschlossener diesmal, und machte sich auf den Weg zurück ins Zelt.

«Gibt es für mich etwas zu tun, Herr Gieseking?» Emma kam sich reichlich überflüssig vor und hätte sich gern nützlich gemacht. Auch Konstanze konnte sie im Moment nicht helfen, denn sie saß still hinten beim Krankenwagen und starrte vor sich hin. Rossmeier unterhielt sich währenddessen mit den Sanitätern.

«Sie haben nicht zufällig einen Stapel Plastiktüten dabei?», fragte der Kommissar.

«*Eh ... no*. Weshalb denn?»

«Das dachte ich mir schon.» Er verzog das Gesicht. «Wir müssen die Gerichte sichern, die Isadora zu kosten bekommen hat. Da ich heute privat und in Zivil hier bin, fehlen mir alle Utensilien, die ich normalerweise an einem Tatort brauche.»

Tatort.

Da war es, dieses Wort. Der Kommissar hielt es also tatsächlich für möglich, dass Isadora dort drinnen ...

Emma brauchte einen Moment, bis es ihr gelang, den Gedanken zu Ende zu denken: dass Isadora von Hohenfels im Festzelt quasi vor ihren Augen ermordet worden war.

«Wissen Sie vielleicht von irgendwelchen Allergien der Freifrau?», fragte Gieseking.

Emma schüttelte heftig den Kopf. Für sie war Isadora von Hohenfels auf ihre Art immer so etwas wie ein unverrückbarer und unzerstörbarer Fels in der Brandung gewesen, trotz ihrer eher zarten Statur. Dass sie auf irgendetwas allergisch reagieren könnte, hätte sich die Freifrau strengstens selbst verboten – doch das sprach sie lieber nicht laut aus. Er hätte sie nach so einer Aussage sicher nicht mehr so ernst genommen wie bisher. Und das wollte Emma lieber vermeiden.

«Nein, ich habe keine Ahnung», sagte sie stattdessen. «Warum fragen Sie?»

«Ich denke in alle Richtungen, und es besteht trotz aller anderen Indizien auch die Möglichkeit eines anaphylaktischen Schocks.»

«Konstanze müsste es wissen, aber ich bin überzeugt, sie hätte nicht zugelassen, dass ihre Mutter hier irgendetwas kosten muss, das sie in Lebensgefahr bringen könnte.»

«Sie kann nicht jede Zutat ihrer Konkurrenten vorher geprüft haben», gab Gieseking zu bedenken.

Damit hatte er recht. Emma hob die Achseln. «Wir sollten sie fragen, sobald es ihr wieder besser geht.»

Er nickte. «Das können Sie übernehmen. Bis mein Team kommt, ist einiges zu tun, meine Freizeit ist also vorüber, Frau Ferrari, tut mir leid.»

Emma nickte bedauernd. «Mir tut es ebenfalls leid. Wer hätte auch ahnen können, dass heute Nachmittag so etwas passiert?»

«Was soll ich dazu sagen?» Der Kommissar runzelte die Stirn. «Macht es Ihnen was aus, wenn mein Fahrrad einstweilen in Ihrem Flur stehen bleibt?»

«Natürlich nicht! Lassen Sie es stehen, so lange Sie wollen, das stört mich absolut nicht. Ich finde es nur schade für

Sie, dass Ihr Sonntag so enden muss.» Und auch für sich selbst, doch das sprach sie nicht aus.

Er lächelte. «Das ist nicht das erste Mal, und das letzte sicherlich auch nicht.»

Einen Moment lang standen sie einander gegenüber, und Emma wusste nicht, was sie sagen sollte. Dass sie froh war, dass er hier war und die Situation in die Hand genommen hatte? Er schwieg ebenfalls, schien über etwas nachzudenken, und räusperte sich schließlich.

«Also dann … man sieht sich.»

«Ja, das … denke ich auch.»

Der Kommissar nickte ihr noch einmal zu und ging davon in Richtung Zelt. Emma seufzte. Jetzt stand sie hier wie bestellt und nicht abgeholt. Als sie sich umdrehte, fing sie Konstanzes Blick auf. Sie hatte nicht den leisesten Schimmer einer Ahnung, was sie ihr sagen könnte. Dennoch ging sie zu ihr hinüber.

«Darf ich?» Sie deutete auf das bisschen Platz, das neben Konstanze auf der Stufe des Krankenwagens frei war.

Konstanze nickte und rückte ein Stück, damit Emma sich neben sie setzen konnte.

«Wo ist denn der Doktor?»

«Den habe ich weggeschickt, er war mir zu … viel.» Sie zögerte kurz. «Danke, dass Sie hiergeblieben sind, Emma», sagte sie schließlich leise.

«Das ist doch selbstverständlich.»

«Nein, ist es nicht. Aber lassen wir das.» Sie hob unbehaglich die Schultern. «Ich komme mir gerade vor wie in einem Albtraum. Und ich kann und kann einfach nicht aufwachen. Es ist furchtbar.»

Emma fasste nach Konstanzes Hand. Diese drückte fest

ihre Finger, als hätte sie auf eine solche Geste gewartet. Emma musste sich einen Schmerzenslaut verkneifen, als sich der Ring, den sie heute trug, tief in ihr Fleisch drückte.

«Es tut mir so schrecklich leid, Konstanze. Auch wenn Ihre Mutter und ich nicht wirklich beste Freundinnen waren, hätte ich ihr noch viele gesunde Jahre gewünscht.»

«Ich weiß. Danke.» Konstanze seufzte und lockerte ihren Griff etwas. «Das geht mir ja genauso. Manchmal hätte ich sie am liebsten durch Sonne, Mond und Sterne geschossen, aber das? Nein.»

«War sie Ihrem Wissen nach auf irgendetwas allergisch?» Wenn sie schon hier saß, konnte sie auch gleich die Frage klären, die Gieseking gerade angeschnitten hatte.

Konstanze überlegte und schüttelte dann langsam den Kopf. «Nicht, dass ich wüsste. Zumindest hat sie mir nie etwas in der Art gesagt, und glauben Sie mir, das hätte ich erfahren. Wenn nicht von ihr, dann sicher von Doktor Hunziker. Er war sehr auf alles bedacht, was ihr in irgendeiner Form hätte schaden können.»

«Insekten? Irgendein Stich vielleicht?»

Wieder verneinte Konstanze. «Auch das wüsste ich. Und selbst wenn sie es mir verschwiegen hätte: So oft, wie sie gestochen wurde, hätte ich das unweigerlich mitbekommen müssen.»

Emmas Fragen schienen Konstanze ein wenig aus ihrer Schockstarre zu holen, denn sie bekam wieder etwas Farbe, und ihre Stimme wurde lebhafter. Daher beschloss Emma, hier einzuhaken und Konstanze ein bisschen reden zu lassen.

«Sie wurde oft gestochen? Und das hat ihr nichts ausgemacht?»

«Nein.» Konstanze schüttelte den Kopf. «Da war sie eigen, denn so etepetete sie sich auch sonst immer gab, mit Insekten hatte sie keine Probleme. Ihr tat sogar jede Biene leid, die sie versehentlich stach, weil die ja dann sterben musste.»

«Ich muss zugeben, dass mich das überrascht.» Emma hatte Isadora eher zugetraut, hysterisch auf alles zu reagieren, was sie umschwirrte.

«Doktor Hunziker wird einen Herzinfarkt bekommen», sagte Konstanze unvermittelt. «Da ist er mal ein paar Stunden nicht da, und dann passiert so was.»

«Wann erwarten Sie ihn denn zurück?»

«Er wollte heute Abend wieder hier sein und mit uns ... feiern.» Sie senkte den Blick. «Wissen Sie, Emma», sagte sie dann so leise, dass Emma sie kaum verstand, «am liebsten würde ich ihr den Hals umdrehen. Da geht es einmal, ein einziges Mal in meinem ganzen Leben um mich und nicht um sie, und dann stiehlt sie mir im Tod noch die Show.»

Emma schluckte. Insgeheim hatte sie bereits denselben Gedanken gehabt, doch sie hätte es niemals gewagt, ihn zu äußern. Dass Konstanze den Mut hatte, sich ihr gegenüber so weit zu öffnen, berührte sie.

Plötzlich begann ihre Freundin leise zu weinen. «Sie halten mich jetzt bestimmt für eine egoistische Hexe, weil ich so was über meine tote Mutter sage. Aber ich habe immer zurückgesteckt, habe sie immer im Vordergrund stehen lassen, und jetzt das. Ich ...» Ihre restlichen Worte gingen in stoßweisen Schluchzern unter.

Emma strich ihr beruhigend über den Arm. «Seien Sie nicht so hart mit sich selbst, Konstanze», sagte sie und musste nun ebenfalls gegen die Tränen kämpfen. «Sie sind auch nur ein Mensch, und ich kann mir gut vorstellen, dass Sie es nicht immer leicht hatten mit Isadora als Mutter.»

Konstanze schniefte und kramte in ihrer Kochjacke nach einem Taschentuch, um sich die Nase zu putzen. Danach fasste sie sich wieder etwas.

«Nein, leicht war es tatsächlich nie mit ihr», gestand sie mit erstickter Stimme. «Und ich habe sie mehr als einmal aus tiefstem Herzen auf den Mond gewünscht, da bin ich ganz ehrlich, aber ... das habe ich nie wirklich so gemeint!» Zittrig holte sie Luft. «Nein. Das habe ich nie so gemeint. Oder zumindest fast nie.» Sie lächelte schmerzlich.

«Frau von Hohenfels?» Der Bürgermeister stand plötzlich vor ihnen. Seine Stimme schwankte hörbar. «Ich bin zutiefst erschüttert und möchte Ihnen mein aufrichtig empfundenes Beileid aussprechen.»

«Danke», sagte sie mit einem leisen Seufzen.

Emma war klar, dass der Bürgermeister nur der Erste von vielen war, von denen sie diese immer gleichen Worte hören und denen sie die immer gleiche Antwort würde geben müssen. Sie stand auf und trat einen Schritt beiseite, um Konstanze in dieser Situation zumindest einen Hauch von Privatsphäre zu verschaffen.

«Wie ... ich meine ... wie geht es Ihnen? Das muss ein fürchterlicher Schock sein ... so plötzlich und unerwartet ...» Beuerle sah kopfschüttelnd zum Zelt zurück. «In einem Moment voller Elan und im nächsten ... entschuldigen Sie, Frau von Hohenfels, ich wollte nicht respektlos sein.»

«Es ist in Ordnung.» Konstanze straffte sich. «Danke für Ihr Feingefühl, aber ich nehme an, Sie möchten etwas ganz anderes von mir hören.»

Beuerle lief rot an. «Nun ja, ich ... niemand hat etwas

von einem Abbruch der Veranstaltung gesagt, auch nicht der Kommissar, daher habe ich mich tatsächlich gefragt, ob Sie … Soll ich Ihr freiwilliges Ausscheiden verkünden? Oder fühlen Sie sich vielleicht sogar danach weiterzumachen? Falls nicht, sollten wir …»

Konstanze erhob sich. «Ich denke, ja», sagte sie und klang entschlossener, als Emma erwartet hätte. «Ich kann meiner Mutter sowieso nicht mehr helfen und …» Sie zögerte kurz und blickte mit einem traurigen Lächeln zwischen Emma und Beuerle hin und her. «… wenn die Polizei auch nichts dagegen hat, sollten wir all die Leute da drinnen nicht enttäuschen, denke ich. Viele freuen sich schon sehr lange auf dieses Finale.» Sie wandte sich an den Sanitäter, der neben dem Fahrzeug stand. «Vielen Dank für Ihre Bemühungen, es geht wieder.»

Der junge Mann nickte. «Darf ich noch mal, bevor ich Sie entlasse?», fragte er und fasste nach ihrem Handgelenk. «Ihr Puls ist in Ordnung», sagte er nach einigen Sekunden, «aber passen Sie ein bisschen auf sich auf.»

«Das werde ich. – Ich komme mit Ihnen, Herr Beuerle. *The show must go on.* Trauern kann ich lange genug.»

«Das ist sehr tapfer von Ihnen.» Beuerle wirkte erleichtert auf Emma. Vermutlich hatte er Sorge vor einem Misslingen des Events auf den letzten Metern.

Gemeinsam verließen sie den schützenden Raum zwischen den beiden Hecktüren des Rettungswagens. Konstanze warf einen letzten Blick auf die Decke, die ihre tote Mutter barg, und folgte dann dem Bürgermeister zurück ins Zelt. Von dort drang lautes Stimmengewirr heraus, untermalt von Musik und hin und wieder einer aufpeitschenden Ansage des Moderators.

Emma blieb einen Moment zurück. Gerade kamen die Mitarbeiter der Bestattungsfirma ihrer Aufgabe nach. Erleichtert stellte sie fest, dass man Isadora auf sehr pietätvolle Weise behandelte, während man sie in einen Sarg legte und diesen in den Leichenwagen brachte.

Gieseking musste angenommen haben, dass sie nur ohne Bewusstsein wäre, sonst hätte er sie nicht nach draußen gebracht, schoss ihr durch den Kopf. Hätte er da bereits die Vermutung gehabt, dass es sich vielleicht um einen Mord handeln könnte, hätte er den Tatort nicht verändert.

Der Gedanke, irgendjemand könnte Isadora von Hohenfels etwas angetan haben, ließ Emma erschaudern, und sie verdrängte ihn rasch wieder. Noch gab es die Möglichkeit, dass der Kommissar sich irrte und Isadora eines natürlichen Todes gestorben war.

Allerdings lief es ihr kalt den Rücken herunter, als ihr klar wurde, was Isadoras letzte Mahlzeit gewesen war: das Risotto ihrer eigenen Tochter.

Das Geräusch mehrerer Fahrzeuge holte sie aus ihren düsteren Überlegungen. Sie blickte auf und sah, wie der Kommissar auf die Wagen seines Teams zuging. Spätestens ab jetzt war er unwiderruflich im Ermittlungsmodus.

Emma seufzte und sah sich unschlüssig um. Ihr war nicht wirklich danach, sich wieder dem Spektakel dort drinnen zu widmen, doch wenn Konstanze stark genug war, sich dem restlichen Wettbewerb zu stellen, dann würde sie als nicht mal persönlich Betroffene das auch schaffen. Sicherlich konnte ihre Freundin nun moralische Unterstützung gebrauchen, und wenn es nur Emmas Anwesenheit war, die ihr signalisierte, dass sie nicht alleingelassen wurde. Also gab sie sich einen Ruck und kehrte ins Zelt zurück. Der Geräuschteppich, der bis eben nur im Hintergrund geplätschert hatte, nahm sie in Empfang. Obwohl es keine Musik mehr gab und der Moderator sein Organ gedrosselt hatte, brauchte Emma einen Moment, um sich darauf einzustellen. Die Stimmung war etwas ruhiger als vorher, aber weiterhin fröhlich. Es wirkte beinahe so, als wäre nichts geschehen.

Und noch etwas drängte sich in ihr Bewusstsein: Allen ging es gut, niemand schien irgendwelche Beschwerden zu haben. Sollte sich die Vermutung des Kommissars bestätigen, hatte es nur Isadora getroffen.

Sie bemühte ein Lächeln auf ihr Gesicht und schob sich, Entschuldigungen murmelnd, durch die Zuschauer, bis sie an der Absperrung in Konstanzes Nähe angekommen war.

Ihre Freundin arbeitete konzentriert und mit unbewegter Miene, doch die gerötete Nasenspitze erzählte von den Tränen, die sie draußen vergossen hatte. Ihr Hauptgericht, Wolfsbarsch in Salzkruste, hatte eine lange Garzeit bei niedriger Temperatur benötigt, sodass sie nach dem traurigen Intermezzo gerade zum rechten Moment an ihre Kochstelle zurückgekommen war, um ihn aus dem Ofen zu holen. Nun befreite sie den gebackenen Fisch aus seiner Umhüllung.

Duftende Dampfwölkchen stiegen auf. Zu einem anderen Zeitpunkt hätte Emma die Aromen genossen, jetzt hoffte sie nur, dass Konstanze den Rest des Wettbewerbs gut überstand. Die filetierte den Fisch mit gekonnten Griffen und richtete ihn auf den Tellern für die Jury an. Beim letzten leeren Teller hielt sie inne und schaute für einen Atemzug ins Leere, ehe sie ihn beiseiteschob und sich aufrichtete.

Ihre Blicke trafen sich, und ein dankbares Lächeln glitt

über Konstanzes Gesicht, als sie Emma unter den Zuschauern entdeckte. Emma hob die beiden gedrückten Daumen, und Konstanze nickte entschlossen.

Sie würde sich nicht unterkriegen lassen, das hatte sie bewiesen.

6. KAPITEL

Der überraschende Tod der Isadora von Hohenfels sprach sich am Montagmorgen in Himmelsricht langsam herum. Von dieser Neuigkeit abgesehen, hätte wieder Normalität einkehren können, denn die meisten Touristen und Tagesausflügler waren am Sonntagabend abgereist. Aber nach dem, was passiert war, blieb die Aufregung groß.

Wie versprochen hatte sich Emma nach Ende der Veranstaltung am Vorabend bei Straubs im Wirtshaus eingefunden. Anna, Therese, Helene und ihre Mutter Adelheid ließen sich über die letzten Ereignisse im Zelt auf den neuesten Stand bringen.

Konstanze von Hohenfels' Durchhaltevermögen war belohnt worden. Am Ende des Tages ging sie mit knappem Punktevorsprung als Siegerin aus dem Wettbewerb hervor und durfte nach schlichten Glückwünschen ohne Schnickschnack oder Musik die Trophäe, eine blitzende kristallene Kochmütze, entgegennehmen. Danach hatte sie Emma kurz zugewinkt und war unauffällig in der Menge verschwunden.

Helenes Mutter war den ganzen Tag im Gasthaus eingespannt gewesen und hatte erst relativ spät erfahren, was passiert war. Sie konnte das Geschehene kaum fassen. Anna hatte ebenfalls nichts mitbekommen; sie und Georg hatten das Zelt vorzeitig verlassen, weil ihre Zwillinge unbedingt in den Nachbarort gebracht werden wollten, um sich dort mit Freunden zu treffen. Sie hatten sich bis zum Abend dort aufgehalten und waren erst spät zurückgekehrt.

Konstanze galt das volle Mitgefühl aller Frauen.

«Isadora, Gott hab sie selig, war ein echter Drachen, deshalb tut es mir hauptsächlich für Konstanze leid», brachte Adelheid es auf den Punkt. «So schlimm das alles ist, und auch wenn niemand den Tod verdient hat, aber was wahr ist, bleibt nun mal wahr. Wenigstens hat Konstanze gewonnen. Ist zwar ein schwacher Trost, aber es ist einer.» Dann hatte sie ihre eigene Mutter kurz und fest umarmt und war wieder hinter ihre Schanktheke geeilt, denn der Stammtisch hatte leere Gläser moniert.

Wie jeden Montagmorgen war in Emmas Laden reger Betrieb. Sie beobachtete, dass immer weniger über etwas anderes gesprochen wurde, je weiter der Vormittag voranschritt. Gegen Mittag hatte sich die Neuigkeit gefühlt im gesamten Dorf ausgebreitet.

Während sie zwischen einzelnen Kundinnen Regale wieder auffüllte, war ihr, als säße ihr etwas im Nacken, und sie wusste auch, was: Sie wartete auf Nachricht von Kommissar Gieseking und fragte sich, ob sein Zweifel an einer natürlichen Todesursache bestätigt worden war.

«Hat Daniel alles geliefert?», fragte Anna in Emmas Gedanken hinein.

Der junge Mann, der die Bestellungen ihres größten Lieferanten ausfuhr, war ein gern – und häufig – gesehener Besucher im *Alimentari*.

«*Sì*. Alles da, was wir bestellt haben. Und er hat mir die gesamte Bestellung wieder bis ins Lager gebracht.»

«Wie zuvorkommend von ihm.» Ihre Freundin verstummte und wies mit dem Kinn durch das Schaufenster nach draußen. «Mir ist übrigens immer noch nicht eingefallen, an wen er mich erinnert.»

Emma folgte ihrem Blick. Lennart Stiller überquerte gemächlichen Schrittes den Dorfplatz und war offensichtlich auf dem Weg zur Linde, wo er sich auf die hölzerne Bank setzte, die gerade verwaist war. Therese hatte sich bisher nicht blicken lassen. Sie war gestern Abend länger als gewöhnlich bei Tochter und Enkelin im Wirtshaus gewesen. Vermutlich schlief sie heute aus und ließ es erst mal ruhig angehen.

«Hm», erwiderte Emma nachdenklich. «Ich habe keine Ahnung, wen du meinen könntest. Mir kommt er jedenfalls nicht bekannt vor.»

«Vielleicht irre ich mich ja auch.» Schulterzuckend wandte Anna sich wieder der Kaffeemaschine zu, die sie gerade auf Hochglanz polierte.

«Wie war es denn gestern eigentlich in Mordskofen?», fragte Emma und stockte innerlich kurz. Ungeachtet des Ortsnamens war dort bisher niemand gewaltsam zu Tode gekommen, während in Himmelsricht nun auch Isadora … «Da wart ihr doch mit den Kindern, oder?»

«Sag das böse K-Wort bloß nicht in Gegenwart der beiden», mahnte Anna lachend. «Sie werden demnächst vierzehn und reagieren darauf extrem allergisch.»

«Verstehe. Dann reden wir also von den *ragazzi*. Der Begriff ist alterslos für uns Italiener.»

«Echt? Das wusste ich gar nicht.»

«Meine *nonna* Imma nennt sogar ihren achtzigjährigen Nachbarn einen *ragazzo*.»

«Na, das ist ja lustig.»

«Also?»

«Ja, wie war's? Es war …» Erneut zuckte Anna die Schultern. «Als Eltern bist du ihnen in dem Alter halt einfach peinlich, also haben wir uns zum *Schnurrbartwirt* verzogen und dort auf die zwei gewartet. Ich wär ja lieber hierher zurückgekommen, aber Georg war der Trubel im Zelt sowieso zu viel, also …» Sie ließ den Satz offen und sortierte die Tassen auf der Heizfläche der Maschine neu, die sie am Morgen alle gespült hatte.

Mit einem Schmunzeln erinnerte sich Emma an das eine Mal im vergangenen Jahr, als sie mit dem Kommissar in dem Gasthaus essen gewesen war, das Anna erwähnte. Was war Gieseking an dem Abend schlecht gelaunt gewesen, weil er gedacht hatte, sie hätte das Polizeisiegel an ihrer Ladentür zerrissen. Dabei war es Hugo gewesen.

«Ach, schau an …» Anna legte das Geschirrtuch zusammen, das sie in der Hand hatte, und wies zur Tür. «Du bekommst Besuch. Er sieht allerdings nicht so aus, als würde er sein Fahrrad holen wollen.»

Kommissar Gieseking öffnete die Ladentür und trat mit dem vertrauten Klingeln der Glocke ein.

«Guten Morgen, die Damen», grüßte er sie beide mit einem professionellen Lächeln.

Emma ließ die Packung handgemachte Spaghetti sinken, die sie gerade ins Regal hatte räumen wollen, und sah ihm entgegen. Wenn sie seine Miene richtig deutete, dann war aus seiner Vermutung Gewissheit geworden.

«*Buongiorno, commissario*», sagte sie mit belegter Stimme. «Was für Nachrichten bringen Sie uns denn?»

Er neigte kurz den Kopf zur Seite. «Können wir uns irgendwo allein unterhalten?»

«In der Teeküche sind wir ungestört.»

Er nickte. «Nichts gegen Sie, Frau Bachmeier, aber ...»

Anna winkte ab. «Machen Sie sich wegen mir keine Gedanken, ich verstehe Sie vollkommen. Ich bleibe eh lieber hier im Laden.»

Nach seinem Blick zu urteilen, war ihm klar, dass Anna im Anschluss an das Gespräch ohnehin alles erfahren würde. «Danke.»

«Darf ich Ihnen einen Cappuccino anbieten?» Emma wandte sich zur Kaffeemaschine um, ohne seine Antwort abzuwarten.

«Trinken Sie einen mit?»

«*Va bene.*»

«Dann gern.»

Während er in den kleinen Raum vorging, den er aus der Ermittlung im vergangenen Jahr natürlich gut kannte, bereitete Emma zwei Tassen Cappuccino zu. Als sie sich wenig später gegenübersaßen, kam er gleich zum Thema.

«Frau von Hohenfels starb an einer massiven Zyanidintoxikation.»

Einen Moment lang versuchte Emma, die Information zu verarbeiten.

«Das bedeutet, sie hat eine tödliche Dosis Blausäure verabreicht bekommen», fuhr Gieseking fort.

«*Madonna santa* ...» Tödliche Dosis verabreicht – das hieß eindeutig ... «Es war also Mord», stieß Emma hervor.

«So ist es», bestätigte er düster. «Die ersten Autopsieergebnisse lassen keine Zweifel zu. Ich warte auf weitere Details, aber sie hat es auf jeden Fall mit einem der Gerichte zu sich genommen.»

«Und das bedeutet was?» Emma hatte Mühe, logisch zu denken.

«Da ich mich gestern vor meinem Aufbruch vergewissert habe, dass niemand sonst zu Schaden kam, dürfte das ziemlich klar sein, nicht wahr?»

Emma holte tief Luft.

Obwohl sie befürchtet hatte, er könnte mit seinem Verdacht recht behalten, war die definitive Bestätigung dennoch ein Schock für sie.

«Das galt nur der Freifrau», sagte sie beklommen.

Gieseking nickte.

«Aber wer ...» Sie verstummte, denn schlagartig durchfuhr sie die Erkenntnis. «*Merda*», murmelte sie und starrte in ihre Tasse. «Da haben wir ja ein ganzes Zelt voller Verdächtiger.»

Es herrschte Stille zwischen ihnen. Als sie bemerkte, dass der Kommissar nicht mehr in seinem Cappuccino rührte, sah sie auf.

Er hatte die Lider etwas zusammengekniffen und fixierte sie. Die Fältchen um seine Augen vertieften sich, als er den Kopf schüttelte.

«Habe ich gerade ‹wir› gehört?»

Entschlossen richtete Emma sich auf. «*Sì, commissario*, das haben Sie.»

«Wenn die Sache nicht so ernst wäre, würde ich jetzt lachen.»

«Oh, ich finde das gar nicht zum Lachen, glauben Sie mir.» Emma schob ihre Tasse von sich. Ihr war die Lust auf Cappuccino vergangen – und das passierte höchst selten. «Das ist ... ziemlich erschreckend.»

«Allerdings.» Er nickte zustimmend. «Und es ist für mich persönlich umso ärgerlicher, als dieser Mord gewissermaßen vor meinen Augen stattgefunden hat.»

Emma nickte langsam. «So hatte ich das noch gar nicht gesehen.»

«Das war mein erster Gedanke.»

«Verständlicherweise.»

«Es fühlt sich an wie ein persönlicher Affront. Wäre ich nicht von dem brennenden Topf abgelenkt worden ...»

«Wie wir alle ...»

«... hätte ich vielleicht in eine andere Richtung gesehen und etwas beobachten können, das uns jetzt weiterhelfen würde.»

Diese Steilvorlage konnte Emma nicht ungenutzt lassen. «Uns?», neckte sie ihn, wurde aber sofort wieder ernst, als sie seinen Blick sah. «Ja, das wäre tatsächlich hilfreich. Aber der Brand hat uns alle abgelenkt.»

«Ihr Cappuccino wird kalt.»

«Das ist er vermutlich bereits.» Seufzend zog sie ihre Tasse wieder näher. «Wo fangen Sie jetzt an?»

«Wir haben, bevor alles abgebaut werden konnte, einiges an Kochequipment sichergestellt, auch wenn der Veranstalter darüber nicht begeistert war. Anscheinend werden solche Reiseküchen häufiger genutzt, als man denkt.»

Sein Telefon gab einen Ton von sich, und er las die Nachricht, die offenbar gerade eingegangen war. Sein Gesicht verfinsterte sich.

«Neue Erkenntnisse?»

Er musterte sie einen Moment lang. «Das Gift wurde mit den Krümeln der Kekse auf dem Risotto verabreicht», sagte er und leerte seine Tasse. «Sie haben pulverige Rückstände gefunden.»

Emma sank in sich zusammen. «Also war es in Konstanzes Gericht.»

Wie schrecklich!

Er nickte. «Was sich daraus schließen lässt, wissen Sie vermutlich.»

«*Sì.*» Sie rieb sich die Stirn. «Das ist, als würde man jemanden in meinem Laden ermorden. Dann ist Konstanze also verdächtig.» Gegen jede Vernunft hatte sie gehofft, dass Gieseking ihre Freundin als Verdächtige ausschließen würde, aber das war unter diesen Umständen natürlich Unsinn, und sie wusste das.

«Die Forensik hat genügend Gift im Organismus ihrer Mutter gefunden, um einen Menschen mit dem doppelten Körpergewicht zu töten. Da wollte jemand sichergehen.»

«Aber warum hätte Konstanze das tun sollen?»

«Das werden wir herausfinden. Wenn ich mich recht entsinne, war das Verhältnis zu ihrer Mutter nicht immer ungetrübt. Und sie hatte die Gelegenheit. Ich wiederhole mich nur ungern, aber es war ihr Beitrag zum Wettbewerb, der die Freifrau tötete.»

«Aber das ergibt überhaupt keinen Sinn! Ich kann mir beim besten Willen nicht vorstellen, dass Konstanze ausgerechnet ein solches Event zum Anlass genommen hätte, um ihre Mutter zu töten. Sie musste außerdem befürchten, jemand Unschuldigen zu erwischen. Und sie hätte so viele andere Möglichkeiten gehabt.»

«Hätte sie das?» Gieseking musterte sie kritisch. «Zu Hause in ihren eigenen vier Wänden wäre ein plötzlicher Tod viel auffälliger gewesen als in aller Öffentlichkeit.»

Emma zog die Augenbrauen hoch. «Bei einer jungen Person, sicher. Aber bei einer Frau in ihrem Alter? Selbst unter den jetzigen Umständen ist Doktor Rossmeier sofort von einem natürlichen Tod ausgegangen.»

«Aber wenn jemand bemerkt hätte, dass es Mord war, hätte Konstanze sich nicht mehr herausreden können. So hingegen ... Vielleicht hat sie darauf vertraut, dass niemand sie verdächtigt, wenn der Mord vor aller Augen passiert.»

«Nein, das halte ich für absurd.»

«Dann erzählen Sie mal, was Sie für weniger absurd halten.» Der Kommissar lehnte sich auf seinem Stuhl zurück und verschränkte die Arme. «Sie haben letztes Jahr Spürsinn bewiesen. Was denken Sie?»

Emma rührte in ihrem kalten Cappuccino, ohne richtig wahrzunehmen, was sie tat. «Es waren so viele Leute da», überlegte sie laut. «Das Publikum war nah dran, die Zutaten lagen offen herum, wenn wir mal ehrlich sind. Da hätten einige die Gelegenheit gehabt, die vergifteten Amarettini-Brösel über Isadoras Risotto zu streuen. An die Kekse konnten viele herankommen.»

«Sie zum Beispiel.»

«Verdächtigen Sie mich etwa auch diesmal wieder?»

Gieseking hob die Schultern. «Sie waren nicht gerade gut Freund mit der alten Dame, und Sie haben Konstanze für den Wettbewerb beliefert.»

«*Commissario*, das finde ich jetzt wirklich nicht mehr lustig.»

Er winkte ab. «Ich weiß, schlichte Antipathie ist nicht unbedingt ein Mordmotiv. Da gibt es andere. Aber ich habe meine Pflicht getan und Sie verhört.»

Emma atmete zischend aus. «Verstehe.»

Er hob die Hände in einer Unschuldsgeste. «Haben Sie weitere Bestände dieser Kekse? Wir müssen sie untersuchen lassen.»

«Ein paar sind da, aber nicht mehr viele, denn die meisten sind am Samstag verkauft worden. Ich gebe sie Ihnen nachher mit.»

«Gut. Nun weiter. Sie sagen, es hätte jeder sein können. Mit welchem Motiv?»

«Ah, Motive finden sich bei einem Sonnenschein wie Isadora bestimmt viele.»

«Zum Beispiel?»

Sie zögerte. «Darüber müsste ich erst mal nachdenken.»

«Dann tun Sie das gern. Ich werde mich währenddessen mit der Tochter des Opfers unterhalten. Motiv und Möglichkeit, beides ist vorhanden.»

Trotzig verschränkte Emma die Arme. «Konstanze war es sicher nicht. Das kann ich mir nicht vorstellen.» Das *wollte* sie sich vor allem nicht vorstellen. Sie stand auf, um ihre Tasse abzuräumen. «Das würde sie niemals tun.»

Auch Gieseking erhob sich. «Ich kann Sie verstehen, aber leider deutet alles darauf hin. Also überzeugen Sie mich vom Gegenteil.»

Entschlossen wandte Emma sich ihm zu. «Das werde ich, *commissario*.»

Sie begleitete den Kommissar noch zur Tür und wandte sich dann Anna zu, die sie erwartungsvoll ansah. Noch immer ganz aufgewühlt, berichtete sie ihr von den Einzelheiten des Gesprächs.

«Der Kommissar ist jetzt zu Konstanze gefahren, um sie als Verdächtige zu verhören», schloss sie ihre Schilderung.

«Hat er das so gesagt?»

«Das sage ich, aber nichts anderes ist es.»

«Ja, vermutlich. Was für eine schreckliche Sache.» Anna schüttelte fassungslos den Kopf. «Ich glaube nicht, dass

Konstanze es war, aber ... ich verstehe, dass der Gedanke für die Polizei naheliegt.»

Emma stöhnte. «Das verstehe ich auch, aber es gefällt mir trotzdem nicht.»

«Geht mir genauso. Ich mag Konstanze wirklich gern.»

«Wir müssen was unternehmen», entschied Emma.

Annas Augen leuchteten auf. «Du willst wieder ermitteln?»

Sie hob die Brauen. «Sagen wir so: Wir werden uns umhören, *va bene?*»

Anna lachte. «Nenne es, wie du willst, auf jeden Fall wird das spannend.» Dann wurde sie wieder ernst. «Ich hoffe so sehr, dass der Kommissar sich täuscht und Konstanze nichts damit zu tun hat. Und genauso sehr hoffe ich, dass wir den Mörder ...»

«... oder die Mörderin», ergänzte Emma.

«... ganz schnell finden.»

«Wir machen das wieder so wie letztes Jahr und setzen uns alle zusammen. Ich sage Helene Bescheid, vielleicht hat sie heute Abend Zeit.»

«Und ich spreche mit Georg, damit er weiß, dass ich nicht Taxi spielen kann.»

«*Benissimo.*» Emma klatschte in die Hände. «Dann kann unser Ermittlungsteam ja wieder starten.»

«Und was wird Grünauge dazu sagen?», fragte Helene, als Emma ihr am Telefon die Neuigkeit unterbreitete.

«Er hat mir gewissermaßen den Auftrag erteilt.»

«Ist nicht wahr!» Helene klang begeistert. «Na, kein Wunder, das hat schließlich auch letztes Jahr hervorragend geklappt.»

«Und es wird wieder klappen.» Emma versuchte, so viel Siegessicherheit auszustrahlen wie möglich, auch wenn sie in Wirklichkeit einige Zweifel plagten.

Gieseking gegenüber hatte sie den Mund ganz schön voll genommen. Erst im Nachhinein war ihr bewusst geworden, dass sie da vor einer riesigen Aufgabe mit einer unüberschaubaren Anzahl möglicher Verdächtiger standen.

«Was ist?» Helene hatte ihr Schweigen bemerkt.

«Wenn das jemand war, der nur für den Mord am Sonntag kurz hierhergekommen und danach wieder weggefahren ist, könnte es schwierig werden», sagte Emma nachdenklich.

«Jetzt mal den Teufel nicht an die Wand. So wird das bestimmt nicht gewesen sein. Ich sprech mit der Omi, bestimmt will sie auch wieder mit dabei sein.»

«Ja, tu das, ich wollte dich auch bereits nach Resi fragen. Wenn sie mag, treffen wir uns bei ihr, dann muss sie hier nicht in den ersten Stock hochsteigen.»

«Das ist eine gute Idee. Fährst du nachher zum Gut raus?»

Helene kannte Emma gut genug, um zu ahnen, dass sie auf glühenden Kohlen saß und unbedingt wissen wollte, wie das Gespräch zwischen Konstanze und dem Kommissar verlaufen war.

«Ja, das habe ich vor. Ich finde den Gedanken schrecklich, dass sie da jetzt ganz allein ist und sich neben all den anderen Sachen, die so ein Todesfall mit sich bringt, auch noch mit der Polizei herumschlagen muss, die sie als Hauptverdächtige sieht.»

«Ja, das ist alles andere als schön. Wenn du zu ihr fährst, sag ihr liebe Grüße von mir und dass wir alle hinter ihr stehen und an ihre Unschuld glauben.»

«*Certo*. Das werde ich ihr gern ausrichten.»

Am späten Nachmittag wurde es ruhiger im *Alimentari*, und es sah nicht so aus, als würde sich das vor Ladenschluss noch mal ändern. Also beschloss Emma, dass es nun endlich an der Zeit war, Konstanze zu besuchen. Statt Mozzarella, der Isadoras erklärter Lieblingskäse gewesen war, nahm sie Schokotrüffel mit.

Wie immer stand das schmiedeeiserne Zufahrtstor offen. Mit einem mulmigen Gefühl in der Magengrube ließ Emma ihren Wagen über den Hof rollen und parkte neben dem Garagentor. Sie war öfter hier gewesen und hatte jedes Mal neue Anzeichen des beginnenden Verfalls bemerkt, heute erschien ihr das Anwesen jedoch noch deutlich heruntergekommener als sonst. Der strahlende Sonnenschein legte seine erbarmungslosen Finger auf jeden Riss im Mauerwerk, jeden Stockfleck an der Wand und jeden schief liegenden Ziegel auf dem Dach. Ja, es mochte auf den ersten Blick romantisch wirken, doch die prekäre finanzielle Situation der Hohenfelserinnen war an jeder Ecke erkennbar. Einfach alles hier hatte bessere Zeiten gesehen.

Emmas Herz zog sich zusammen. Arme Konstanze. Und weil sie nicht genug Probleme hatte, musste ihre Mutter nun auch noch ermordet werden. Kurz schoss ihr ein Gedanke durch den Kopf: Hoffentlich hatte Isadora eine üppige Lebensversicherung gehabt, die Konstanze und dem Anwesen nun zugutekommen konnte. Doch irgendwie glaubte sie nicht daran.

Sie betätigte den antiken Türklopfer und wartete. Es dauerte nicht lange, und Konstanze öffnete. Sie wirkte erschöpft. Zwar gepflegt wie immer – eine Frau wie sie würde sich niemals gehen lassen, davon war Emma überzeugt –, aber dennoch sah man ihr die emotionalen Strapazen der letzten Stunden an.

«Emma. Kommen Sie rein.»

«Ich störe auch wirklich nicht?»

Konstanze schüttelte den Kopf. «Nicht im Geringsten. Im Gegenteil, ich freue mich, Sie zu sehen.»

Sie führte Emma in die Küche und setzte wie bei ihrem letzten Besuch Teewasser auf.

«Ich habe diesmal keine Amarettini dabei», sagte Emma und zog die Schokotrüffel aus der Handtasche. «Das wäre mir zu makaber vorgekommen.»

Konstanze stieß ein trauriges Lachen aus. «Danke für Ihr Feingefühl. Ich weiß nicht, ob ich jemals wieder welche essen kann. Für mich werden sie immer mit dem Tod meiner Mutter verbunden sein ...»

Emma beobachtete sie bei den Worten, hörte genau hin, doch sie konnte keinen falschen Unterton in ihrer Stimme ausmachen. Ihr feines Gehör für Zwischentöne war stets der große Kummer ihrer Tochter gewesen: Wann immer Raffaella versucht hatte, ihre Mutter anzuschwindeln, war es Emma an kleinsten Veränderungen im Tonfall aufgefallen. Hier jedoch hörte sie nichts, was darauf hindeuten konnte, dass Konstanze etwas vor ihr verbarg.

«Das kann ich mir gut vorstellen. Wie hat Doktor Hunziker reagiert?»

Konstanze brühte den Tee auf und wandte sich zu ihr um. «Erschüttert, schockiert ... fehlte nur, dass er geweint hätte. Vielleicht hat er das sogar, als er allein war.» Sie schüttelte den Kopf. «Ich hätte nicht gedacht, dass er so große Sympathien für meine Mutter hegte, anscheinend habe ich mich da getäuscht.»

Auf Emma hatte er am Samstag durchaus den Anschein gemacht, als wäre ihm Isadora wichtig, und nicht nur als Geldquelle, soweit sie das beurteilen konnte. «Wo ist er jetzt?»

«Abgereist, gleich nachdem der Kommissar sich mit ihm unterhalten hatte. Er war ja in München, als meine Mutter ... als sie starb. Er hat also ein Alibi und brauchte nicht hierzubleiben, sondern konnte nach Hause fahren. Als der Kommissar ihm das mitteilte, ging er packen und verschwand.»

«Nun ja ... irgendwie auch verständlich, nicht wahr?»

Konstanze nickte. «Ja, natürlich. Was soll er jetzt noch hier?» Sie seufzte. «Aber nicht, dass Sie glauben, es wird nun ruhig im Haus», ergänzte sie grimmig. «Oh nein, keineswegs.»

«Wie meinen Sie das?»

«Das erzähle ich Ihnen drüben beim Tee. – Glauben Sie, die vier Minuten sind um?»

«Er ist sicher gut so, wie er jetzt ist», sagte Emma sanft.

Wie vor zwei Tagen – waren wirklich erst zwei Tage vergangen, seit sie hier mit Konstanze Tee getrunken hatte? – trug ihre Gastgeberin das Tablett mit der Kanne und den Tassen in den Salon hinüber. In der Mitte des Raumes blieb sie stehen und sah sich unschlüssig um, doch dann entschied sie sich gegen den riesengroßen Esstisch, an dem sie öfter gesessen hatten, und ging hinüber zu dem kleinen Erker an der Längsseite des Raumes. Dort standen zwei filigrane Stühle und ein Tischchen, auf dem Konstanze nun das Tablett abstellte.

«Passt es Ihnen hier?», fragte sie, schenkte jedoch ein, ohne eine Antwort abzuwarten.

Emma hätte auch nichts dagegen sagen wollen. Sie fand den Erker in jedem Fall gemütlicher als die lange Tafel, die sie immer an einen Rittersaal erinnerte.

Nachdem sie sich gesetzt hatten, nahm sie dankend eine Tasse entgegen. Wie erwartet war der Tee genau richtig.

«Was hat es nun mit der fehlenden Ruhe auf sich, wenn ich fragen darf?» Sie nippte einmal und sah Konstanze erwartungsvoll an.

Diese rührte in ihrem Tee, obwohl der halbe Löffel Zucker, den sie hineingetan hatte, sicher längst aufgelöst war. Dann sah sie kopfschüttelnd auf.

«Zwischen all den Ereignissen seit Samstag hatte ich gar keine Gelegenheit mehr, Ihnen die letzte Heldentat meiner Mutter zu erzählen. Sie werden es nicht glauben, wenn Sie es hören.»

Emma war hoch gespannt. Sie hätte beinahe gefragt: «Was hat sie denn angestellt?», doch angesichts der gegebenen Umstände schluckte sie die etwas pietätlose Formulierung lieber hinunter.

«Was ist denn passiert?»

«Am Samstagnachmittag, kurz nachdem Sie wieder weg waren, standen plötzlich Leute vor der Tür und fragten nach meiner Mutter. Zuerst wollte sie nichts von den Fremden wissen, warum sollte sie mit denen reden, aber dann hat sie sich doch mit ihnen unterhalten. Danach eröffnete sie mir, dass die drei aus einer Gegend kämen, die sie früher mal mit meinem Vater bereist hätte, und Verwandte eines Mannes seien, mit dem sie dort wohl damals Freundschaft geschlossen haben. Sie hätten derzeit keine Unterkunft und sollten daher bei uns in einem der leer stehenden Zimmer wohnen.»

Bei Emma klingelte es. «Sagen Sie bloß, die drei heißen Klimpel und mussten bei den Straubs ausziehen!»

Konstanze wirkte überrascht. «Ja, genau. Woher ... ach, natürlich, so was spricht sich rum. – Nun, jetzt sind sie jedenfalls hier.»

«Das war sicher eine nette Überraschung, mitten in den Vorbereitungen für Sonntag.»

«Sie können sich meine Begeisterung vorstellen», meinte Konstanze trocken und wischte einen Tropfen Tee von der Tischplatte.

«Allerdings. Und jetzt?»

«Sie sehen ja, wie es hier aussieht.» Ihre raumgreifende Handbewegung sollte wohl das gesamte Anwesen umfassen. «Auf Gäste sind wir nicht eingerichtet, aber sie behauptete, sie hätte sie unmöglich abweisen können. Nun habe ich sie hier im Haus.» Sie zuckte die Schultern. «Meine Güte, sie müssen sich halt mit dem abfinden, was da ist.»

Emma fehlten die Worte. Was mochte sich Isadora dabei gedacht haben, ihrer Tochter das auch noch aufzuhalsen? Ihr musste klar gewesen sein, dass nicht sie selbst, sondern Konstanze sich um die Gäste würde kümmern müssen.

«Das finde ich reichlich rücksichtslos. Um nicht zu sagen, unverschämt. Können Sie die Leute nicht wieder wegschicken?»

Konstanze seufzte abgrundtief. «Glauben Sie mir, Emma, ich habe große Lust dazu, aber sie sind bislang höflich und ruhig – und sie bezahlen. Nicht viel, aber immerhin. Vielleicht sollte ich, wenn das alles vorbei ist, den Gedanken an eine Ferienvermietung wieder aufgreifen. Möglicherweise gibt es ja Menschen, die für Ruinentourismus zu haben sind.»

Emma schmunzelte. Immerhin hatte sich Konstanze ihren trockenen, ironischen Humor bewahrt. «Wenn Sie zur Geisterstunde ein Schlossgespenst brauchen, stelle ich mich gern zur Verfügung.»

«Schöne Idee. Ich komme darauf zurück.»

«Aber ...», Emma beugte sich vor, «jetzt mal ernsthaft: Wenn ich irgendetwas für Sie tun kann, jederzeit.»

«Danke, das ist sehr freundlich von Ihnen, aber ... nein. Momentan nicht.»

«Wann immer sich das ändert, sagen Sie es.» Emma war versucht, ihre Hand auf Konstanzes Arm zu legen, doch sie traute sich nicht. Sie und Konstanze berührten sich normalerweise nur sehr selten, in letzter Zeit war es – den Umständen geschuldet – für ihre Verhältnisse geradezu häufig vorgekommen, wobei die Gesten immer von ihr ausgegangen waren, und sie wollte nicht, dass es der Freifrau zu viel wurde.

«Ja, das werde ich. Es ist schön, dass Sie hier sind. Das Haus ist manchmal so still.» Konstanze seufzte und trank einen Schluck. «Nicht, dass meine Mutter eine besonders charmante Gesellschaft gewesen wäre, aber es war jemand da. – Jemand, den ich kannte», fügte sie mit einer Grimasse hinzu, als ihr offenbar die fremden Gäste wieder einfielen. «Seit wir keine Hunde mehr haben, ist es sowieso schrecklich ruhig im Haus geworden.»

«Vermissen Sie die Tiere?»

«Ja, sehr. Aber es ist wirklich nicht an der Zeit, diese Verantwortung zu übernehmen.»

Das Klingeln des Telefons kam Emmas Antwort zuvor. Konstanze entschuldigte sich und stand auf, um den Apparat vom Kaminsims zu holen. Emma nahm sich vor, nach dem Telefonat endlich nach dem Gespräch mit Gieseking zu fragen, als ihr plötzlich auffiel, dass Konstanze bereits eine ganze Weile nichts mehr sagte, sondern langsam im Raum auf und ab ging und nur lauschte. Dann zog sie sich einen Stuhl heran und ließ sich darauf fallen. Emma beobachtete unangenehm berührt, dass sich die Miene ihrer Freundin von erstaunt über fassungslos zu entsetzt veränderte. Schließlich bedankte sie sich tonlos, ließ das Telefon sinken und starrte auf den Boden.

Alarmiert stand Emma auf und ging vor Konstanze in die Hocke.

«Ist alles in Ordnung?», fragte sie sanft. «Soll ich Ihnen ein Glas Wasser holen? Geht es Ihnen nicht gut?»

Konstanze hob langsam den Blick und sah ihr in die Augen. Darin stand dieselbe Erschütterung wie in dem Augenblick, als sie begriffen hatte, dass ihre Mutter gestorben war.

«Das war der Kommissar», sagte sie mit schwacher Stimme. «Die Obduktion hat weitere Ergebnisse ans Licht gebracht.» Sie stockte.

Emma wartete. Was konnte so schlimm sein?

«Und welche?», hakte sie schließlich vorsichtig nach.

Konstanze holte tief Luft. «Meine Mutter hatte Krebs im Endstadium. Sie hätte nur noch ein paar Wochen zu leben gehabt.»

Emma richtete sich auf. Diese Neuigkeit war schier unfassbar. «Das ist ... *assolutamente incredibile*», brachte sie heraus.

«Dieser unverschämte Quacksalber! Wie konnte er es wagen, meiner Mutter mit seinen Pülverchen und Mittelchen die ewige Jugend zu versprechen? Er muss gewusst haben, dass sie unheilbar krank war und alles andere gebraucht hätte als irgendwelche Vitamine und Proteine oder weiß der Teufel, was er ihr alles verabreicht hat!» Sie sank in sich zusammen wie ein Ballon, dem die Luft ausging, und ließ sich an die Stuhllehne sinken. «Das ist ... wirklich unglaublich», flüsterte sie. «Und ich habe all die Jahre gedacht, dass dieser Jugendwahn nichts weiter ist als ein bescheuertes Hirngespinst von ihr. Dass sie eigentlich kerngesund ist.»

Emma beugte sich vor und legte ihr die Hand auf die Schulter. «Wir sollten darüber noch mal mit Kommissar Gieseking sprechen.»

«Ja, aber zuerst rufe ich diesen Möchtegern-Jugendguru an, und er soll mir persönlich erklären, was er wusste und was nicht.» Konstanzes Stimme klang fest entschlossen. «Sie können gern mithören, ich stelle auf Freisprechen.»

Emma hatte natürlich nichts dagegen, sondern freute sich über diesen Vertrauensbeweis. Wenn sie ehrlich war, war sie mindestens ebenso gespannt auf die Verteidigung des Doktors wie Konstanze.

Es klingelte mehrmals, bis der Anruf angenommen wurde.

«Hunziker?»

Das Hintergrundrauschen ließ deutlich erkennen, dass er vom Auto aus telefonierte.

«Konstanze von Hohenfels. Sie werden mir jetzt Rede und Antwort stehen, was die Gesundheit oder Nichtgesundheit meiner Mutter angeht.»

«Ich ... verstehe nicht», kam es zögerlich durch die Leitung.

«Nein? Die Polizei hat mich gerade angerufen und mir mitgeteilt, dass meine Mutter unheilbar krank war. Wussten Sie davon?»

Rauschen. «Frau von Hohenfels …»

«Wussten Sie davon?» Konstanzes Stimme nahm an Schärfe zu.

«Verehrte Frau von Hohenfels», begann er eilig, «bitte regen Sie sich nicht auf. Ich muss Ihnen sagen, dass mir Ihre Mutter höchstpersönlich verboten hat, mit Ihnen darüber zu sprechen. Außerdem unterliege ich, wie Sie sich ja sicher vorstellen können, dem Arztgeheimnis, ich hätte Ihnen selbst beim besten Willen keine Auskunft über den Zustand der Freifrau geben können. Nur, wenn sie es mir schriftlich gestattet hätte – und davon war sie weit entfernt.»

Sein Schweizer Akzent wurde stärker, stellte Emma trotz der Fahrgeräusche fest. Offenbar war der Mann emotional ziemlich unter Druck.

Fassungslos schüttelte Konstanze den Kopf. «Hätte ich das nur früher gewusst, ich hätte Sie niemals einfach so von hier verschwinden lassen!»

«Der Kommissar hat mir freigestellt, zu bleiben oder nach Hause zu fahren», informierte Doktor Hunziker sie. «Da ich zum Zeitpunkt des Ablebens der armen Freifrau nicht in Himmelsricht war, sondern meinen Freund in München besucht habe, komme ich als Täter nicht infrage. Daran ändert auch ihre Erkrankung nichts.» Er schwieg einen Moment, und das Rauschen verklang. War die Leitung zusammengebrochen? Doch dann sprach er weiter. «Frau von Hohenfels, ich möchte, dass Sie wissen, wie leid mir das alles tut. Wäre ich nur nicht gefahren, um meinen Freund zu treffen. Ausgerechnet am Sonntag. Vielleicht hätte ich irgendetwas für Ihre Mutter tun können. Aber so …» Er brach ab. «Ich werde auf jeden Fall zur Beisetzung kommen, denn ich möchte Frau von Hohenfels die letzte Ehre erweisen.

Aber bis dahin habe ich sehr viel in meiner Praxis zu tun. Ohnehin wäre ich übermorgen abgereist, und vor Ort kann ich ja nun niemandem mehr nützlich sein.»

«Dann werden wir uns eben unterhalten, wenn Sie zur Beerdigung kommen. Ich bin noch nicht fertig mit Ihnen», sagte Konstanze kriegerisch. «Ich informiere Sie, wenn es so weit ist.»

«Ja, tun Sie das bitte», sagte Hunziker. Emma hörte die Erschöpfung auch in seiner Stimme. «Vielleicht ist Ihnen ja der Gedanke ein Trost, dass Ihre Frau Mutter nicht hat leiden müssen. Ich kann Ihnen versichern, dass ein Tod durch Zyankali sehr schnell vonstattengeht.»

«Na, das ist immerhin etwas», versetzte Konstanze ironisch. «Und wenn Sie mir jetzt sagen, dass ihr dieser Mord einen langen Leidensweg erspart hat, der ihr sonst bevorgestanden hätte, bin ich gleich richtig beruhigt.»

Menschen reagierten unterschiedlich auf Schicksalsschläge, das wusste Emma. Bei Konstanze von Hohenfels schlug offensichtlich die sarkastische Ader durch, die ihr wahrscheinlich half, eine gewisse Distanz zur Situation zu schaffen und die Trauer zu verarbeiten.

Dass Isadora alle, ihr gesamtes Umfeld samt ihrer einzigen Tochter, über ihren Gesundheitszustand im Unklaren gelassen hatte, fand Emma unglaublich. Was hatte sie sich davon versprochen? Für eine Krebsbehandlung hätte jedermann Verständnis gehabt, ihr vorgeschobener Jugendwahn hingegen war Gegenstand von Kritik und sogar Spott gewesen.

Und wozu das alles?

Das verstand Emma nicht, dafür konnte sie Konstanzes Wut gut nachvollziehen. Von der eigenen Mutter so hinters

Licht geführt worden zu sein, war sicherlich eine sehr bittere Erkenntnis. Doch wenn Isadora beschlossen hatte, niemanden in ihre Krankheit einzuweihen, war das ihre Entscheidung. Die hatte sie selbst mit ihrem Gewissen ausmachen müssen. Hunziker als ihr behandelnder Arzt konnte ihr da keine Vorschriften machen. Auch wenn es Emma nicht gefiel und sie durchaus zwiespältige Gefühle ihm gegenüber hegte, war das nichts, was man ihm anlasten konnte.

«Lassen wir das an dieser Stelle», beschloss Konstanze, als keine Antwort kam. «Es ändert ja nichts mehr.»

«In Ordnung, Frau von Hohenfels.» Hunziker klang erleichtert. «Ich wünsche Ihnen viel Kraft für die nächsten Tage, und bitte informieren Sie mich, wenn ... ich kommen soll.»

7. KAPITEL

Emma war spät von Gut Hohenfels zurückgekehrt und wusste nicht, wo ihr der Kopf stand. Nach der schockierenden Eröffnung des Kommissars hatte sie Konstanze nicht sofort allein lassen wollen. Diese hatte ihre Gesellschaft für eine weitere halbe Stunde gern akzeptiert und ein paar kleine Anekdoten von den Hunden, die sie früher gehabt hatten, erzählt. Das Thema Isadora und was dazugehörte, hatte sie vermieden. Emma konnte gut verstehen, dass Konstanze eine gedankliche Pause benötigte, um wieder etwas zur Ruhe zu kommen.

Nachdem sie schließlich sicher war, dass es ihrer Freundin einigermaßen gut ging, war Emma aufgebrochen, um den Laden zu schließen und zusammen mit Anna und Helene zu Therese zu gehen.

Diese war Feuer und Flamme, im Ermittlungskreis dabei zu sein, worüber Emma sich freute. Sie mochte Resi aufrichtig und wusste von ihrer eigenen Großmutter, wie wichtig es für ältere Menschen war, geistig gefordert zu werden und das Gefühl zu haben, dass andere sie brauchten. Tatsächlich gab sie viel auf den reichen Erfahrungsschatz der alten Dame. Therese mochte nicht mehr so gut hören und sehen, aber sie war vollkommen klar im Kopf, und sie hatte ihr gesamtes Leben in Himmelsricht verbracht. Ihre Erinnerungen an frühere Zeiten der Familie von Hohenfels konnten für diesen Fall von großem Wert sein.

«Ich hab euch wieder einen Kuchen gebacken.»

Mit diesen Worten und einem strahlenden Lächeln empfing Therese die drei Freundinnen in ihrer Wohnung.

«*Perfetto!* Das passt ja wunderbar als Nachspeise – ich habe uns Spaghetti und Pesto mitgebracht zum Abendessen.»

Während sie sich zuerst über die Nudeln und dann über den Kuchen hermachten, besprachen die vier Frauen die schockierenden Neuigkeiten über die eigensinnige Freifrau von Hohenfels.

«Das ist ein starkes Stück», fasste Helene zwischen zwei Gabeln Nusskuchen zusammen. «Wie kann man so was nur machen? Die eigene Tochter so an der Nase herumführen?»

«Aus Stolz vielleicht? Oder Eitelkeit?», schlug Anna vor und spießte ihr letztes Kuchenstück auf.

«Mag sein.» Helene klang nicht überzeugt, hatte aber offensichtlich auch keine bessere Idee.

«*Allora*», begann Emma. «Lasst es uns so machen wie letztes Mal: Wir überlegen gemeinsam, wie wir vorgehen, und schreiben alle Fragen auf. Ich habe das Heft mitgebracht, das du mir damals gegeben hast, Resi.» Sie schob ihren Kuchenteller beiseite und zog das Notizbuch aus ihrer Handtasche.

«Ja, an das erinnere ich mich.» Resi strahlte. «Und du hast mir dafür so ein schönes neues geschenkt. Da schau ich manchmal rein und bewundere die schönen Blumenmuster, die es hat, weißt?»

Emma strich ihr über den faltigen Handrücken. «Das freut mich, Resi. – Also, was haben wir?»

«Hatte Isadora Feinde?», warf Anna in den Raum.

Helene prustete. «Das ist eine rhetorische Frage, oder? Wenn jemand Feinde hatte, dann Isadora von Hohenfels.»

«Wir brauchen ja gar nicht alle ihre Feinde», sagte Resi. «Nur die, die am Sonntag auch da waren, oder?»

«Völlig richtig, Resi», stimmte Emma ihr zu. «Wir sollten uns auf den Sonntag konzentrieren. Und vielleicht nicht mal auf die Feinde, sondern generell auf die Personen, die in der Nähe waren, also im Zelt.»

Helene legte ihre Gabel zur Seite. «Wir müssen bedenken, wo Isadora gesessen hat.»

«Ich weiß, was du meinst.» Emma tippte mit dem Stift gegen ihre Unterlippe.

Anna schüttelte den Kopf. «Aber ich nicht. Wo hat sie denn gesessen?»

«So direkt an der Zeltwand, mit einer Öffnung hinter sich. Da kam sie auch rein, damit sie nicht durch die Menge muss», erklärte Helene.

«Ah, richtig.» Anna nickte. «Das Podest hab ich am Samstagabend gesehen. Wenn die Plane hinter ihr offen war, könnte jeder reingekommen sein. Aber ihr habt nichts bemerkt, oder?»

«Wie denn?» Emma ließ den Stift fallen. «Dieses Feuer hat uns alle abgelenkt. Als wäre es Absicht gewesen.»

«Ja!» Helene atmete zischend aus. «Wenn das der Fall wäre, und die Polizei stellt das fest, würde Grünauge dich sicher informieren.»

«Davon gehe ich aus.»

«Also … falls jemand, der nicht im Zelt war, von außen hereingekommen und dann wieder verschwunden ist, hat ihn wahrscheinlich niemand beobachtet», resümierte Anna.

«Zumindest wissen wir es nicht.» Therese überlegte.

«Am besten fängt man mit dem an, was man weiß, sag ich immer. Wen haben wir gesehen?»

«Einen ganzen Haufen Leute», sagte Helene düster und verschränkte die Arme.

Emma nickte. «Lasst uns damit anfangen. Motiv und Anwesenheit.»

«Okay.» Anna seufzte. «Konstanze. Bedauerlicherweise.»

«Die war es bestimmt nicht», schoss Emma spontan heraus.

«Das weißt du nicht.»

«Sie war gar nicht in der Nähe ihrer Mutter», protestierte Emma, obwohl sie wusste, dass das nichts zur Sache tat.

«Das musste sie ja auch nicht. Die Mordwaffe wurde Isadora schließlich auf dem Silbertablett gereicht. Konstanze – so wie einige andere auch – hatte somit die Möglichkeit, sie zu vergiften. Tut mir leid, aber das ist so, da hat Anna leider recht.» Helene zuckte die Schultern.

«Wie hat sie's denn überhaupt bekommen?» Therese sah zwischen Emma und den anderen Frauen hin und her.

«Der Kommissar hat gesagt, das Gift war als Pulver unter die Amarettini-Krümel gemischt auf Isadoras Risotto. Und nachdem ja niemandem sonst was passiert ist, war es ein gezielter Anschlag auf sie persönlich.»

«Vermutlich hat's nicht viel davon gebraucht.» Helene klang nachdenklich. «Dann waren die Krümel vielleicht in einem kleinen Döschen oder so, und das kann man leicht irgendwo verschwinden lassen. Wurde was in der Art gefunden?»

«Weiß ich nicht, aber ich nehme es auf und erkundige mich beim Kommissar. Er und sein Team haben ja am Sonntag noch alles genau untersucht und jede Menge Beweise mitgenommen.» Emma ließ den Stift über das Papier gleiten und schrieb widerwillig Konstanzes Namen auf. «Wer war noch in der Nähe?»

«Na, die Doro.» Helene wickelte sich eine Haarsträhne um den Finger. «Die hat ihr ja alle Gerichte gebracht.»

«Stimmt.» Emma lehnte sich zurück. «Sie hätte auf dem Weg zu Isadora oder direkt an ihrem Tisch die Gelegenheit gehabt, das Pulver drüberzustreuen.»

«Warum sollte die Doro das machen?» Therese schob ein paar Krümel auf ihrem Teller hin und her.

Emma sah auf. «Ja, warum? Genauso frage ich mich, warum Konstanze das hätte tun sollen.»

«Vielleicht, weil sie genug von ihrer herrischen Mutter hatte? Und bei den Ermittlungen im letzten Jahr haben wir ja erfahren, dass es finanziell nicht gut aussieht bei ihr. Dann gibt ihre Mutter Unsummen für ihre Verjüngungskuren aus. Das kommt also auch noch dazu.» Helene zuckte die Schultern. «Tut mir leid. Du weißt ja, wie gern ich sie mag, aber so sieht's nun mal aus.»

Emma hatte Helenes klarer Meinung nur ihr Bauchgefühl entgegenzusetzen. Sie seufzte und notierte Doros Namen.

«Weiter – sonst jemand?»

Es stellte sich als durchaus herausfordernd dar, aus der Menge an Menschen, die am Sonntagnachmittag im Festzelt gewesen waren, die Verdächtigen herauszufiltern. Die Freifrau war zwar allgemein unbeliebt gewesen, aber nur wegen Unbeliebtheit brachte man ja eigentlich niemanden um.

«*No*», entschied Emma. «Das geht nicht, wir müssen das anders probieren. Isadora war kein Roland Seelig. Bei ihr kommen alle oder keiner infrage.»

«Aber irgendwer war's», gab Therese zu bedenken.

«Ja, irgendwer war's», bestätigte Anna. «Nur warum? Was hat sie getan, um jemanden so zu verärgern, dass er sie tot sehen wollte? Und verärgert hat sie viele.»

Helene grinste. «Oh ja.»

«Wenn ich da nur an ihren Auftritt letztes Jahr bei Petra im Friseurladen denke ...» Der würde Emma in ewiger Erinnerung bleiben.

«Was für uns wieder bedeutet, dass es so ziemlich jeder sein könnte und dass wir absolut keine Ahnung von der Motivlage haben.» Anna zupfte unzufrieden an ihrem Ohrläppchen.

«Ja, ja, aller Anfang ist schwer, sag ich immer.» Therese nickte Emma zu.

«Vielleicht sollten wir doch vom Mord selbst ausgehen.» Anna richtete sich auf. «Ich versuche es mal so. Hat eventuell jemand anderes auf den Status als Ehrengast spekuliert, den Isadora dann bekam? Jemand, der das unbedingt machen wollte und von Isadora verdrängt wurde?»

Die Frauen sahen sich fragend der Reihe nach an.

«Na ja ... jeder, der im Ort was sein oder darstellen will», meinte Helene schließlich schulterzuckend.

«Und ihr glaubt wirklich, dass jemand wegen so was einen Mord begehen würde?» Emma blieb skeptisch. «Vielleicht sollten wir uns lieber an handfestere Gründe halten. Wer profitiert von ihrem Tod?»

«Das ist eine gute Frage – die aber erst mal leider wieder auf Konstanze hinweist. Lasst uns lieber zu Dorothea zurückkommen», schlug Anna mit Blick auf Emmas Notizen vor. «Nach allem, was ich weiß, war sie Isadora zum Tatzeitpunkt vermutlich am nächsten. Eine bessere Gelegenheit als die, ihr das Essen an den Platz zu bringen, kann ich mir kaum vorstellen.»

Da hatte Anna recht. Aber … «Und welches Motiv sollte sie gehabt haben? Die Frage hatten wir bereits.» Emma sah von ihr zu Helene.

Schweigen war die Antwort.

«Irgendwas ist immer, sag ich immer.» Therese stapelte die Teller aufeinander und putzte sich mit einer Papierserviette die Nase.

«Rossmeier hat die andere Köchin untersucht, gleich nach dem Brand – erinnert ihr euch?», warf Helene ein. «Er war da und in der Nähe der Kochtöpfe. Der hätte ebenfalls die Möglichkeit gehabt, unbemerkt an ihre Portion zu kommen.»

Anna nickte langsam. «Und als Arzt vielleicht auch an das Gift selbst. Kinder, das dürfen wir nicht vergessen: So was muss man sich erst mal besorgen können. Das ist nicht so einfach, denke ich.»

«Mag sein.» Helene machte eine wegwerfende Handbewegung. «Aber … kann man nicht auch mit Aprikosenkernen jemanden vergiften? Ich hab mal einen Roman gelesen, in dem das so passiert ist.»

«Dann bin ich wohl wieder verdächtig, weil ich letzte Woche eine ganze Ladung Aprikosen im Laden hatte …» Emma schrieb *Wo kommt das Gift her?* neben die Namen von Doro und Rossmeier.

«Quatsch, Emma!» Helene gab ihr einen spielerischen Klaps auf den Arm. «Die Rolle als Hauptverdächtige spielt diesmal eindeutig Konstanze, ob du willst oder nicht.» Sie schaute einen Augenblick in die Luft. Ihre Miene verdüsterte sich. «Und leider ist sie auch die Einzige mit einem offensichtlichen Motiv. Bei allen anderen haben wir nicht die leiseste Ahnung.»

«Du sagst es, Leni. Drum müssen wir die Leute befragen. Ich fange einfach mal mit Doro an, weil sie ihr nun mal das vergiftete Essen gebracht hat.» Emma seufzte. Sie war müde und konnte sich nicht mehr konzentrieren.

«Vielleicht erfährst du ja irgendwas.» Helene schenkte sich Kaffee nach.

«Der ist doch jetzt kalt, Leni!»

«Ich weiß, Omi, aber das macht nichts. Ich brauch ja nur das Koffein.»

Anna streckte sich und gähnte. «Wir wissen zu wenig über Isadora. Ja, sie war herrisch und auf ihre Art völlig unmöglich, aber ... wer kannte sie wirklich? Nicht mal ihre eigene Tochter, wie wir jetzt wissen.» Sie kippelte mit ihrem Stuhl nach hinten.

«Das sollten wir ändern», beschloss Helene. «Wenn niemand die Frau richtig kannte, aber alle ein bisschen, müssen wir eben aus vielen Puzzleteilen ein Bild zusammensetzen.»

«Ich halte auf jeden Fall mal die Ohren offen. Vielleicht erfahre ich ja auch durch Georg irgendwas.»

«Gute Idee, Anna.» Emma gähnte. «*Ragazze*, ich muss ins Bett. Ich werde versuchen, was über das Gift rauszufinden, mit Doktor Rossmeier reden ... und morgen spreche ich mit Doro. Vielleicht ist das eine erste Spur.»

Emma war froh, dass sie zu Fuß unterwegs war, denn so konnte sie auf dem Heimweg ein bisschen frische Luft schnappen und nachdenken.

Wenn sie ehrlich war, musste sie zugeben, dass Konstanze tatsächlich sowohl Motiv als auch Möglichkeit gehabt hatte. Dennoch widerstrebte es ihr, sie ernsthaft als Verdächtige zu betrachten. Es dauerte lange, bis die Freifrau jemanden hinter ihre Fassade blicken ließ, ja. Ehrlicherweise bezweifelte Emma, dass sie Konstanze ohne die Ereignisse im letzten Jahr, die beschleunigend gewirkt hatten, heute als Freundin bezeichnen würde. Aber sie waren jetzt befreundet, Konstanze hatte sie eingelassen, und das, was sie gesehen hatte, passte nicht zu einer Mörderin.

Andererseits hatte sie vermutlich lange nicht alles gesehen, was es zu sehen gab.

Sie atmete tief ein. Die Nacht war lau, und es war schön, durch die ruhigen Gassen zu laufen und das Zirpen der Grillen in den Gärten zu hören. Als sie auf den Dorfplatz trat, warf sie automatisch einen Blick zur Bank unter der Linde. Lächelnd schüttelte sie den Kopf. Therese war zu Hause, sie würde jetzt sicher nicht auf ihrem Stammplatz sitzen und ihr zuwinken.

Und doch war da jemand. Eine stille Gestalt, die reglos auf der Bank saß, die sonst ihre alte Freundin für sich beanspruchte. Emma nickte im Vorbeigehen. Ihr war nicht danach, die Ruhe von jemandem zu stören, der die Nacht unbehelligt genießen wollte.

«Guten Abend, Frau Ferrari», grüßte der Schatten auf der Bank leise, und sie erkannte die Stimme von Lennart Stiller.

«*Buonasera, Signor* Stiller», antwortete sie ebenso leise, und da er keine Anstalten machte, sich zu bewegen, und sonst weiter nichts sagte, blieb sie nicht stehen, sondern setzte mit einem Winken ihren Weg fort.

«Mrrraau!»

«Hugo!» Emma bückte sich zu ihrem Kater, der wie aus dem Nichts aufgetaucht war und ihr nun schnurrend um die Beine strich. «Du kleiner Strolch. Wo hast du denn gesteckt den ganzen Tag?»

Wie üblich schwieg sich der große rote Kater eisern über seine Abenteuer aus. Stattdessen lief er neben ihr her bis zur Hintertür und schlüpfte mit ihr hinein. Die Katzenklappe nahm Hugo zwar gut an, trotzdem nutzte er jede Gelegenheit, mit ihr gemeinsam zu kommen und zu gehen.

Kaum hatte sie die Tür geöffnet, flitzte er die Treppe hoch, um sich auf sein Trockenfutter zu stürzen. Während er krachend und knackend die Körner zerbiss, ging Emma um das Rennrad des Kommissars herum, das in ihrem Flur stand.

Wann er es wohl abholen würde? Nicht, dass es sie störte, doch irgendwie hatte sie das Gefühl, dass es hier so lange bleiben könnte, bis der Fall gelöst war.

«Du warst doch vorgestern Nachmittag hautnah an Isadora von Hohenfels dran ...»

«Ja, und im Nachhinein bereue ich das wirklich. Darauf ist der Kommissar auch schon herumgeritten, als er mich am Sonntagabend befragt hat, und ihm habe ich genau dasselbe gesagt wie dir jetzt: Wenn ich gewusst hätte, dass es so endet, hätte ich mich niemals darauf eingelassen, die alte Schreckschraube persönlich zu bedienen.»

Dorothea Artzt nahm kein Blatt vor den Mund. Eine Eigenschaft, die Emma an der Apothekerin normalerweise schätzte, jetzt gerade fand sie es ein bisschen pietätlos, so über die Verstorbene zu sprechen.

Sie hatte Doro auf dem Weg zur Apotheke abgepasst. Früher war sie die Strecke von ihrer alten Wohnung bis zum Dorfplatz häufig zu Fuß gegangen, seit sie über dem

Laden wohnte, hatte sie sich angewöhnt, bei jedem Wetter einen kleinen Morgenspaziergang zu machen. Heute hatte sie geplant, bei der Apotheke vorbeizuschauen und Dorothea vielleicht zu erwischen, ehe diese aufsperrte. Und wie der Zufall es wollte, hatte sie genau im richtigen Moment die schmale Straße betreten, die vom Burgberg herab- und hinter ihrem Laden vorbeiführte, sodass sie Doro fast in die Arme gelaufen war.

«Du mochtest sie nicht besonders, stimmt's?», fragte Emma jetzt, während sie in Richtung Apotheke gingen.

«Keiner mochte sie besonders, wenn du mich fragst.»

Der ruppige Unterton ließ Emma aufhorchen. «Hattest du mehr Grund als andere, sie nicht zu mögen?»

«Welcher Grund sollte das sein?»

«Ich weiß es nicht, darum frage ich dich ja.»

«Blödsinn. Sie war eine Kundin wie jede andere, nicht mehr und nicht weniger.»

Emma hatte das sichere Gefühl, dass dem nicht ganz so war, doch wenn Doro nicht reden wollte, würde sie nichts aus ihr herausbekommen.

«Gehen wir mal davon aus, dass nicht du diejenige warst, die Isadora das Gift über das Risotto geschüttet hat …»

«Na, da danke ich auch schön! Hast du mich etwa in Verdacht?»

«Ich denke nur alle Möglichkeiten durch, Doro. Immerhin hattest du von allen den engsten Kontakt zu ihr.»

«Hatte ich, ja. Aber ich habe sie nicht ermordet. Weswegen sollte ich das denn tun?»

Da sich die Freundinnen genau diese Frage am Vorabend öfter als einmal gestellt hatten, ohne zu einem Ergebnis zu kommen, enthielt sich Emma einer Antwort.

«Hast du vielleicht irgendetwas oder jemanden gesehen, als du ihr das Essen gebracht hast?», fragte sie stattdessen. «Sie hatte ja einen besonderen Platz, und direkt hinter ihr war das Zelt offen.»

«Du meinst, da kam jemand rein?»

«Ich weiß es nicht, ich habe mich wie die meisten anderen von dem Feuer ablenken lassen, aber es wäre möglich.»

Doro zuckte die Schultern. «Genau wie du war ich auf den Brand fixiert. Ich hatte Isadoras Platz und damit auch sie selbst im Rücken.»

«Und vorher? Ihr habt euch unterhalten, als du sie an ihren Platz gebracht hast.» Emma dachte an Doros verkniffene Miene, als sie das Podest wieder verlassen hatte. «Worum ging es da?»

Doro warf ihr einen kurzen Seitenblick zu. «Blabla. Small Talk, mehr nicht. Wie viele Leute da sind und wie laut es ist.»

«Ach ... Aber Isadora von Hohenfels hat dir etwas ins Ohr gezischt, und sie sah nicht besonders freundlich dabei aus.»

Dorothea schwieg.

«Sie war auch nicht freundlich dabei. Ganz und gar nicht», gab sie schließlich zu.

«Ging es um Konstanze? Sie war nicht besonders begeistert davon, dass ihre Tochter da mitgemacht hat.»

«Nein, Konstanze hatte sie diesmal nicht auf dem Kieker.»

«Was wollte sie dann von dir? Lag die Gabel auf der falschen Seite des Tellers?»

Dorothea schnaubte. «Sie brauchte Nachschub an Happy Drops, das war alles. Sie hatte einen ganz schönen Verbrauch, das kann ich dir sagen.»

«Wozu hätte sie denn deine Tropfen ...» Emma blieb stehen. «Natürlich – als Schmerzmittel! In ihrer Situation war das für sie sicher elementar.»

Doro wandte sich zu ihr um. «Was für eine Situation?»

«Was hat sie dir denn gesagt, wofür sie die braucht?» Emma schloss zu Doro auf. «Regelschmerzen kann sie ja wohl nicht mehr gehabt haben.»

«Sie hat behauptet, die würden ihr beim Einschlafen helfen.»

«Von Schmerzen hat sie nichts gesagt?»

«Nicht explizit. Warum?»

Emma überlegte, ob sie Doro einweihen sollte. Eigentlich stand es ihr nicht zu, andererseits: Sie hatte einen Mord aufzuklären, und wenn sie Informationen von ihren Gesprächspartnern wollte, durfte sie sich selbst nicht ganz verschließen.

«Die Gerichtsmedizin hat herausgefunden, dass Isadora Krebs im Endstadium hatte.»

«Was?» Nun war es die Apothekerin, die fassungslos stehen blieb. «Und das hat niemand gewusst?»

«Du auch nicht?»

«Wie sollte ich?»

«Na ja ... sie wird starke Medikamente gebraucht haben.»

Doro schüttelte den Kopf. «Du vergisst, dass sie ihren persönlichen medizinischen Beistand hatte, Emma. Der Schweizer Wunderdoktor, der ihr das ewige Leben sichern sollte, hat dafür gesorgt, dass niemand außer ihm an der Freifrau Geld verdient. Sie hat nichts mehr hier gekauft, seit sie ihn kannte. Also, zumindest nicht bei mir – außer großen Mengen von meinen Tropfen.»

Emma sah sie an. «Aber wenn sie die ganzen Schweizer

Wundermittelchen hatte, warum wollte sie dann die Tropfen von dir?»

«Ich habe sie nicht gefragt, Emma. Ich habe mein Geld bekommen, zumindest anfangs, und ich habe geliefert. Mehr nicht. Weder sie noch ihre Tochter hätten mir jemals irgendetwas anvertraut, das jenseits von Grüß Gott und Auf Wiedersehen liegt. Und dazu kommt, dass ich generell niemanden aktiv nach Wehwehchen frage. Ich höre so viel den ganzen Tag, was mir die Leute unaufgefordert erzählen, dass ich da sonst nicht mehr wissen muss.»

«Das kann ich mir vorstellen.»

Sie waren bei der Apotheke angekommen, und Dorothea kramte in ihrer Tasche nach dem Schlüssel. «Ich mach das mit den Tropfen ja auch nicht, um an Infos über meine Kunden zu kommen, sondern weil ich euch helfen will.»

«Und dafür ist dir unser kleiner Frauenkreis auch wirklich sehr dankbar, Doro.»

Die Apothekerin grinste. «Du überschätzt die Leidensfähigkeit der Männer. Ich hab mehr als einen, der sich meine Alternative zur Chemiebombe holt.»

Emma lachte. «*Davvero?* Na, es heißt ja immer, dass die Menschheit längst ausgestorben wäre, wenn Männer die Kinder bekommen müssten.»

«Wahrscheinlich. Da fällt mir was ein …» Doro hatte den Schlüssel ins Schloss gesteckt, als sie innehielt und sich zu Emma umdrehte. «Vielleicht sprichst du mal mit Doktor Rossmeier. Ich hab so ganz vage was in Erinnerung, dass er mit Isadora einen Streit hatte. Ach nein, das war sein Vater!» Sie schüttelte den Kopf. «Na, wie auch immer. Frag ihn einfach mal. Er war schließlich ebenfalls da, allerdings nicht ganz so prominent positioniert wie ich.»

«Das werde ich, danke für den Tipp. Ach, und noch eine Frage: Könntest du in deinem Labor auch Zyankali herstellen?»

Dorothea musterte sie mit einem Blick, den Emma nicht zu deuten wusste, bevor sie antwortete. «Theoretisch vielleicht. Aber wozu sollte ich das tun? Ich habe keine Verwendung dafür. Hab einen schönen Tag, Emma.»

Das Gespräch mit der Apothekerin war zwar nicht uninteressant gewesen, hatte Emma jedoch nicht den erhofften Durchbruch verschafft. Aus einem Impuls heraus rief sie auf dem Weg zu ihrem Laden ihre Tochter an.

Raffaella studierte Romanistik und Sprachwissenschaften in Regensburg und hatte sich dort einen großen Freundeskreis mit ganz unterschiedlichen Menschen geschaffen. Emma war in jeder Hinsicht stolz auf ihre Tochter und fragte sie inzwischen nicht selten um Rat oder ihre Meinung. Auch in dem Mordfall im vergangenen Jahr war sie über Raffaella an wichtige Hinweise gekommen, die einer ihrer Freunde im Netz für sie beschafft hatte. Als Revanche hatte Emma ihm ein üppiges Delikatessenpaket geschickt, das eine halbe Kompanie satt gemacht hätte.

«*Ciao, mamma*, ist was passiert?», fragte Raffaella verschlafen und gähnte laut ins Telefon.

«*O dio, tesoro!*» Erst jetzt wurde Emma bewusst, wie früh es war. «Habe ich dich geweckt?»

«*No, mamma*, ich bin sowieso aufgewacht.»

«Ich hab nicht auf die Uhr gesehen.»

«*Fa niente.*» Erneut gähnte Raffaella.

«Soll ich später noch mal anrufen?»

«Nein, jetzt bin ich ja wach. Was gibt es denn?»

Emma schilderte ihr in knappen Worten, was am Sonntag geschehen war. Mit einem Schlag klang ihre Tochter putzmunter.

«Schon wieder ein Mord in Himmelsricht? Das ist ja nicht zu fassen.»

«Das kann man wohl sagen. An Isadora von Hohenfels erinnerst du dich sicher, oder?»

«Natürlich.» Raffi lachte. «Wie könnte man die Frau vergessen.»

«Stimmt. Wir wissen gerade nicht so recht, wo wir anfangen sollen ...»

«Ach – du ermittelst wieder?»

«Na ja, ich würde das nicht ermitteln nennen. Ich unterhalte mich nur, weißt du?» Ein Lachen kitzelte Emma im Hals und brach hervor, als ihre Tochter anfing zu kichern.

«Ja, *mamma*, klar. Du hast bestimmt irgendwas im Sinn, das du von mir brauchst, oder?»

«Eher von deinem Freund.»

«Er ist nicht mein Freund, *mamma*. Er ist ein guter Freund.»

«Demnach seid ihr immer noch gut befreundet?»

«Gut genug, um ihn recherchieren zu lassen, meinst du?»

«Kluges Kind.»

«Ja, *mamma*, das sind wir. Also, schieß los.»

Während Emma die restlichen Schritte zu ihrem Haus zurücklegte, schilderte sie ihrer Tochter Umstände und Ursache von Isadoras Tod.

«Kannst du ihn bitten, ein bisschen zu Zyankali zu ermitteln? Wie leicht oder schwer es ist, das zu bekommen oder selber herzustellen? Und was man dafür braucht?»

«Kann ich machen, wir sehen uns sowieso nachher in der Vorlesung, da rede ich mit ihm.»

«*Fantastico, tesoro. Grazie mille.*»

«Wann kommst du denn mal wieder auf einen *caffè latte* vorbei?», fragte Raffaella. Emma konnte hören, wie sie sich im Bett auf die andere Seite drehte, und vermisste es, ihrer verschlafenen Tochter durch das dichte Haar zu wuscheln und sie fest an sich zu drücken, wenn sie noch nicht ganz wach war.

«Kommendes Wochenende vielleicht?», schlug sie vor.

«Ja, gut, das passt super. Vielleicht weiß ich dann auch schon mehr zum Thema.»

«*Fantastico*. Und jetzt schlaf weiter.»

«Sehr lustig, *mamma*. Danke.» Raffaella seufzte. «Dann *ciao* und bis bald.»

8. KAPITEL

Mit einem amüsierten Grinsen stieg Emma die Treppe hinauf und wechselte die Laufschuhe gegen ihre Ladenpantoffeln. Kurz hielt sie Ausschau nach Hugo, der noch in seinem Körbchen geschlafen hatte, als sie losgegangen war, doch er hatte sich offenkundig bereits aus dem Staub gemacht. Der Napf mit dem Trockenfutter war leer, das Nassfutter hatte er verschmäht. Vielleicht hob er es sich für schlechte Zeiten auf – die natürlich nie kommen würden.

Emma trat in den Verkaufsraum und sah auf die Uhr. Sie war etwas zu früh, schloss aber trotzdem die Ladentür auf und öffnete sie weit. Wie immer erfreute sie sich morgens an dem harmonischen Klingeln der alten Glocke. Lächelnd trat sie vor die Tür und atmete mit geschlossenen Augen tief ein. Um diese Zeit war es meist ruhig im Dorf. Die ersten Berufstätigen waren an ihren Arbeitsplätzen, die Kinder in der Schule.

«Sind Sie aus dem Bett gefallen?»

Die amüsierte Stimme von Kommissar Gieseking holte Emma aus ihrer morgendlichen Nachdenklichkeit.

«So wie Sie offensichtlich auch, *commissario*. Guten Morgen.» Sie lächelte ihm entgegen. «Was führt Sie so früh in unser beschauliches Dörfchen?»

Henrik Gieseking erwiderte ihr Lächeln. «Dieses Dörfchen würde ich weder beschaulich noch himmlisch nennen, und wenn es tausendmal so heißt. Was mich herführt?

Natürlich ein Mord. Ich hatte gedacht, Sie würden künftig besser aufpassen.»

Emma ging einen Schritt beiseite und ließ ihn in den Laden treten. «Es gibt offenkundig Dinge, die sich sogar meinem Einfluss entziehen. Schließlich übe ich ja gerade erst. – Mögen Sie einen Cappuccino?»

«Sehr gern.»

«Auch ein paar Kekse dazu?»

«Lieber nicht. Ich habe gehört, das soll in letzter Zeit nicht besonders gesund sein», scherzte er und setzte sich an einen der Bistrotische.

«Sieht tatsächlich so aus!» Emma kicherte in sich hinein.

Während sie den Cappuccino vorbereitete, beobachtete sie ihn, wie er in der Ecke am Fenster saß. Zuletzt hatte er im vergangenen Jahr dort gesessen, als sie gemeinsam gefeiert hatten, dass Emma ihren Laden wieder hatte öffnen können. Kurz fragte sie sich, ob er sich auch so gern an den Abend erinnerte, doch dann schob sie den Gedanken beiseite.

Wie damals war der Kommissar leger, aber dennoch korrekt gekleidet. Mit seinen dunkelblauen Jeans und dem hellgrünen Poloshirt erinnerte nichts an den sportlichen Rennradfahrer, der am Sonntag in Himmelsricht eingetroffen war.

«Schade, dass Sie Ihre Fahrt nicht fortsetzen konnten», sprach sie das Erste aus, was ihr in den Sinn kam. «Wer hätte auch gedacht, dass so schnell wieder ein Verbrechen passiert in unserem kleinen Örtchen?»

«Es sollte wohl besser Mordskofen heißen statt Himmelsricht.» Er nahm die Tasse mit Cappuccino entgegen, die sie ihm reichte. «Danke.»

«Der Name ist leider besetzt.» Emma goss sich ihren *caffè* ein und setzte sich auf den Barhocker ihm gegenüber. «Und ehe Sie fragen: Nein, ich weiß nicht, welche Mordrate der Ort hat. Nur dass es dort gute Schnitzel gibt.»

«Ich erinnere mich.» Lächelnd rührte er in seinem Cappuccino, obwohl er gar keinen Zucker genommen hatte. Dann wurde er wieder ernst. «Also. Was haben Sie herausgefunden?»

Emma seufzte. «Nicht viel bisher. Ich habe mich mit unserer Apothekerin unterhalten, sie hat Isadora ja die Gerichte an ihren Platz gebracht. Aber bis auf die Information, dass sie das Gift eventuell selbst herstellen könnte, habe ich keine erhellenden Neuigkeiten.»

«Für eine Apothekerin dürfte das tatsächlich im Rahmen des Machbaren liegen. Haben Sie die Motivlage geprüft?»

Emma hatte bereits letztes Jahr Gelegenheit gehabt, sich an seine direkten Fragen zu gewöhnen. Das war so geblieben, aber immerhin gab er ihr nun wesentlich mehr Informationen

Sie hob die Schultern. «Bisher wüsste ich nicht, welches Motiv sie haben sollte. Zumindest hat sie auf den ersten Blick nicht mehr Grund, Isadora zu ermorden, als alle anderen, die auf meiner Liste stehen.»

Gieseking lachte leise. «Interessant zu wissen, dass Sie eine Liste haben.»

«Die haben Sie sicher auch.»

«Natürlich.» Er nahm einen Schluck und sah sie über den Rand der Tasse hinweg an. «Ihr Cappuccino ist der beste im ganzen Umkreis.»

«Auch wenn Sie mir damit wirklich schmeicheln, *commissario*, interessiert mich Ihre Liste trotzdem.»

Er stellte die Tasse ab. «Das überrascht mich fast, denn eigentlich müssten Sie genau wissen, wer darauf an erster Stelle steht.»

Emma sah auf die Tischplatte. Er hatte recht, und in diese Richtung sollte sich das Gespräch auf keinen Fall entwickeln.

«Wir haben uns gefragt, ob Sie irgendwo vielleicht etwas gefunden haben, in dem die Krümel mit dem Gift transportiert wurden. Ein Döschen oder kleines Glas, eine Tüte oder Ähnliches», sagte sie stattdessen.

Gieseking schüttelte den Kopf. «Die Spurensicherung ist noch nicht durch mit all den Sachen, die meine Kollegen eingepackt und mitgenommen haben, aber bisher Fehlanzeige.»

«Hm ... und was ist mit den Autos, die in der Nähe des Zeltes geparkt waren?» Sie erinnerte sich, dass dort etliche Fahrzeuge gestanden hatten.

«Kommissar Falk hat gleich nach seiner Ankunft am Sonntagnachmittag alle Kennzeichen aufnehmen lassen. Derzeit arbeiten meine Kolleginnen und Kollegen daran, die Halter ausfindig zu machen und zu befragen. Natürlich kann der Täter auch anders zum Tatort gekommen oder zu dem Zeitpunkt längst wieder weggefahren sein – und das halte ich sogar für sehr viel wahrscheinlicher –, aber wir prüfen natürlich auch das.»

«Was glauben Sie – hat der Mörder das Gift erst kurz bevor serviert wurde über das Essen gegeben? Oder war er vielleicht schon früher an den Zutaten? – Aber nein», antwortete sie sich selbst, «dann hätte es ja nicht nur Isadora getroffen.»

Gieseking sah sie einen Moment lang schweigend an,

dann seufzte er. «Möchten Sie von Ihrer Freundin Konstanze ablenken?»

«Ihnen kann man nichts vormachen», stellte Emma frustriert fest.

«Das hoffe ich. Zumindest erhöht so etwas die Aufklärungsquote, wie Sie sich vorstellen können. Also? Wie ist es um Ihre Neutralität bestellt?»

«Ich weiß es nicht», gestand Emma nach einem Augenblick des Überlegens ein. «Ich glaube nicht, dass Konstanze es war.»

«Und dennoch zweifeln Sie an ihr.»

War das eine Feststellung oder eine Frage? Emma war sich nicht sicher und zuckte daher nur die Schultern.

«Sie wissen, dass Konstanze von Hohenfels ein klares Motiv hatte, nicht wahr? Spätestens seit unseren letzten Ermittlungen sind auch Ihnen die prekären wirtschaftlichen Verhältnisse der Familie bekannt, und das ist nicht der einzige Konfliktpunkt.»

Dagegen konnte Emma nichts einwenden. Konstanze – und damals auch ihre Mutter – hatte bereits im Vorjahr aus finanziellen Gründen im Visier der Ermittlungen gestanden. An der Situation hatte sich seither nicht allzu viel geändert; der Verkauf eines Waldgrundstücks an eine Freundin des damaligen Opfers hatte zwar Entspannung gebracht, doch nur kurzfristig. Und dass Konstanze seit einer Ewigkeit, wahrscheinlich ihr ganzes Leben lang, unter der Bevormundung ihrer herrischen Mutter zu leiden hatte, war auch kein Geheimnis in Himmelsricht. Zwar trug sie es mit Fassung, doch Emma hatte keinen Zweifel daran, dass sie auf diese zusätzliche Belastung gern verzichtet hätte.

Aber würde sie dafür morden?

Als hätte er ihre Gedanken gelesen, zählte der Kommissar an den Fingern seiner linken Hand ab. «Erstens», er reckte den Daumen, «Isadora von Hohenfels gab für ihre ärztliche Behandlung ein Vermögen aus, das sie nicht besaß – auch wenn wir jetzt wissen, dass es sich dabei wahrscheinlich nicht um den Wunsch nach ewiger Jugend, sondern um eine Krebstherapie handelte.» Er machte eine Pause, hob den Zeigefinger. «Zweitens: Isadora war als Mutter vermutlich nur schwer auszuhalten, und Konstanze hatte endgültig die Nase voll davon, sich unterdrücken zu lassen.»

«Aber warum erst jetzt?», platzte Emma heraus. «Das alles ist nichts Neues.»

«Das nicht, aber im Zusammenspiel beider Punkte ergibt sich eine Potenzierung des Motivs. Konstanze hasste ihre Mutter seit Langem und wollte nun endgültig nicht mehr zusehen, wie sie mit vollen Händen Geld ausgab.»

Emma holte tief Luft. «Wenn sie es wirklich getan hat, lässt mich meine Menschenkenntnis schwer im Stich. Ich kann und will nicht glauben, dass ich mich so in ihr geirrt haben sollte.»

«Kommen wir vielleicht erst mal zu den eindeutigeren Punkten.» Der Blick des Kommissars war wach und sachlich. «Hätte Konstanze von Hohenfels Ihrer Meinung nach die Möglichkeit gehabt, das Gift über das Risotto zu geben?»

Emma straffte sich und schüttelte die Frustration ab. «Unter so vielen Augen?», fragte sie zweifelnd.

«Nicht unbedingt. Frau von Hohenfels hätte das Gift bereits zu Hause unter die Amarettini-Brösel mischen und diese dann anschließend über das Risotto ihrer Mutter streuen können, ohne auch nur den Hauch eines Verdachts zu erregen. Woran Sie selbst auch bereits gedacht haben, sonst hätten Sie eben nicht gefragt, ob der Täter vorher an den Zutaten gewesen sein könnte.»

«Und warum hat sie es dann nicht gleich zu Hause erledigt?», gab Emma erneut zu bedenken. Es wurmte sie, dass der Kommissar so punktgenau ihre heimlichen Gedanken benannte.

«Genau aus diesem Grund: Wer würde ihr zutrauen, ihre Mutter so ungerührt in aller Öffentlichkeit umzubringen?»

Emma nickte widerstrebend. So absurd ihr das im Gespräch mit ihm auch erschien, sie konnte den Gedanken nicht von der Hand weisen. «Sie haben recht. Zu Hause wäre sie unweigerlich die Verdächtige schlechthin gewesen.»

«Richtig.»

«Aber auch dort hätte es jemand anderes sein können.»

«Und wer?»

Emma überlegte. Die klaren und präzisen Fragen des Kommissars halfen ihr beim Denken, stellte sie fest, und obwohl die Situation angesichts der Tatsache, dass ihre Freundin im Visier stand, nicht wirklich angenehm war, brachte sie das Gespräch weiter.

Sie hob die Hände. «Alle möglichen Leute.»

Der Kommissar lachte kurz auf. «Geht das auch genauer?»

«Nun, Gut Hohenfels ist nicht Fort Knox. Da war der Arzt von Isadora, der in der Zeit bei ihnen gewohnt hat ... und ich glaube, irgendjemand aus dem Nachbarort kommt hin und wieder und hilft Konstanze im Haushalt. Sie kann ja beim besten Willen nicht alles selbst erledigen, Finanzen hin oder her.»

«Motiv?»

Emma rollte mit den Augen, was der Kommissar mit einem Schmunzeln quittierte. «Das müssen wir eben herausfinden. Außerdem habe ich gestern erfahren, dass seit Samstag eine Familie bei Konstanze wohnt, die Isadora selbst eingeladen hat, im Gut unterzukommen, weil sie oder ihr verstorbener Mann mit einem Verwandten von ihnen befreundet war. Die habe ich auch bei der Veranstaltung im Zelt gesehen am Sonntag.»

«Sie meinen die Klimpels aus Cuxhaven?»

Emma grinste. Gieseking war wirklich auf Zack. «Genau die.»

«Auch die überprüfen wir bereits. Sie waren da, aber es scheint kein Motiv zu geben.»

Das hatte Emma befürchtet. «Dazu kommen die Personen, die sich zu der Zeit im Zelt und in der Nähe von Konstanze oder Doro aufgehalten haben», warf sie ein. «Und haben Sie den Platz gesehen, an dem Isadora gesessen hat?»

Gieseking verzog anerkennend den Mund. «Die offene Zeltwand in ihrem Rücken.»

«*Esatto.* Da hätte jeder hereinkommen und ihr die giftigen Krümel über das Risotto streuen können.»

«Das hätte sie mitbekommen müssen. Warum hat sie dann davon gegessen?»

«Sie hat es nicht gemerkt, weil sie auch von dem Feuer abgelenkt war. Ich habe sie am Rand des Podests stehen sehen, als es brannte. Sie hätte niemanden hinter sich wahrgenommen, so konzentriert war sie.»

«Dazu hätte der Mörder oder die Mörderin wissen oder ahnen müssen, dass dieser kleine Unfall passieren würde und wann.»

«Stimmt. Und wenn das geplant war? Der Herd oder sonst irgendetwas könnte manipuliert gewesen sein.»

«Wir suchen bereits nach Hinweisen, ob die junge Frau,

deren Topf in Flammen aufging, irgendwie in die Sache involviert war.»

Emma seufzte. Egal, in welche Richtung sie dachte, der Kommissar war schneller.

Gieseking stand auf. «Solange wir nicht wissen, wie es genau abgelaufen ist, ermitteln wir in alle Richtungen. Aber bislang ist Konstanze unsere Hauptverdächtige.»

Der Vormittag verlief einigermaßen ruhig, was Emma sehr entgegenkam. Sie war gedanklich beim Kommissar, der nach einem Blick auf die Uhr in leichter Eile aufgebrochen war. Er hatte ihr nicht gesagt, wohin er wollte, aber sie war beruhigt, dass er offenbar auch andere Spuren verfolgte als die von Konstanze, auch wenn sie klar im Zentrum seiner Ermittlungen stand.

Emma wollte das verurteilen. Dumm nur, dass er mit seinen Überlegungen durchaus ihre eigenen, ungern eingestandenen Bedenken spiegelte.

So war sie nicht ganz bei der Sache, überließ Anna den größten Teil der Kundschaft und verzog sich ins Lager, wo sie nach dem bewegten Wochenende erst einmal für Ordnung sorgen wollte. Als sie sich aber zum dritten Mal bei denselben Weinkartons verzählte, gab sie auf und gestand sich ein, dass sie zu abgelenkt war, um ordentlich zu arbeiten. Da waren ein paar Dinge, die ihr einfach keine Ruhe ließen.

Warum hatte Doro sie an Doktor Rossmeier verwiesen? Um welchen Streit war es da gegangen? Außerdem musste sie unbedingt herausfinden, was es mit dieser sonderbaren Familie auf sich hatte, die Isadora in ihr Haus hatte einziehen lassen. Diese Klimpels hatte Emma fast vergessen, nun rückten sie wieder in ihren Fokus. Freunde von früher? Von Isadoras Mann? Sie musste dringend weitere Nachforschungen anstellen und sich bei Konstanze erkundigen.

Dankbar überließ sie ihr Lädchen Annas Obhut und wollte sich auf den Weg machen, da entdeckte sie Therese auf der anderen Seite des Platzes auf ihrer Bank unter der Linde. Kurzerhand griff sie sich ein Fläschchen Tassoni und ein Glas, ging hinüber zu ihrer alten Freundin und setzte sich zu ihr.

«Schön ist es hier», sagte sie, nachdem sie sich begrüßt hatten und Thereses Glas gefüllt war.

«Ja. Drum sitz ich ja auch so gern hier, weißt?»

«Da hast du dir wirklich ein feines Plätzchen ausgesucht, Resi.»

«Und ich kann immer sehen, wer grad wo ist.» Therese zuckte die Schultern. «Also ... was ich halt so seh.»

Da sie inzwischen, wie Emma von Helene erfahren hatte, eine neue Brille brauchte, war Thereses Sehfähigkeit derzeit begrenzter als sonst. Aber davon, und das freute Emma sehr, ließ sich die alte Dame nicht die schönen Sommertage verderben.

«Dafür kannst du andere Dinge, Resi. – Sag mal, erinnerst du dich an den Vater von unserem Dorfarzt?»

Therese setzte das Glas ab, das sie gerade zum Mund hatte führen wollen, und wandte sich Emma zu. «Du meinst den alten Rossmeier?»

«Ja, genau. Wie hieß der?»

«Auch Hubert, wie sein Sohn.» Therese nippte genüsslich. «Warum willst das wissen?»

«Erinnerst du dich an irgendetwas, das mit ihm und Isadora zu tun hat? Gab es da mal Schwierigkeiten?»

«Hm …» Die alte Frau lehnte sich zurück und faltete die Hände im Schoß um ihr Glas. «Ja, da war mal was. Ist eine alte Geschichte, die interessiert schon lang keinen mehr.»

«Könnte aber vielleicht wichtig sein. Magst du sie mir erzählen?», drängte Emma sanft.

Therese wiegte den Kopf und schien zu überlegen. «Also, ich glaub, das war so.» Sie nahm einen Schluck. «Als der Hohenfelser damals mit der Isadora hier ankam, hat der alte Hubert gerade seine Praxis neu aufgemacht. Die waren natürlich alle viel jünger damals, weißt?»

«Alle ungefähr im selben Alter? Wie lange ist das her?»

«Ach, Emma, das weiß ich nicht mehr genau. Lang jedenfalls. Der alte Rossmeier hat die Praxis gerade neu aufgemacht und war um jeden Patienten froh, den er damals hatte. Und in der Zeit hat die Isadora was gesagt, das für den Rossmeier als Arzt nicht gut war.»

«Du meinst für seinen Ruf? *La sua reputazione?*»

«Ja, ja. Die Reputation. So sagt man, genau. Wir, der Sepp und ich, wir haben uns davon nicht irremachen lassen und sind trotzdem zum Rossmeier gegangen, wenn uns was gefehlt hat. Aber andere aus dem Dorf, die haben da was drauf gegeben, und dem Rossmeier hat ein Haufen Patienten gefehlt.»

«Das ist ja schlimm.»

«Oh ja.» Therese strich sich mit einer unbewussten Bewegung den Rock glatt. «Richtig kämpfen hat er müssen, der Doktor. Gar nicht gut ist's ihm gegangen damals, das kannst mir glauben.»

«Da kann ich mir gut vorstellen, dass er sehr verärgert war. Aber was hat Isadora denn gesagt? Erinnerst du dich daran auch?»

«Ach, weißt, einen Quacksalber und Kurpfuscher hat s' ihn genannt. Das war nicht fein. Und wahr ist's auch nicht gewesen. Der Rossmeier, der war ein guter Doktor und hat sich um jeden gekümmert.»

Quacksalber und Kurpfuscher? Es schien, als hätte sich Isadoras Einstellung zu Ärzten auf ironische Weise gedreht – immerhin hatte Konstanze ihren verehrten Doktor Liebeskind letztes Jahr ganz ähnlich bezeichnet.

«Und dann?»

«Na, der Rossmeier war furchtbar wütend auf Isadora und hat sie an einem Sonntag nach der Messe zur Rede gestellt. Damals sind wir natürlich alle regelmäßig in die Kirch gegangen, weißt?»

«Das ist ja ein Ding!»

«Ja, das war ein Aufruhr, sag ich dir! Richtig laut ist er geworden, der Rossmeier, das weiß ich. Ich hab da nur den Kopf eingezogen und den Sepp hinausgeschoben. Da wollte ich nicht dazwischengeraten!»

«Das hat sicher böse Stimmung gemacht im Dorf.»

«Und wie.» Therese nickte bekräftigend und leerte ihr Glas. «Zwei Lager sind's anfangs gewesen, aber dann haben sich die Leut besonnen und sind wieder zum Doktor gegangen, weil die Isadora gar nicht so nett war, wie anfangs alle gemeint haben. Irgendwann haben sie nämlich kapiert, dass sie mit den Leuten im Ort eigentlich gar nichts zu tun haben wollte. Aber für den Doktor und seine Praxis wär das fast zu spät gewesen. Lang hat er gebraucht, bis er sich davon wieder erholt hat.»

Das war tatsächlich übel. Allerdings konnte eine so alte Geschichte unmöglich das Motiv für einen Mord so viele Jahre später sein. Oder doch?

«*Grazie*, Resi, dass du mir das erzählt hast.»

«Hab ich gern gemacht. Und wenn mir was einfällt, dann sag ich's dir.»

«Ja, tu das bitte.» Emma beugte sich zu ihr, drückte ihr einen Kuss auf die Wange und stand auf. «Bis später vielleicht, ich muss noch was erledigen.»

«Fährst zur Konstanze?»

Wer die alte Dame unterschätzte, musste früh aufstehen, dachte Emma anerkennend.

«Woher weißt du das?»

Therese zuckte die Schultern und schmunzelte. «Ich denk's mir halt.»

«Richtig gedacht, Resi. *Ciao*, bis später.»

Im Auto auf dem Weg zum Gutshof rief sie Henrik Gieseking an, doch der Kommissar ging nicht ran. Stattdessen schaltete sich sofort die Mailbox ein mit der Bitte, eine Nachricht zu hinterlassen. Seufzend teilte Emma ihm mit, dass sie eine dringende Frage habe, und bat um Rückruf. Dann bog sie auf den Hof des Gutshauses, parkte ihren Wagen und ging auf die große Eingangstür zu.

Als Konstanze ihr dieses Mal öffnete, hatte sie verweinte Augen.

«Ich sollte Ihnen einen Schlüssel geben», meinte sie trocken und wischte sich mit einem Papiertaschentuch über die Wangen. «Sie werden ja in nächster Zeit häufiger hier aufkreuzen.»

Emma blieb mitten in der Diele stehen. «Stört Sie das?», fragte sie erschrocken. Und auch etwas enttäuscht. «Ich dachte, ich könnte Ihnen ein bisschen helfen. Aber ich will natürlich nicht aufdringlich sein.»

«Nein, nein, so ist das nicht gemeint.» Konstanze fuhr herum. «Ich wollte damit sagen ... also, ich ... Verflixt noch eins, ich hatte die denkbar schlechteste Lehrmeisterin, was den Umgang mit Menschen angeht.» Sie ließ den Kopf und die Schultern hängen und zerknüllte das Taschentuch in den Händen. «Entschuldigen Sie, Emma. Was ich eigentlich meine und nicht sagen konnte, ist ... ich habe ein schlechtes Gewissen deswegen. Sie sind so ... hilfsbereit und ...» Sie holte tief Luft. «Ich bin es einfach nicht gewohnt, dass Menschen für mich da sind.»

Konstanzes Stimme war gegen Ende des Satzes immer leiser geworden.

Emma machte einen beherzten Schritt auf sie zu und tat etwas, das sie bisher nicht gewagt hatte: Sie nahm Konstanze in die Arme. Zuerst stand die Freifrau steif wie ein Brett da, und Emma erwartete fast, sie würde sich gleich aus der Umarmung winden, doch dann gab sie nach.

Zwar nicht für lange, und sie erwiderte die Umarmung auch nur sehr zaghaft, aber immerhin ließ sie sie geschehen.

Dann nahm sie einen tiefen Atemzug, straffte sich und schenkte Emma ein schiefes Lächeln.

«Danke», sagte sie schlicht und wandte den Blick ab.

«Wenn es Sie beruhigt, Konstanze, dann lassen Sie mich klarstellen, dass ich nicht hier bin, um Ihnen zu helfen», sagte Emma betont munter in dem Versuch, die Stimmung wieder etwas aufzulockern. «Ich bin hier, weil ich für meine persönlichen Ermittlungen ein paar Informationen von Ihnen brauche.»

Konstanze schniefte alles andere als vornehm und brachte immerhin ein kleines ersticktes Lachen heraus. «Ja, wenn das so ist ...» Sie machte eine auffordernde Kopfbewegung.

«Tee? Oder lieber Prosecco?» Sie senkte die Stimme zu einem verschwörerischen Flüstern. «Glauben Sie mir, der ist wirklich gut. Ich habe eine hervorragende Lieferantin für das Prickelzeug. Sie kennen sie übrigens auch.»

Emma schmunzelte. «In diesem Fall nehme ich heute tatsächlich mal einen Prosecco.»

Konstanze ging in die Küche voraus, goss zwei Gläser aus einer bereits geöffneten Flasche ein und ging Emma voran ins Wohnzimmer.

«Ich habe, kurz bevor Sie gekommen sind, den Tresor meiner Mutter geöffnet», erklärte sie. «Immerhin habe ich für diesen Ernstfall die Zugangsdaten von ihr bekommen. Allerdings musste ich Stein und Bein schwören, um keinen Preis zu ihren Lebzeiten hineinzuschauen. Eigentlich hätte es ihr eher ähnlichgesehen, abzutreten, ohne mir den Code zu verraten. Keine Ahnung, was ich in diesem Fall getan hätte.»

Sie hatte einen Wust an Papieren und Umschlägen auf dem großen Tisch ausgebreitet. Fast jeder Zentimeter war mit Unterlagen bedeckt. Emma staunte.

Wenn Isadora von Hohenfels Geheimnisse gehabt hatte, würden sie vielleicht hier zu finden sein. Nach den Klimpels konnte sie auch später fragen.

Kurz darauf saßen die beiden Frauen über stapelweise Papiere gebeugt und versuchten, aus ihnen schlau zu werden. Viele der Unterlagen waren Arztrechnungen, Kassenbons und sonstige Quittungen.

«Die hier sind von der Apotheke», stellte Emma fest. «Warum mag sie die wohl alle aufgehoben haben? Und ausgerechnet in ihrem Tresor?»

Konstanze schüttelte ratlos den Kopf. «Ich habe keine Erklärung dafür, außer der, dass meine Mutter vielleicht mit den Jahren etwas wunderlich wurde.»

«Aspirin, Ibuprofen, Paracetamol ... lauter Schmerzmittel. Und alle Belege ziemlich alt.» Emma blätterte durch die Kassenzettel, die teilweise kaum lesbar waren. «Da ist nichts Neueres dabei.» Das Gespräch mit Dorothea kam ihr in den Sinn. «Hat sie ihre Medikamente zuletzt außerhalb von Himmelsricht gekauft?» Was jedoch nicht erklären würde, wieso sie aufgehört hatte, die Belege aufzubewahren.

Konstanze überlegte. «Nicht, dass ich wüsste. Ich hätte das mitbekommen, denn ich musste sie ja fahren, und ich habe sie in den letzten zwei, drei Jahren nie irgendeine Apotheke betreten sehen. Ich schätze, sie hat alles direkt aus der Schweiz bekommen.»

«Von Dorotheas Tropfen mal abgesehen. Das scheint ihr ja geholfen zu haben.» Schließlich hatte sie die Apothekerin auf dem Podium beim Kochwettbewerb noch angeherrscht, dass sie Nachschub brauchte.

«Ja, das Zeug hilft tatsächlich ungemein.»

«Wenn sie nie eine Apotheke betreten hat – wie kam sie an Doros Tropfen? Haben Sie ihr die besorgt?»

«Hin und wieder. Meistens aber hat sie unsere Putzfrau mitgebracht. Sie macht regelmäßig auch Frau Artzts Apotheke sauber.»

Mit einem Nicken wandte Emma sich wieder den ungeordneten Blättern zu. Was sie sich von ihnen versprach, wusste sie selbst nicht so genau. Sie hoffte allerdings, dass sie den Hinweis erkennen würde, wenn er vor ihrer Nase lag.

«Und was ist das hier?», fragte sie.

«Was meinen Sie?»

«Hier …» Emma wies auf einen Stapel alter Rechnungen, die allesamt den Briefkopf von Doktor Rossmeiers Praxis trugen. «Gerade heute bin ich auf ein Gerücht gestoßen, in dem Ihre Mutter und der Vater von Hubert Rossmeier die Hauptrollen spielen.»

Konstanze seufzte. «Meinen Sie etwa die alte Rufmordgeschichte?»

«Sie wissen davon? Das muss doch, wenn ich es richtig verstanden habe, sehr lange her sein.»

«Das ist es auch, aber diese unschöne Sache hat sich über viele Jahre gehalten, und man hat sie sogar mir mehrfach vorgeworfen. Als ob ich etwas für die Sünden meiner Mutter könnte.»

Emma hob die Brauen. «Es stimmt also?»

«Was auch immer Sie gehört haben mögen, wenn meine Mutter darin schlecht wegkommt, stimmt es wahrscheinlich. Sie war maßgeblich dafür verantwortlich, dass der alte Doktor Rossmeier seine im Aufbau befindliche Praxis beinahe wieder hätte schließen müssen. Was sie nicht daran gehindert hat, sich später wieder dort in Behandlung zu begeben, als der Junior übernommen hat.»

«Weshalb denn? Sie musste doch vermuten, dass der Sohn darüber nicht begeistert sein würde.»

«Sie hatte sich böse den Magen verdorben und wollte nicht nach Regensburg in die Klinik, also hat sie in den sauren Apfel gebissen und Doktor Rossmeier junior gerufen. – Ein Wunder eigentlich, dass der sie anschließend weiter behandelt hat.»

«Warum hat sie das mit dem Rufmord damals überhaupt getan?»

Konstanze schüttelte den Kopf. «Weil sie es konnte? Ich weiß es nicht. Ich habe mich lange geweigert, pure Bosheit dahinter zu sehen, aber irgendwann habe ich aufgegeben. Wenn es einfach nur gedankenlos war, dann ist auch das schlimm genug.»

«Schön und gut, aber ...» Emma überlegte. «Wenn das Doktor Rossmeiers Motiv sein soll, ist es zwar nicht besonders stark, aber natürlich trotzdem ernst zu nehmen. Was ich nicht verstehe, ist der Zeitpunkt. Warum sollte er jetzt Rache nehmen? Sein Vater lebt schon lange nicht mehr.»

«Nein. Er ist vor mehr als fünf Jahren verstorben.» Konstanze musterte Emma. «Wohin denken Sie gerade?»

«Nehmen wir einfach mal an, sein Sohn hätte sich für das Unrecht von damals an Ihrer Mutter rächen wollen. Warum jetzt? Nach all dieser Zeit? Gab es irgendeinen Jahrestag? Geburtstag, Todestag, Jubiläum?»

«Nicht dass ich wüsste ... Vielleicht hat es Doktor Rossmeier nicht gefallen, dass meine Mutter ihren Schweizer Spezialisten neuerdings so offen im Dorf präsentiert hat. Das ist ihm sicher zu Ohren gekommen.»

Emma sog zischend die Luft ein. «Das könnte so ausgesehen haben, als hätte sie den Glauben an seine Kompetenz verloren. Und die alte Geschichte wiederholt sich.»

«In gewisser Weise tut sie das, ja. Aber wir dürfen nicht vergessen, dass Rossmeier kein Spezialist ist. Er ist niedergelassener Allgemeinmediziner und hätte meine Mutter ohnehin in jedem Fall an einen Onkologen überwiesen.»

«Trotzdem, es geht darum, wie Ihre Mutter diese Tatsache nach außen hin dargestellt hat. Die Verjüngungskuren waren Dorfklatsch, aber von ihrem Krebs wusste keiner. Das hätte so aussehen können, als hätte sie ihre medizinische

Betreuung in Schweizer Hände gelegt, weil sie Rossmeier nicht mehr vertraut.»

Konstanze nickte. «Da gebe ich Ihnen recht.»

Emma blätterte die ärztlichen Unterlagen durch und breitete sie vor sich aus. Die meisten hatten Rossmeiers Briefkopf, trugen unterschiedliche Datumsangaben, darunter auch aktuellere, und einige stammten von einem Labor. Sie brauchte einen Moment, um die vielen Daten und Begriffe zu sichten, die ihr nicht geläufig waren, dennoch war ihr bald klar, dass es sich um die Ergebnisse von Blutuntersuchungen handelte. Isadora hatte sie ebenfalls alle aufbewahrt und in ihrem Tresor weggeschlossen. Um Genaueres sagen zu können, bräuchte sie allerdings jemanden mit medizinischer Ausbildung, der ihr die Dokumente erläuterte – jemanden wie Doktor Rossmeier zum Beispiel.

«Sehen Sie mal!» Emma hielt eine dünne DIN-A4-Mappe hoch, in der sich einige MRT-Aufnahmen befanden. «Die sind aus dem Klinikum in Regensburg. Vom Frühjahr letzten Jahres.»

Konstanze nahm ihr die Mappe ab und blätterte darin. Dann seufzte sie. «Mutter hatte im vergangenen Jahr ein paar Termine dort, bevor sie auf Professor Liebeskind gestoßen ist. Da durfte ich nie mitgehen. Ich habe entweder im Café gewartet oder bin während der Zeit in die Stadt gefahren.»

«Und mit welcher Begründung war sie dort?»

«Angeblich ‹Routineuntersuchungen bei Ärzten, die wissen, was sie tun›. Damals hatte ich kurz den Verdacht, dass etwas nicht stimmen könnte, aber es schien ihr gut zu gehen. Auf meine Nachfrage ist sie natürlich nicht näher eingegangen, was mich aber nicht weiter wunderte.»

«Sie kannten Ihre Mutter eben gut.»

«Und trotzdem nicht gut genug ...» Konstanze ließ die Worte etwas in der Luft hängen. «Man möchte annehmen, dass unter engsten Angehörigen so etwas wie ein Vertrauensverhältnis bestehen könnte, oder nicht?»

Emma atmete tief ein. «Nun ja», meinte sie zögerlich. «Es wäre ja immerhin möglich, dass sie Sie nicht beunruhigen wollte.»

«Ach – denken Sie wirklich?» Der Sarkasmus war nicht zu überhören.

«Wenn ich ehrlich bin ... *no*.»

«Sehen Sie.»

Das Klingeln von Emmas Telefon hallte schrill in dem großen Raum.

«*Commissario!* Danke, dass Sie zurückrufen.»

«Keine Ursache. Was gibt es denn?»

Konstanze stand auf, nahm die leeren Proseccogläser mit und verließ den Raum. Emma registrierte es dankbar. So konnte sie freier sprechen.

«Ich habe einen Hinweis auf einen alten Streit zwischen Isadora von Hohenfels und dem Vater unseres Dorfarztes bekommen. Haben Sie schon mit ihm gesprochen?»

Für einen Atemzug hörte sie nur Fahrgeräusche in der Leitung. Offenbar saß Gieseking im Auto.

«*Commissario?* Herr Gieseking?»

«Doktor Rossmeier wird vermutlich jeden Zusammenhang zwischen irgendeinem Streit von damals und dem Tod von Frau von Hohenfels als absurd von sich weisen. – Sind Sie noch da?»

«*Sì.*» Emma trat ans Fenster für eine bessere Verbindung. «Bin ich. Fahren Sie etwa gerade zu ihm?»

«So ein Zufall, nicht wahr?» Gieseking lachte leise.

«Ich glaube ja nicht an Zufälle. Und zu Doktor Rossmeier – natürlich wird er alles abstreiten, was sollte er auch sonst sagen?»

«Ich weiß. Aber mal ehrlich, Frau Ferrari ... halten Sie das nicht auch für etwas weit hergeholt?»

Emma seufzte ergeben. «Ein bisschen. Aber Sie sagten selbst, dass Sie in jede Richtung ermitteln würden, egal wie unwahrscheinlich sie ist.»

«Unwahrscheinlich? Das soll ich gesagt haben?»

«So ungefähr.» Emma setzte sich auf einen der Stühle im Erker, wo sie mit Konstanze Tee getrunken hatte. «Aber da ist etwas anderes. Ein Déjà-vu sozusagen.»

«Inwiefern?»

«Da liegt der mögliche Zusammenhang. Eine Geschichte, die sich wiederholt. Doktor Rossmeier könnte möglicherweise gefürchtet haben, dass Isadora wieder einen Rufmord anzettelt. Nur dass es diesmal nicht um seinen Vater gegangen wäre, sondern um ihn selbst.»

«Noch kann ich Ihnen nicht ganz folgen.»

«Schauen Sie, *commissario*, damals hat Isadora mit unbedachten oder gezielten Bemerkungen beinahe die Existenz von Doktor Rossmeiers Vater zerstört. Jetzt haben wir die Situation, dass es so aussieht, als ob ein Schweizer Arzt hier antanzt und seine Patientin behandelt. Wie es tatsächlich war, weiß niemand, aber alle denken, sie hätte ihm das Vertrauen entzogen wie damals seinem Vater.»

«Ist Ihnen etwas Derartiges zu Ohren gekommen?»

«Bisher nicht, aber ... das muss ja nichts heißen.»

Wieder war einen Moment lang nur das Rauschen des fahrenden Autos zu hören.

«Na schön. Ich gehe der Sache nach und spreche es an», meinte Gieseking schließlich. «Wie Sie so treffend feststellten: Man muss in diesem Fall eben in alle Richtungen denken.»

«Sehr gut. Halten Sie mich gern auf dem Laufenden.»

«Das könnte Ihnen so passen.» Sie hörte das Lächeln in seiner Stimme.

«Allerdings.» Hochzufrieden beendete Emma das Telefonat.

«Sie haben also die Zusammenarbeit wiederaufgenommen», bemerkte Konstanze, die gerade durch die Zimmertür trat. Sie hatte ein Briefkuvert und ein Messer in der Hand.

«Ich würde sagen, das ist eine klassische Win-win-Situation», stellte Emma mit einem Augenzwinkern klar. «Wir profitieren gegenseitig voneinander. Der *commissario* erfährt Dinge, an die ich nicht herankomme, und umgekehrt kann ich ihm manches zutragen, das er nicht oder erst viel später erfahren würde. Wer welches Ergebnis hat, ist dabei unwichtig, Hauptsache, der Mord wird aufgeklärt und Ihre Unschuld bewiesen.»

«Ich weiß das wirklich zu schätzen.» Konstanze setzte sich zu Emma in den Erker. «Es bedeutet mir sehr viel, dass Sie an meine Unschuld glauben, Emma. Sie ahnen gar nicht, wie viel.»

Und ob Emma das ahnte. Sie hatte es selbst erlebt. Mit Konstanze. War sie deshalb so darauf erpicht, ihre Unschuld zu beweisen, weil sie sich für die moralische Unterstützung revanchieren wollte, die sie im vergangenen Jahr von ihr erfahren hatte?

«Da ist es also.» Konstanze wog den dünnen Briefumschlag in der einen Hand, während Emma das, was wie ein schmales Messer ausgesehen hatte, als Brieföffner identifizierte.

«*Cosa?*»

«Das Testament meiner Mutter.» Sie legte beides beinahe sanft auf den Tisch, nahm die Hände im Schoß zusammen und sah Emma an. «Ich habe beinahe Scheu, es aufzumachen», gestand sie. «Trotz allem, was passiert ist, ist es, als wäre sie erst dann richtig tot, wenn ich ihren letzten Willen lese. Dabei weiß ich ja, was darinsteht.» Sie lachte kurz auf. «Oder zumindest hoffe ich, dass das drinsteht, was ich erwarte.»

Abwartend sah Emma sie an. Sie wollte Konstanze nicht dazu drängen, das Testament ihrer Mutter zu öffnen und zu lesen, doch sie fand, dass es an der Zeit wäre. Schließlich musste sie als Tochter wissen, was gegebenenfalls auf sie zukommen könnte.

Konstanze schien das genauso zu sehen, denn nach einem tiefen Atemzug nahm sie das Kuvert wieder zur Hand und griff nach dem Brieföffner. Bedächtig setzte sie die Klinge an und schnitt an der Lasche entlang. Dann zog sie den Inhalt aus dem Umschlag.

Es war ein handbeschriebenes kariertes DIN-A4-Blatt.

Emma hatte sich bisher nicht näher mit dem deutschen Erbrecht befasst, doch so viel wusste sie: Das sah gut aus.

Sie gab Konstanze die Zeit, es in Ruhe zu lesen, trat erneut an den großen Tisch und beschäftigte sich mit den übrigen Schreiben, die sie zeitlich sortierte.

Schließlich atmete Konstanze hörbar aus und lehnte sich zurück. «Das ist ja noch mal gut gegangen», kommentierte sie mit einem zufriedenen Ausdruck im Gesicht. «Meine Mutter hat mich als Alleinerbin eingesetzt.»

«Hatten Sie denn etwas anderes erwartet?»

«Nun ja …» Konstanze schob das Blatt wieder in sein Kuvert zurück und kam zu Emma herüber. «Bei Isadora von Hohenfels konnte man durchaus damit rechnen, dass sie ihren Besitz aus irgendeinem nicht nachvollziehbaren Grund einem Kaninchenzüchterverein oder einem Programm für schwer erziehbare Obstbäume vermacht.»

Trotz des ernsten Themas musste Emma schmunzeln.

«Wie gut, dass nun alles seine Richtigkeit hat», meinte sie.

«Das stimmt.» Konstanze nickte, und Emma konnte ihr die Erleichterung ansehen.

Ein anderes Testament hätte böse Folgen haben können.

9. KAPITEL

Am nächsten Morgen stand Anna neben der Käsetheke und sah durch die große Schaufensterscheibe hinaus auf den Dorfplatz.

«Wenn ich nur wüsste, woher mir dieser Mann so bekannt vorkommt.»

Emma folgte ihrem Blick und entdeckte Lennart Stiller, der sich gerade an eines der beiden Tischchen gesetzt hatte und seinen Reiseführer aus der Tasche zog.

«Da kann ich dir leider auch jetzt nicht helfen. Mich erinnert er an niemanden.»

«Ich gehe ihn mal fragen, was er möchte. Vielleicht fällt es mir ein, wenn ich mit ihm rede.»

«*Va bene.* Ich bin gespannt.» Emma widmete sich wieder dem Geschenkkorb, den sie nach einer telefonischen Bestellung herrichtete. Eingelegte Oliven, Pesto aus getrockneten Tomaten, exquisite Kräutermischungen in glänzenden Zellophanbeuteln, Pasta mit Safran, ein feines, leichtes, aber dennoch aromatisches Olivenöl aus den venetischen Hügeln ... was fehlte noch? Wein. Und Aceto Balsamico natürlich. Eine Ecke Parmesan und eine luftgetrocknete Wildschweinsalami.

Liebevoll drapierte sie die Leckereien auf dem Bett aus rustikaler Holzwolle, die sie in der Gärtnerei gekauft hatte. Dort wurde sie im Frühsommer für die Erdbeerbeete genutzt, um die Schnecken abzuhalten. Sollte sie auch ein

Päckchen Amarettini ... Sie hatte die Plätzchen in der Hand, legte sie dann aber wieder weg. Irgendwie ... Nein.

Keine Amarettini.

Lieber ein Tütchen aromatisches Kräutersalz und den Kaffee einer kleinen Rösterei in der Emilia-Romagna. Und eine Tüte Taralli, die würden gut zur Salami passen.

«Der quillt ja über», stellte Anna fest, die Lennart Stiller in der Zwischenzeit mit einem Getränk und einem Tramezzino versorgt hatte. «Bist du da nicht etwas eskaliert?»

«Findest du?» Emma schmunzelte über die Wortwahl, die sehr nach Dennis und Tanja klang. Sie trat einen Schritt zurück und begutachtete den Korb mit schief gelegtem Kopf. «*Be'* ... vielleicht hast du recht, aber was soll ich denn wieder rausnehmen? Das gehört alles zu einem schönen leckeren Essen.»

Anna seufzte. «Lass nur. Für wen ist der?»

«Ob du es glaubst oder nicht, den hat Herr Klimpel bestellt.»

«Herr wer?»

«Ach, du weißt ja gar nicht ...» In wenigen Worten setzte sie Anna über die Gäste ins Bild, die Isadora ihrer Tochter kurz vor ihrem Ableben ins Nest gesetzt hatte.

Anna hörte aufmerksam zu. «Ach ... meinst du die Leute, die am Samstagvormittag hier eingekauft haben?»

«*Sì, esatto.*»

«Da bin ich ja mal sehr gespannt, was dahintersteckt.»

«Ich auch.» Emma sah nach draußen. «Und? Hast du herausgefunden, welchen Filmstar unser neuer Stammkunde doubelt?»

«Nein. Ich habe keine Ahnung. Und so wichtig ist es nun auch wieder nicht.»

«Immerhin wichtig genug, um dich zu beschäftigen.»

«Ja, weil es mich ärgert, dass ich nicht draufkomme. Dennis ist da genauso.»

«Vielleicht fällt es dir ja irgendwann ein. Hast du mit Georg gesprochen, ob er irgendwelche alten Geschichten über Isadora kennt?» Emma griff nach der Rolle durchsichtiger Glanzfolie, die sie statt eines Geschenkpapiers verwenden wollte.

«Er gräbt mal ein bisschen in seinen Vereinen, aber er hat mir keine großen Hoffnungen gemacht, dass er viel herausfinden wird. Die Hohenfelser haben sich immer sehr bedeckt gehalten, und es gibt zwar alle möglichen und unmöglichen Gerüchte, nur was Genaues weiß keiner. Aber er war natürlich in seiner Funktion als Geschäftsstellenleiter der Bank bei Konstanze, um ihr sein Beileid auszusprechen, und hat erzählt, dass sich da halb Himmelsricht die Klinke in die Hand gegeben hat. Beuerles, der Rossmeier, die Dorothea, die Straubs, ein paar Gemeinderatsmitglieder, die Veronika ... als hätten sie sich verabredet.»

«Arme Konstanze. Das wird ihr gerade noch gefehlt haben.»

«Aber es zeigt auch, dass sie im Ort sehr geschätzt wird.»

«Ja, Konstanze schon.»

Anna nickte. «Sie kommt nach ihrem Vater, hat zumindest meine Großmutter immer wieder gesagt. – Warte, ich helfe dir.»

Sie hob den Korb an, damit Emma die Folie darunter hindurchschieben konnte, und ächzte laut.

«Viel zu voll, viel zu schwer. Wer soll das denn tragen?»

«Ich natürlich. Das ist ein gutes Training. Herr Klimpel hat darum gebeten, dass ich den Korb hinbringe, und dabei werde ich bei ihm und seiner Frau gleich ein bisschen nachfragen.»

Anna hob die Brauen. «Verdächtigst du sie etwa?»

Emma fasste die Folie über dem Henkel zusammen, um dort die Schleife anzubringen, und hielt schulterzuckend inne. «Nicht unbedingt. Aber jeder, der jemanden kennt, der Isadora von früher kannte, könnte etwas Interessantes wissen.»

Seit dem vergangenen Samstag war Emma öfter im Gutshaus gewesen als sonst in einem halben Jahr. Der Weg war ihr inzwischen vertraut, und so hatte sie auf der Fahrt sämtliche Konzentration zum Nachdenken frei gehabt. Allerdings war ihr nichts Zielführendes eingefallen, sie brauchte dringend neuen Input. Ein Anruf von Kommissar Gieseking wäre ihr sehr entgegengekommen, sie hätte zu gern erfahren, wie sein Gespräch mit Doktor Rossmeier verlaufen war. Aber gut, eins nach dem anderen, jetzt waren erst einmal die Klimpels dran, nachdem sie dieses Thema bei ihrem letzten Besuch bei Konstanze über all den anderen Informationen vollkommen vergessen hatte.

Der Innenhof des Gutshauses war bis auf ein Auto mit Cuxhavener Kennzeichen leer. Offensichtlich waren die Kondolenzbesucher inzwischen wieder gegangen und nur die drei Niedersachsen zurückgeblieben. Emma parkte ihren Wagen daneben, hob nicht ohne Mühe den Fresskorb aus dem Kofferraum und betätigte die Klingel, wie am Telefon mit Herrn Klimpel besprochen: dreimal mit kurzem und zweimal mit längerem zeitlichem Abstand. Das war das Signal, das er nach eigenen Angaben mit Konstanze vereinbart hatte, wenn der Besuch für ihn war. Emma hatte darüber zwar den Kopf geschüttelt, hielt sich aber an die Bitte. Warum auch nicht? Sie hatte Konstanze ohnehin vorher angerufen, um ihr Kommen anzukündigen, und würde nachher kurz bei ihr vorbeischauen.

Wenige Augenblicke später stand sie der Tochter der Klimpels gegenüber.

«*Ciao*, Janina», sagte sie fröhlich und lugte an der Wolke aus durchsichtiger Folie vorbei.

«Hallo. – Sie haben sich meinen Namen gemerkt?» Das Mädchen war so verblüfft, dass es vergaß, den Kaugummi zu kauen, den es im Mund hatte.

«Das war ja nicht besonders schwer. Sind deine Eltern auch da? Ist es okay, wenn ich dich duze?»

«Ja, ja, machen Sie ruhig, das tun eh alle Erwachsenen.»

«Gefällt dir das nicht?»

«Geht so.»

Emma lachte leise. «Weißt du, ich komme langsam in ein Alter, in dem ich froh bin, wenn mich ein paar Leute duzen und nicht mit *Signora*, sondern meinem Vornamen ansprechen.»

Janina warf ihr einen schrägen Blick zu, während sie nebeneinanderher in Richtung Treppe gingen. «Meine Eltern sind oben», sagte sie statt einer Antwort.

«Nein, bleiben Sie ruhig unten, Frau Ferrari. Wir kommen», tönte da eine Stimme durchs Treppenhaus.

Zuerst erschienen Gernot Klimpels Sandalen und Socken in Emmas Blickfeld, dann hochgekrempelte Jeansbeine. Der Rest folgte.

«Oh, der ist ja riesig!», sagte er erfreut, als er den Korb in Emmas Armen sah. «Den nehme ich Ihnen am besten gleich ab. Der ist sowieso nicht für uns.»

Ehe Emma etwas sagen konnte, kam seine Frau hinter ihm die Treppe herunter.

«Moin», sagte sie und beobachtete, wie ihr Mann Emma das Ungetüm abnahm. «Sieht schwer aus, Gernot.»

«Ist er auch. Danke, dass Sie den hergebracht haben, Frau Ferrari. Wenn ich gewusst hätte, was man hier alles für sein Geld bekommt, hätte ich den Korb abgeholt und Sie nicht so viel schleppen lassen.» Er warf seiner Frau einen triumphierenden Blick zu.

«Nun ja», meinte Emma ein bisschen ratlos. «Ich mag es nicht, kleinlich zu sein, drum ist in meinen Präsentkörben lieber etwas mehr drin als zu wenig.»

«Die Geldbörse ist in meiner hinteren Tasche.» Gernot Klimpel wandte seiner Frau die Kehrseite zu, sodass sie sein Portemonnaie aus seiner Hosentasche ziehen und den vereinbarten Betrag herauszählen konnte. Sie drängte sich an ihrem Mann vorbei und gab Emma das Geld.

«Ich bin übrigens Andrea», verkündete sie für Emma gänzlich überraschend und streckte ihr auffordernd die Rechte entgegen.

«Emma», antwortete Emma perplex und schüttelte ihr die Hand.

«Ich geh wieder hoch.» Janina wandte sich zur Treppe.

«Du kommst schön mit», bestimmte ihre Mutter und fasste resolut nach dem Handgelenk ihrer Tochter. «Stell dich nicht so an, du gehörst schließlich auch zu dieser Familie.»

«Ja, leider», murmelte das Mädchen mit einem finsteren Blick zu Emma. «Ich weiß echt nicht, was das hier wird. Lasst mich doch einfach mit meinen Freunden chatten, was soll ich da drinnen in dem alten Museum?»

«Deine Mutter hat recht. Du solltest dabei sein», bestätigte nun auch ihr Vater und wandte sich zur Tür, die in den Wohnraum führte.

Offenbar wollten sie mit dem Geschenkkorb zu Konstanze, begriff Emma.

«Moment, ich helfe Ihnen.» Sie ging voraus, um ihm zu öffnen.

«Ach, machen Sie sich keine Umstände, Frau Ferrari», wehrte Herr Klimpel ab.

«Nein, nein, ich bin sowieso bei Frau von Hohenfels angemeldet und wollte ihr Hallo sagen, ehe ich wieder zurückfahre.» Emma kam diese Gesamtsituation irgendwie sonderbar vor, und sie wollte mehr wissen. Also klopfte sie an die Tür zum Wohnraum.

Konstanze öffnete. «Hallo, Emma, schön, dass Sie …» Angesichts der anderen drei Personen, die hinter Emma Aufstellung bezogen hatten, stutzte sie. «Ja bitte?», fragte sie freundlich, doch Emma hörte deutlich, wie ihr Ton abkühlte.

«Äh, wir … möchten was mit Ihnen besprechen, Frau von Hohenfels.» Gernot Klimpel klang verlegen.

«Genau», sprang ihm seine Frau bei. «Etwas sehr Wichtiges.»

«Und der ist für Sie.» Er hob den schweren Korb, seine Arme zitterten dabei leicht.

Emma verkniff sich ein Schmunzeln. Vielleicht hatte sie wirklich ein winziges bisschen übertrieben. Aber wenn sie gewusst hätte, wer den Korb bekommen sollte, hätte sie wahrscheinlich noch mehr eingepackt.

Konstanze seufzte kaum hörbar. «Ich habe gerade Tee gemacht. Kommen Sie herein.»

Sie holte die beiden Tassen von dem Tischchen im Erker, wobei sie Emma einen bedauernden Blick schenkte, verschwand in der Küche und kam mit einem Tablett zurück, darauf nun insgesamt fünf Tassen und die Kanne.

«Oh, echte Kluntjes!» Andrea Klimpel nickte anerkennend.

«Es ist allerdings kein friesischer Assam, sondern englischer Darjeeling», sagte Konstanze. «Ich hoffe, er wird Ihren Ansprüchen genügen.»

«Ach, so hoch sind unsere Ansprüche gar nicht, was, Gernot?»

«Natürlich nicht.» Herr Klimpel stellte den schweren Korb mit einem leisen Ächzen auf dem großen Tisch ab. «Für Sie. Als Dankeschön.»

Er wirkte verlegen, und auch seine Frau machte ein angespanntes Gesicht. Emma wurde ein unbehagliches Gefühl nicht los.

«Ich fürchte, ich verstehe nicht ...» Konstanze hatte alle Tassen gefüllt und sah nun fragend in die Runde. «Aber bitte, setzen Sie sich.»

«Nun ja ... wir sind hier so hereingeschneit und wohnen unter Ihrem Dach ...»

«Gernot!», zischte seine Frau und zog sich einen Stuhl unter dem Tisch hervor. «Nun rede schon Klartext.»

«... und für unser Hiersein gibt es auch einen guten Grund», vollendete er den Satz. «Aber es ist etwas, das wir vielleicht ...» Er sandte einen vielsagenden Blick zu Emma, die sich etwas im Hintergrund auf einen der beiden Stühle im Erker gesetzt hatte und ihn anlächelte. «... unter uns ...»

«Frau Ferrari ist eine enge Freundin der Familie. Ich habe keine Geheimnisse vor ihr und wüsste nicht, was Sie mir sagen könnten, das sie nicht wissen darf. Nicht wahr, Emma?» Konstanze warf ihr einen raschen Blick zu, den Emma als dringende Aufforderung zum Bleiben interpretierte.

«*Assolutamente sì.*» Fast hatte sie das Gefühl, Konstanze vor diesen Leuten, die sich so sonderbar benahmen, beschützen zu müssen.

«Nun gut.» Klimpel nahm neben seiner Frau Platz, Janina hockte sich zwei Stühle weiter und zog ihr Smartphone aus der Tasche ihrer Jeansshorts.

Der Mann wirkte ein wenig ratlos. Er rieb sich nervös die Hände und ließ die Fingergelenke knacken. Dann rutschte er auf der Sitzfläche ganz nach vorn und räusperte sich.

«Also ... es ist nicht ganz zufällig, dass wir hergekommen sind ...», begann er.

«Um genau zu sein», unterbrach ihn seine Frau, «ist es überhaupt kein Zufall, sondern pure Absicht.»

«Genau.»

«Wir sind wegen dem Opa hier, sag's doch einfach.» Janinas flink über das Display huschende Finger hielten einen Moment inne, als sie den Kopf hob und ihre Eltern vorwurfsvoll ansah. «Zumindest habt ihr's mir so verkauft, dass wir deswegen in dieses Kaff fahren mussten.»

«Und wer ist bitte Janinas Großvater?» Konstanze führte mit einer ruhigen Bewegung ihre Tasse an den Mund. Emma allerdings kannte sie gut genug, um die Anspannung hinter ihrer scheinbaren Gefasstheit zu spüren.

«Arne Molsen.» Andrea Klimpel sprach den Namen derart feierlich aus, als wäre es der des englischen Königs.

Kurz herrschte erwartungsvolles Schweigen. Es war so still im Raum, dass Emma das Ticken der Uhr auf dem Kaminsims hörte. Dann gab Janinas iPhone einen Laut von sich, und Konstanze ließ ihre Tasse auf den Unterteller in ihrem Schoß sinken.

«Sollte ich diesen Herrn kennen? Sprechen Sie von dem Freund meines Vaters?»

«Nun ja ...» Gernot Klimpel verschränkte so krampfhaft die Finger, dass Emma befürchtete, er würde den Knoten nicht wieder aufkriegen. «Ich weiß ja nicht, was Ihre Mutter Ihnen erzählt hat, wie wir zueinander stehen ...» Er warf seiner Frau einen Hilfe suchenden Blick zu.

Konstanze hob irritiert die Brauen. «Zueinander stehen? Nun, die Freifrau sagte mir, Ihr Vater und meiner seien Freunde gewesen, da meine Eltern im selben Ort Urlaub gemacht hätten wie er. Ich konnte mir das nicht sofort vorstellen, aber ... man weiß ja nie, mit wem die Eltern so Freundschaft schließen.»

Autsch! Emma kniff die Augen zusammen ob der glasklaren Geringschätzung in Konstanzes Worten. Da war sie eindeutig die Tochter ihrer Mutter. Doch offenbar war Emma die Einzige, die diese Beleidigung als solche empfunden hatte. Zumindest ließ sich niemand der drei Klimpels etwas anmerken.

«Aha ...», machte Gernot Klimpel, dann stand er auf und nahm Haltung an. «Nun, dann wird es Sie vielleicht freuen, zu hören, dass wir stattdessen Familie sind ... Mein kürzlich verstorbener Vater Arne – war Ihr Bruder.»

Stille.

Sicher hatte Emma sich verhört.

Es war gänzlich unmöglich, dass da gerade jemand behauptet hatte, ein enger Verwandter von Konstanze von Hohenfels zu sein. Sogar die Zeit selbst schien in diesem Moment die Luft anzuhalten.

«Mein Bruder», stieß Konstanze schrill hervor.

«Ihr Bruder, genau», echote Andrea Klimpel.

«Bruder?», fragte Janina desinteressiert.

Konstanze atmete tief durch, um die Fassung zurückzuerlangen.

«Sie behaupten also, mein Vater habe einen außerehelichen Sohn gehabt?» Es klang, als hätte Klimpel behauptet, ihr Vater sei der Sohn des Papstes.

«Nicht Ihr Vater.» Gernot Klimpel räusperte sich. «Sondern Ihre Mutter.»

Emma hätte beinahe laut losgelacht, so vollkommen absurd fand sie die Situation.

Janina sah vom Handy auf. «Opa Arne war der Sohn von der, die gestorben ist? Dann war die böse Hexe meine Urgroßmutter?»

Emma wunderte sich, dass dieses lässige Mädchen die nicht ganz unkomplizierten Verwandtschaftsverhältnisse anscheinend sofort durchblickt hatte.

«Janina!», zischte Frau Klimpel. «Sei nicht so frech!»

«Na, ist doch wahr. Die war total ätzend zu uns.»

Emma war noch immer dabei, ihre Gefühle zu sortieren, und konnte kaum einen klaren Gedanken fassen. Wie mochte es da erst Konstanze ergehen!

Ihre Freundin stellte Tasse samt Teller klirrend auf dem Tisch ab und stand abrupt auf.

«Ich verbitte mir in dieser Situation derart geschmacklose Lügen.» Emma hörte, wie sie um Beherrschung rang. «Meine Mutter ist ermordet worden, und Sie haben die Stirn, diese widerwärtige Behauptung aufzustellen? Jetzt, wo sie sich nicht mehr dagegen wehren und Sie in Ihre Schranken verweisen kann?»

Gernot Klimpel nahm die Schultern zurück. «Das … ist keine Lüge, Konstanze.» Unter ihrem eisigen Blick schob er schnell ein «Frau von Hohenfels» hinterher. «Isadora von Hohenfels ist … also, sie war meine Großmutter. Mein Vater war ihr Sohn aus erster Ehe, Sie sind deshalb meine Tante, und ich bin Ihr Neffe ersten Grades.»

«Genau.» Seine Frau nickte heftig. «So ist das. Jetzt wissen Sie Bescheid.»

«Gehört der Laden hier dann jetzt eigentlich uns?» Janina war so überrascht von ihrer eigenen Erkenntnis, dass sie sogar ihr Handy zur Seite legte. Falls die Klimpels tatsächlich deshalb hier waren, hatten sie ihre Tochter offenkundig nicht in den wahren Zweck ihrer Reise eingeweiht.

Emma hielt für einen Moment die Luft an. Wenn das mal kein Motiv war!

Konstanze warf dem Mädchen einen verächtlichen Blick zu. In ihrem Gesicht arbeitete es. Entrüstung, Entsetzen, Unglauben und Zweifel wechselten sich ab.

«Haben Sie dafür einen Beweis?», fragte sie schließlich tonlos.

«Natürlich haben wir den.» Andrea Klimpel griff nach ihrer Handtasche, die sie hinter sich an die Stuhllehne gehängt hatte. Sie kramte darin herum und zog ein Briefkuvert hervor, das sie ihrem Mann in die Hand drückte. «Da, Gernot, zeig ihr, was drinsteht.»

Ihr Mann nahm den Inhalt heraus. Eine der zusammengelegten Kopien faltete er auseinander und reichte sie Konstanze.

«Hier. Die Geburtsurkunde meines Vaters.»

Konstanze nahm das Blatt mit spitzen Fingern entgegen und betrachtete es kritisch. «Arne Molsen. Ja. Er wurde tatsächlich geboren», stellte sie sarkastisch fest. «Und er war deutlich älter als ich. Was beweist das?»

«Schauen Sie sich mal die Mutter an», forderte Frau Klimpel und deutete mit dem Finger auf das Blatt. «Wie oft gibt's in dem Jahrgang wohl diesen Namen, was denken Sie?»

Konstanze folgte der Aufforderung. Emma trat neben sie. Einerseits aus Neugier, was hier vor sich ging, andererseits, weil sie ihrer Freundin beistehen wollte. Nach einem tiefen Atemzug entglitt das Blatt Konstanzes Fingern und segelte vor Emmas Füße. Die hob es eilig auf und las.

«Vater: Theobald Molsen, Mutter: Isadora Molsen, geborene … Witzmann. – Konstanze?»

«Ja …» Konstanze war blass geworden. «Meine Mutter war in der Tat eine geborene Witzmann …»

Die Türklingel schallte durch das Haus und ließ alle zusammenfahren.

«Soll ich …?», fragte Emma vorsichtig, da Konstanze sichtlich damit beschäftigt war, um ihre Fassung zu ringen.

Die nickte nur stumm und ließ sich wieder auf ihren Stuhl fallen. Also lief Emma in die Eingangshalle und öffnete die Tür.

«Oh, wie gut, dass Sie hier sind, *commissario!*» Am liebsten wäre sie ihm spontan um den Hals gefallen, so froh war sie in diesem Moment, ihn zu sehen. Dann fiel ihr seine ernste Miene auf. «Was ist denn los? Was haben Sie bei Doktor Rossmeier in Erfahrung gebracht?»

Gieseking ging wie so oft nicht auf ihre Frage ein. «Warum ist es gut, dass ich hier bin? Hängt es mit dem Grund zusammen, aus dem Sie hier die Hausherrin spielen? Oder hat die Freifrau Sie als Butler engagiert?»

«*O dio,* wenn Sie wüssten! Kommen Sie rein!» Sie schloss die Tür hinter ihm und setzte ihn knapp über die Situation ins Bild, die er vorfinden würde.

«Das nenne ich mal eine wirklich interessante Entwicklung», sagte er und nickte anerkennend.

«*Per favore*, können Sie vielleicht nachforschen, ob das stimmt, was diese Leute sagen?», fragte Emma mit gesenkter Stimme. «Mir kommen die ziemlich suspekt vor. – Und warum sind Sie überhaupt hier?»

«Wir haben etwas ermittelt, dem ich nachgehen muss. Und zwar ohne Publikum.»

Emma schüttelte den Kopf. «Ich möchte Konstanze ungern in dieser Situation allein lassen. Kann ich nicht bleiben?»

«Mit Publikum meinte ich Fremde. Sie können also bleiben.» Gieseking sah sich um, als könnte jemand ungewollt mithören. «Ich würde das gern diskret behandeln. Also. Auf in die Höhle des Löwen.»

Als sie den Raum betraten, erkannte Emma auf den ersten Blick, dass sich Konstanze einigermaßen gefangen hatte. Wenigstens war sie nicht mehr so bleich wie Minuten zuvor. Gernot Klimpel hatte sich ebenfalls wieder gesetzt. Nun rutschte er unbehaglich auf seinem Stuhl herum und krempelte verstohlen seine Hosenbeine hinunter. Seine Frau wisperte mit ihrer Tochter. Als sie den Neuankömmling bemerkten, richteten alle die Augen auf ihn.

Konstanze reagierte als Erste und erhob sich. «Herr Kommissar! Welch angenehme Überraschung. Darf ich Ihnen eine Tasse Tee anbieten?»

«Jetzt gerade nicht, vielen Dank.»

«Ist wahrscheinlich eine gute Entscheidung», fügte Konstanze hinzu, als spräche sie zu sich selbst. «Er ist sicherlich bereits kalt. – Dann vielleicht einen Kaffee? Aber bitte, setzen Sie sich.»

Die Klimpels waren beim Wort ‹Kommissar› ebenfalls aufgestanden und starrten den Kriminalbeamten an.

«Frau von Hohenfels, ich höre, Sie haben überraschenden Besuch?», eröffnete Gieseking das Gespräch, ohne sich zu setzen.

«Ja, wie Sie sehen ...»

«Dann stimmt es also wirklich? Meine Großmutter ... Frau von Hohenfels wurde ermordet?» Gernot war der Erste der Familie, der sich aus der Starre löste.

Erstaunlich, fand Emma. Sie hatte ihn eher für den Langsamsten der drei gehalten.

«Davon müssen wir ausgehen, ja. Sie sagen also, die Ermordete war Ihre Großmutter?» Er wechselte einen raschen Blick mit Emma, die ein ahnungsloses Schulterzucken andeutete.

«Äh ... ja. Das war sie.»

Der Kommissar griff in die Brusttasche seines Kurzarmhemds und zog einen kleinen Notizblock in schwarzer Lederhülle und einen Miniaturkugelschreiber hervor. «Wo waren Sie zum Tatzeitpunkt?»

Gut, er kam gleich zur Sache. Vermutlich wollte er die drei schnell loswerden, um mit Konstanze das zu besprechen, weswegen er hergekommen war.

«Wir? Wir waren ... na ja, wir waren auch dort.» Ratlos blickte Andrea Klimpel von ihrem Mann zu ihrer Tochter.

«Ja», bestätigte er. «Wir haben uns den Kochwettkampf angesehen, aber wir waren gar nicht in der Nähe von ... Isadora.»

«Sie wohnen hier im Haus?»

«Seit Samstag.»

Gieseking machte sich Notizen.

«Im Gasthof, wo wir vorher waren, konnten wir nicht bleiben.» Andrea Klimpel verschränkte die Arme. Immerhin behauptete sie nicht mehr, sie seien hinausgeworfen worden.

«Wir hatten nicht reserviert. Und dann dieses Kochdings ...», erläuterte ihr Mann entschuldigend. «Und da wir ja seit ein paar Wochen wissen ... also, zumindest mit großer Sicherheit vermutet haben ... also, wir sind mit Frau von Hohenfels verwandt, und die Verstorbene war meine leibliche Großmutter.»

«Das ist nicht erwiesen, und so lange werde ich diesen Zustand der sogenannten Verwandtschaft nicht als solchen anerkennen», verkündete Konstanze kühl.

Gieseking runzelte die Stirn. Nun setzte er sich doch, und mit ihm nahmen auch alle anderen wieder Platz – wie in der Kirche, wenn der Pfarrer sich hinsetzt, dachte Emma.

«Ihre Namen bitte?», fragte Gieseking an Klimpels gewandt.

Die gewünschten Informationen wurden ihm diktiert, und er schrieb sorgfältig mit.

«Sie sagen, Sie seien der Enkel der verstorbenen Freifrau, Herr Klimpel – wie kommen Sie darauf? Und warum erst jetzt?»

Klimpel räusperte sich und verschränkte die Arme. «Ja, sehen Sie, Herr Kommissar, das war so», fing er umständlich an. «Mein Vater ist vor wenigen Wochen verstorben und ...»

«Wir mussten natürlich den Nachlass meines Schwiegervaters sichten und in Ordnung bringen», übernahm seine Frau. «Und Ordnung war da dringend nötig.»

Klimpel warf ihr einen mahnenden Blick zu. «So schlimm war es nun auch wieder nicht.»

«Es hat gereicht, gib es zu. Du warst hinterher fix und fertig.»

«Okay, es war nicht einfach ...»

«Kommen Sie bitte zum Punkt.»

«Zum Punkt, ja. Also wir haben seine Unterlagen gesichtet und alles, was er so aufgehoben hatte, und da sind wir auch auf seine Geburtsurkunde gestoßen. Er hat nie über seine Mutter gesprochen, und sein Vater, also mein Großvater, hat sie auch nie erwähnt. Sie war irgendwie ... ein Phantom. Also haben wir mal angefangen zu forschen, weil wir jetzt den Mädchennamen kannten. Gibt ja so Seiten im Internet, wo man solche Sachen eingeben und fragen kann, wer wohin gezogen ist oder wer wen geheiratet hat.»

«Und da sind Sie fündig geworden?»

«Es hat ein bisschen gedauert, aber der Name Isadora ist nun wirklich nicht so häufig. Also hatten wir irgendwann einen Treffer, und von dem aus haben wir weitergesucht und sind schließlich hier gelandet.» Er zuckte die Schultern und sah den Kommissar treuherzig an. «Ich wollte einfach nur wissen, wo ich herkomme, und finde ...», er machte eine ausholende Armbewegung, «... das hier.»

«Sie finden genau das, was es ist», warf Konstanze ein, die die Ausführung mit unbewegter Miene verfolgt hatte. «Hier ist nichts zu holen, das sehen Sie selbst. Falls überhaupt stimmt, was Sie da erzählen.»

«Natürlich stimmt das!», ereiferte sich Frau Klimpel.

«Und warum heißen Sie dann Klimpel und nicht Molsen?»

Oh, richtig! Das war Emma gar nicht aufgefallen.

«Weil mein Mann meinen Namen angenommen hat», schoss sie triumphierend zurück. «Wir führen nämlich eine moderne Ehe, und überhaupt, warum sollten wir so was erfinden?»

«Um etwas zu erben?»

«Ich wollte meine Großmutter einfach nur kennenlernen», beteuerte Gernot Klimpel. «Und woher hätten wir denn wissen sollen, dass sie sterben würde, während wir hier sind?»

«Vielleicht, weil Sie nachgeholfen haben?», bot Gieseking zu Emmas Verwunderung kühl an.

Das ersparte ihr, diesen Verdacht selbst auszusprechen.

Die Klimpels standen da wie vom Donner gerührt.

«Wäre eine Erbschaft denn möglich, wenn es stimmt, was Herr Klimpel sagt?», fragte Emma vorsichtig nach.

«Sofern kein oder ein ungültiges Testament vorliegt, ja», antwortete der Kommissar.

«Das können wir uns gleich sparen.» Konstanze faltete die Hände. «Meine Mutter hat natürlich ein Testament gemacht. Handschriftlich und datiert. Egal, wie sich diese Geschichte entwickelt, die Haupterbin bin ich … wenngleich ich mir durchaus ein schöneres Erbe vorstellen könnte.»

«Das Dokument muss natürlich geprüft werden, aber es klingt, als wäre die Sachlage damit klar.» Der Kommissar legte den Stift beiseite und lehnte sich zurück. «Sollte die Prüfung allerdings ergeben, dass das Testament ungültig ist, haben wir in der Tat ein Erbschaftsthema. Und sollte sich herausstellen, dass Sie, Frau von Hohenfels, Ihre Mutter ermordet haben, entfallen selbstverständlich Ihre Ansprüche. Die Frage, ob Herr Klimpel in diesem Fall Rechte hätte, können wir auf einfachem Wege aus der Welt schaffen.» Er sah zwischen Konstanze und Gernot Klimpel hin und her. «Wenn Sie beide einem Gentest zustimmen, ist das Ganze schnell geklärt.»

«Von mir aus jederzeit.» Gernot Klimpel schlug lässig ein Bein über das andere.

«Aber selbstverständlich», verkündete auch Konstanze würdevoll und straffte sich.

«Gut.» Gieseking machte sich eine Notiz. «Ich schicke Ihnen einen Kollegen vorbei, der die Genproben nimmt.»

«Wie lange dauert so etwas?» Herr Klimpel machte ein zweifelndes Gesicht. «Ich habe nicht unendlich Urlaub, und Janina muss bald wieder zur Schule.»

«Und ein paar Tage echte Ferien wollte ich auch gern noch haben», meldete seine Tochter sich aus dem Hintergrund, doch ihr Gemaule wurde ignoriert.

«Nur ein paar Tage. Genaueres kann ich Ihnen momentan nicht sagen. Ich danke Ihnen für Ihre Geduld. Und nun werde ich mich mit Frau von Hohenfels unterhalten. Auf Wiedersehen.» Der Kommissar stand auf und zeigte damit an, dass die Klimpels entlassen waren.

Die drei tauschten vielsagende Blicke untereinander, folgten der Aufforderung jedoch und verließen den Raum.

Nachdem sie draußen waren, atmete Konstanze hörbar aus. «Ich kann nicht fassen, was hier gerade geschehen ist.» Ihre Stimme klang heiser. «Es ist ... empörend.»

«Könnte es denn möglich sein?» Gieseking sah sie fragend an.

Konstanze hob ratlos beide Hände. «Was wissen wir schon vom Leben unserer Eltern vor unserer Geburt. Wir kennen sie ja oft nicht mal richtig, wenn sie mit uns unter demselben Dach leben.»

«Das ist wahr», murmelte Emma.

Konstanze atmete einmal tief durch. «Nun, Herr Kommissar», sagte sie gefasst. «Was führt Sie hierher?»

Emma war ganz Ohr. Worum mochte es gehen?

«Wir haben sowohl unsere Beweise als auch noch mal das Wettkampfgelände nach weiteren vergifteten Keksen abgesucht, die der Täter oder die Täterin dort entsorgt haben könnte, dabei aber bislang nichts gefunden», begann Gieseking ernst. «Was meine Leute allerdings gefunden haben, ist ein Restbestand vergifteter Amarettini.»

Emma hielt den Atem an – gleich würde sich die ernste Miene bei seiner Ankunft erklären.

«In Ihrer Speisekammer, Frau von Hohenfels.»

10. KAPITEL

«Er hat *was* gefunden?» Anna war sprachlos, als Emma von Giesekings Eröffnung erzählte – dabei hatten sie und Helene sich gerade erst von dem Schock erholt, den die Behauptung der Klimpels bei ihnen hinterlassen hatte.

Die drei Freundinnen saßen in der kleinen Teeküche, naschten Taralli und Oliven, und Emma hatte auf den Schreck hin eine Flasche Prosecco spendiert.

«*Sì.*» Sie nickte bedrückt. «Er hatte am Sonntag sein Team zum Gutshaus geschickt, und die haben in der Speisekammer tatsächlich mit Gift versetzte Amarettini sichergestellt – und zwar in einer kleinen Papiertüte.»

Konstanze war am Boden zerstört gewesen bei dieser Eröffnung.

«Ich fürchte», hatte sie mit belegter Stimme gesagt, «das sieht nicht gut für mich aus. Aber Sie müssen mir glauben, Emma, ich war das nicht. Ich wäre niemals so dumm, die Amarettini aufzubewahren, wenn ich sie vergiftet hätte, und noch dazu an so einem lächerlich öffentlichen Ort! Jeder, der hier war, um mir das Beileid auszusprechen, und angeblich mal zur Toilette musste oder sich die Hände waschen wollte, hätte sie da hinlegen können. Die Speisekammer ist vom Flur aus zugänglich und wird nie abgeschlossen, wozu denn auch?»

Unwillkürlich hatte sich Emma an ihre eigene prekäre Lage im letzten Jahr erinnert. Sie hatte großes Verständnis für Konstanzes Situation. Die Annahme, ihre Freundin hätte den Beweis für ihre Schuld offen in ihrer Kammer herumliegen, war ebenso absurd wie der Verdacht, Emma hätte Roland Seelig in ihrem eigenen Laden ermordet.

«Das kann doch gar nicht sein.» Auch Helene klang deprimiert. «Haben wir uns so in ihr getäuscht?»

«*Cosa?* Verdächtigst du sie jetzt etwa auch?» Emma konnte ihre Freundin nur ungläubig anstarren. Konstanzes Namen der Form halber ins Ermittlungsnotizbuch aufzunehmen, war eine Sache, solche Bemerkungen eine ganz andere.

«Nein. Natürlich nicht», wehrte Helene ab, doch für Emmas Geschmack steckte nicht genug Überzeugung dahinter. «Aber du musst zugeben, dass man angesichts des Fundes ins Grübeln kommen kann, oder nicht?», schob sie mit einem entschuldigenden Schulterzucken hinterher.

«Nein, kann man nicht», entgegnete Emma heftig. «Ich kann nicht glauben, dass du …»

«Mädels, bitte streitet euch nicht, ja?», bat Anna. «Wir müssen jetzt umso mehr versuchen, die ganze Wahrheit herauszufinden, damit niemand ungerechtfertigt beschuldigt wird. Wenn es Konstanze nicht war, und davon sollten wir alle auch weiterhin ausgehen, dann wird sich das über kurz oder lang aufklären.»

«*Giusto.*» Dankbar lächelte Emma ihre Freundin an. Annas ausgleichendes und vernünftiges Wesen tat ihr immer wieder gut, besonders in angespannten Situationen wie dieser. «*Scusa*, Leni.»

«Hast ja recht. Tut mir leid.»

Spontan umarmte Emma ihre Freundinnen. Dass beide ihre Geste sofort erwiderten, bestätigte ihr, dass sie alle auf einer Seite standen.

«Danke fürs Runterholen, Anna», murmelte Helene leise an ihrer Schulter. «Wir müssen wirklich zusammenhalten, und zwar genauso wie letztes Jahr. Ich gebe ehrlich zu, dass ich den Gedanken zwar hatte, aber ganz tief in mir glaube ich ja auch nicht, dass Konstanze es war.»

«Das ist gut», sagte Emma genauso leise.

«Lasst uns einfach wieder unser Bestes geben, damit wir schnell rausfinden, wer dahintersteckt», bekräftigte Anna.

Als sie sich voneinander lösten, lächelten sie sich an.

Einen Moment lang hielten sie sich an den Händen, dann räusperte sich Emma demonstrativ. «Schluss mit der Gefühlsduselei. Überlegt mal: Da taucht urplötzlich ein Enkel auf, von dem keiner was wusste, und kurz darauf ist Isadora tot. Da kann mir niemand erzählen, dass es da keinen Zusammenhang gibt.»

«Du denkst, der Klimpel könnte es gewesen sein?» Helene klang geradezu erfreut.

«Er oder sie. Oder beide. Ein solcher Zufall wäre mehr als unwahrscheinlich.»

«Da hast du allerdings recht», sagte Anna. «Ein Grund mehr, in alle Richtungen zu ermitteln.»

Helene nickte. «Ich hör mich mal bei meinen Klientinnen um, vielleicht erfahre ich ja irgendwas, das uns weiterbringt.»

Emma nahm sich die letzte Olive. «Gute Idee. Und denkst du, Resi weiß mehr über Isadoras Vergangenheit?»

«Bestimmt. Wollen wir uns heute alle treffen?»

«Heute kann ich nicht, *mi dispiace*. Ich gehe später mit Peter ein Eis essen, und abends kommt mich Veronika besuchen.»

«Mit Peter? Dem Fußballpeter?» Helene grinste. «Läuft da was zwischen euch beiden?»

Emma schüttelte den Kopf. Es war Zufall gewesen, dass sie Peter vor ein paar Tagen getroffen und das Treffen abgemacht hatte. «Ich schulde ihm das Eis seit letztem Sommer.»

«Außerdem dachte ich, dein Favorit für unsere Emma wäre Kommissar Grünauge?», scherzte Anna.

Helene verdrehte die Augen. «Ist er auch, aber der ist ja nie da.»

«Es gibt eben anderswo zu viele Morde aufzuklären», sagte Emma schulterzuckend.

«Oder er hat zu wenig Anreiz, auch ohne Mord öfter mal hier vorbeizukommen.»

Jetzt war es Emma, die die Augen verdrehte. «Lass gut sein, Leni. Was sein soll, wird kommen.»

«Aha? Seit wann bist du denn so esoterisch drauf?»

«Bin ich gar nicht», sagte Emma schlicht. «Sag mal – hast du nicht bald wieder Kundschaft?»

Helene kicherte und trank den letzten Schluck aus ihrem Sektglas. «Willst mich wohl loswerden?»

«Erraten.» Emma grinste sie liebevoll an. «Also an die Arbeit.»

«Komm, Leni, wir haben beide zu tun.» Anna zwinkerte ihr zu und bugsierte Helene aus der Teeküche.

Ihr Telefon klingelte, und Emma wandte sich mit einem letzten Winken von ihren Freundinnen ab.

«*Commissario*! Ich wollte Sie nachher anrufen.»

Gieseking hielt sich nicht lang mit Floskeln auf. «Ich hoffe sehr, dass Sie mich auch dann über den aus dem Hut gezauberten Enkel von Isadora in Kenntnis gesetzt hätten, wenn ich nicht in genau diesem Moment auf Gut Hohenfels eingetroffen wäre.»

«Aber natürlich! Oder dachten Sie etwa, ich würde einen neuen Verdächtigen vor Ihnen geheim halten? Einen, der ein fast genauso starkes Motiv hat wie Konstanze?»

«Sie glauben den Leuten also nicht, dass ihr Auftauchen zu diesem Zeitpunkt ein Zufall ist?»

«Absolut nicht. Und deshalb werde ich auch herausfinden, was dahintersteckt.»

«Dann bitte ich Sie nur darum, den Gentest abzuwarten. Schaffen Sie das?» Sein Schmunzeln war nicht zu überhören.

«*Sì*», bestätigte Emma friedfertig. Das war ja so gut wie ein ausdrücklicher Auftrag zu recherchieren – nur nicht jetzt gleich. «Aber dann sagen Sie mir auch bitte Bescheid, sobald Sie was haben, ja?»

«Hm ...»

Das konnte alles heißen. Oder nichts. Emma setzte nach.

«Dürfen Sie mir sagen, was bei Ihrem Gespräch mit Doktor Rossmeier herausgekommen ist?»

«Darf ich. Nichts.»

Emma seufzte. «Das ist ziemlich wenig.»

Als sie mit Peter auf die Eisdiele zuging, hatte Emma Helenes Sticheleien noch nicht ganz vergessen. Verstohlen musterte sie ihren Begleiter von der Seite. Peter war ein eher unscheinbarer Typ, doch er hielt sich sehr gerade, hatte eine sportliche Figur, war ein bisschen größer als sie und machte stets einen verlässlichen Eindruck.

Emma horchte in sich hinein ... nein, außer kumpelhafter Sympathie war da nichts. Helene hörte manchmal Gras wachsen, wo keins gesät war.

Bärbel lächelte ihnen hinter der Eistheke breit entgegen.

«Hallo, ihr beiden. Emma, schön, dich zu sehen. Peter, wie geht's?»

«Danke gut. Alles im grünen Bereich so weit.»

«*Ciao*, Bärbel. Ich wollte ja schon ewig mal wieder vorbeikommen, aber dann kam immer irgendwas anderes dazwischen.»

«Ja, das kenn ich auch nur zu gut.» Bärbel nahm den Eisportionierer zur Hand. «Was darf's denn Schönes sein für euch?»

Vor ihnen in der Eisvitrine reihte sich ein metallener Behälter an den nächsten, alle randvoll mit den unterschiedlichsten Sorten. Bärbel stellte das Eis selbst her, und eine Sorte war leckerer als die andere.

«Ich möchte das rote da.» Peter deutete auf den Behälter mit dem knallroten Eis darin.

«Gute Wahl.» Bärbel zwinkerte Emma zu. Die grinste zurück. Seit Bärbel das Eis mit dem italienischen Kermeslikör färbte, den sie von Emma bezog, war die Sorte der Renner des Sommers geworden. «Im Becher oder in der Waffel? Und wie viele Kugeln sollen es werden?»

Etwas später schlenderte Emma neben Peter her über den Dorfplatz. Der Abend war so lau und sommerlich schön wie die vergangenen, aber Emma war nicht ganz bei der Sache. Die Situation, in der Konstanze sich befand, lenkte sie ab.

«Du bist nicht besonders gesprächig heute, was?», fragte Peter.

«Ja, da hast du recht, tut mir leid.» Sie hatte sich für Bitterschokolade und Kokos mit Sahne im Becher entschieden und genoss das cremig-weiche Eis. «Du weißt ja, was mit Isadora passiert ist, oder?»

«Natürlich. Das halbe Dorf spricht von nichts anderem.»

«Kann ich mir denken.» Rasch leckte sie sich einen Tropfen vom Finger, der es an ihrem Löffelchen vorbeigeschafft hatte. «Was spricht man denn so?»

Peter kam als Elektriker viel herum und hatte dadurch gelegentlich Einblicke, die anderen Leuten fehlten. Jetzt zuckte er allerdings nur die Schultern.

«Dies und das. Richtig traurig ist niemand, dass der alte Drachen das Zeitliche gesegnet hat, aber einen gewaltsamen Tod hat ihr keiner gewünscht. Sie war so alt, da hätte es niemanden gewundert, wenn sie auf natürliche Weise abgetreten wäre.»

Das war selbstverständlich richtig. Emma leckte nachdenklich ihren Löffel sauber. «Es ist wirklich ein schlimmer Vorfall. Und momentan tappen wir im Dunkeln.»

Peter lachte. «Wir? Hat dich die Mordkommission jetzt als externe Beraterin engagiert?»

«Die Idee ist nicht schlecht. Gefällt mir.» Emma schmunzelte. «Das werde ich dem Kommissar vorschlagen, wenn ich ihn das nächste Mal sehe.»

Peter wurde wieder ernst. «Ist echt irre, was es alles gibt, oder? Dass jemand vergiftet wird, mitten in einem vollen Festzelt. Was ist das denn für ein Zeug, diese Blausäure?»

Sie tauschten ihre geringen Kenntnisse zu dem Gift aus, dann kam Emma logischerweise auf die Apothekerin zu sprechen.

«Doro sagt, sie könnte das eventuell auch herstellen.»

Peter sah sie erstaunt an. «Doro ist ein feiner Kerl. Die könnte nie jemandem so was antun.»

«Ich sehe das auch so. Aber mal ehrlich, man wundert sich eigentlich immer, wenn rauskommt, wer es war, *o no?*»

«Meinst du? Also, ich weiß nicht.»

«Dann hältst du es für wahrscheinlicher, dass Konstanze die Mörderin ist?»

«Das habe ich nicht gesagt. Aber es heißt, dass der Täter in den meisten Fällen aus dem engeren Umfeld stammt.»

«Und dieses engere Umfeld ist bei Isadora von Hohenfels ja eher klein.»

Peter nickte. «Gut, dass das nicht meine Aufgabe ist.» Er schüttelte sich. «Das wäre mir echt zu anstrengend.»

Emma warf ihm einen schrägen Seitenblick zu. Dorotheas Aussage zum sogenannten starken Geschlecht kam ihr in den Sinn.

«Nimmst du eigentlich auch Doros Happy Drops?»

Peter zögerte. «Ja ... gelegentlich. Manchmal, wenn ich zu lange in einer verkrampften Haltung gearbeitet habe, kriege ich so einen doofen Verspannungskopfschmerz, der wird mit ein paar Tropfen echt schnell besser. Aspirin ist nichts dagegen.»

«Interessant, was einfache Wirkstoffe so alles können. Da denkt man immer, nur was von großen Pharmafirmen kommt, hilft einem. Dabei ist das gar nicht unbedingt so.»

«Nö. Aber dass Gras Wunder wirkt, wussten schließlich nicht umsonst Generationen vor uns.»

«Gras sagt man auch dazu?»

Peter grinste. «Gras. Dope. Pot. Es gibt ein paar Namen dafür.»

«Ein paar von uns, mich eingeschlossen, sind wirklich froh darüber, dass das inzwischen nicht mehr illegal ist.»

«Das mag sein, aber ...» Er senkte die Stimme. «Ich denke, dass das, was sie macht, am Rande des Illegalen ist. Sie hat ein paar Pflanzen mehr, als sie haben dürfte, sonst könnte sie die Nachfrage an Tropfen nicht bedienen.»

«Und woher weißt du das?»

Peter runzelte die Stirn. «Wird das jetzt ein Verhör?»

«Ich bin nur neugierig.»

«Ich hab in ihrem Gewächshaus die elektrischen Installationen gemacht und die Pflanzen gesehen.»

«Hm … sie macht das aber nur für ein paar von uns. Anna und mich, Helene, Lisa und Bärbel. Petra auch, glaube ich. Die eine hat Regelschmerzen, die andere Kopfweh, bei der Dritten sind es die Gelenke … und es hilft eben ohne Chemie.»

«Ich weiß. Trotzdem, gesetzlich ist alles genauestens geregelt, und zu viele Pflanzen heißt Strafe. Gefängnis vielleicht sogar. Aber frag sie einfach selbst – ich will hier niemanden irgendwo reinreiten.»

«Das tust du nicht. Wir sind ja nur ein kleiner Kreis, den sie versorgt, und von uns würde keine sie jemals in Schwierigkeiten bringen.» Emma schlug einen lockeren Ton an und beschloss, das Thema zu wechseln. «Was machen denn deine Fußballkids?»

Peter, der in seiner Freizeit die beiden Jugendmannschaften des Dorfes trainierte, ging bereitwillig auf sein Lieblingsthema ein und erzählte von den Talenten dieser Saison. Wie sich herausstellte, hatte Tanja Bachmeier mehr Ballgefühl als ihr Bruder Dennis, der wiederum ein absolutes Ass im Elfmeterschießen war. Und so schlenderten sie durchs Dorf und unterhielten sich, bis ihre beiden Eisbecher leer und sie wieder an ihrem Ausgangspunkt vor Emmas Laden angekommen waren.

Doch Emma war innendrin keineswegs so ruhig, wie sie nach außen schien. In ihrem Kopf rotierte es, und kaum, dass sie sich voneinander verabschiedet hatten, eilte sie nach oben in ihre Wohnung und griff zum Telefon, um Konstanze anzurufen.

Da war etwas in Doros Worten gewesen, als sie in ihrem ersten Gespräch von der Freifrau und ihrem Tropfenkonsum gesprochen hatten. Und nach dem Gespräch mit Peter waren ihr ein paar Dinge bewusst geworden, die sie vorher einfach nicht gesehen hatte.

«Emma, guten Abend», meldete sich Konstanze.

«Guten Abend, Konstanze. Ich hätte da eine Frage. Ich habe mich neulich mit unserer Apothekerin unterhalten, und da ging es auch um ihre hausgemachten Schmerztropfen. Ihre Mutter bekam die ja ebenfalls, wie wir beide wissen.»

«Ja, worauf wollen Sie hinaus?»

«Wussten Sie, dass die Tropfen Cannabis enthalten?»

Kurzes Schweigen in der Leitung war die Antwort. «Ja, das wusste ich tatsächlich», gab Konstanze dann zu.

«Ihre Mutter offensichtlich auch. Kann es sein, dass sie nichts dafür bezahlt hat?»

«Ach – mehr hat Ihnen Frau Artzt also nicht erzählt?» Konstanze seufzte. «Ich habe mich deshalb zu Tode geschämt. Wie konnte meine Mutter nur!»

«*Come* ... was soll das heißen?»

Wieder eine Pause, dann schien sie sich einen Ruck zu geben. «Ich habe es per Zufall mitbekommen. Eins der lautstarken Telefonate der Isadora von Hohenfels. Sie kennen das ja.»

Ja, Emma kannte das. So sehr die verstorbene Freifrau

auch auf Etikette geachtet und auf ihrer Privatsphäre und Diskretion bestanden hatte, so unbekümmert war sie mit der Lautstärke ihrer Telefonate umgegangen. Als hätte die Welt um sie herum in diesen Momenten nicht existiert.

«*E allora?*» Was meinte Konstanze nur? Und was mochte daran so peinlich sein, dass sie es nicht über die Lippen brachte?

«Also – meine Mutter hat Frau Artzt erpresst, das war glasklar. Ich konnte zwar nur ihren Teil hören, aber das hat mir gereicht. Sie sagte, entweder sie bekäme die Tropfen umsonst oder sie würde dafür sorgen, dass die Cannabisplantage auffliegt.»

Jetzt war es raus. Emma war sprachlos, und das kam selten vor.

«Aber woher konnte sie das wissen?», fragte sie, nachdem ihre erste Empörung überwunden war.

«Ich habe keine Ahnung, glauben Sie mir. Von mir hatte sie das nicht, ich habe mich selbst erst danach über die rechtlichen Details informiert, weil ich neugierig geworden war. Seitdem weiß ich, dass man pro Kopf nur drei Pflanzen haben darf oder irgendwie einen Verein gründen muss oder so … Ich erinnere mich nicht mehr genau.»

«Aha.» Emmas Bild bestätigte sich.

«Wenn ich das richtig einschätze, riskiert Frau Artzt wohl eine saftige Strafe, falls ihre kleine Plantage auffliegt.»

Bis hin zu Gefängnis, hatte Peter gesagt. Und ihre Apothekenzulassung wäre dann sicherlich auch hinfällig. Doros gesamte Existenz wäre ruiniert gewesen, wenn Isadora ihre Drohung wahrgemacht und geplaudert hätte.

Wenn das kein Mordmotiv war …

Emma hatte den kleinen Tisch auf ihrem Balkon gedeckt. Der laue Sommerwind wiegte sanft die Köpfe der Buschrosen, die in der Mitte arrangiert waren, und ließ die Papierservietten flattern. Die vorbereiteten Bruschette dufteten nach Basilikum, Rosmarin und Tomaten.

Veronika Pfeiffer kündigte sich mit einem kurzen Klingeln an, und Emma ging zur Tür, um ihr zu öffnen. Die Angestellte aus dem Himmelsrichter Bürgerbüro war letztes Jahr eine der Verdächtigen im Mordfall Roland Seelig gewesen. Ihre Vorliebe für Lakritz, die Emma absolut nicht teilte, und eine Lebensversicherung hatten sie ins Visier der Ermittlungen gerückt. Zu Emmas großer Erleichterung waren die wenigen Hinweise jedoch ins Leere gelaufen, und Veronika Pfeiffers Unschuld wurde bald nicht mehr in Zweifel gezogen.

Veronika hatte es Emma nur kurz verübelt, dass sie von ihr verdächtigt worden war. Die beiden Frauen hatten sich rasch ausgesprochen, und Emma konnte Veronikas Vertrauen zurückgewinnen. Seither trafen sie sich hin und wieder auf einen Plausch. Ihre letzte Zusammenkunft war ein paar Monate her, bei beiden war ziemlich viel los gewesen.

Allerdings ... hätte Emma diesen Abend nicht seit Tagen geplant und mit Veronika vereinbart gehabt, wäre ihr heute wohl gar nicht mehr danach gewesen, sich mit ihr zu treffen. Ihr schwirrte der Kopf, denn die Informationen, die sie von Peter und Konstanze erhalten hatte, machten Doro für sie plötzlich zur Hauptverdächtigen schlechthin. Das hätte ihr normalerweise keine Ruhe gelassen, und sie hätte sofort versucht, dem auf den Grund zu gehen und mehr herauszufinden. Auch die Klimpels gingen ihr nicht aus dem Kopf, die plötzlich so kurz vor Isadoras Tod um die Ecke gekommen waren, dass mehr dahinterstecken musste.

Aber sie wollte Veronika auf keinen Fall absagen, und ihre Ermittlungsfragen konnten bis morgen warten. Emma hatte sich vor den überraschenden Neuigkeiten aufrichtig auf den Abend gefreut und sich fest vorgenommen, ihn trotzdem zu genießen. Außerdem war es vielleicht ganz gut, wenn sie für ein paar Stunden auf andere Gedanken kam, damit ihre Hirnwindungen wieder ein bisschen auslüften konnten.

Sie öffnete die Wohnungstür und nahm ihren Gast kurz in die Arme.

«Veronika! Schön, dich zu sehen.»

«Ich freu mich auch, Emma. Danke für die Einladung.»

«So gern. Komm rein.»

«Ich hab dir was mitgebracht.» Veronika zog ein kleines Päckchen aus ihrer Handtasche und hielt es Emma entgegen. «Ich hoffe, du magst so was.»

«*Grazie mille!* Aber du sollst mir nicht immer was mitbringen, wenn du kommst!» Trotzdem freute sich Emma über die kleinen Aufmerksamkeiten, die Veronika sich jedes Mal ausdachte.

«Du weißt, ich mag nicht mit leeren Händen kommen, wenn du dir immer so viel Mühe mit dem Essen machst.»

Emma lachte. «*Ma che!* Ich finde es einfach schön, in so netter Gesellschaft zu sein. Aber jetzt bin ich wirklich neugierig.» Rasch entfernte sie das Geschenkpapier, und zum Vorschein kam ein gläsernes Windlicht. «*Bello!* Das stellen wir uns gleich auf den Tisch. Komm mit, Vroni.»

Tatsächlich verbreitete das Windlicht sofort eine heimelige Atmosphäre auf dem Balkon, die Emma sehr gefiel.

«So was hat hier gefehlt», stellte sie fest. «Manchmal ist es abends nämlich zu windig, um eine Kerze anzuzünden.»

«Freut mich, dass es dir gefällt.» Veronika strahlte sie glücklich an.

«Oh ja, sehr. Aber jetzt setz dich, damit wir anstoßen können ...»

Während sie an den Bruschette knabberten, den Prosecco genossen, sich über die Insalata Caprese hermachten und anschließend über den pikanten Nudelsalat, berichtete Veronika von den neuesten Entwicklungen in ihrem Leben.

Die ersten Male, die sie sich getroffen hatten, waren die Themen eher trauriger Natur gewesen. Veronika hatte sehr unter dem Verlust ihres guten Freundes Roland Seelig gelitten, und Emma hatte sie getröstet. Doch bereits beim letzten Besuch vor ein paar Monaten hatte Veronika viel Positivität und gute Laune ausgestrahlt, und mittlerweile wirkte sie wieder richtig mit sich und der Welt im Reinen.

Emma genoss es, Veronika zuzuhören, und merkte, wie sie sich langsam entspannte. Vom Biergarten der Straubs drang Gelächter zu ihnen herüber. Leises Stimmengewirr zeugte davon, dass die sommerliche Abendstimmung in Himmelsricht genossen wurde. Vor Bärbels Eisdiele wartete eine Schlange von Kunden geduldig darauf, an die Reihe zu kommen. Kinder flitzten mit ihren Fahrrädern über den Platz, und ein paar Spatzen balgten sich lautstark um die Krümel einer Eiswaffel.

Schließlich ließ Veronika die Katze aus dem Sack. «Emma, ich muss dir etwas erzählen. Ich werde kündigen.»

Die Eröffnung kam unerwartet. Emmas Gabel blieb samt Fusilli und Tomatenwürfel in der Luft stehen. «Echt?»

Veronika nickte heftig. «Ich weiß, das ist riskant. Ich bin schließlich Beamtin und gebe viel auf dadurch. Aber ...» Sie zuckte die Schultern. «Ich habe es mir reiflich überlegt. Ich fühle mich wie eingesperrt, und das ist nicht, wie ich die nächsten Jahre leben möchte, weißt du?»

Emma nickte und aß langsam weiter. Wenn jemand verstand, was es bedeutete, ein Leben zu führen, das einem nicht mehr entsprach, dann war sie das. Zwar war es bei ihr nicht um den Beruf gegangen – oder nicht in erster Linie –, sondern um die Ehe mit Korbinian, aber auch sie wusste, dass die größte Sicherheit auf Dauer nicht die Freiheit ersetzen konnte, die man sich wünschte.

«Ja, ich verstehe dich gut», sagte sie schließlich, als sie hinuntergeschluckt hatte. «Manchmal muss man eben ein Wagnis eingehen, damit man wieder Luft bekommt.»

«Du sagst es. Genauso fühlt es sich an.» Veronika schenkte ihr ein erleichtertes Lächeln. «Wie schön, dass du mich nicht dafür verurteilst.»

«Das würde ich niemals tun, schließlich ist es dein Leben. Was wirst du stattdessen machen?»

«Ich werde Hundetrainerin», verkündete sie strahlend.

Nun legte Emma ihre Gabel vollends beiseite. «Hundetrainerin! *Fantastico!* Erzähl mal.»

«Nun ja ... du weißt ja, das Waldgrundstück ...»

Ja, Emma wusste davon. Ihr Vermieter Roland Seelig hatte Veronika eine große Lebensversicherung hinterlassen, und mit einem Teil dieses Geldes hatte sie von Isadora von Hohenfels das Grundstück erworben, das eigentlich er für sie hatte kaufen wollen. Noch immer hatte ihr Blick etwas Trauriges, wenn sie von ihm sprach, doch es fiel ihr allmählich leichter, zumindest empfand Emma das so.

«Und dort werde ich nicht nur eine Hundeschule eröffnen, sondern auch eine Hundepension. Die Nachfrage nach guten Plätzen, wo man seinen Hund lassen kann, wenn man in den Urlaub fährt, ist enorm. Es gibt auch viele Leute, die arbeiten und ihren Hund nicht mitnehmen können, ihn aber auch nicht den ganzen Tag allein lassen wollen. Das ist ein riesengroßer Markt und genau das, was ich immer schon gern tun wollte.»

«Das klingt toll. Hast du nicht sogar erst kürzlich eine Ausbildung dazu gemacht?» Emma erinnerte sich vage, dass Veronika so etwas erzählt hatte.

«Kürzlich war vor zwei Jahren, Emma, ich habe es nur niemandem erzählt. Aber ja, ich bin tatsächlich zertifizierte Hundefachwirtin IHK.» Ein Schatten huschte über ihr Gesicht. «Das hat Roland gefallen damals. Er war der Einzige, der es wusste.»

Emma legte ihr tröstend die Hand auf den Unterarm. «Ich bin sicher, es gefällt ihm immer noch.»

Veronika atmete durch. «Ja, das tut es bestimmt. Wie auch immer, bald nach der Ausbildung habe ich angefangen, Online-Kurse anzubieten. Das werde ich auch weiterhin machen, um mein Programm abzurunden. Es läuft ganz gut.»

Emma schüttelte bewundernd den Kopf. «Wow ... *complimenti!* Toll, dass du das alles so hinbekommst.»

«Danke. Und im Herbst ziehe ich dann um und wohne ganz im Wald. Ich werde mir ein Tiny House kaufen und dort hinstellen. Davon gibt es auch ziemlich große Modelle, und ich brauche nicht viel.»

«Das wird ja immer interessanter!» Emma war begeistert. Die unscheinbare Angestellte der Dorfgemeinde mauserte sich zu einer Frau, die wusste, was sie wollte, und es auch umsetzte. «Meinen allergrößten Respekt dafür, Veronika. Ich finde es großartig, dass du das alles so durchziehst.»

«Danke», sagte Veronika bescheiden. «Aber weißt du, mir ist einfach letztes Jahr klar geworden, wie schnell es vorbei sein kann, und dann liegst du da und hast keinen deiner Träume verwirklicht und denkst dir *Ach, hätte ich*. Das will ich nicht.»

«Wie wahr.» Emma konnte auch das bestens nachempfinden. Ihr eigenes *Alimentari* war immer so ein Traum gewesen. «Und wenn du diese Möglichkeit hast, solltest du sie auch nutzen. Wenn nicht jetzt, wann dann?»

«Roland hätte es sich so gewünscht, das weiß ich. Er hatte auch unerreichte Träume, und im Nachhinein ist mir vieles, was er zu mir gesagt hat, noch mal in einem anderen Licht erschienen. Da war es für ihn dann zu spät ...»

«... aber das ist es nicht für dich, *vero?*», vervollständigte Emma sanft. «Und ich finde, du machst das genau richtig. Lebe dein Leben und schau nach vorn.»

Veronika nickte. «Das tue ich. Aber was ist mit dir? Erzähl du auch mal ein bisschen ... Hast du ein neues Hobby?»

«Was meinst du?»

«Na, das Fahrrad da unten ... ist das neu?»

Emma lachte. «Das gehört nicht mir, sondern dem Kommissar aus Regensburg. Du erinnerst dich sicher an ihn, oder?»

«Ja, allerdings. Und er scheint ja wieder im Ort zu tun zu haben.»

Natürlich hatte Veronika vom Mord an Isadora von Hohenfels gehört. Kurzerhand warf Emma den Vorsatz, für ein paar Stunden auf andere Gedanken zu kommen, über den Haufen. Die Gelegenheit war einfach zu gut, schließlich saß ihr Gast quasi im Zentrum des Dorfgeschehens.

«Was wird denn so geredet im Rathaus? Vielleicht weißt du ja etwas, das den Kommissar interessieren könnte.»

Veronika schmunzelte. «Du meinst wohl eher etwas, das dich interessieren könnte, oder?»

«Ertappt.» Emma hob entschuldigend die Hände. «Ich würde ihn aber natürlich darüber informieren. Mir liegt viel daran, den Mord aufzuklären.»

Veronika nahm einen Schluck Prosecco. «Meinst du denn, Konstanze ist unschuldig?»

«Glaubst du das etwa nicht?» Wie jedes Mal, wenn jemand an der Unschuld ihrer Freundin zweifelte, rumorte es unangenehm in Emmas Magengegend.

«Ich weiß nicht ... wirklich nicht.» Veronika schüttelte zweifelnd den Kopf und schaute über den Platz und die umliegenden Häuser hinweg in den Himmel, der sich langsam rötlich zu färben begann. Von irgendwoher ertönte das Gezirpe einer Grille. Andere stimmten ein. «Ich habe die beiden erlebt, als ich das Grundstück gekauft habe. Isadora war unerträglich zu ihrer Tochter, und ich könnte mir gut vorstellen, dass Konstanze das irgendwann einfach gereicht hat.» Sie wandte den Blick wieder zu Emma. «Du glaubst nicht, dass sie es war, stimmt's?»

Emma nickte. «Stimmt. Aber ich bin mir inzwischen selbst nicht mehr sicher, ob ich es vielleicht auch einfach nur nicht glauben *will*», gab sie zu.

«Es wird erzählt, dass man das Gift bei ihr gefunden hat. Stimmt das?»

«Du bist gut informiert. Ja, das ist richtig. Aber mal ehrlich … es waren so viele Leute bei ihr, um die *condoglianze* auszusprechen … ich weiß das deutsche Wort nicht mehr …»

«Um zu kondolieren? Das Beileid auszusprechen?»

«Ja, das Beileid. Im Grunde könnte es jeder gewesen sein, der etwas gegen Isadora hatte, und beim Besuch könnte er oder sie die Beweise dort versteckt haben, damit sie vom Ermittlungsteam gefunden werden und der Verdacht auf Konstanze …» Emma stockte. Alle Infos zur Speisekammer – sowohl, dass sie nie abgeschlossen war, als auch, dass jemand unter dem Vorwand, zur Toilette zu gehen, unbemerkt hätte hineingelangen können – hatte sie von Konstanze selbst.

Nun war es Veronika, die Emma tröstend eine Hand auf den Arm legte. «Wenn ich irgendetwas erfahren sollte, melde ich mich bei dir, versprochen.»

«*Grazie, cara*. Alles kann wichtig sein.»

«Ich weiß.» Veronika seufzte.

«Bist du eigentlich noch in Kontakt mit Roland Seelig junior?» Emma wechselte bewusst das Thema, teils um von sich abzulenken, aber auch, weil es sie tatsächlich interessierte. Sie wusste, dass der Sohn ihres ermordeten ehemaligen Vermieters Veronika hin und wieder besuchte.

«Wir telefonieren regelmäßig, und vor ein paar Wochen war er das letzte Mal da. Seine Mutter hat das Haus ja verkauft und ist weggezogen. Allein. Roland sieht sie, glaube ich, nicht oft. Er leidet sehr unter dem, was passiert ist.»

«Das glaube ich. Er ist ein liebenswerter Kerl, und mir tut das alles wirklich leid. Das hatte er nicht verdient.»

«Da gebe ich dir völlig recht. Aber stell dir vor, er will sich auch einen Hund zulegen. Das tut ihm sicherlich gut.»

Emma lachte leise. «Ich nehme an, dann hast du deinen ersten Kunden.»

Sie plauderten ein wenig über die Ereignisse des letzten Jahres, lachten über aktuelle Anekdoten aus dem Rathaus und leerten ganz nebenbei die Flasche Prosecco. Das Dessert schlug Veronika aus, sie war viel zu satt dafür, stattdessen tranken sie einen *caffè* miteinander, und Emma gab ihr das Tiramisu kurzerhand mit.

Nachdem sich Veronika verabschiedet hatte, saß Emma eine Weile still auf ihrem Balkon. Nun kam sie zur Ruhe, und schon waren die Überlegungen zu Doro und ihren Tropfen wieder da. Sollte sie selbst ein zweites Gespräch mit der Apothekerin suchen? Würde sie dabei mehr erfahren als beim ersten Mal? Oder wäre es in diesem Fall besser, den Kommissar mit Informationen zu versorgen und darauf zu warten, dass er das für sie erledigte? Es widerstrebte Emma zutiefst, Dorothea zu verraten, aber es war nicht von der Hand zu weisen, dass sie ein Motiv gehabt hatte und durch ihre Arbeit auch die Möglichkeit, sich die Mordwaffe, sprich das Gift, zu beschaffen.

Und die beste Gelegenheit zur Tat hatte sie auch gehabt.

Emma warf einen unschlüssigen Blick auf die Uhr. Kurz vor elf. Zu spät, um den Kommissar anzurufen. Und doch musste sie dringend mit ihm sprechen, also schrieb sie ihm eine Textnachricht und bat darum, er möge sich am nächsten Morgen bei ihr melden. Dann legte sie das Telefon seufzend beiseite und räumte den Tisch ab. Sie stellte gerade das Geschirr in die Spülmaschine, als das Handy klingelte.

Emma ging ran. «*Buonasera, commissario!* Sie sind aber noch spät unterwegs.»

«Das könnte man von Ihnen auch sagen, Frau Ferrari. Was gibt es denn so Dringendes?»

«Ich habe etwas, dem ich gern nachgehen würde, aber ich glaube, dass das in diesem Fall besser Sie tun sollten», begann sie vorsichtig.

«Nanu? Es ist sonst nicht Ihre Art, das Zepter aus der Hand zu geben.»

«Das ist dieses Mal auch wirklich nicht so einfach. Ich möchte niemanden in Schwierigkeiten bringen, und Sie selbst waren mit Frau von Hohenfels heute ja sehr diskret, also verstehen Sie das sicher, aber da ist etwas …»

«Nur immer raus mit der Sprache», ermunterte er sie. «Ich werde niemanden an den Pranger stellen, nur weil Sie irgendetwas gehört haben.»

«Also gut.» Zwar war es mehr als nur gehört, dennoch … So vorsichtig wie möglich schilderte ihm Emma die Situation um die Tropfen ihrer Apothekerin und formulierte die Schlüsse, Isadora betreffend, die sie daraus zog.

«Ihnen ist aber klar, dass hier das Drogendezernat zuständig ist, oder?»

Emma holte zischend Luft. Das hatte sie eigentlich vermeiden wollen.

«Also eigentlich gehören ihr die Pflanzen ja gar nicht alle», improvisierte sie spontan. «Sie hat sie nur für uns in Pflege genommen und uns die Tropfen immer umsonst gegeben, und wir wollten so einen Verein gründen … wegen der Gesetze …»

Der Kommissar schwieg, sie glaubte, ihn schmunzeln zu hören. «Ich sagte, das sei die Zuständigkeit der Drogenermittler, nicht, dass ich sie einschalten würde. Es ist offensichtlich kein Schaden aus Frau Artzts Tätigkeit entstanden …»

«Im Gegenteil», unterbrach Emma ihn erleichtert.

«Das Opfer hat Ihre Apothekerin also erpresst», fasste Gieseking nüchtern zusammen, ohne weiter darauf einzugehen.

«*Esatto.*» Sie lauschte gespannt auf seine Reaktion und hoffte, dass sie ihn nicht direkt darum würde bitten müssen, sich der Sache anzunehmen.

«Und was schließen Sie daraus?»

Wollte er sie veräppeln?

«Was schließen Sie denn daraus?», konterte sie.

Gieseking lachte leise ins Telefon. «Aus Ihrem Anliegen schließe ich, dass Sie mit Frau Artzt gesprochen, aber nichts Konkretes erreicht oder erfahren haben. Und nun spielen Sie den Ball in mein Feld, was für Sie eher untypisch ist, so wie ich Sie kennengelernt habe. Das kann nur eins bedeuten: Sie möchten, dass ich für Sie die Kastanien aus dem Feuer hole.»

«Sie haben doch sicher am Sonntag gleich noch mit ihr geredet?» Es ärgerte Emma, dass der Kommissar ihre Taktiken stets durchschaute, das gelang sonst niemandem so regelmäßig und treffsicher. Doch damit hatte sie bereits bei den Ermittlungen im Jahr zuvor zurechtkommen müssen.

«Ja, das haben wir.»

«Aber ohne das Wissen von heute Abend.»

«Natürlich», gestand er mit einem Schmunzeln in der Stimme ein. «Was, wie Sie richtig vermuten, ein neues Licht auf die Sache wirft.»

«Dann werden Sie sich noch mal mit Frau Artzt unterhalten?»

«Ich frage mich gerade, aus welchem Grund Sie dieses Gespräch mir überlassen wollen. Sie haben bereits mit ihr gesprochen – warum tun Sie es nicht wieder?»

Emma holte Luft und entschloss sich, die Wahrheit zu sagen. «Es ist mir unangenehm.»

Einen Moment herrschte Schweigen in der Leitung. Ihr Eingeständnis hatte den Kommissar anscheinend überrascht.

«Ist Ihnen das Telefon aus der Hand gefallen? Oder sind Sie ohnmächtig geworden?» Die Flucht nach vorn war vielleicht der beste Weg aus dieser Verlegenheit.

Gieseking lachte. «Dass Ihnen mal eine Unterhaltung peinlich sein könnte, hätte ich einfach nicht erwartet, aber ich nehme an, das hat damit zu tun, dass Sie zu den Kundinnen von Frau Artzt gehören.»

«So ungefähr.»

«Sie möchten es sich nicht mit ihr verscherzen für den Fall, dass Sie mit Ihrer Mutmaßung falschliegen, nicht wahr?»

Emma seufzte übertrieben auf. «... falls ich tatsächlich falschliegen sollte, genau.»

«Was Sie für unwahrscheinlich halten. Ich verstehe.»

«Sie etwa nicht?»

Gieseking blieb ihr eine Antwort darauf schuldig. «Ich melde mich morgen bei Ihnen, Frau Ferrari», sagte er stattdessen. «Jetzt wünsche ich Ihnen erst mal eine gute Nacht.»

«*Buonanotte, commissario.*»

11. KAPITEL

Buongiorno, Herr Stiller. So früh unterwegs?»

Der Fremde, der für Emma inzwischen fast zum gewohnten Bild auf dem Dorfplatz von Himmelsricht gehörte, war an diesem Morgen der erste Kunde. Insgeheim fragte Emma sich, warum er nicht bei Lisa Mangelkramer im Café frühstückte, wo er viel mehr Auswahl hätte als bei ihr, doch sie freute sich natürlich über seine Treue.

«Es ist so ein wunderbarer Morgen, den wollte ich nicht im Bett verbringen.» Der alte Herr lächelte sie verhalten an und wies auf die kleine Sitzgruppe vor dem Schaufenster. «Ich fühle mich hier schon wie zu Hause.»

«Wie schön. Was darf ich Ihnen bringen?»

«Ich hätte gern einen Cappuccino und etwas Süßes dazu.»

Emma brachte ihm zum Getränk eins der Hörnchen, die sie jeden Morgen von Lisa geliefert bekam. Dazu stellte sie einen kleinen Strauß Wiesenblumen, die sie heute Morgen bei ihrem täglichen Spaziergang gepflückt hatte.

Stiller sah auf und strahlte sie an. «Wie hübsch, danke sehr. – Sind Sie in Eile?»

«*No*. Heute Morgen nicht. Donnerstag ist meist der ruhigste Tag der Woche, und es steht nichts Besonderes an. Wieso?»

«Trinken Sie einen Cappuccino mit mir?»

«Gern.»

Sie freute sich darüber, dass der ältere Herr ihre Gesellschaft offenbar genoss, und ging in den Laden, um sich selbst einen Cappuccino zu machen.

«Wann kommt denn Ihre Kollegin, um Sie zu unterstützen?», erkundigte sich Lennart Stiller, nachdem Emma sich mit ihrer Tasse auf den Stuhl ihm gegenüber gesetzt hatte.

«Anna? Die hat ihre Kids zur Schule gefahren und geht anschließend zum Zahnarzt. Das wird heute wohl später bei ihr. Warum fragen Sie?»

«Ich möchte Sie nicht allzu sehr beanspruchen ... wenn Sie also zu tun haben ...»

«... dann sage ich Bescheid, Herr Stiller.» Emma nahm einen Schluck. «Ich freue mich, dass Sie sich hier so wohlfühlen.»

«Das tue ich wirklich.» Er zupfte kleine Krümel von seinem Croissant und warf sie den Spatzen zu, die sich sofort lautstark darum zankten. «Wo ist denn Ihr Kater heute Morgen? Neulich hat er mir beim Frühstück Gesellschaft geleistet, sehr zum Leidwesen meiner gefiederten Freunde.»

«Hugo schläft.» Sie hatte ihn schnarchen gehört, als sie von ihrem Spaziergang zurückgekommen war. «Vermutlich war die Nacht sehr anstrengend.»

Lennart Stiller schwieg und ließ seinen Blick über den Platz wandern. Er schien nachzudenken.

«Ich hatte noch nie ein Haustier», sinnierte er leise. «Mein Leben war zu turbulent dafür. Leider. Aber nun denke ich darüber nach, mich zur Ruhe zu setzen.»

Emma lächelte. Wenn er sich ihr anvertrauen wollte, dann durfte er das gern tun. Sie war es gewohnt zuzuhören, die Geschichten ihrer Kundinnen und Kunden zu kennen. Und sie für sich zu behalten.

Stiller nahm nun selbst einen Bissen von seinem Frühstückshörnchen und blickte weiterhin versonnen über den Dorfplatz, während er bedächtig kaute.

«Hier könnte es mir gefallen. Es ist ruhig, aber nicht zu sehr, man findet sicher schnell Anschluss, wenn man möchte, kann aber für sich sein, wenn man es braucht.»

«Besser hätte ich es nicht ausdrücken können.»

«Sie sind auch nicht von hier, nicht wahr?»

«Gut erkannt.» Sie lachte. «Mich hat die Liebe hierhergebracht.»

«Wenn das nicht der schönste aller Gründe ist ...»

Sie saßen eine Weile plaudernd vor dem Lädchen, dann unterbrachen die ersten Tagestouristen die stille Zweisamkeit, und Emma verabschiedete sich von ihrem neuen Bekannten.

Der Mann berührte etwas in ihr, von dem sie nicht sagen konnte, was es war. Seine väterliche Ausstrahlung vielleicht, oder eine gewisse traurige Aura, die er mit sich herumtrug. Auf jeden Fall gefiel ihr seine Eröffnung, sich vielleicht in Himmelsricht niederlassen zu wollen. Falls er das tat, würden sich bestimmt interessante Gespräche mit ihm ergeben.

Gegen elf Uhr betrat Anna grinsend den Laden – mit Kommissar Henrik Gieseking im Schlepptau.

«*Buongiorno, commissario*. Schon ausgeschlafen?»

«Bei Ihnen war es ja wohl auch eine kurze Nacht.»

«Konnten Sie schon ...»

Gieseking nickte, und Emma überließ Anna den Laden, um sich mit ihm in die Teeküche zurückzuziehen.

«Ja, ich habe mit Frau Artzt gesprochen», begann er, als sie die Tür hinter ihnen geschlossen hatte.

«Und?»

Er wiegte den Kopf hin und her und setzte sich auf den angebotenen Stuhl. «Schwer zu sagen. Tatsache ist, Frau Artzt stellt ein Cannabisprodukt her ...»

«Wird sie deswegen jetzt Schwierigkeiten bekommen?», unterbrach Emma ihn alarmiert. Er hatte ihr zugesagt, dass das nicht der Fall sein würde.

«Nicht von mir. Allerdings hätte ein anonymer Tipp an falscher Stelle durchaus Konsequenzen haben können. Der Wortwechsel zwischen dem Opfer und ihr am Sonntag auf dem Podest drehte sich tatsächlich darum. Isadora von Hohenfels hat ihre Apothekerin nochmals daran erinnert, was sie weiß, und bekräftigt, dass sie bereit sei, dieses Wissen auch entsprechend einzusetzen. Das hat mir Frau Artzt bestätigt.»

«Demnach hatte Doro also tatsächlich berechtigte Angst davor, von Isadora angeschwärzt zu werden. Das ist ein ausreichendes Mordmotiv. Wer weiß, ob die Freifrau sie nicht weiter erpresst hat, vielleicht wollte sie mehr von Doro als nur die Tropfen. Vielleicht ist Isadora unverschämt geworden, hat Forderungen gestellt. Und Doro hat ihr, um den Verrat abzuwenden, die vergifteten Amarettini-Krümel über das Risotto gestreut.»

«Hat sie diese Kekse bei Ihnen gekauft?»

Emma hob unbestimmt die Schultern. «Irgendwann vielleicht ...»

Der Kommissar fixierte sie mit kritischem Blick. «Frau Ferrari, ich mache Sie darauf aufmerksam, dass mein persönlicher Fokus bei dieser Ermittlung aktuell auf mindestens einer anderen Person liegt. Und Sie wissen, dass das nicht ohne triftigen Grund der Fall ist.»

Emma musste ihm da leider recht geben. Trotzdem wollte sie das nicht so stehen lassen. «Ich weiß, dass in den letzten Tagen eine Menge potenziell verdächtiger Personen bei Konstanze ein und aus gingen. Und jede dieser Personen hätte die Möglichkeit gehabt, die vergifteten Kekse in ihrer Speisekammer zu deponieren. Oder nicht?»

«Welche dieser Personen hat denn Amarettini von Ihnen bezogen?»

«Oh, irgendwann hat die wahrscheinlich jeder im Dorf mal bei mir gekauft.»

Emma wusste, dass sie sich herausredete. Was, wenn sie sich tatsächlich irrte? Diesen Zweifel hatte sie auch gestern Abend gehabt, als sie mit Veronika über das Thema gesprochen hatte.

«Und ... letztes Jahr habe ich Sie gefragt, ob sie mich für so dumm halten würden, meinen Vermieter in meinem eigenen Laden zu ermorden. Jetzt frage ich Sie, ob Sie Konstanze wirklich für so dumm halten, die Beweise in Form des Mordwerkzeugs offen bei sich zu Hause herumliegen zu lassen.»

Der Kommissar schwieg eisern, ließ aber den Blick nicht von ihr.

«Wenn sie Isadora vergiftet hat, hätte sie noch am Sonntag einfach alles in einen der Mülleimer im Zelt werfen können. *E via!*»

«Unsere Spurensicherung hat alles an verdächtigem Material mitgenommen. Wir hätten die Amarettini trotzdem gefunden.»

«Aber nicht zuordnen können!», triumphierte Emma. «Jedenfalls nicht so persönlich, wie das jetzt der Fall ist.»

Angespannt beobachtete sie den Kommissar, doch er ließ

sie nicht hinter sein Pokerface blicken, sondern machte nur «Hm».

«Und Frau Artzt hatte Angst um ihre Apotheke», argumentierte sie weiter. «Schließlich stand ihre Existenz auf dem Spiel. Menschen morden aus geringeren Gründen, oder nicht? Und was ist eigentlich mit den Jurymitgliedern? Hatte jemand von denen in irgendeiner Form eine Verbindung zu Isadora? Das könnte doch sein. Sie waren ja gestern selbst dabei, als sich herausgestellt hat, wer die harmlosen Touristen in Wahrheit sind. Vielleicht ist ja auch diese Koch-mich-Lady mit ihr verwandt?»

«Ist sie nicht, das haben wir bereits geprüft.»

«Ah. Aber lassen Sie uns nicht den möglichen Enkel von Isadora vergessen.»

Emma hielt mit ihrem Blick den des Kommissars, als könnte sie ihn hypnotisieren und von ihrer Meinung überzeugen, doch sie ahnte, dass das nicht klappen würde.

«Haben diese Leute auch Amarettini bei Ihnen gekauft?»

«Nein, aber die Sorte bekommt man nicht nur bei mir. Wer weiß, wo er suchen muss, kann die auch übers Internet bestellen. Was ist eigentlich mit dem Gentest?»

Der Kommissar seufzte. «Noch steht das Ergebnis nicht fest, und wir können nicht mit Sicherheit sagen, dass eine Verwandtschaft und damit ein möglicher Erbanspruch besteht.»

«Aber falls doch, wäre es nicht ein geschickter Schachzug, Konstanze die Beweise unterzujubeln? Ich hab das im Gefühl ...»

«Frau Ferrari, wenn ich nur nach meinem Bauchgefühl ermitteln würde, käme ich nicht weit. Mir geht es um Fakten, und da ist Frau von Hohenfels momentan in Führung.

Ich verhafte sie nicht, weil aus meiner Sicht keine Fluchtgefahr besteht und die Beweislage das noch nicht hergibt, aber Sie wissen so gut wie ich, dass bei ihr alle Indizien stimmen. Sie hatte ein Motiv, die Mittel und die Möglichkeit. Mir wäre es lieber, Sie würden sich nicht so auf die Unschuld von Konstanze von Hohenfels versteifen. Ihre Objektivität leidet darunter, dass Sie die Hauptverdächtige persönlich schätzen und einfach nicht glauben wollen, dass sie eine Mörderin sein könnte.»

Daran hatte Emma erst einmal einen Moment zu schlucken.

«Ja, das ist eine Sache des Instinkts», gab sie schließlich zu. «Aber darauf konnte ich mich bisher immer zu einhundert Prozent verlassen. Und es ist wirklich fraglich, warum Konstanze das gerade jetzt hätte tun sollen, bei diesem öffentlichen Event, wo jeder sie hätte sehen können, wo ihr Hunderte von Augen auf die Finger geguckt haben.»

«Sie vergessen, dass all die Hunderte von Augen abgelenkt waren.»

«Das konnte sie aber nicht vorhersehen.»

«Das macht sie nicht weniger verdächtig.»

Dem hatte Emma nichts entgegenzusetzen.

«Wir drehen uns im Kreis», resümierte der Kommissar und erhob sich. «Ich werde nicht den Fehler machen, unsere Ermittlungen nur auf Frau von Hohenfels zu konzentrieren, aber ich werde auch nicht den Fehler machen, sie von vornherein als Verdächtige auszuschließen, nur weil sie Ihnen so sympathisch ist.»

Niedergeschlagen nickte Emma. Es gefiel ihr gar nicht, dass sie keinerlei stichhaltige Argumente fand, die sie denen des Kommissars entgegenstellen konnte. Am schlimmsten war für sie jedoch die Tatsache, dass ihr felsenfester Glaube an Konstanzes Unschuld ein winzig kleines bisschen angefangen hatte zu bröckeln.

Nachdenklich saß Emma etwas später an einem der Bistrotische in ihrem Laden. Sie und Kommissar Gieseking waren in einer gewissen Verstimmung auseinandergegangen. Anna hatte zwar versucht, ihre Freundin aufzuheitern, doch es war ihr nicht wirklich gelungen. Zu tief saß der Stachel, den die letzten Entwicklungen in Emmas Herz getrieben hatten.

«Ich sage Helene, dass sie in der Mittagspause rüberkommen soll», beschloss Anna kurzerhand. «Wir müssen was unternehmen. So geht das nicht weiter. Entweder Konstanze war es, dann müssen wir das wissen, oder sie war es nicht, dann müssen wir ihre Unschuld beweisen. Und zwar möglichst bald.»

Emma nickte, sagte aber nichts dazu. Es bedrückte sie nicht nur, dass sie an Konstanzes Unschuld zu zweifeln begann, sondern ebenso, dass sie vielleicht wirklich nicht mehr objektiv sein konnte. Was, wenn sie so verbohrt an etwas Falsches glaubte, dass sie die Wahrheit nicht erkannte? Wenn sie einer unschuldigen Person hinterherjagte, weil sie die Tatsachen nicht sehen wollte? Beinahe erschien ihr die Situation mittlerweile verfahrener als im vergangenen Jahr, als sie selbst die Hauptverdächtige gewesen war. Damals hatte sie immerhin sicher sein können, dass sie unschuldig war.

Als Helene etwas später zu ihnen herüberkam, saßen die drei Frauen erst eine Weile wortkarg in der Teeküche und stocherten in den Gnocchi mit Pistazienpesto, die Emma als rasches Mittagessen zubereitet hatte. Erst als Helenes

Telefon den Eingang einer Nachricht signalisierte, kam Bewegung in Emmas Freundin. Sie las, grinste dann breit und antwortete mit flinken Fingern.

«So», sagte sie schließlich zufrieden. «Damit wäre ein großer Schritt getan.»

«Was meinst du?» Anna halbierte eins der Kartoffelklößchen und fuhr durch das Pesto.

«Benedikt kommt heute Abend vorbei», verkündete Helene triumphierend. «Und er hilft uns bei der Suche nach dem Mörder.»

«Wie soll er das denn machen?» Emma ließ sich dieses Mal nicht so schnell aus ihrem Tief holen. Sie hatte keine Ahnung, was der junge Journalist dazu beitragen sollte, den Fall Isadora von Hohenfels aufzuklären. «Mach dir lieber einen schönen Abend mit ihm, statt über Tote zu reden.»

«Papperlapapp. Und jetzt hör auf, so ein Gesicht zu ziehen, wir kriegen das hin. Sie haben schließlich im *Bayerischen Tagblatt* auch über den Fall berichtet und Zeugen dazu aufgerufen, sich zu melden.»

«Ja, bei der Polizei», sagte Anna.

«Macht nichts. Vielleicht hat ja irgendjemand trotzdem bei der Zeitung angerufen. Eins ist für mich auf jeden Fall klar: Benedikt war dabei, als es passierte. Er ist Journalist, und er ist daran gewöhnt, genauer hinzuschauen. Wir sollten uns mit ihm abstimmen, wer wann was gesehen oder gehört hat.»

So beschwingt, wie Helene nun ihren Teller leerte, hätte Emma sich gern gefühlt. Davon war sie weit entfernt. Allerdings rechnete sie es ihrer jüngeren Freundin hoch an, dass sie sich so engagierte und dafür sogar ein privates Treffen zweckentfremdete.

«Das ist sicher eine gute Idee», bestätigte sie daher. «Danke, dass du dafür sogar dein Date opferst.»

Helene winkte ab. «Das Opfer ist gar nicht so groß. Benedikt ist mir sympathisch, aber mehr auch nicht. Bisher jedenfalls nicht. Wer weiß, vielleicht funkt es ja, wenn er den Mörder findet.»

«Oder die Mörderin», murmelte Anna und sah von ihrem Teller auf. «Was ist denn eigentlich mit dieser komischen Familie – diesem Neffen von Konstanze? Hast du denen mal richtig auf den Zahn gefühlt, Emma?»

Die schüttelte mit vollem Mund den Kopf. «Nein», sagte sie, als sie wieder sprechen konnte. «Seitdem sie die Bombe haben platzen lassen, habe ich sie nicht mehr gesehen. Aber ich habe dem Kommissar versprochen, dass ich erst dann mit ihnen reden werde, wenn feststeht, dass er auch wirklich Isadoras Enkel ist.»

«Und der Kommissar?», fragte Helene.

«Er hat mir dazu nichts gesagt, aber ich bin überzeugt, dass er dieser Spur auch nachgeht. Das sind ein paar Zufälle zu viel, oder nicht?»

«Und Erbschaft ist immer ein gutes Motiv», fügte Anna hinzu.

«Dazu müssten sie aber sicher sein, dass Herr Klimpel als Enkel was bekommt», gab Helene zu bedenken.

«Ich hab mich gestern Abend mit Georg über diese gesetzlichen Bestimmungen unterhalten. Wenn Isadora kein Testament gemacht hat, wäre ihr Enkel tatsächlich erbberechtigt.»

«Es gibt ein Testament.» Emma nickte. «Das habe ich vergessen, euch zu erzählen, entschuldigt. Konstanze hat es bei Isadoras Unterlagen gefunden. Sie ist die Alleinerbin.»

«Aber sie bekommt natürlich nichts, wenn sie des Mordes überführt wird, das sagt zumindest Georg», spann Anna den Gedanken weiter. «Damit konnte der Enkel rechnen, drum hat er die Reste von seinen Giftkeksen in ihrer Speisekammer versteckt.»

Emma nickte. «So sehe ich das auch.»

Helene drehte ihre Gabel zwischen den Fingern. «Was ich nicht verstehe – dass ein Mann vielleicht nicht weiß, dass er ein Kind hat ... okay. Aber eine Mutter? Unmöglich. Isadora hätte also damit rechnen müssen, dass da mal jemand auftaucht, oder nicht? Warum hat sie ihn nicht im Testament bedacht?»

Emma hob die Achseln. «Vielleicht war sie mit dem Vater des Kindes so zerstritten, dass sie angenommen hat, nie mehr was von diesem Zweig der Familie zu hören. Oder sie wollte ihm einfach nichts vererben, weil sie seit Jahrzehnten keinen Kontakt mehr hatten.»

«Aber welche Mutter gibt denn einfach den Kontakt zu ihrem Kind auf?» Anna schüttelte verständnislos den Kopf. «Ich kann so etwas im Leben nicht nachvollziehen. Und das muss sehr lange her sein, ist also nicht so, dass die sich im Erwachsenenalter gestritten und entzweit hätten. Das gibt's auch, und das ist traurig genug. Aber Konstanze wusste offenbar nichts von diesem Halbbruder, also muss der Kontakt zwischen ihm und Isadora sehr früh abgerissen sein. Dein eigenes Kind nie wiederzusehen – stellt euch das mal vor!»

Das konnte Emma nicht. Und sie wollte es auch nicht. Allein der Gedanke, nie wieder mit Raffaella zu sprechen, ließ es ihr eiskalt den Rücken herunterlaufen. Ein Kind zu verlieren, auf welche Weise auch immer, überstieg ihr Vorstellungsvermögen.

«Die Klimpels haben seit Samstagabend auf dem Gut gewohnt», wechselte sie auf die Sachebene zurück.

«Richtig.» Anna trank einen Schluck Wasser. «Und jeder, der Augen im Kopf hat, kann erkennen, dass es wirtschaftlich nicht gut um das Anwesen steht, oder seht ihr das anders?»

«Du meinst, dass die sich vielleicht gar kein Erbe ausgemalt haben?» Helene schob ihren leeren Teller beiseite.

«Möglicherweise. Das würde aber eher gegen sie als Täter sprechen.»

Emma schüttelte entschieden den Kopf. «Das würde tatsächlich keinen Sinn ergeben, aber überlegt mal: Wiesen, Felder, Wälder, das Haus ... Konstanze mag Schulden haben, aber Werte sind da. Sie macht das ja nur deshalb nicht zu Geld, weil sie persönlich daran hängt. Bei einem entfernten Erben, für den all das keine emotionale Bedeutung hat, sieht das ganz anders aus.»

«Stimmt.» Helene knabberte wie üblich, wenn sie nachdachte, an ihrer Haarsträhne. «Der verscheuert den ganzen Plunder und streicht das Geld ein.»

«Und dann *buonanotte* und *amen*. Genau das meine ich. Da wäre es sehr praktisch, wenn Konstanze als Mörderin dasteht ...»

«... und der gesamte Besitz an den nächsten lebenden Verwandten geht», ergänzte Anna.

«Seht ihr?» Emma hob beide Hände in einer Sag-ich-doch-Geste. «Drum werde ich diese Leute auf keinen Fall aus den Augen verlieren. Ich warte nur auf das Ergebnis des Gentests.»

Helene und Benedikt Kramer stießen abends zu Emma und Anna, nachdem sie vorher bei Bärbel einen riesengroßen Pärcheneisbecher vertilgt und sich köstlich unterhalten hatten – Dorftratsch hin oder her. Das flüsterte Helene Emma ins Ohr, als sie sich begrüßten.

«Er ist wirklich nett», schloss sie und zwinkerte verschmitzt. «Mal sehen, wie er sich als Ermittler schlägt.»

Der Einfachheit halber hatte Emma vorgeschlagen, ihren Balkon als Treffpunkt zu nutzen. Therese hatte an diesem Abend keine Zeit, dabei zu sein, weil sie mit ihrer Tochter Adelheid ins Nachbardorf zu einer kranken Bekannten gefahren war. Also war der erste Stock für alle Beteiligten gut zu erreichen.

Emma hatte den jungen Journalisten bereits im vergangenen Jahr sehr sympathisch gefunden, als er eine Reportage über Himmelsricht geschrieben und dafür auch sie und ihr *Alimentari* besucht hatte. Der Bericht war so positiv ausgefallen, dass bis heute hin und wieder jemand zu ihr kam und sie darauf ansprach.

«*Buonasera*, Herr Kramer», begrüßte sie den jungen Mann, der etwas älter als Helene, also etwa Mitte dreißig sein mochte. «Wie schön, dass Sie uns helfen wollen.»

«Ich habe Ihren Ermittlungserfolg vom letzten Jahr gut im Gedächtnis, darum ist es mir eine Ehre, Frau Ferrari», antwortete er charmant und schenkte ihr ein warmes Lächeln. «Ich hoffe nur, ich kann dazu beitragen, etwas Licht ins Dunkel zu bringen.»

«Ja, das wird nicht einfach werden.» Emma seufzte. «Aber nennen Sie mich bitte Emma, ich fühle mich sonst so alt.»

«Oh, danke, gern! Ich bin der Benedikt.»

Nachdem sich alle einhellig auf das vertraute Du geeinigt

hatten, machten sie es sich auf dem Balkon bequem. Emma versorgte die Runde mit Getränken und Knabbereien, dann ließ sich Benedikt von den drei Frauen erst einmal auf den neuesten Stand bringen.

«Das klingt tatsächlich ziemlich verfahren», urteilte er, als Emma geendet hatte. «Da habe ich jetzt spontan keine Theorie oder so, aber ich habe während der Veranstaltung eine ganze Menge Fotos geschossen, und ich hab meinen Laptop mitgebracht, damit wir sie uns zusammen anschauen können. Bislang ist mir nichts Verdächtiges aufgefallen, aber vielleicht könnt ihr irgendwas entdecken, das eine Rolle spielt.»

«Das ist ein sehr guter Plan», lobte Anna und griff nach einem Stückchen Parmesan. «Da bin ich jetzt aber mal gespannt.»

Helene strahlte, als hätte Benedikt den Fall bereits aufgeklärt, und prostete ihm mit ihrem Wasserglas zu. Es rührte Emma, wie sehr sie mitfieberte, und sie bemerkte sehr wohl die Blicke, die zwischen den beiden hin und her gingen. Egal, wie die Spurensuche heute Abend enden würde, sie war überzeugt, dass Benedikt Kramer einen neuen Fan gewonnen hatte, und das freute sie sowohl für ihn als auch für ihre Freundin.

Wenig später saßen sie alle um Benedikts Laptop versammelt, naschten Grissini, Oliven und Salamischeiben und verfolgten die langsam ablaufende Diashow seiner Bilder. Sie kommentierten, wägten ab, ließen sich manche Bilder länger zeigen, sprangen vor und zurück und versuchten, Zusammenhänge zwischen den Personen festzustellen. Besonders die Hauptverdächtigen hatten sie im Visier: Doktor Rossmeier, Dorothea Artzt, die Klimpels und Konstanze von

Hohenfels. Wo standen sie wann an diesem Nachmittag? Mit wem sprachen sie? Wohin blickten sie?

Die norddeutsche Familie konnte Emma nur auf dreien der Bilder entdecken. Auf keinem waren sie gut genug zu sehen, um einen sinnvollen Schluss ziehen zu können.

«Sieh mal, Emma, da ist unser neuer Stammkunde.» Anna deutete auf ein Foto, das Lennart Stiller zeigte. Er stand an der Absperrung, die das Publikum von den Teilnehmern des Wettbewerbs trennte. «Aber wo im Zelt ist das?»

Benedikt scrollte hin und her, legte ein paar Bilder über- und nebeneinander und lehnte sich dann etwas zurück, um den Frauen einen besseren Blick auf seinen Bildschirm zu gewähren. Er griff nach seinem Proseccoglas. «Meiner Meinung nach steht er genau gegenüber von Isadoras Podest. Seht ihr?»

«Und er sieht sie an. Eindeutig. Schaut mal! Die beiden haben Blickkontakt!» Helene wies mit ausgestrecktem Zeigefinger auf den Bildschirm.

«Das ist kurz vor dem Moment, in dem das Feuer ausbrach», rekonstruierte Benedikt anhand der Zeitstempel.

Die drei Frauen tauschten vielsagende Blicke, was ihm nicht entging.

«Was ist? Hat das was zu bedeuten?» Er sah ebenfalls fragend von einer zur anderen und stellte sein Glas ab. «Ist er einer eurer Verdächtigen?»

Emma schüttelte den Kopf. «Nein, bisher nicht. Aber wir wissen nichts von ihm, außer dass er nicht von hier ist und sich seit einigen Tagen im Dorf aufhält. Er kommt regelmäßig zu uns, um zu frühstücken, verhält sich absolut normal und ist ansonsten völlig unauffällig.»

«Das muss nichts heißen», meinte Benedikt. «Er könnte

von da, wo er gestanden hat, leicht unter der Absperrung durchgeschlüpft und zu Isadora auf das Podest gestiegen sein, als das Feuer alle anderen abgelenkt hat. Ich suche mal weiter, ob ich noch was finde.»

«Aber wie Emma schon sagte, er ist nicht von hier», wiederholte Helene skeptisch und griff sich geistesabwesend ein Stückchen Käse. «Und er wird wohl kaum ein weiterer verschollener Verwandter von Isadora sein. Was sollte er für ein Motiv haben?»

«Das müssten wir rausfinden», meinte Anna. «Mich erinnert er an jemanden, und mir fällt einfach nicht ein, an wen. Allerdings verflüchtigt sich der Eindruck mit jedem Tag, an dem ich ihn sehe, ein bisschen mehr.» Sie zuckte entschuldigend die Achseln. «Bald werde ich denken, es liegt daran, dass ich ihn ständig sehe.»

«Ich finde nichts», ließ Benedikt verlauten. «Als der Topf in Flammen aufging, habe ich dort draufgehalten. Keine Ahnung, wo dieser Mann währenddessen war.»

«Das heißt dann aber auch, dass wir keinen Beweis haben, dass er die Gelegenheit *nicht* genutzt hat. Ich muss unbedingt mit ihm sprechen», resümierte Emma mit leisem Grummeln im Bauch. Wieder ein Verdächtiger, der ihr eigentlich sympathisch war. Wo war ihre Menschenkenntnis geblieben?

«Und seht ihr?», fuhr Benedikt fort und wies auf ein Bild, auf dem die Menge zu sehen war. «Alle, aber wirklich alle Anwesenden haben in Richtung des Feuers geschaut, kein einziger der Besucher hatte den Blick auf Isadora gerichtet. Was für eine Gelegenheit.»

«Tja … wenn wir nur wüssten, wer diese Chance genutzt hat. Sogar Isadora hat sich davon ablenken lassen und nicht gesehen, wer ihr nach dem Leben trachtete.» Emma lehnte sich resigniert zurück. So sehr hatte sie sich erhofft, irgendeinen Hinweis zu finden, doch da war nichts. Rein gar nichts. *Niente*.

Bei ihnen allen war irgendwie die Luft raus, hatte sie das Gefühl. Nur ihre Höflichkeit und der Respekt gegenüber dem jungen Journalisten, der an diesem Abend seine Freizeit opferte, hinderten sie daran, seine Bemühungen abzubrechen.

Benedikt warf Helene ein verstohlenes Lächeln zu und scrollte weiter.

«Einen Moment!», rief Anna da. «Kann ich das noch mal sehen?»

«Was meinst du?»

«Das Foto vorher – zeig mir das bitte noch mal.»

Geduldig klickte er zurück. «Ich sehe nichts Besonderes», sagte er, drehte Anna aber den Bildschirm zu, damit sie die Details besser erkennen konnte.

«Und jetzt wieder das andere.»

Auch diesem Wunsch kam er nach.

«Kannst du die beiden mal direkt nebeneinanderlegen?»

Benedikt erfüllte Annas Bitte. Helene starrte neugierig auf die Bilder. Emma hatte keine Ahnung, worauf Anna hinauswollte. Doch sie kannte den scharfen Blick ihrer besten Freundin und war gespannt, was diese entdeckt haben mochte.

«Seht ihr das?», fragte Anna und deutete auf die Fotos.

Beide zeigten Isadora von Hohenfels auf ihrem Platz. Beim ersten Bild saß sie aufrecht wie ein Fünf-Sterne-General und überblickte die Geschehnisse, als müsste sie ein Regiment kommandieren. Beim zweiten Bild lag sie vornübergebeugt mit dem Gesicht in ihrem Teller. Zwischen den beiden Fotos lagen laut Zeitstempel sieben Minuten.

«Ich habe leider absolut keine Ahnung, was du meinst», gestand Emma und unterdrückte mühsam ein Gähnen. «Bis auf den Umstand, dass der Mord genau zwischen diesen beiden Aufnahmen passiert ist, kann ich nichts Ungewöhnliches erkennen.»

«Ja, schade», stimmte Benedikt zu. «Hätte ich das geahnt, hätte ich die Kamera ununterbrochen auf Isadora gehalten. Dann hätten wir vielleicht gesehen, was wirklich passiert ist. Oder vorher auf Konstanze, als sie das Essen zubereitete. Oder auf eure Apothekerin, die es ihr gebracht hat. So haben wir nur einen Haufen Bilder, die uns kaum weiterhelfen.»

Helene strich ihm tröstend über den Arm. «Unsinn», sagte sie resolut. «Woher hättest du das denn wissen sollen?»

Er schenkte ihr ein dankbares Lächeln, doch Anna unterbrach die Szene.

«Schaut doch mal genau hin – das ist wie ein Wimmelbild, bei dem man den Unterschied erkennen muss. Wenn man es weiß, ist es ganz einfach.»

«Jetzt spann uns nicht so auf die Folter, Anna!» Helene vergaß offensichtlich, wie gern sie selbst das manchmal tat.

«Die Zeltplane im Hintergrund. Vorher waren die beiden Teile geschlossen, nachher klaffen sie auseinander.»

Alle starrten gespannt auf das Detail, das nur Anna bemerkt hatte. Und ja, nun war es tatsächlich auch für die anderen offensichtlich. Die Öffnung, durch die Isadora das Zelt betreten hatte, war auf dem ersten Bild zu, die beiden Planenteile überlappten sich. Auf dem zweiten klaffte eine

Lücke, und eine Seite hing etwas schräg, als würde sie jemand von außen festhalten.

«Ist das da der Umriss einer Person, die draußen steht?» So sehr Emma ihre Augen auch anstrengte, sie konnte es nicht genau erkennen. «*Mannaggia*, ich werde alt!»

Anna legte den Kopf schief. «Könnte sein. Aber es ist absolut nicht zu sagen, ob groß oder klein oder Mann oder Frau oder ob da jemand nur gerade vorbeigegangen ist.»

Emma lehnte sich wieder zurück. «Wie seht ihr das? Benedikt – du bist von uns allen der Neutralste. Was könnte das heißen?»

Der junge Mann errötete leicht, das erkannte Emma trotz der einsetzenden Dämmerung.

«Na ja», begann er unsicher und rieb sich über den Nasenrücken. «Wenn ich einfach mal vor mich hin überlegen soll, dann würde ich sagen, dass jemand von draußen hereingekommen sein könnte, als alle abgelenkt waren. Hätten wir Bilder von der Zeit dazwischen, könnten wir sehen, wer das war, aber da wir das nicht wissen, sind sowohl die Apothekerin als auch der Arzt weiter im Visier.»

«Und der Enkel», fügte Anna hinzu.

«Doktor Rossmeier war gleich nach dem Brand bei der Köchin, oder? Da kann er kaum kurz vorher draußen hinter dem Zelt gewesen sein. Bei den vielen Leuten hätte er es nie geschafft, so schnell zur Stelle zu sein.» Helene sah sich fragend um. «Hab ich recht?»

«Hast du.» Anna nickte. «Allerdings ist das für mich auch eindeutig ein Punkt, der für Konstanzes Unschuld spricht. Sie konnte ja wohl kaum am Herd und gleichzeitig hinter dem Zelt stehen.»

«Ha!» Emma grinste triumphierend. «Das wird dem

Kommissar nicht gefallen. Irgendjemand war da draußen, wir müssen nur herausfinden, wer. Da hat sich dieser Abend mal so richtig gelohnt!»

«Wir haben Ergebnisse, und wir haben Zeit miteinander verbracht, das ist doch toll, oder?» Helene lächelte in die Runde.

«Da hast du recht. Andernfalls hätte ich wahrscheinlich nie die Gelegenheit gehabt, eine private Fotovorführung von dir zu bekommen, Benedikt.»

«Es war mir ein Vergnügen, Emma.» Er deutete im Sitzen eine kleine Verbeugung an. «Freut mich sehr, dass ich euch weiterhelfen konnte.»

«Das konntest du.» Emma klatschte in die Hände. «Wir haben jemanden hinter dem Zelt entdeckt, was auf Konstanzes Unschuld hindeutet. Und ich werde außerdem meinem neuen Stammkunden auf den Zahn fühlen, was es mit diesem Blick zu Isadora auf sich hat. Gleich morgen, wenn er wieder zum Frühstück kommt.»

12. KAPITEL

Ach, Emma ...» Konstanze klang recht deprimiert durchs Telefon.

«Was ist denn passiert?» Emma war alarmiert. Es war früh am Vormittag, und sie hatte bisher keine Zeit gefunden, den Kommissar über die Ergebnisse des vergangenen Abends zu informieren. Hatte es eine neue, dramatische Entwicklung gegeben? Sollte Konstanze nun verhaftet werden?

«Diese Leute ... mein angeblicher Neffe ... Ich finde es etwas anstrengend, diese fremde Familie im Haus zu haben. Das ist alles ein bisschen viel im Augenblick.»

«Das glaube ich Ihnen, Konstanze.» Emma hoffte, dass ihre Erleichterung nicht hörbar war. Keine Verhaftung. Aber dass dieser mögliche Neffe eine emotionale Belastung war, konnte sie sich lebhaft vorstellen. «Benehmen die sich denn wenigstens anständig?»

«Ja, ja, dagegen lässt sich nichts sagen. Sie sind zurückhaltend und unauffällig, zumindest soweit ein Mädchen in diesem Alter unauffällig sein kann. Aber allein die Tatsache ...» Sie ließ den Satz unvollendet.

Emma verstand auch so. Fremde bei sich wohnen lassen zu müssen, wäre unter diesen Umständen unangenehm genug gewesen. Aber diese Fremden behaupteten, Konstanze habe einen Bruder gehabt, der inzwischen verstorben sei und von dem ihre Mutter ihr nie erzählt habe. Und sie hatten ein astreines Mordmotiv.

«Aber das war es eigentlich gar nicht, weshalb ich anrufe. Sagen Sie ... was halten Sie davon, wenn wir uns mal mit Doktor Rossmeier unterhalten? Ich hätte da ein paar Fragen an ihn.»

Emma ging liebend gern auf das Angebot ein. Dieses Gespräch hatte sie längst führen wollen, aber es hatte sich bisher keine gute, unauffällige Gelegenheit ergeben. «Oh ja, ich auch. Aber er wird mir kaum irgendwelche Informationen geben.»

Konstanze von Hohenfels schnaubte unfein ins Telefon. «Aber mir.»

Und ganz nebenbei konnte sie Konstanze auch ein bisschen von ihren Sorgen ablenken, dachte Emma bei sich. «Einverstanden. Machen Sie einen Termin aus?»

Konstanze sagte zu, die beiden verabschiedeten sich, und Emma ließ das Telefon sinken. Nachdenklich trat sie ans Fenster. Die Tische draußen waren leer. Lennart Stiller war heute nicht wie sonst zum Frühstück erschienen.

Missmutig verschränkte Emma die Arme vor der Brust. Da hatte sie sich ein Herz gefasst und beschlossen, den Mann über ein paar Dinge zu befragen, und nun tauchte er nicht auf.

Als hätte er es gerochen!

Nicht, dass sie abergläubisch war, aber das war wirklich zu ärgerlich.

Das Smartphone in ihrer Hand klingelte. «Ja, Konstanze?»

«Wie sieht es bei Ihnen in einer halben Stunde aus?»

«Haben Sie eine Ahnung, wie lange so ein Gentest dauert?» Emma fragte nicht, warum Konstanze sie für die kurze Strecke zu Doktor Rossmeiers Praxis mit dem Auto abgeholt hatte, sondern kam gleich zum Thema, als sie auf dem Beifahrersitz des alten Benz Platz genommen hatte.

«Nein – Sie etwa?»

«Ich könnte den Kommissar anrufen und mich erkundigen.»

«Das wäre eine feine Sache. Je schneller ich das weiß, umso früher kann ich eine Entscheidung treffen und die drei auf die Straße setzen. Bei Straubs dürften wieder Zimmer frei sein.»

«Und Janina möchte sowieso gern ein paar Tage Ferien an einem Ort ihrer Wahl machen», setzte Emma hinzu.

«Oh ja, das verkündet die junge Dame bei jeder passenden und unpassenden Gelegenheit.»

«Weil wir es gerade mit den Klimpels haben ...» Emma war etwas eingefallen, das sie gestern im Kreis der Freundinnen besprochen hatten. «Sie sollten so bald wie möglich Ihren Notar aufsuchen und sich danach erkundigen, ob das Testament Ihrer Mutter tatsächlich rechtskräftig und nicht anfechtbar ist.»

Konstanze warf ihr einen scharfen Blick zu. «Ich habe für Montagmorgen einen Termin vereinbart. Ist das bald genug?»

«Bestimmt.» Emma schmunzelte. Die entschlossene, ja, beinahe grimmige Konstanze, die gerade neben ihr saß, gefiel ihr weitaus besser als die geknickte vorhin am Telefon.

Doktor Rossmeiers Praxis lag nicht weit vom Sportplatz am Rand von Himmelsricht im Erdgeschoss seines Privathauses. Die Patientenparkplätze waren allesamt belegt, also parkte Konstanze kurzerhand vor der Garage des Arztes.

«Er wird ja nicht gerade wegfahren wollen, während er mit uns spricht», meinte sie lapidar.

Und seine Frau konnte sich bei ihnen melden und darum bitten, den Weg zu räumen, fügte Emma im Geiste hinzu. Jeder im Dorf wusste, wem der Oldtimer gehörte, man würde Konstanze also ausfindig machen, wenn nötig.

Die Arzthelferin am Empfang der modern eingerichteten Praxis war offenkundig über ihren Besuch informiert und begleitete die beiden Frauen ohne Umweg über das Wartezimmer direkt in Doktor Rossmeiers Privatbüro. Zumindest ließ das ein in kreativer Unordnung befindlicher Schreibtisch vermuten, der den größten Teil des freien Platzes einnahm.

«Der Herr Doktor kommt gleich zu Ihnen», sagte sie, schenkte ihnen ein professionelles Lächeln und ließ sie in dem Büro zurück.

Emma setzte sich auf einen der beiden freien Stühle dem Tisch gegenüber. Konstanze tat es ihr gleich, legte ihre große Handtasche auf ihren Schoß und zog den Emma schon bekannten Packen Unterlagen daraus hervor, den sie im Safe gefunden hatte.

«Ich habe mich gestern intensiv mit diesen Daten auseinandergesetzt, aber ich verstehe einfach nicht, was ...»

Das Öffnen der Tür hinter ihnen ließ sie verstummen. Doktor Rossmeier kam herein, begrüßte sie beide zurückhaltend und ließ sich dann mit einem Seufzen auf seinen Sessel fallen. Er setzte die Brille ab und rieb sich die Augen.

Emma fand, er sah so müde aus, als hätte er einen überlangen Tag voller anstrengender Patienten hinter sich. Sie spürte, wie ein Gedanke aus ihrem Unterbewusstsein versuchte, in ihr hochzusteigen, doch sie bekam ihn nicht zu fassen.

«Frau von Hohenfels, Frau Ferrari ... was kann ich für Sie tun?»

Im Auto hatten sie beschlossen, dass Emma sich im Hintergrund halten sollte, also überließ sie Konstanze das Wort.

«Zuerst einmal herzlichen Dank, Doktor, dass Sie sich so schnell und unbürokratisch Zeit für mein Anliegen genommen haben.»

Rossmeier setzte die Brille wieder auf. «Sie haben es ja auch entsprechend dringlich gemacht.»

«Sie werden verstehen, dass es für mich wirklich dringend ist», sagte Konstanze ungerührt. «Schließlich geht es um den Tod meiner Mutter und darum, dass ich verstehen möchte, was es mit ihrem Gesundheitszustand auf sich hatte. *Wirklich* auf sich hatte, meine ich.» Sie warf Rossmeier einen scharfen Blick zu, zog ein paar Blätter aus ihrem Stapel und hielt sie dem Arzt entgegen. Emma erkannte den Briefkopf seiner Praxis. «Ich meine das hier.»

Er nahm die Blätter entgegen, überflog ein paar Zeilen und hob die Augenbrauen. «Das sind die Ergebnisse der Blutwertanalysen Ihrer Mutter aus vergangenen Jahren.»

«Sie hat sie alle fein säuberlich aufgehoben. Ich habe sie gestern eingehend studiert. Zwar verstehe ich nicht viel von alledem, aber nach den Informationen, die ich im Netz gefunden habe, bin ich äußerst verwirrt.»

«Im Netz ...» Rossmeier winkte müde ab. «Was glauben Sie, Frau von Hohenfels, wie wir mit dieser Lawine an Fehlinformationen und Halbwissen zu kämpfen haben, die das Internet den Leuten ausspuckt! Was sich in meinen Behandlungszimmern für Dramen abspielen, weil Patienten mit vermeintlich unheilbaren Krankheiten zu mir kommen, die sich dann als harmlose Verdauungsstörung herausstellen, kann ich Ihnen gar nicht aufzählen.»

«Dann ist es ja gut, dass ich meine Fragen nicht länger

ans Internet richte. Sie werden mir sicher sagen können, was ich wissen will. Und ja, ich habe eine Patientenverfügung meiner Mutter, die es Ihnen gestattet, diese Dinge mit mir zu besprechen.»

Emma blieb die Luft weg, als Konstanze ungerührt ein weiteres Blatt über den Tisch reichte. Isadora war so vorausschauend gewesen? Und das, obwohl sie auf keinen Fall gewollt hatte, dass ihre Tochter irgendetwas über ihren besorgniserregend schlechten Gesundheitszustand erfuhr, solange sie lebte?

Sie musterte Konstanze von der Seite, doch die konzentrierte sich ausschließlich auf den Arzt, der das Schreiben überflog.

«Nun, wenn das so ist …»

Er warf einen kritischen Blick auf Emma, doch als Konstanze sich betont räusperte, schüttelte er resigniert den Kopf. «Und was möchten Sie nun von mir wissen?»

Konstanze hob die Schultern. «Wie wäre es für den Anfang damit, weshalb die aktuellen Blutanalysen zusätzlich zu der des Labors Ihre Anschrift tragen, obwohl meine Mutter sich in letzter Zeit nicht mehr bei Ihnen in Behandlung befand.»

Rossmeier seufzte. «Nun, unter den gebotenen sterilen Verhältnissen Blut abzunehmen und ins Labor zu schicken, ist in einer Praxis wesentlich einfacher. Also hat Doktor Hunziker sich an mich gewandt, und wir haben die Proben mit meinem Kurier verschickt.»

Er klang pikiert, und Emma fragte sich, ob hier tatsächlich ein Motiv versteckt liegen könnte.

«Und was lesen Sie aus diesen Werten?», setzte Konstanze nach.

«Diese Ergebnisse», er deutete auf die Papiere vor sich auf dem Tisch, «sind zu gut für eine Frau ihres Alters und mit ihrer Anamnese. Besonders die der letzten Monate wirkten auf mich eher, als würden sie nicht von Ihrer Mutter stammen.»

«Und warum nicht?»

Rossmeier hob die Hände, als läge die Antwort klar vor ihnen. «Weil ich bei Krebs im fortgeschrittenen Stadium solche Resultate nicht erwarten würde.»

«Können Sie sich das erklären? Vor allen Dingen würde mich interessieren, warum Sie von diesen Werten nicht überrascht sind.»

«Tja ...», schnaubte Doktor Rossmeier, lehnte sich zurück und verschränkte die Arme. «Ich kenne diese Werte. Da ich offiziell als Hausarzt der verstorbenen Frau von Hohenfels fungiere, wurden sie mir natürlich vom Labor direkt wieder zugeschickt, auch wenn die Patientin sich dazu entschieden hat, sich anderweitig behandeln zu lassen.» Seine Stimme bekam einen zynischen Klang. «Mich wundert nur, warum der Kollege bei mir nicht mit den Erfolgen seiner alternativen Behandlung geprahlt hat – was er gut hätte tun können bei diesen Werten, denn die waren Monate früher ganz anders.»

«Wenn es denn seine Erfolge waren», entfuhr es Emma.

Er sah sie an, als hätte er kurz vergessen, dass sie überhaupt anwesend war. «Wie meinen Sie das, Frau Ferrari?»

Emma setzte sich aufrecht und versuchte, die Gedanken zu ordnen, die wirr durch ihren Kopf tobten. «*Allora* ... sie sagten gerade, für Sie passen die Ergebnisse der letzten Monate nicht zu Isadoras Gesundheitszustand. Verstehe ich das richtig?»

«Ja, so habe ich das gesagt.»

«Wird das abgenommene Blut mit der Post verschickt, oder wie funktioniert das?»

«Ein Kurierdienst holt es ab und bringt es ins Labor. Das muss schnell gehen, denn die Proben müssen frisch bleiben. Von dort gehen die Ergebnisse an den behandelnden Arzt.»

«Hm ... Wäre es denn theoretisch denkbar gewesen, die Blutproben zu ersetzen?»

«Nein, das halte ich für unmöglich.» Die Antwort kam spontan und entschieden.

«Das würde dann aber bedeuten», fuhr Emma fort, «dass sich Isadoras Werte tatsächlich verbessert haben.»

«Und zwar in mir unerklärlich hohem Maße, jawohl», bestätigte Rossmeier und deutete wieder auf die Unterlagen vor ihm auf dem Tisch.

«Soll das heißen, dass die Behandlung von Doktor Hunziker erfolgreich war?», hakte Konstanze nach.

Rossmeier schwieg, sein Gesicht färbte sich langsam, aber deutlich rot. «Das muss es wohl», gestand er schließlich zu. «Was auch immer der Kollege Ihrer Mutter verabreicht hat, es scheint seine Wirkung getan zu haben.»

«Immer vorausgesetzt, dass die Lieferkette keine Lücke hat und weder die Proben noch die Analysen selbst manipuliert wurden», wandte Konstanze nun ihrerseits ein. «Denn das wäre immerhin denkbar, nicht wahr?»

«Ich kann es mir nicht vorstellen.» Rossmeier blieb bei seiner Überzeugung. «Aber ich bin auch nicht allwissend.»

«Wenn wir aber nun davon ausgehen, dass die Behandlungsmethode Erfolg hatte, wie wäre das für Sie gewesen, Herr Doktor?» Konstanzes Ton war unverfänglich, aber Emma merkte genau, wie sie das Gespräch in eine neue

Richtung lenkte. Was eben noch interessiertes Nachfragen gewesen war, wurde jetzt zum Verhör.

«Inwiefern?»

«In Erinnerung des Desasters, das meine Mutter seinerzeit angerichtet hat … Nun lässt sie sich nicht weiter von Ihnen behandeln, sondern vertraut lieber einem völlig Fremden aus der Schweiz. Was sollen die Leute im Dorf darüber wohl denken?»

Rossmeier atmete tief ein. «Ich bin Allgemeinmediziner, Frau von Hohenfels, kein Onkologe. Bedenken Sie das bitte, bevor Sie mich mit diesen versteckten Anschuldigungen konfrontieren.»

«Es wusste aber niemand etwas vom Krebsleiden meiner Mutter», konterte Konstanze. «Nach außen hin musste das so wirken, als würde sie aus dem Nichts den behandelnden Arzt wechseln.»

«Ach, so ein Unsinn.» Rossmeier winkte verächtlich ab.

«Nachdem meine Mutter den Ruf Ihres Vaters ruiniert hat, wiederholt sie nun diese Geschichte mit Ihnen. Ich kann mir vorstellen, dass Ihnen die Außenwirkung eines solchen Arztwechsels nicht gefallen hat.»

Kopfschüttelnd starrte Rossmeier sie an. «Sie haben eine rege Fantasie, Frau von Hohenfels. Die ist nicht von Ihrer Mutter, darf ich anmerken.»

Verblüfft verfolgte Emma den Wortwechsel. Sie hatten im Auto darüber gesprochen, was Konstanze sagen könnte, damit Emma nicht in den Fokus rückte und Rossmeier sich schließlich fragte, was sie eigentlich bei diesem Gespräch zu suchen hatte. Jetzt war sie regelrecht sprachlos, wie schnell und perfekt Konstanze ihre Hinweise und Tipps beherzigte. Sie selbst hätte die gleichen Fragen und

Einwände gehabt. Vielleicht wäre sie nicht ganz so harsch gewesen …

«Ich zähle nur eins und eins zusammen», widersprach Konstanze. «Ich kann mir gut vorstellen, dass in Ihnen noch der alte Groll auf meine Mutter schwelt, und ich könnte es Ihnen nicht mal verdenken. Es war infam, was sie mit Ihrem Vater gemacht hat, und ich weiß bis heute nicht, ob es ihrer Ignoranz oder Bosheit geschuldet war. Ich fühle mit Ihnen, aber ich möchte nicht unschuldig für etwas verurteilt werden, wofür sich jemand anderes verantworten sollte.»

«Sie sagen es. Jemand anderes. Wieso sollte ich eine über neunzigjährige ehemalige Patientin ermorden?»

Der Doktor blieb erstaunlich ruhig, fand Emma. Ärgerte es ihn denn nicht, wie unverfroren Konstanze ihn beschuldigte?

«Um Ihren Ruf zu schützen, wenn sich die Erfolge des Schweizer Kollegen herumsprechen?», warf sie ein. Unauffällig zu bleiben, lag ihr langfristig nicht.

«Erfolge, von denen niemand eine Ahnung hatte, wie wir gerade richtigerweise festgestellt haben?» Rossmeier schnaubte. «Wenn keiner von Isadoras Erkrankung wusste, wer sollte dann von irgendwelchen an den Haaren herbeigezogenen Erfolgen erfahren und an meiner Kompetenz zweifeln?»

Seine Fassung schien kein bisschen zu bröckeln. Emma setzte nach.

«Es hätte gereicht, dass man glaubte, Isadora hätte dank des fremden Spezialisten so ein langes und gesundes Leben, auch wenn sie erst ein paar Monate dort in Behandlung war. Damit hatte sich Doktor Hunziker sicherlich viele Freunde gemacht. Die Patienten wären von überall zu ihm geströmt.»

«Und ein fähiger Kollege hätte das auch durchaus verdient gehabt.»

«Sie halten Doktor Hunziker also für unfähig?», schlussfolgerte Konstanze.

«Das habe ich nicht gesagt.»

«Aber hat es Sie denn nicht geärgert, *dottore*, dass eine Ihrer Patientinnen für einen anderen Arzt ein Vermögen ausgibt, während Sie sich mit Krankenkassen und Pauschalen herumschlagen müssen?» Der Gedanke von vorhin, als sie Rossmeiers müde Augen gesehen hatte, konkretisierte sich. «Mal angenommen, er hätte immer mehr Patienten wie Isadora von Hohenfels gefunden, Leute aus dem Dorf, egal wie krank oder gesund ... die hätten Ihnen gefehlt, oder nicht? Das hätte möglicherweise dazu führen können, dass Ihre Existenz in Gefahr gerät. Und wieder dank Isadora von Hohenfels, wie damals bei Ihrem Vater.»

Rossmeier beugte sich vor, stützte die Unterarme auf dem Tisch ab und fixierte Emma mit einem geradezu verächtlichen Blick. «Meine liebe Frau Ferrari, ich sehe, dass Sie keine, aber wirklich gar keine Ahnung davon haben, wie es in unserem Gesundheitssystem aussieht. Und das gönne ich Ihnen sogar, denn es zeigt, dass Sie kerngesund sind, und das sollen Sie auch bleiben. Was meine Patienten angeht, so müssen die hoffen, dass ich mich auch weiterhin mit ihnen abquäle und sie jemanden vor Ort haben, zu dem sie gehen können, statt wegen jedes entzündeten Pickelchens, quer stehenden Furzes oder chronischer Langeweile in die nächstgrößere Stadt fahren zu müssen. Es herrscht krasser Ärztemangel auf dem Land, und egal wie viele Gurus, ob fähig oder nicht, sich hier herumtreiben – meine Existenz ist gesichert. Die Frage ist nur, wie lange unsereins das alles durchhält. Es geht hier um Ethik und innere Überzeugungen, nicht um Geld.»

Er machte eine Pause und lehnte sich zurück.

«Haben Sie sonst irgendwelche Fragen an mich, meine Damen? Alle anderen habe ich nämlich dem Kommissar bereits beantwortet. Nein? Dann würde ich mich auch gern wieder meinen viel zu vielen Patienten widmen, damit ich vielleicht eine kleine Chance habe, wenigstens die Hälfte von ihnen heute dranzunehmen und vor einundzwanzig Uhr die Praxis zu verlassen.»

Er sah zwischen Emma und Konstanze hin und her, dann stand er auf und verließ das Büro. Die Tür schlug hinter ihm zu.

Das Auto, in das Emma und Konstanze nach diesem Besuch stiegen, war genauso aufgeheizt wie die Stimmung bei Doktor Rossmeier es gewesen war. Sie kurbelten die Fenster herunter, und Emma hoffte auf etwas Abkühlung.

«Das war ja nun ein Reinfall, oder?», fragte Konstanze, die Hand am Zündschlüssel, ohne ihn umzudrehen.

«Ich bin mir nicht sicher.» Emma wollte nur ungern zugeben, dass Doktor Rossmeier sie ziemlich hatte auflaufen lassen. «Vielleicht hat er auch wirklich nichts damit zu tun. Das könnte ja schließlich sein.»

«Könnte es, ja.» Konstanze ließ die Hand sinken. «Ich werde aus alledem nicht schlau. Ist es tatsächlich möglich, dass Hunzikers Kuren bei meiner Mutter einen solchen Erfolg hatten? Dann muss es für ihn umso schlimmer sein, dass sie ausgerechnet jetzt ermordet wurde.»

Emma nickte. «Aber warum hat er nicht mit den super Werten Ihrer Mutter geprahlt? Das wäre für ihn die beste Empfehlung gewesen.»

«Ärztliche Schweigepflicht?»

«Das hätte er sicher so hindrehen können, dass es passt. Ich verstehe das nicht.»

«Vielleicht wollte er Doktor Rossmeier nicht gegen sich aufbringen?»

Emma kaute auf ihrer Unterlippe herum. «Konnte ihm das nicht egal sein?»

«Eigentlich ja.» Konstanze starrte vor sich hin.

«Und wenn die Proben doch vertauscht wurden?»

«Damit sie glaubt, seine Medikamente und Pillen helfen ihr, den Krebs zu besiegen, und ihm weiterhin Geld dafür gibt?» Konstanze klappte die Sonnenblende nach unten. «Halten Sie das wirklich für möglich?»

«Nach diesem Gespräch ... *no*. Allerdings hat er, abgesehen davon, dass er gar nicht hier war, in beiden Fällen kein Interesse am Tod Ihrer Mutter. Wenn seine Mittelchen geholfen haben, nicht, und wenn er sie betrogen hat, auch nicht. Es sei denn, sie ist ihm auf die Schliche gekommen und wollte das Ganze öffentlich machen.»

«Aber dafür gab es keinerlei Anzeichen. Sie wirkte bis zuletzt begeistert von ihm.»

Emma nickte frustriert. «Genau. Und Doktor Rossmeier schien komplett überarbeitet. Der wäre über ein paar Patienten weniger wahrscheinlich sogar froh. Also sind die beiden Ärzte wohl aus dem Rennen. *Che merda.*» Es ärgerte sie, dass mit Doktor Rossmeier einer ihrer bevorzugten Verdächtigen offensichtlich nicht als Täter infrage kam. Oder hatten sie ihn einfach nur zu früh von der Angel gelassen?

«Ich reime mir mal aus dem Französischen zusammen, was das heißt.» Konstanze seufzte und startete den Wagen. Der ließ sich ein bisschen bitten, doch dann begann der Motor zu brummen. «Gott sei Dank. Ein kaputtes Auto hätte mir jetzt gerade noch gefehlt», murmelte sie und setzte zurück.

Langsam kurvten sie durch das Dorf.

«Darf ich Sie auf ein Eis einladen?», fragte Konstanze, als sie vor dem *Alimentari* anhielt. «Und, was mir viel wichtiger ist: Kommen Sie am Montag mit mir in die Stadt, wenn ich zum Notar fahre? Das würde mir viel bedeuten.»

«*Volentieri*», stimmte Emma spontan zu. «Ich wollte sowieso meine Tochter mal wieder besuchen, das können wir dann verbinden.» Sie hatte mit Raffaella zwar eigentlich das Wochenende ausgemacht, aber montags hatte ihre Tochter dieses Semester keine wichtigen Vorlesungen, das sollte also genauso gut passen. Und für ein paar Stunden würde Anna das *Alimentari* übernehmen können.

«Das wäre wunderbar. Ich danke Ihnen.» Konstanze schenkte ihr ein warmes Lächeln. «Und danke auch dafür, dass Sie so zu mir stehen. Jeder andere hätte mich längst fallen lassen. Sie nicht. Das werde ich Ihnen nie vergessen.»

Emma schluckte. Hoffentlich fand Konstanze nie heraus, dass auch sie ihre schwachen Momente hatte, in denen sie nicht mehr wusste, was sie glauben sollte.

«Dafür sind Freunde da, oder nicht?», erwiderte sie und setzte ein echtes Lächeln auf. «Und ja, lassen Sie uns rasch ein Eis essen, bevor der Schulbus kommt und die Schlange unendlich lang wird.»

Der Nachmittag lief bewegt an, und nachdem Emma den ersten Frust über ihren Besuch bei Rossmeier verdaut hatte, konnte sie sich auch über die vielen neuen Kunden freuen, die ohne Unterlass in ihren Laden strömten.

Nebenbei hielt sie immer wieder nach Lennart Stiller Ausschau, jedoch erfolglos. Er war nirgends zu sehen.

Ob er abgereist war?

Allerdings, falls er etwas mit Isadora und ihrem Tod zu tun hatte, war die Frage ja erst mal die, warum er nach dem Mord überhaupt geblieben war. Das wäre sehr unlogisch, wenn nicht unvorsichtig. Er hätte sie ermorden und dann einfach unerkannt verschwinden können, es wäre niemandem aufgefallen. Sprach die Tatsache, dass er in aller Seelenruhe vor Ort blieb, nicht gegen ihn als Mörder?

Für ihn als Täter konnte ja nur dieser merkwürdige Blick auf Benedikts Foto in die Waagschale geworfen werden, und …

Mannaggia!

Emma schlug sich erschrocken die Hand vor die Stirn, als es ihr mit einem Mal wieder einfiel: Die Szene vor dem Laden letzte Woche, als Konstanze ihre Zutaten abgeholt und Isadora Emma meisterhaft ignoriert hatte! Statt ins Auto zu steigen, hatte sie sich vor dem Ladenfenster mit Lennart Stiller unterhalten, und sie war aufgebracht gewesen, da war Emma absolut sicher. War da etwas vorgefallen? Kannten die beiden sich womöglich? Hatte Isadora irgendetwas gesagt, das ihn zum Mörder werden ließ?

Wenn er nur endlich auftauchen würde!

Gegen späten Nachmittag flaute der Strom an Kunden ab, und Emma wusste instinktiv, dass es das für diesen Tag gewesen war. Was für eine Woche! Sie hatte gute Geschäfte gemacht. Wenn es so weiterginge, konnte sie den hohen Kreditraten für den Kauf des Hauses beruhigt entgegensehen. Das hatte sie brennend gehofft, darauf hatte sie alle ihre Zuversicht gesetzt.

Immerhin diese Sache lief erfreulich, ganz im Gegensatz zum Fortgang ihrer Ermittlungen. Überall war sie bisher in einer Sackgasse gelandet, und die Zusammenarbeit mit Kommissar Gieseking ließ sehr zu wünschen übrig. Er ermittelte wohl überall und nirgends, und wenn sie sich austauschten, ließ er überdeutlich durchblicken, dass er ihre Ansichten nicht teilte. Die Stimmung zwischen ihnen war auch schon mal besser gewesen. Emma beschloss, das zu ändern – oder es zumindest zu versuchen. Sie musste ihn sowieso anrufen und fragen, wie lange der Gentest dauern würde. Dann konnte sie auch hören, ob es etwas Neues gab.

Dieses Mal dauerte es lange, bis der Kommissar das Gespräch annahm, und als er es tat, klang er gehetzt.

«Frau Ferrari ... es passt gerade gar nicht. Ich bin mitten in einem Briefing.»

Sie fragte ihn nicht, warum er trotzdem ans Telefon gegangen war.

«Können Sie sich bitte melden, wenn Sie etwas mehr Zeit haben?»

«Ich bin später ohnehin in Himmelsricht und komme bei Ihnen vorbei, okay?»

«*Va benissimo*. Bis nachher.»

Das hatte sie sich etwas anders vorgestellt, aber gut, sie würde das Beste daraus machen. Was mochte los sein, dass er herkam?

Das Klingeln ihres Smartphones riss Emma aus ihren Grübeleien.

«*Ciao*, Veronika! Schön, dich zu hören. Was gibt es denn?»

«Hallo, Emma. Ich störe dich ja nur ungern, aber … wenn du Zeit hast, heute Abend gibt es im Rathaus eine außerordentliche öffentliche Sitzung des Gemeinderats zu einem neuen Projekt. Ich glaube, das solltest du dir unbedingt anhören.»

«Und Sie denken, ich soll Sie begleiten? Was versprechen Sie sich davon?»

Emma hatte Kommissar Gieseking nach Veronikas Anruf eine Nachricht geschickt und ihn gebeten, sie um 19 Uhr abzuholen und mit ihr zur Gemeinderatssitzung zu gehen. Er hatte zugestimmt und war pünktlich in ihrem Laden aufgetaucht.

«Ich weiß es nicht», gestand sie ihm frei heraus. «Aber Veronika – Frau Pfeiffer, Sie erinnern sich an sie? – hat so geklungen, als könnte es interessant werden. Und da Sie bereits hier sind …»

Sie war sehr neugierig auf das, was heute besprochen werden sollte, denn es hatte im Laufe des Nachmittags das Gerücht die Runde gemacht, dass ein großes Bauvorhaben geplant sei.

Bei dem Wort «Bauvorhaben» schüttelte es Emma innerlich. Sie hatte das Desaster im letzten Jahr nicht völlig vergessen. Beinahe hätte sie ihr geliebtes Lädchen an einen Berliner Immobilienhai verloren.

War wieder so jemand auf dem Plan erschienen? Und worum mochte es diesmal gehen?

Der Kommissar fuhr sich durch das zerzauste kurze Haar. Seit letztem Jahr war er an den Schläfen grauer geworden, stellte Emma fest.

«Da ich bereits hier bin, wollten Sie sicherstellen, dass ich in die richtige Richtung ermittle?» Er lächelte schief.

«Steht Ihnen gut», kommentierte Emma ungerührt.

«Was?»

«Wenn Sie mal lächeln.»

Kopfschüttelnd hielt er ihr die Ladentür auf, und unter dem Bimmeln der Glocke verließen sie das *Alimentari*. Anna würde in ein paar Minuten abschließen und nachkommen.

«Ich lächle viel öfter, als es mein Job eigentlich zulässt», informierte Gieseking sie.

«Na immerhin.» Emma warf ihm von der Seite einen kurzen Blick zu. «Ich finde, jeder Mensch sollte das Recht haben, so oft in seinem Leben zu lachen oder zu lächeln, wie es nur irgendwie geht. Das hält jung und gesund.»

«Und Sie wissen das, weil …?»

«Meine *nonna* Imma ist der lebende Beweis dafür. Sie wird bald neunzig, aber sie ist noch immer fit wie … na, wie sagt man …?»

«Ein Turnschuh?», half Gieseking aus.

Emma lachte. «Mag sein. Auf jeden Fall ist sie wirklich sehr rüstig für ihr Alter.»

«Und das ist sie, weil sie so viel lacht?»

«Ich denke ja. Sie müssten mir erst mal das Gegenteil beweisen.»

Wieder dieses schiefe Grinsen. «Davor werde ich mich hüten, weil ich vermutlich den Kürzeren ziehen würde. Aber ich sag Ihnen: Wenn Sie mich für nichts und wieder nichts heute Abend hier festhalten, dann schulden Sie mir was.»

«Ich lade Sie anschließend zu den Straubs auf einen großen Brotzeitteller ein.»

Giesekings Lächeln vertiefte sich. Offenkundig erinnerte auch er sich an den Abend im letzten Jahr, an dem sie gemeinsam bei Adelheid Straub gesessen, gegessen und dabei ihre Informationen ausgetauscht hatten.

«Ich nehme Sie beim Wort.»

«Und ich lade Sie auch dann ein, wenn wir etwas wirklich Interessantes erfahren, *va bene?*»

«Na schön.»

«Außerdem muss ich Ihnen noch etwas erzählen ...» Während sie durchs Dorf in Richtung Rathaus gingen, setzte Emma ihn über die Erkenntnisse ins Bild, die sie am vergangenen Abend gemeinsam mit Benedikt erarbeitet hatten.

«Hm ...», machte Gieseking.

Insgeheim schmunzelte Emma über diese Angewohnheit, denn das machte er oft, wenn er über eine Information nachdachte und sie nicht gleich kommentieren wollte.

«Was halten Sie davon?», drängelte sie, denn sie näherten sich dem Platz vor dem Rathaus. Wären sie erst einmal dort, müssten sie ihr Gespräch beenden. «Damit ist Konstanze raus aus dem Kreis der Verdächtigen, oder?»

Er warf ihr einen schiefen Blick zu. «Es könnte aber auch jemand gewesen sein, der durch die erschrockenen Schreie und den Tumult im Zelt aufmerksam geworden ist und einfach nur besorgt ins Innere gesehen hat. Damit ist Frau von Hohenfels nicht automatisch außer Verdacht.»

Wie ärgerlich. Emma verkniff sich eine Antwort, denn zeitgleich mit ihnen kamen andere Besucher vor dem Rathaus an, und sie fanden sich mitten in einer Gruppe von Menschen wieder, die auf die geöffneten Türflügel zugingen. Von drinnen vernahmen sie Stimmengewirr, das lauter wurde, je näher sie kamen.

Sie ging voran die Treppe hinauf in den großen Besprechungsraum, wo die Sitzung stattfinden sollte.

«Viele bekannte Gesichter», raunte Gieseking an ihrem Ohr, als sie sich zwischen Stuhlreihe und Wand in den hinteren Teil des Raumes schoben.

«*Logico.* Einige der Personen, die Sie kennen, sind im Gemeinderat und vertreten die Interessen des Dorfes.»

«Warum Sie nicht?»

«Gute Frage.» Sie senkte die Stimme, da langsam Ruhe einkehrte. «Ich sollte mal darüber nachdenken.»

Der Raum hatte sich gut gefüllt, es waren sicherlich sechzig bis siebzig Personen anwesend. Manche kannte selbst Emma nicht, doch die meisten Gesichter waren ihr vertraut. Vom anderen Ende des Raumes her winkte ihr Veronika unauffällig zu, und sie grüßte zurück. Neben ihr saßen Bärbel und Lisa, etwas weiter Korbinian und Petra. Uschi vom Kiosk war genauso anwesend wie Fabian Lackner, der Sternekoch und Hotelier, und natürlich fehlten weder Robert Straub noch Hubert Rossmeier als Lokalgrößen.

Bürgermeister Beuerle saß an der Längsseite des Raumes und schaute in die Runde. «Liebe Gemeinderatsmitglieder, liebe Bürgerinnen und Bürger von Himmelsricht, ich begrüße Sie alle sehr herzlich zu unserer heutigen außerordentlichen und öffentlichen Sitzung», dröhnte seine Stimme aus den Lautsprechern in den Zimmerecken. «Es freut mich, dass Sie alle so zahlreich erschienen sind, zeigt es mir doch, wie wichtig Ihnen unser Dorf ist.» Er machte eine Pause, bevor er fortfuhr. «Ich habe diese zugegeben sehr kurzfristige Sitzung heute einberufen, weil mir ein Antrag vorliegt, über den wir beraten müssen. Es geht um ein Baugesuch, ein Projekt von ungewöhnlichen Ausmaßen, das ein riesengroßer

Gewinn für unsere Kommune werden könnte, wenn wir es richtig anstellen. Ein Investor möchte Millionen in unserem wunderbaren Dorf anlegen und hofft verständlicherweise auf unser Entgegenkommen, was den Bebauungsplan und die Vorschriften betrifft ...»

Gemurmel brandete auf, und Beuerle machte eine beschwichtigende Handbewegung.

«Meine Damen und Herren, ich bitte Sie! Genau deswegen kommen wir ja hier zusammen, damit wir alles besprechen können.»

«Entgegenkommen heißt nichts anderes, als dass wieder Ausnahmen gemacht werden, die für unsereins nie gelten würden», maulte ein Mann mittleren Alters schräg vor Emma laut genug, dass sie es verstehen konnte. Sie erkannte einen Kunden von Korbinian.

Kommissar Gieseking zuckte mit den Schultern. «Wo er recht hat ...», kommentierte er leise.

«Was ist denn das nun für ein Vorhaben», erkundigte sich einer der Gemeinderäte, mit dem Emma bisher kaum zu tun gehabt hatte. Weder er noch seine Frau waren jemals in ihren Laden zum Einkaufen gekommen und sie wusste nur, dass er einen ziemlich großen Landmaschinenhandel betrieb.

«Je früher Sie mich so weit kommen lassen, dass ich Ihnen das Projekt erklären kann, umso schneller erfahren Sie es.» Beuerles Ton war freundlich, aber er war heute nicht mit viel Geduld gesegnet, das spürte Emma.

Langsam ebbten die Kommentare und Stimmen wieder ab.

«Danke», sagte er demonstrativ, als endlich alle still waren. «Also, dann komme ich mal zum Punkt.»

Nun war auch Emma richtig neugierig geworden und lauschte gespannt.

«Unser wunderschönes und malerisches Himmelsricht könnte zum Zentrum einer neuen Gesundheitsbewegung werden. Man plant, hier am Ort ein Wellness-Heil-Retreat der Extraklasse entstehen zu lassen!»

Zufrieden blickte der Bürgermeister in die Runde, doch die spontanen Reaktionen bewegten sich von Gelächter über missmutiges Kopfschütteln hin zu lautstarken Nein-Rufen. Emma fing einen zweifelnden Blick des Kommissars auf. Fast alle um sie herum hatten angefangen, miteinander zu debattieren und die wenigen Informationen, die Bürgermeister Beuerle ihnen hingeworfen hatte, lautstark zu kommentieren. Die Mehrheit der Anwesenden schien von der Idee nicht sehr begeistert zu sein.

Beuerle klopfte energisch auf seinen Tisch. «Darf ich um Ruhe bitten? RUHE!»

Es dauerte einen Moment, bis sich die Gemüter so weit heruntergefahren hatten, dass er in normaler Lautstärke weitersprechen konnte.

«Egal, wie Ihre Meinung dazu ist, wir als Gemeinderat im Allgemeinen und ich als Bürgermeister im Besonderen müssen so eine Option in jedem Fall bewerten und diskutieren. Einfach nur Nein zu sagen, geht auf gar keinen Fall. Schließlich könnte das eine großartige Möglichkeit für unseren Ort sein. Wir müssen hier mal über unseren Tellerrand schauen und ein bisschen Chancenbewusstsein entwickeln, nicht einfach alles ablehnen, was auf den ersten Blick anders aussieht als das, was wir kennen.»

«Was soll daran großartig sein, dass wir von einem Haufen Auswärtiger überschwemmt werden, die keinen Sinn für die Umwelt haben und nur wellnessen wollen?» Uschi vom Kiosk war bekannt dafür, dass sie ein großes Herz für den Naturschutz hatte.

Viele im Raum pflichteten ihr bei.

«Ich bitte um Ruhe», beschwichtigte Beuerle. «Bevor wir uns jetzt hier die Köpfe heißreden, hört euch ein paar Informationen an. Also. Das soll eine Mischung aus Kurklinik und Hotel mit Wellnessbereich werden. Alles Luxusklasse. Anfangs dreißig Zimmer, dann soll das ausgebaut werden auf fünfzig und langfristig auf hundertsechzig Betten. Die Klientel soll aus zahlungskräftigen Leuten bestehen, die es sich leisten können, für ihre Gesundheit entsprechend Geld hinzulegen ...»

«Und was haben wir davon?» Fabian Lackner klang verärgert. «Glaubt irgendjemand von euch, dass die auch nur einen Euro in unserem Dorf lassen, geschweige denn bei mir essen gehen?»

«Die potenziellen Patienten haben Besucher und Begleitpersonen, die sogar bei dir wohnen könnten», gab Bärbel zu bedenken. «Und Eis essen und Kaffee trinken werden sie auch irgendwo. Und Zeitungen kaufen.»

«Oder italienische Spezialitäten», warf Korbinian ein und lächelte zu Emma herüber. Petra an seiner Seite zwinkerte ihr zu.

«Ihr Ex-Mann ist wohl wieder in festen Händen», erkundigte sich Gieseking so leise, dass nur sie es hören konnte.

Emma nickte wortlos.

«Aber überlegt mal», fuhr Uschi fort. «Dafür müssen sicher wieder Grünflächen weichen. Und vielleicht wollen sie sogar ein Stück Wald dafür roden, dabei haben wir sowieso immer weniger. Was soll all das Wellness-Gehabe, wenn wir unsere grüne Lunge vernichten? Welche gesunde Luft wollen die Leute denn ohne Wald einatmen?» Sie redete sich in Rage, und immer mehr Leute fielen ein, die Stimmen waren kaum zu entwirren.

«Wie sehen Sie das?» Gieseking sah Emma abwartend an.

Sie zog eine Grimasse. «Ich bin unentschlossen. Natürlich brauche ich die nächsten Jahre ein dauerhaft gut laufendes Geschäft, das immer genug Gewinn abwirft. Andererseits liebe ich diese Gegend genauso, wie sie ist. Meistens ruhig und immer schön. Das möchte ich nicht missen. Wenn ich mich entscheiden müsste, dann wüsste ich nicht, wie.»

«Das kann ich verstehen.» Er wandte sich wieder dem Plenum zu, wo der Bürgermeister gerade versuchte, eine Vielzahl von Meldungen so zu organisieren, dass jeder drankam und seine Meinung sagen konnte.

«Wer ist denn eigentlich für dieses Projekt verantwortlich?», stellte schließlich der Landmaschinenmann eine nicht unwichtige Frage.

Beuerle senkte den Blick auf seine Unterlagen. «Die Anfrage kam über eine Münchner Treuhandfirma. Ich kann also momentan nicht sagen, mit wem wir es konkret zu tun haben werden. Aber ich kann Ihnen allen versprechen», Beuerle hob den Kopf und strahlte in die Runde, «dass das eine wirklich große Sache wird.»

13. KAPITEL

Emma gähnte verstohlen in die Kaffeemaschine hinein, während sie die ersten Cappuccini zubereitete, die die Samstagmorgen-Touristen bei ihr bestellten.

Es war gestern spät geworden. Die Debatte im Gemeinderat hatte hohe Wellen geschlagen. Emma und der Kommissar waren nach einer Weile gegangen, als sich bestätigt hatte, dass sie nicht mehr würden herausfinden können, welche Personen konkret hinter dem Bauprojekt steckten.

Wie versprochen hatte sie ihn auf eine späte Brotzeit eingeladen und erkundigte sich dabei auch nach der Dauer des Gentests. Sie war froh, als der Kommissar ihr mitteilte, dass er um Eile gebeten habe und spätestens am Montag das Ergebnis erwarte. Das würde Konstanze beruhigen.

Über ihrer angeregten Unterhaltung, in der sie das Für und Wider aus der Sitzung noch einmal hin und her wälzten, vergaß sie, ihn zu fragen, was er vor ihrem Treffen in Himmelsricht zu erledigen gehabt hatte. Das fiel ihr erst sehr viel später wieder ein, als sie längst im Bett lag, doch da wollte sie ihn nicht mehr anrufen oder ihm eine Nachricht schreiben. Zumal Gieseking kurzerhand bei Straubs ein Zimmer genommen hatte und Emma nicht den Eindruck machen wollte, dass sie einfach nur einen Vorwand suchte, ihn zu so später Stunde zu stören.

Also hatte sie sich schlafen gelegt. Heute war ein neuer Tag, an dem sie all das in Erfahrung bringen konnte.

Den Vormittag über kam Emma allerdings nicht dazu, über irgendetwas nachzudenken. Sie hatte nur am Morgen, bevor sie in den Laden ging, kurz mit Konstanze telefoniert und ihr die Information über die Gentest-Dauer mitgeteilt. Seitdem gaben sich die Kunden im *Alimentari* die Klinke in die Hand.

Erst gegen Mittag wurde es etwas ruhiger. Erstaunlicherweise hatte sich Kommissar Gieseking bisher nicht blicken lassen, und Emma fragte sich, ob er sich entweder so richtig ausgeschlafen hatte oder etwa wieder gefahren war.

Immerhin tauchte statt des Kommissars ein anderer Mann auf, den Emma sehnsüchtig erwartet hatte: Lennart Stiller saß so urplötzlich draußen auf seinem Stammplatz, als wäre er geradewegs vom Himmel gefallen.

«Dein Hollywood-Double ist wieder da», informierte sie Anna. Die Frage, an wen Stiller sie erinnerte, war mittlerweile zum Running Gag geworden.

«Ich erkundige mich mal, was er möchte. Um die Zeit will er vielleicht gar kein Frühstück mehr.»

Wie sich herausstellte, hatte sie sich getäuscht, und so brachte ihm Emma wenige Minuten später sein bevorzugtes Duett aus Cappuccino und Butterhörnchen.

«*Buongiorno, Signor* Stiller», begrüßte sie ihn. «Ich hatte fast befürchtet, Sie wären heimlich abgereist.»

«Danke.» Er sah mit seinem stets etwas verhaltenen Lächeln zu ihr hoch, als sie ihm beides hinstellte. «Ich hatte gestern leider etwas zu erledigen und daher keine Zeit für mein gewohntes Frühstück. Und wie kommen Sie darauf, dass ich einfach abreisen würde, ohne mich von Ihnen zu verabschieden?»

Da hätte Emma einen Grund gewusst, doch ... als er nun

so vor ihr saß, wie immer etwas schüchtern und aus der Zeit gefallen wirkte, da merkte sie, wie wenig sie selbst daran glaubte.

«Das war nur so ein Gedanke», sagte sie leichthin.

«Habe ich Ihnen etwa gefehlt?» Sein Schmunzeln vertiefte sich, dann trank er einen Schluck von seinem Cappuccino. «Mmh. Das ist wirklich der beste, den es im ganzen schönen Bayern gibt.»

Emma lachte geschmeichelt. «Jetzt übertreiben Sie aber.» Fieberhaft überlegte sie, wie sie das Gespräch auf Isadora von Hohenfels lenken könnte.

Anna nahm ihr die Entscheidung ab. Sie kam mit einer Miene aus dem Laden, die Emma an ihr noch nie gesehen hatte. Es war eine Mischung aus Entsetzen und Unglauben.

Emma ging ihr entgegen. «Anna? Ist irgendwas passiert?»

«Ich weiß jetzt, an wen er mich erinnert.»

Sie blickte starr auf den Gast, der mit der Cappuccinotasse in der Hand wiederum sie fixierte, machte die restlichen Schritte zum Tisch und ließ sich unaufgefordert auf den freien Stuhl ihm gegenüber sinken.

«Du bist es, oder?», fragte sie heiser. «Vielleicht irre ich mich auch – es ist so lange her. Aber ich habe gestern bei meiner Mutter ein altes Foto gesehen und ...»

Lennart Stiller setzte behutsam seine Tasse ab, und Emma hatte den Eindruck, dass er etwas in sich zusammensackte.

«Nein, du irrst dich nicht», sagte er leise und lehnte sich zurück.

Anna schlug die Hand vor den Mund. «Wo warst du die ganze Zeit?» Ihre Stimme war kaum mehr als ein Flüstern.

«Ach ...» Er winkte ab. «Überall und nirgends. Wo man

halt so hingeht, wenn man dort, wo man gern sein möchte, nicht erwünscht ist.»

Anna schüttelte den Kopf. «Ich weiß ja nicht, was genau passiert ist, aber auf dein Zuhause trifft das ganz sicher nicht zu. Du warst immer erwünscht, das weiß ich von meiner Mutter.»

«Das meine ich auch nicht, Anna.»

«Also ... ich verstehe gerade gar nichts.» Emma sah zwischen den beiden hin und her. «Könnt ihr mir sagen, wovon ihr sprecht?»

Ihr Gast richtete sich auf, atmete durch, dann erhob er sich und deutete eine Verbeugung an.

«Schweiger. Leonhard Schweiger. Ich bin der Onkel dieser bezaubernden Dame hier.»

«Aber ... Lennart Stiller ...»

«... war frei erfunden. Ich wollte hier nicht sofort zugeordnet werden, wissen Sie?»

Emma nickte, völlig verwirrt.

«Onkel Leonhard, der Bruder meiner Mutter, ist als junger Mann ausgewandert», erzählte Anna mit belegter Stimme. «Die Familie hat außer einer Postkarte aus Spanien nie wieder etwas von ihm gehört und dachte eigentlich ...»

«Ihr musstet natürlich denken, dass ich tot bin.»

«Ja, das dachten tatsächlich alle. Du warst einfach verschollen, spurlos verschwunden. Schließlich sind inzwischen – wie lange ist das jetzt her?»

Er setzte sich wieder. «Vierundvierzig Jahre, zwei Monate und achtzehn Tage», sagte er leise. «Ein ganzes Leben.»

Anna stieß einen unterdrückten Laut des Mitgefühls aus.

Bevor ihre Beine unter ihr nachgeben konnten, zog

Emma sich einen der beiden Stühle vom Nachbartisch heran und ließ sich darauf fallen. In seinen Worten hatte eine so tiefe Traurigkeit gelegen, dass es ihr das Herz zusammenzog. Auf den Tag genau konnte er sagen, wie lange er aus seiner Heimat fort gewesen war!

In Emmas Kopf überschlugen sich die Gedanken.

«Isadora von Hohenfels hat Sie wiedererkannt letzten Freitag, *giusto?*», platzte sie heraus. Sie wusste, wie unpassend das war in diesem Moment, als Anna nach fast einem halben Jahrhundert ihren Onkel wiedersah, aber sie konnte sich nicht zurückhalten. «Ich habe gesehen, wie sie Sie hier vor diesem Schaufenster angeblafft hat.»

Stille breitete sich aus. Anna schien zu überlegen, ihr Blick wanderte über den Marktplatz, bevor sie ihn wieder auf ihren Onkel richtete.

«Du hast früher mal für sie gearbeitet, oder? Jetzt fällt mir ein, dass die Oma mir davon erzählt hat. Frau von Hohenfels kannte dich. Und sie hat sofort gewusst, wer du bist.» Anna stockte kurz, als würde sie sich schämen. «Ich nicht. Ich hab eine Woche dafür gebraucht.»

Lennart Stiller – nein, Leonhard Schweiger, korrigierte sich Emma in Gedanken – lachte sein leises, raues Lachen. «Ach, Kind ... Anna ... wie alt warst du denn, als ich gegangen bin? Acht? Neun?»

«Ich war vier.»

«Na siehst du! Wie hättest du mich denn da wiedererkennen sollen? Aber Isadora, ja, die war erwachsen und hat mich jeden Tag gesehen. Klar hat sie mich erkannt, trotz der vielen Jahre.»

«Das klingt tatsächlich logisch.» Emma nickte. «Als was waren Sie denn angestellt bei den Hohenfelsern damals?»

Das war nur eine ihrer vielen Fragen, die sie ihm am liebsten alle auf einmal gestellt hätte.

«Ach, ich war so ein bisschen Mädchen für alles. Hab dem Freiherrn bei der Korrespondenz geholfen, im Garten gearbeitet, mich um die Pferde gekümmert, die sie damals hatten ... Es war interessant, weil immer was zu tun war und mir nie langweilig wurde.»

«Ein *maggiordomo* sozusagen.» Emma nickte. Leonhard musste schätzungsweise Mitte oder Ende zwanzig gewesen sein zu der Zeit. Und offenbar sehr talentiert, wenn seine Aufgaben so vielseitig gewesen waren. Sie rechnete. «Das muss Ende der Siebziger, Anfang der Achtziger gewesen sein. Als der Freiherr noch lebte, ging es dem Gut wirtschaftlich viel besser als heute, oder?»

«Was man so hört, steht es momentan wohl gar nicht gut um das Anwesen, richtig?», antwortete Schweiger mit einer Gegenfrage.

«Das ist richtig», bestätigte Anna. «Konstanze kämpft ums Überleben des Guts, und ich mag gar nicht daran denken, wie sie die Erbschaftssteuer bezahlen soll.»

Schweiger nickte langsam und legte auf dem Tisch die Hände ineinander. «Wie traurig, dass es so kommen musste. Der Chef war ein guter Mann. Wann ist er denn verstorben?»

«Oh, das ist lange her. Mindestens fünfundzwanzig Jahre», sagte Anna. «So genau kann ich mich nicht mehr daran erinnern.»

Emma nickte. «Ich glaube, er war bereits nicht mehr da, als ich hier ankam. Und das ist jetzt dreiundzwanzig Jahre her.»

«Gott, wie die Zeit vergeht», stöhnte Anna.

«Das ist wahr», stimmte Schweiger zu.

«Komm uns am Wochenende besuchen, Onkel Leonhard!» Sie griff über den Tisch nach seiner Hand. «Dann lernst du alle kennen. Oder wieder kennen. Mama wird völlig aus dem Häuschen sein.»

Doch er schüttelte den Kopf. «Weißt du, ich möchte lieber noch eine Weile unerkannt bleiben. Ich habe hier etwas zu erledigen, und dann können wir schauen, wie es weitergehen soll.» Er lächelte sie an, und es lag eine Wärme darin, die Emma berührte. «Aber erzähl mal, Anna, wie ist es dir ergangen? Wie geht es deiner Mutter?»

Bevor ihre Freundin zu Wort kam, unterbrach Emma sie.

«Wisst ihr was, ihr beiden?» Sie sah von einem zur anderen. «So ein Wiedersehen sollte nicht zwischen Tür und Angel stattfinden. Anna, du machst jetzt Schluss, und ihr geht oder fahrt irgendwohin, wo ihr euch ungestört unterhalten könnt. Ich komme hier zurecht.»

Nachdem die beiden – nicht ohne Annas versuchten Widerspruch – gegangen waren, räumte Emma das Geschirr von Leonhards Frühstück nach drinnen. In Gedanken war sie noch immer bei den aufregenden Neuigkeiten, die sie gerade erfahren hatte. Das musste sie unbedingt mit Helene besprechen.

Sie beschloss, den Laden an diesem Nachmittag nicht mehr zu öffnen. Es gab einiges zu klären. Außerdem hatte sie diese Woche so viel Ware verkauft, die erst nachgeliefert werden musste, dass sie manche Kunden, die sich an einem so sommerlich sonnigen Samstagnachmittag zu ihr verirren würden, vielleicht sogar hätte enttäuschen müssen.

Sie schrieb Helene eine SMS und musste nicht lange auf eine Antwort warten.

«Komm rüber, sobald du magst, und bring mir bitte zwei Hartwurstsemmeln mit!»

Schmunzelnd machte sie sich an die Arbeit und packte die beiden Panini in eine Papiertüte. Dann schrieb sie einen Zettel, *Aus familiären Gründen heute Nachmittag geschlossen,* setzte für Notfälle ihre Nummer darunter und hängte ihn mit Klebeband von innen an die Eingangstür. Als sie eben den Schlüssel umdrehen wollte, sah sie auf und blickte geradewegs in die Augen von Kommissar Gieseking.

«Sind Sie krank?», fragte er dumpf durch das Glas. «Oder ist Ihnen der gestrige Abend auf den Magen geschlagen?»

Emma lachte und öffnete ihm die Tür. «Nein, das nicht, aber es gibt ein paar Dinge, die ich dringend erledigen muss, und ich habe Anna freigegeben, also ist es das Beste, heute Nachmittag einfach mal zuzusperren.»

Die Glocke klang noch nach, als er eingetreten war und sie endgültig den Schlüssel umdrehte.

«Das ist ja beruhigend. Familiäre Gründe, das klingt für mich immer erst mal nach Todesfall, aber das ist vermutlich berufsbedingt.»

«Soll ich lieber was anderes schreiben?», fragte sie erschrocken. «Ich will ja nicht, dass die Leute vor meiner Tür einen Herzinfarkt bekommen, weil sie meinen, es gab wieder einen Toten.»

«Ach was, lassen Sie nur, sicher denken nicht alle wie ich.»

Emma zog ihre Ladenpantoffeln aus. «Wo waren Sie eigentlich heute Morgen?», erkundigte sie sich beiläufig, dann drehte sie sich zu ihm um. «*Scusi*, das geht mich ja nichts an, aber ich dachte ...»

Er hob die Brauen. «Haben Sie mich denn vermisst?»

Das war heute der zweite Mann, der sich danach erkundigte, aber bei ihm fühlte es sich irgendwie ... anders an. «*Be'* ... ein bisschen, ja. Ich wollte Sie nämlich dringend etwas fragen.»

«Dann schießen Sie los. Ach, und falls die Kaffeemaschine noch an ist, würde ich einen Cappuccino nehmen.»

«Die schalte ich nie aus, weil sie sonst zu lange braucht, um wieder auf Temperatur zu kommen. Ein Cappuccino ist also kein Problem.»

Als es leise an der Eingangstür klopfte, drehte sie sich um. Da stand Therese mit ihrem Rollator und winkte herein. Als sie sah, dass Emma nicht allein war, nickte sie und deutete dann zum Nachbarhaus.

«Ich geh zur Leni», hörte Emma gedämpft durch die Tür.

Sie nickte und winkte zurück. Das war gut, so würde Helene nicht voller Ungeduld auf sie warten, sondern erfahren, dass der Kommissar bei ihr war.

«Ich komme wohl ungelegen», sagte Gieseking schmunzelnd. «Ist etwa das Frauenteam wieder bei der Arbeit?»

«Das ist es die ganze Zeit», ließ sie ihn ebenfalls lächelnd wissen. «Aber das heißt nicht, dass Sie stören. So kann ich Sie endlich fragen, warum Sie gestern eigentlich hergekommen sind. Das habe ich nämlich über dem turbulenten Abend völlig vergessen.»

«Sieh an.» Er klang zufrieden. «Man kann Sie also tatsächlich mal von einer Spur ablenken.»

«Kann man. Aber nicht für lange.»

Während sie die Milch aufschäumte, überlegte sie, ob sie ihn über Leonhard Schweiger informieren sollte, doch dann beschloss sie, damit zu warten. Die Informationslage war viel zu unsicher. Anstatt die Polizeipferde verrückt zu machen, sollte sie besser mehr über den Mann herausfinden.

«*Allora?* Was hat Sie hergeführt?»

«Ich habe mich noch einmal auf Gut Hohenfels umgesehen.»

«Was?» Beinahe wäre Emma der Milchbehälter aus der Hand gefallen. «Warum das denn? Ich dachte, Sie hätten da schon alles untersucht.»

«Das habe ich nie gesagt. Sie sollten vielleicht aufmerksamer zuhören und nicht zu viel von Ihren eigenen Gedanken in meine Worte hineininterpretieren.»

«Autsch!» Der Tadel war ärgerlich, und Emma musste sich eingestehen, dass er nicht unberechtigt war. «Hier, bitte schön. Vorsicht, heiß.» Sie reichte ihm die Tasse.

«Danke.» Gieseking nahm einen kräftigen Schluck. «Autsch!», wiederholte er. «Der ist ja wirklich heiß!»

«Sag ich doch. Aber jetzt erzählen Sie mal. Falls Ihre verbrannte Zunge es zulässt, dass Sie mit mir sprechen.»

«Das hat weniger mit meiner Zunge als vielmehr mit meinen Vorschriften zu tun, wie Sie wissen.»

«Sie würden mir kaum etwas erzählen, das ich nicht auch ohne Sie herausfinden würde.» Emma wusste, dass sie den Mund ziemlich voll nahm. «Also können Sie mir das Wochenende auch etwas erleichtern, indem Sie mir die Arbeit abnehmen.»

Gieseking prustete in seine Tasse. «Na gut, bevor es die Buschtrommeln zu Ihnen tragen ... Wir haben herausgefunden, dass Gernot Klimpel Trödelhändler ist und vor einigen Jahren einen Zyankalifund gemeldet hat. Er war also mal in Besitz des Giftes, das seine Großmutter getötet hat.»

Das verschlug Emma tatsächlich für einen Moment die Sprache. «*Caspita!*»

Er sah auf. «Was denken Sie, Frau Ferrari?»

Dieses Spiel hatten sie letztes Jahr bereits gespielt, und Emma freute sich, dass sie offenbar zu alter Form zurückfanden.

«Also … so wie ich das sehe, kann das zweierlei bedeuten. Möglichkeit eins: Die Klimpels sind hergekommen, um seine Großmutter zu sehen, vielleicht gab es etwas zu klären. Immerhin wissen wir nicht, was damals passiert ist, er könnte wer weiß welchen Hass auf sie haben. Das Ganze ist eskaliert, er hat Isadora vergiftet, und da er bei Konstanze wohnt, hatte er kein Problem, das Gift in ihrer Speisekammer zu verstecken, um eine falsche Spur zu legen und den Verdacht auf sie zu lenken. Die Leute bewegen sich schließlich als Gäste frei in ihrem Haus. Oder …» Und hier musste sie gegen ihre eigene Überzeugung argumentieren, aber sie wollte sich nicht erneut offen parteiisch positionieren. «Oder Konstanze hat es von Gernot bekommen und … na, Sie wissen schon.» Gut, ihre Objektivität hatte hier enge Grenzen, aber immerhin hatte sie die Möglichkeit angedeutet.

«… und damit ihre Mutter ermordet, wollten Sie sicher sagen», vervollständigte Gieseking ungerührt und nahm einen vorsichtigen Schluck.

Emma setzte sich zu ihm auf einen der Barhocker und verschränkte die Arme. «Ja, das wollte ich wohl sagen», grummelte sie und musterte ihn mit schrägem Blick. «Das würde aber voraussetzen, dass Tante und Neffe gemeinsame Sache gemacht haben und …»

«… und sich möglicherweise länger kannten, als sie zugeben.»

Emma holte tief Luft. «Dann wäre Konstanze eine geradezu brillante Schauspielerin. Das kann ich mir absolut nicht vorstellen. Die Szene, die ich da erlebt habe, war so authentisch, ich habe nicht eine Sekunde daran gezweifelt, dass sie die Leute auch vorher nicht kannte und von der Enthüllung vollkommen überrascht war. Was hat Herr Klimpel denn dazu gesagt?»

«Er behauptet, er hätte alle Giftkapseln offiziell zur Vernichtung abgegeben.»

«Glauben Sie ihm das?»

Gieseking hob die Achseln. «Ich kann ihm das Gegenteil nicht nachweisen.»

«Werden Sie ihn trotzdem verhaften?»

«Ohne jeden Beweis?»

«Also nein.» Emma brauchte einen Moment, das Bedauern hinunterzuschlucken.

Trotz der Neuigkeiten war ihr durchaus bewusst, wie offen der Kommissar ihr gegenüber gerade mit Informationen umging, und das rechnete sie ihm hoch an.

Nur leider war Konstanze immer noch nicht aus dem Schneider. Genauso wenig wie Doro und Leonhard Schweiger. In diesem Mordfall hatte Emma den unangenehmen Eindruck, zwischen allen Stühlen zu sitzen. Als es um sie selbst gegangen war, konnte sie sich abgrenzen und allen – nun ja, fast allen – Verdächtigen unvoreingenommen auf den Zahn fühlen. Nun, da sie nur entfernt persönlich involviert war, empfand sie für viele der möglichen Täter eine gewisse Sympathie, natürlich in Abstufungen und am meisten für Konstanze. Und keinem traute sie es wirklich und wahrhaftig zu, kaltblütig einen Mord zu planen und zu begehen. Aber genau das war passiert.

Emma seufzte. «Ich habe das Gefühl, ich komme nicht voran. Ich tappe im Nebel herum und finde keine Anhaltspunkte, auf die ich mich verlassen kann und die mir eine Richtung vorgeben.»

«Willkommen in meiner Welt.» Gieseking lächelte sein schiefes Lächeln. «So fühle ich mich meistens, wenn ich anfange zu ermitteln. Bis es einen roten Faden gibt, bis sich die Hinweise verdichten, bis wir Beweise finden und zu einer Kette zusammenfügen können, ist es mein Hauptjob, im Nebel zu stochern.»

Sie legte den Kopf schief und musterte ihn. «Das klingt … frustrierend. Wenn nicht sogar entmutigend. Was lässt Sie weitermachen?»

Er zuckte die Schultern. «Nennen Sie es den Wunsch nach Gerechtigkeit. Vielleicht ist es auch der Glaube oder die Illusion, dass ich mit meiner Arbeit die Welt zu einem besseren Ort mache. Wenigstens ein kleines bisschen.»

«Und was machen Sie, wenn Sie gar nicht weiterkommen?»

«Aufgeben ist keine Option, Frau Ferrari. Nur für den Fall, dass Sie mir diese Frage aus einem konkreten Grund stellen. Sie müssen dranbleiben. Ihren Instinkten vertrauen. Das ist manchmal das Beste, was man tun kann.»

Wow! Er ermunterte sie, weiter zu ermitteln? Das war ein riesengroßer Schritt im Vergleich zum letzten Jahr, als er – zumindest anfangs – einiges versucht hatte, um sie genau daran zu hindern.

«Danke», sagte sie leise. «Ich werde das beherzigen.»

Sein Lächeln ergriff nun auch die andere Seite seines Gesichts und wurde zu einem ausgewachsenen Grinsen.

«Dann bin ich ja beruhigt.»

«Da bist du ja endlich! Ich dachte, du lässt mich hier verhungern!» Helene griff nach ihrer Lunchtüte und packte ihr Panino mit einer Eile aus, als ginge es tatsächlich um Leben und Tod.

Emma zuckte mit den Schultern. «Beschwere dich bei der Staatsmacht. Ich dachte, die Resi hätte dir gesagt, dass die Polizei bei mir war.»

«So kann man es natürlich auch nennen», nuschelte Helene, die bereits im Flur einen ersten riesengroßen Bissen genommen hatte, mit vollem Mund. «Du flirtest mit Grünauge, während ich hier mit knurrendem Magen sitze und verzweifelt auf Infos hoffe.»

Ihre Augen blitzten schelmisch, und Emma gab ihr einen liebevollen Knuff.

«Komm, wir gehen in mein Büro. Da sitzt die Omi und wartet. Und dann erzählst du uns alles, was du weißt. Wo ist denn eigentlich die Anna?»

Emma setzte sich zu ihr und Therese in das kleine Büro und berichtete, was sich an diesem Vormittag bei ihr zugetragen hatte. Obwohl ihr Helene das Stichwort geliefert hatte, um mit Leonhard Schweiger einzusteigen, begann sie mit den Neuigkeiten um Gernot Klimpel.

«Und dieses Zyankali könnte, wenn er entgegen seiner Behauptung nicht alles abgegeben hat, das perfekte Mittel gewesen sein, um Isadora zu vergiften», schloss sie.

Helene wischte sich einen Krümel vom Mundwinkel. Das zweite Panino ließ sie in der Tüte. «Ein perfektes Mittel, das er entweder allein benutzt haben könnte oder er und Konstanze zusammen. Tatsächlich klingt Letzteres für mich besonders vielversprechend, tut mir leid, Emma. Konstanze könnte den Topf ihrer Kochnachbarin angezündet haben, damit ihr Neffe der Isadora unbemerkt das Gift ins Essen schütten kann. Und jetzt schützen sie sich gegenseitig. Denn da kann der Kommissar noch so gut ermitteln, solange die beiden dichthalten, kommt er auf keinen grünen Zweig.»

«Und warum sollten sie …?»

«Zusammenarbeiten? Ist doch klar.» Helene legte die Tüte mit ihrem Reservebrötchen zur Seite und setzte sich bequem hin. «Sie haben ja beide ein Motiv. Nur hatten sie allein keine Möglichkeit. Konstanze kam nicht an das Gift und Klimpel nicht an Isadora ran. Zusammen waren sie das Dream-Team und haben es problemlos geschafft.»

«Und dann deponiert Gernot Klimpel das Gift bei Konstanze und schwärzt sie an?»

«Ach so, ja, stimmt.» Helenes Elan schien in sich zusammenzufallen. Sie kaute an einer ihrer langen blonden Strähnen, schlug ein Bein über das andere und ließ ihre Fußkettchen klimpern. «Das wär doof, weil er dann damit rechnen muss, dass sie anfängt zu reden und ihn mit hineinzieht.»

«Eben. Gut, im Prinzip wäre es sogar logisch, wenn Herr Klimpel Konstanze hintergangen hätte. Er erbt ja nur, wenn sie als Mörderin dasteht. Aber wenn wir das bedenken, ergibt die Theorie sogar noch weniger Sinn. Da hätten sie vorher abmachen müssen, das Erbe zu teilen. Darauf hätte sich Konstanze aber niemals eingelassen, schließlich kann sie das Gut und die Ländereien nicht beisammenhalten, wenn sie Teile davon abtreten muss, und daran liegt ihr viel.»

«Vielleicht haben auch nicht Konstanze und der Klimpel zusammengearbeitet, sondern andere Verdächtige», schlug Therese vor. «Alle für einen und einer für alle. Wie die Musketiere. Ihr wisst schon, die aus dem Film.»

«Die waren zu dritt», merkte Helene gedankenverloren an. «Und mit d'Artagnan sogar zu viert.»

Emma sah aus dem Fenster. «Rossmeier ist zwar nicht so hübsch wie Richard Chamberlain, aber er wäre ein Dritter im Bunde gewesen – nein, das glaube ich nicht.»

«Richard wer?» Helene ließ die Strähne fallen.

Emma winkte ab. «Du bist einfach zu jung.»

«Ich kenn den!» Therese hob triumphierend den Finger.

«Und warum glaubst du nicht, dass Rossmeier beteiligt sein könnte?», hakte Helene nach.

«Ach, das kannst du ja noch gar nicht wissen.» Emma schlug sich an die Stirn und schilderte ihr den Besuch beim Arzt und den Ausgang des Gesprächs.

«Schade. Wäre praktisch gewesen, denn zu dritt hätten sie viel mehr Möglichkeiten gehabt als zu zweit. Einer besorgt das Gift», Helene tippte sich mit dem rechten Zeigefinger an den linken, «einer gibt es über Isadoras Portion», der Mittelfinger kam dran, «und der Dritte», das war nun der Ringfinger, den sie abspreizte, «sorgt für die Ablenkung.»

«Das mit Rossmeier ist aber auch aus dem Grund schwierig, dass wir anhand der Fotos nicht zweifelsfrei feststellen konnten, wo genau er zum betreffenden Zeitpunkt war. Ich habe auch Konstanze gefragt, die sagte, er sei nicht in ihrer unmittelbaren Nähe gewesen. Aber auf jeden Fall war er im Zelt und nicht außerhalb.»

«Also hast du ihn als Verdächtigen ausgeschlossen?» Helene wechselte unter dem Geklimpere ihrer Kettchen das übergeschlagene Bein. «Dann hätten wir zumindest einen kleinen Fortschritt gemacht und den Kreis der Verdächtigen dezimiert.»

«*Piano!*» Emma hob abwehrend die Hand. «Darüber muss ich erst mal nachdenken. Aber es gibt noch was Interessantes zu erzählen.» Sie holte tief Luft. «Annas verschollener Onkel ist aufgetaucht. Bei mir im Laden.»

«*Wer?*» Natürlich war Helene auch für diese Geschichte zu jung.

«Der Bruder von Annas Mutter ist vor vierundvierzig Jahren offenbar über Nacht aus Himmelsricht verschwunden», erklärte Emma. «Er hat wohl noch eine Karte aus Spanien geschrieben, aber dann kam kein Lebenszeichen mehr, und die Familie hielt ihn für tot.»

«Na, das ist ja 'n Ding!», stieß Helene hervor. «Und wie seid ihr da ausgerechnet heute draufgekommen?»

«Anna sagte die ganze Zeit, dass dieser fremde Kunde, der seit ein paar Tagen bei uns frühstückt, sie an jemanden erinnert. Aber sie dachte, es wäre ein Schauspieler oder so. Und durch ein Foto bei ihrer Mutter ist bei ihr offenbar der Cent gefallen.»

«Zehnerl heißt das, Mädel!», merkte Therese an. «Das Zehnerl ist gefallen. Aber tragisch, das mit dem Leonhard. Der arme Bub.»

«Er hat erzählt, dass er früher für die Hohenfelser gearbeitet hat, auch für Konstanzes Vater in der Verwaltung. Ich frage mich, ob da irgendetwas vorgefallen ist, das ihn dazu gebracht hat, Himmelsricht für Jahrzehnte zu verlassen.» Emma schob ein paar Krümel auf dem Tisch zusammen. «Diese Geschichte und dann Benedikts Foto aus dem Zelt kurz vor Isadoras Tod, dieser intensive Blick zwischen ihr und ihm ... das gibt mir zu denken. Was meint ihr dazu?»

«Hm ...» Helene kaute wieder auf ihrer Haarsträhne herum, wie immer, wenn sie konzentriert nachdachte. «Vielleicht hat der als junger Mann dort was angestellt? Er hat Konstanzes Vater bei der Gutsverwaltung geholfen, da war er sicher oft im Haus unterwegs. Hat er was geklaut? Sich am Tafelsilber vergriffen, wie man so schön sagt? Dann musste er verschwinden, damit er nicht verhaftet wird und ins Gefängnis muss.»

«Geh, der Bub hat doch nix geklaut», widersprach Therese in vollster Überzeugung. «Der war immer eine grundehrliche Haut.»

«*Cosa?* Eine was?»

«Na ja ... wenn einer halt sehr ehrlich ist», erklärte Helene. «So wie mein Paps halt auch. Oder die Mami.»

«Jedenfalls ist der Weg für ihn jetzt frei», schob Therese hinterher und wirkte sehr zufrieden.

«Wie meinst du das, Resi?»

«Na ja ... der junge Leo war ein schneidiger Bursche. Und er war der Mann, den die Konstanze damals nicht haben durfte.»

14. KAPITEL

Ich fall echt vom Glauben ab.» Helene drehte sich auf dem Weg zur Burg nach Emma um, die nach all diesen Entwicklungen frische Luft gebraucht hatte. So waren die beiden Frauen zu ihrem Spaziergang aufgebrochen, den sie vergangene Woche hatten ausfallen lassen. «Da hat die Omi letztes Jahr so geklungen, als hätte sie von alldem kaum was gewusst und es wären nur Gerüchte gewesen, dabei war sie sozusagen live bei dem Drama dabei.»

Helene spielte auf eine beiläufige Bemerkung an, die Therese letztes Jahr hatte fallen lassen: dass Konstanze einen Verehrer gehabt hatte, der aber nicht nach dem Geschmack ihrer Mutter gewesen und deshalb als Ehemann nicht infrage gekommen war. Emma konnte sich unschwer vorstellen, wie die Szene damals abgelaufen war … und nun war dieser Mann wieder da!

«Ehrlich, ich komm aus dem Kopfschütteln gar nicht mehr raus. Wenn das so weitergeht, kann ich mich mit Schleudertrauma gleich selber behandeln. Das ist ja noch eine neue Variante für drei Komplizen!»

«Welche drei?» Emma konnte Helenes Gedankengang nicht folgen.

«Konstanze, ihr Verehrer Leonhard und Doro. Die Apothekerin besorgt das Gift, Leonhard überredet Konstanze dazu, den Weg für sie beide frei zu machen, indem Isadora von der Bildfläche verschwindet, und Konstanze streut die Giftkrümel auf das Essen ihrer Mutter. Würde passen, das musst du zugeben. Geile Schlagzeile für Benedikt: ‹Das Mördertrio von Himmelsricht›.»

Emma schwieg und ging etwas schneller. Alles in ihr sträubte sich gegen diese Spekulation.

«Da stimmt was nicht», sprach sie den Gedanken aus.

«Was meinst du? Und jetzt renn nicht so, meine Hartwurstsemmel will verdaut werden.»

«*Ma va* ... dass ich das mal von dir höre! Und was nicht stimmt, kann ich dir sagen, wenn wir oben sind, ich muss noch einen Moment darauf rumdenken. – Aber sag mal: Wie läuft es eigentlich mit dir und Benedikt?»

Helene grinste etwas verschämt. «Na ja ... langsam, würde ich sagen. Wenn es nach mir ginge, würde ich die Sache etwas beschleunigen, nur ...»

«Gut Ding will Weile haben – heißt das nicht so?»

«Ja ... und er ist ziemlich mit diesem Bauprojekt beschäftigt, das lässt ihm einfach keine Ruhe.»

«Die Luxusklinik?»

«Genau die. Er würde wahnsinnig gern was rausfinden, das dann natürlich auf die Titelseite seiner Zeitung käme. Das wär für seine Karriere gut, und das verstehe ich auch. Trotzdem, ich weiß nicht.»

«Ach, ich finde das nicht schlecht, wenn ein junger Mann Ambitionen hat. Lass dir und ihm einfach Zeit.»

Helene murmelte etwas Unverständliches, und den kurzen Rest des Weges liefen sie schweigend. Dann war der Aufstieg geschafft, sie traten an die Burgmauer, und die weite Ebene lag vor ihnen.

Wie jedes Mal, wenn sie hier oben am Aussichtspunkt stand, ließ Emma mit einem tiefen Atemzug den Blick ins

Donautal auf sich wirken. Der Sportplatz, auf dem vor einer Woche das Festzelt gestanden hatte, sah wieder so aus, als wäre nichts geschehen. Der Rasen war sattgrün, und sogar aus dieser Ferne konnte sie erkennen, dass ein paar bunt gekleidete Ameisen darauf herumhüpften: Peter trainierte eine seiner Mannschaften.

Die Ruhe, die hier oben herrschte, breitete sich auch in ihr aus – das empfand sie jedes Mal wieder als Geschenk.

«Genug gedacht?», riss Helene sie aus ihrer beschaulichen Stimmung.

«*Quasi*. Ich frage mich, ob Konstanze überhaupt von seiner Rückkehr wusste. Denn das müsste sie, wenn sie den Mord gemeinsam begangen haben sollten. Soweit ich das sehe, ist es eher wahrscheinlich, dass sie es nicht wusste und bis heute nicht weiß. Beim Kochwettbewerb war er zwar im Zelt, aber da waren so viele Leute, dass sie ihn nicht zwangsläufig gesehen haben muss. Und vor meinem Laden waren die beiden mal nur wenige Meter voneinander entfernt, aber da hat sie sich mit mir und Hunziker unterhalten, nicht in der Gegend umhergeschaut.»

«Ruf sie an und frag sie. Du sagst doch immer, du hörst, wenn jemand lügt.»

Helenes spontane Idee brachte Emma tatsächlich dazu, das Telefon zu zücken, doch Konstanze ging nicht ran.

«Wir sollten mehr über diesen Mann erfahren, findest du nicht?» Helene stützte die Unterarme auf die Mauer und spielte mit einem Kieselstein. «Einfach ausschließen können wir ihn nicht, dafür passen die Details zu gut. Er hatte immerhin ein starkes Motiv.»

«Und das Gift?»

«Vielleicht war noch jemand mit im Bunde, das hatten

wir ja schon. Und denk mal an den Film *Mord im Orient-Express*. Da sah das auch so aus, als wäre eine zufällig zusammengewürfelte Gruppe Menschen am Werk, dabei haben die sich alle gekannt. Da tauchen auf einmal so viele Menschen aus Isadoras Vergangenheit bei uns auf – das soll Zufall sein? Geh, das glaubt dir kein Mensch.»

«*Dio*, wie ich diesen Schlamassel hasse.» Emma vergrub stöhnend das Gesicht in den Händen.

«Hey – so kenne ich dich gar nicht.» Helene legte ihr die Hand auf die Schulter.

«Na, ist doch wahr, oder? So viele Fragen und Ungereimtheiten. Ein Haufen Verdächtiger, und trotzdem komme ich zu keinem Ergebnis.»

«Dann lass eben den Kommissar die Kastanien aus dem Feuer holen. Das ist sein Job.»

«Denkst du denn, er ist weiter als wir?»

Helene stützte das Kinn in die Hand und schaute in die Ferne. «Eigentlich nicht. Er hätte es dir längst aufs Brot geschmiert, wenn er dich überholt hätte.»

«Siehst du? Das glaube ich nämlich auch.»

«Puh ... dann hilft alles nichts, wir müssen weitergraben.»

«*Bella idea*. Aber wo?»

Emma sperrte gerade die hintere Eingangstür auf, um sich und Hugo ins Haus zu lassen, als ein kleiner Lieferwagen heranfuhr und neben ihr anhielt.

«Hey, Frau Ferrari!» Der junge Mann, der aus der Fahrerkabine sprang, grinste sie breit an.

«Oh hallo, Daniel. Ich wusste gar nicht, dass ich eine Lieferung offen habe.»

«Doch, ich habe was für Sie. Ist gut, dass ich Sie grad hier erwische, ich bin nämlich extrem in Eile.»

«Na, dann mal her damit.» Emma hielt ihm die Tür auf. «Stellen Sie das einfach hier im Flur neben das Fahrrad, ich räume es dann selbst ins Lager.»

Normalerweise brachte er ihr die Sachen bis vors entsprechende Regal, aber wenn er es so eilig hatte, wollte sie ihn nicht aufhalten.

«Ihr Hobby?», fragte er mit Blick auf das Rad. «Schickes Teil. Neueste Technik.»

«Tatsächlich? Das gehört mir nicht, sondern wartet hier nur auf seinen Besitzer.»

«Ach so. Stimmt, der Sattel ist bisschen zu hoch für Sie.»

Emma lachte. «Sie haben einen guten Blick.»

«Ist auch meine Leidenschaft in der Freizeit, drum.»

Er stellte die drei Pakete in den Flur. Richtig, die neue Pasta. Herrlich. Bei dem Gedanken daran lief Emma das Wasser im Mund zusammen. Heute Abend …

«Na, was machst du denn hier? Geh lieber raus da, sonst nehme ich dich mit, obwohl du keinen Lieferschein hast», riss Daniel sie aus ihren Träumereien.

«*Cosa?*»

«Die Katze hier im Wagen …»

«Hugo! Raus da.» Emma beugte sich in den Frachtraum, und tatsächlich thronte der rote Kater majestätisch auf einem Stapel Kartons und hatte seinen langen buschigen Schwanz um die Vorderpfoten gelegt. «Er ist einfach so furchtbar neugierig. Entschuldigen Sie. – Komm raus da jetzt. Schieben Sie ihn einfach von den Schachteln runter, er beißt nicht.»

Das wollte sich Hugo nicht gefallen lassen und sprang

mit einem Satz durch die Tür. Mit einem Rumms kippte der Stapel um, und Emma konnte gerade noch verhindern, dass ein Karton aus dem Wagen kullerte.

«Sie müssen so weit rausfahren?», fragte sie, als sie die Adresse von Gut Hohenfels erkannte. Ein Empfängername fehlte, doch die Anschrift war eindeutig.

«Ja, leider. Das liegt ziemlich abseits meiner Route, drum bin ich auch so unter Druck.»

«Wenn Sie wollen, nehme ich das mit. Schließlich hat mein Kater Ihnen jetzt noch eine Verspätung eingebracht. Ich muss in den nächsten Tagen sowieso dorthin.»

Der Fahrer zögerte. Dann siegte Emmas Angebot.

«Also gut. Das ist toll. Sind aber zwei, und die sind schwer.»

«Macht nichts. Stellen Sie die einfach neben die anderen, ich bringe sie selbst ins Auto.»

«Danke. Wirklich, das ist mir eine riesige Hilfe.» Er packte die Kartons in Emmas Flur, ließ sich den Empfang quittieren, verabschiedete sich nett, sprang wieder in die Fahrerkabine und rauschte davon.

Als die Tür hinter Emma ins Schloss gefallen war, bekam zuerst Hugo seine Mahlzeit, anschließend wechselte sie die Schuhe und versorgte ihre Lieferung. Eine Packung Tagliatelle mit Safran und eine mit Sepiatinte nahm sie mit nach oben fürs Abendessen die nächsten Tage.

Als sie auf halber Treppe war, klingelte ihr Telefon.

«Anna! Was gibt es denn?»

«Hey Emma, ich bin gerade mit meinem Onkel unterwegs, er würde gern etwas mit dir besprechen. Ich geb ihn dir.»

Im Hörer rauschte es, dann war Leonhard Schweiger in der Leitung. «Frau Ferrari … ähm … ich glaube, ich sollte mit

Ihnen reden. Meine Nichte hat mir ein paar Dinge erzählt, die ich gern klären möchte.» Er räusperte sich. «Am Telefon ist es nicht ganz ideal …»

Emma überlegte nur eine halbe Sekunde. «Was halten Sie von heute Abend? Pasta bei mir zu Hause – und bringen Sie Anna mit.»

«Schön, dass das so schnell geklappt hat, Emma», sagte Anna halblaut. Leonhard Schweiger saß auf dem Balkon, die beiden Frauen bereiteten in der Küche den Salat zu. «Das ist ihm wirklich wichtig.»

Das wunderte Emma, denn weder Anna noch ihr Onkel konnten wissen, dass sie und Helene heute über Leonhard Schweiger als Verdächtigen gesprochen hatten.

«Was hast du ihm denn erzählt?»

«Nicht viel, aber er ist intelligent und hat eins und eins zusammengezählt. Nun macht er sich wohl Sorgen.»

«Lass uns erst was essen», schlug Emma vor. «Danach plaudert es sich entspannter.»

Die lockere Stimmung, die nach einer Portion Pasta mit herrlich duftendem Basilikumpesto, knackigem Salat und einem vollmundigen Glas Rotwein herrschte, gab ihr recht. Während des Essens hatten sie sich auf oberflächliche Gespräche beschränkt, insbesondere über die Gegend, Hugos Abenteuer und eher lustige Erinnerungen aus der Vergangenheit. Die heiklen Themen hatten sie ausgespart. Doch jetzt, als die Teller abgeräumt waren, sah Anna ihren Onkel aufmunternd an, und auch Emma wandte sich ihm gespannt zu.

Leonhard Schweiger nahm einen Schluck Rotwein, bevor er sich gerade hinsetzte und sich räusperte.

«Ich glaube, es gibt da ein paar Sachen, die ich Ihnen erklären sollte, Frau Ferrari. Sie waren mir gegenüber immer freundlich und zuvorkommend, obwohl ich vielleicht nicht besonders vertrauenerweckend aussehe ...»

Emma runzelte die Stirn. Meinte er etwa, weil seine Kleidung etwas abgetragen war und unmodern wirkte? «Ach was. Das ist doch Unsinn.»

«Na ja ... aber hören Sie erst zu, bevor Sie sich ein Urteil bilden. Ich fürchte nämlich nach allem, was mir meine Nichte heute Nachmittag erzählt hat, dass Sie von mir vielleicht einen falschen Eindruck haben.»

Emma wartete ab.

«Ich weiß ja nicht, was Sie inzwischen an Informationen über mich zusammengetragen haben, aber Sie ziehen natürlich Ihre Schlüsse daraus.»

«Ich weiß, dass Sie nicht nur für die Hohenfelser gearbeitet haben, sondern auch Konstanze ... sehr gut kannten ...»

«Wir waren verliebt. Unsterblich ineinander verliebt.» Leonhard Schweiger klang wehmütig, als er die Worte aussprach. «Konstanze war damals vierundzwanzig, und wir haben in diesem Sommer jede freie Minute, die ich hatte und sie sich fortstehlen konnte, heimlich im Höllbachtal verbracht. Da fand uns niemand. Der Freiherr, Konstanzes Vater, hätte vielleicht nicht mal was gegen unsere Verbindung gehabt. Jedenfalls nicht so sehr wie ihre Mutter. Der alte Drachen war unerbittlich. Und so kam es, dass ich ... ich habe das nicht mehr ertragen, ich konnte diese Situation einfach nicht aushalten, sie ständig zu sehen und zu wissen, wie sehr auch sie unter alldem leidet. Also bin ich gegangen.»

«Erzähl ihr, was du mir gesagt hast», ermunterte ihn Anna leise.

Leonhard seufzte. «Konstanzes Mutter drohte mir, dass sie sie an einen Widerling verheiraten und mich anzeigen würde. Wegen Unterschlagung. Irgendetwas würde man finden, das man mir anlasten könnte, um mich aus dem Weg zu räumen.»

«Das hat sie Ihnen offen ins Gesicht gesagt?» Emma konnte es nicht glauben.

«Ja, das war infam. Und wahrscheinlich wäre sie damit auch gar nicht durchgekommen, aber ich war damals sehr unsicher und habe ihr das geglaubt. Meine Angst war größer als mein Mut. Und ich wollte keinesfalls, dass Konstanze meinetwegen diesen schrecklichen Menschen heiraten muss. Außerdem hat Isadora von Hohenfels natürlich auch ihrer Tochter eine Gehirnwäsche angedeihen lassen. Hätte Konstanze den Mut besessen, der mir fehlte, wäre die Geschichte vielleicht anders ausgegangen, doch sie brachte es nicht übers Herz, einfach mit mir davonzulaufen. Sie wusste, dass ihr Vater krank war. Er lebte zwar noch Jahre, aber sie fürchtete wohl, dass es ihm den Rest geben würde, wenn sie einfach verschwindet.»

«Und so sind Sie allein gegangen.»

Er nickte bedächtig. «Ich war wütend, verletzt, enttäuscht. Ich wollte nicht hierbleiben, wo ich ihr immer wieder begegnet wäre. Also bin ich losgezogen und habe mein Leben anderswo gelebt.»

Seine ruhige Stimme verstummte, und für ein paar Momente war nur das Zirpen der Grillen zu hören. Irgendwo rief ein Nachtvogel. Der laue Wind strich durch die Blätter der Linde und ließ sie leise rascheln.

«Ich habe so viel verpasst», flüsterte er und senkte den Blick. «Ich habe meine Familie zurückgelassen ...»

Anna fasste nach seiner Hand und drückte sie. «Meine Mutter hat mir so viel und so oft von ihrem großen Bruder erzählt, dass ich das Gefühl habe, dich zu kennen, obwohl ich dich kaum bewusst gesehen habe», sagte sie mit erstickter Stimme.

Ihr Onkel versuchte ein Lächeln, das ihm nicht ganz gelang.

«In Spanien begegnete ich einem Mann», fuhr er nach einem emotionalen Moment der Stille fort. «Einem Unternehmer. Manche nannten ihn einen Lebemann, einen Dandy. Er war etliche Jahre älter als ich, suchte einen Butler und stellte mich ein, obwohl ich davon nicht den Schimmer einer Ahnung hatte.» Er lachte leise. «Er war hinter seiner manchmal etwas großkotzigen Fassade ein wirklich guter Mann, erinnerte mich ein bisschen an den Freiherrn. Er sagte mal, ich hätte der kleine Bruder sein sollen, den er nie hatte, und behandelte mich auch beinahe wie einen. Er war es, der mir die Butler-Ausbildung bezahlt hat, in England, an der besten Schule überhaupt ... All die Jahre habe ich für ihn gearbeitet, und als er krank wurde, habe ich ihn gepflegt bis zu seinem letzten Atemzug.»

Emma ließ die Worte auf sich wirken. «Wie lange ist das her?», fragte sie schließlich vorsichtig.

Leonhard Schweiger wischte sich kurz über die Augen. «Sechs Monate. Er war mir ein guter Freund geworden, und er fehlt mir.»

Erneut entstand ein Augenblick der Stille, den offenbar niemand von ihnen unterbrechen wollte. Erst als vom Biergarten der Straubs Gelächter zu ihnen herübertönte, brach der Bann, der sie auf unerwartete Weise verbunden hatte.

Emmas Vorsätze, diesen Mann zu den Ereignissen um

Isadora zu befragen, waren samt und sonders verpufft. Konnte ein Mensch, der so liebevoll von seinem Arbeitgeber sprach und so aufopferungsvoll handelte, einen anderen Menschen kaltblütig töten?

Sie verabscheute sich selbst für die Antwort, die sie sich spontan gab: Ja, das konnte er wahrscheinlich.

«Was willst du nun tun?», fragte Anna, die von Emmas innerem Aufruhr nichts mitbekommen hatte.

Leonhard holte tief Luft, wischte mit einer entschlossenen Bewegung eine letzte Träne – und mit ihr offenbar auch die traurigen Gedanken – fort und schenkte seiner Nichte nun doch sein verhaltenes, sanftes Lächeln. «Als Allererstes würde ich jetzt gern unserer wunderbaren Gastgeberin das Du anbieten, wenn sie damit einverstanden ist. Und dir, Anna, gleich mit, was heißen soll … lass den Onkel weg und nenn mich einfach Leonhard. Wir sind alle drei erwachsene Menschen, oder? Einverstanden?» Er blickte erwartungsvoll zwischen den beiden hin und her.

«Ja, von mir aus gern», meinte Anna. «Was sagst du, Emma?»

Die zögerte. Der Gedanke, dass Leonhard Schweiger sie einlullen wollte, ließ sich nicht ganz abschütteln. Doch andererseits konnte sie auch Fragen stellen und Schlüsse ziehen, wenn sie ihn einfach nur Leonhard nannte. Und sympathisch war er ihr ja ohnehin von Anfang an gewesen.

«Sehr gern», antwortete sie rechtzeitig genug, dass es nicht peinlich werden konnte.

«Dann lasst uns darauf anstoßen, ihr beiden tollen Frauen.» Leonhard erhob sein Glas.

Nachdem jeder einen Schluck getrunken hatte, wandte er sich an Emma.

«Ich weiß von Anna, dass ihr euch mit dem Mord an Isadora beschäftigt. Und ich finde das großartig. Was mir nicht so gut gefällt, ist die Vermutung, dass ihr mich zum Kreis der Verdächtigen zählen könntet.»

Emma schwieg unbehaglich.

Leonhards Augen verengten sich. «Also ist es wahr. Wie kommt das? Ich wüsste gern die Gründe dafür.»

Wieder brauchte Emma einen Moment, um seine Worte einzuordnen. Zum ersten Mal, seit sie ihn kannte, schimmerte eine Spur von Härte und Unnachgiebigkeit durch, und sie bekam eine Ahnung von dem jungen Mann, der die demütigende Ablehnung seiner Person zum Anlass genommen hatte, unbeirrt seinen Weg zu gehen und nicht zurückzublicken.

Durfte sie ihm vertrauen? Was hatte sie zu verlieren? Dieser ganze Mordfall war ein einziger Wirrwarr aus persönlichen Verbindungen, Sympathien und Zweifeln. Was konnte schlimmstenfalls geschehen, wenn er von ihren Überlegungen erfuhr?

Da sie in den zwei Atemzügen, die sie sich für die Abwägung zugestand, zu keinem brauchbaren Ergebnis kam, gab sie sich geschlagen.

«Noch bevor ich wusste, dass Sie ... dass du eine Verbindung zu den Hohenfelsern und besonders zu Konstanze hast, sind uns zwei Dinge aufgefallen.» Sie berichtete von Benedikts Fotos und ihrer Beobachtung von Isadoras Verhalten vor ihrem Laden.

Leonhard begriff sofort. «Und nun zu wissen, dass ich Konstanzes damaliger Verehrer bin und demnach ein echtes Motiv haben könnte, Isadora zu ermorden, macht mich automatisch zum Hauptverdächtigen.»

«Ich würde nicht sagen, zum Hauptverdächtigen», beschwichtigte Anna. «Aber trotzdem passt das plötzlich alles sehr gut zusammen.»

«Du musstest Isadora doch abgrundtief dafür hassen, dass sie dir die Beziehung zu Konstanze und damit vielleicht dein ganzes Leben zerstört hat», gab Emma zu bedenken.

«Und das soll ich all die Jahre mit mir herumgetragen haben? Vierundvierzig Jahre Hass?» Er schüttelte den Kopf. «Wie stellt ihr euch vor, dass ein Mensch damit lebt?»

Diese schlichte Frage entwaffnete Emma vollkommen. Sie hatte keine Antwort darauf.

«Ich sage euch, wie man damit lebt: gar nicht. Es wäre unmöglich. Hätte ich es nicht geschafft, diesen Groll zu überwinden, hätte ich das nicht überstanden. Ja, es hat Jahre gedauert, doch ich habe irgendwann begriffen, dass es nicht nur schlecht war, was Isadora von Hohenfels mir angetan hatte, sondern dass auch ein Geschenk darin steckte.»

«Ein Geschenk? Wie meinst du das?» Anna fand als Erste ihre Sprache wieder.

«Ohne die Zurückweisung und mein Weggehen hätte ich niemals die Bekanntschaft von Bernard gemacht. Er war ein Grandseigneur, ein Beau, ein … ich finde nicht die Worte, ihn zu beschreiben. Er war einer der großartigsten Menschen, denen ich je begegnet bin. Und er hat mir viel beigebracht, sodass ich eines Tages verstanden habe, was dieser Satz bedeutet: Wenn sich für dich eine Tür schließt, öffnet sich anderswo ein Fenster. Er hat mir nicht nur Fenster geöffnet, sondern eine ganze Welt.»

Emma lauschte atemlos und mit Tränen in den Augen. Verstohlen warf sie einen Blick zu Anna, die genauso bewegt zu sein schien.

«*Sì*», sagte sie schließlich leise, «das klingt wirklich nach einem Geschenk.»

«Ich hatte ein wunderbares Leben», fuhr Leonhard fort, und seine Stimme hatte wieder den sanften Klang, den Emma kannte. «Und das verdanke ich Isadora von Hohenfels. Nun ist Bernard nicht mehr, und ich bin sozusagen frei. Und da ich nicht nur frei, sondern auch fünfundsiebzig bin, dachte ich mir, ich schaue mal in meiner alten Heimat vorbei und sehe mich ein bisschen um.»

«Du wolltest wissen, wie es Konstanze geht, nicht wahr?»

«Ja, Anna. Das war der Hintergedanke. Sie hätte verheiratet sein und sieben Kinder haben können.»

«So ist es aber nicht.»

Leonhard nickte bedächtig. «Wäre Ihre Mutter nicht mehr da gewesen, hätte ich mich wahrscheinlich direkt bei ihr gemeldet. Doch da mich Isadora an meinem ersten Tag hier erkannte und sich jede Kontaktaufnahme verbat, wollte ich erst mal abwarten.»

«Und als sie dann ermordet wurde, wolltest du dich erst recht nicht zu erkennen geben», resümierte Emma.

«Richtig.» Leonhard schnitt eine Grimasse. «Ich hatte natürlich auch daran gedacht, wie das wohl wirken musste: Nach so vielen Jahren kehre ich endlich zurück, und wenig später wird die Person ermordet, die mich damals vertrieben hat. Gleichzeitig wollte ich aber auch nicht abreisen. Nicht, um dann nicht erst recht verdächtigt zu werden, sondern weil ich beobachten wollte, wie es weitergeht – insbesondere mit Konstanze.»

Emma suchte in seinem Gesicht, doch darin lag nichts als Ehrlichkeit und Bedauern. «Du magst sie immer noch, nicht wahr?»

«Ja, Emma. Das tue ich. Von ganzem Herzen. Ich habe sie nie vergessen, egal, was ich in all den Jahren erlebt habe.»

Und das war sicher eine Menge gewesen, doch er schwieg, ganz Gentleman.

Emma atmete aus. «Der Kommissar hat sie im Visier», berichtete sie. «Und das ist etwas, das mir gar nicht gefällt. Du hättest mir gepasst als Hauptverdächtiger, wenn sie dadurch aus der Schusslinie geraten wäre.»

Leonhard lachte. «Deine Ehrlichkeit ist erfrischend, aber bei aller Liebe, diesen Gefallen kann ich dir nicht tun. Nicht mal für Konstanze, denn ich war es nun mal nicht. Aber ich schätze es sehr, dass du dich so für sie einsetzt.»

«Nicht nur ich», verbesserte Emma ihn. «Auch Anna, Helene und Therese. Wir tun unser Bestes, um den wahren Mörder zu fassen. Oder die Mörderin. Leonhard, eine Frage: Du hast beim Kochwettbewerb ziemlich dicht bei Isadora gestanden, das konnte man auf den Fotos genau erkennen. Sie hat dich angestarrt und du sie.»

«Ja, das ist richtig. Wir hatten Blickkontakt, und ich dachte für einen Moment, sie würde jetzt da oben eine Szene machen. Aber dann kam der Brand ...»

«Und alle haben dorthin geschaut», ergänzte Anna.

«Hast du irgendetwas beobachtet? Irgendjemanden gesehen?» Emma beugte sich gespannt vor. «Wir vermuten, dass jemand durch die Öffnung des Zeltes gekommen sein könnte.»

Leonhard schüttelte den Kopf. «Als ich die Stichflamme sah, bin ich sofort losgerannt und habe mich durch die Menge gekämpft, weil es aus meiner Perspektive so wirkte, als wäre Konstanze betroffen. Dann habe ich gesehen, dass sie sicher ist, und mich zurückgehalten. Ob sie mich entdeckt hat, weiß ich nicht, ich war immerhin nicht weit von ihr entfernt. Vermutlich war sie aber zu aufgeregt, und abgelenkt ja sowieso.»

«Womit wir wieder beim Thema wären.» Emma lehnte sich enttäuscht zurück. Sie hatte gehofft, von ihm einen Hinweis zu bekommen, aber es war wie bei allen, mit denen sie bisher gesprochen hatte. «Dieser verdammte Brand. Die Polizei hat keinerlei Indizien dafür gefunden, aber es fällt mir wirklich schwer zu glauben, dass das nur Zufall gewesen sein soll.»

Anna schwieg, Leonhard zuckte die Schultern. «Viele Ereignisse entstehen aus Zufällen.»

Emma nahm einen Schluck. Sollte es so einfach sein? «Eine Frage noch ... sie betrifft Konstanze.»

Leonhard straffte sich sichtlich. «Ja?» Misstrauen lag in seiner Stimme. «Was ist mit ihr?»

«Weiß sie, dass du hier bist?»

«Ich glaube, nein. Und ich hoffe, dass das noch eine Weile so bleibt.»

«Warum? Aus welchem Grund soll sie nichts von dir wissen? Gerade in der jetzigen Situation wäre moralische Unterstützung sicher wichtig für sie.»

Er schüttelte den Kopf. «Nein. Ich denke nicht, dass ich aktuell eine große Hilfe für sie wäre. Im Gegenteil, ich würde den Fokus der Ermittler erst recht auf sie lenken, denn dann hätten die einen Grund mehr, sie zu verdächtigen ...»

«... weil ihre Mutter über vierzig Jahre später ihrer Liebe von damals wieder im Weg steht», sagte Anna und nahm einen Schluck Wein. «Aber das würde auch nicht mehr viel ändern», fügte sie hinzu. «Emma sagt, der Kommissar hat sich ziemlich auf sie eingeschossen.»

«Obwohl auch ein paar andere als Verdächtige im Rennen sind», warf Emma ein. «Aber das ändert nichts an Konstanzes prekärer Situation.» Sie wippte ungeduldig mit dem Fuß. «Ich habe keine Ahnung, wer es nun wirklich gewesen sein könnte.»

«Das klingt frustrierend.» Leonhard nickte. «Zurück zu Konstanze … ich bitte euch beide darum, ihr nichts von mir zu erzählen, bis ich entscheide, dass der Moment richtig ist. Ich möchte sie nicht unter Druck setzen, denn ich habe keine Ahnung, wie sie heute zu mir steht, und sie ist mit der aktuellen Situation genug gestresst.»

«Konstanze hat nie geheiratet», gab Emma zu bedenken. «Wie wird sie wohl zu dir stehen?»

«Das hat meiner Ansicht nach nichts zu bedeuten. Sie hatte bis letzte Woche ihren Drachen von Mutter an der Seite.» Leonhard schnaubte. «Welche Wahl hatte sie denn?»

Darauf wussten weder Anna noch Emma etwas zu erwidern.

«Nein, ich bleibe dabei», fuhr er fort. «Ich möchte den Augenblick selbst bestimmen, in dem sie mich sieht und erkennt. Oder auch nicht erkennt. Aber wenn ich irgendetwas tun kann, Emma, das eure privaten Ermittlungen voranbringt, dann sag es mir bitte. Ich habe ein paar Kontakte, die uns vielleicht helfen könnten, wenn nötig.»

«Danke für das Angebot. Ich werde gegebenenfalls darauf zurückkommen.»

«Habe ich euer Wort, was Konstanze betrifft?», insistierte Leonhard.

Die beiden Freundinnen stimmten zu. Keine von ihnen würde Konstanze etwas verraten.

Emma wusste, dass es ihr schwerfallen würde, so zu tun,

als ob nichts wäre. Sie würde ihre Freundin ja spätestens am Montag sehen, um mit ihr nach Regensburg zu fahren. Aber das musste sie eben schaffen. Konstanze würde wegen des Notarbesuchs wahrscheinlich so sehr mit sich selbst beschäftigt sein, dass es ihr nicht auffallen würde, wenn Emma ein bisschen verkrampft war.

«Ich habe die ganze Zeit das Gefühl, dass ich irgendetwas übersehe, das direkt vor meiner Nase liegt, und ich weiß nicht, was das sein könnte.» Sie leerte ihr Glas und drehte es anschließend nachdenklich zwischen den Fingern. «Und jetzt bist auch noch du als Ersatzhauptverdächtiger aus dem Rennen.»

Leonhard lachte leise.

«Möchte jemand noch einen Schluck Wein?»

Anna winkte ab, und auch Leonhard schüttelte den Kopf.

«Nein, auch wenn er hervorragend ist. Der hätte Bernard sicher geschmeckt. Er war ein Genießer vor dem Herrn.»

Emma hatte noch das Aroma des Weins am Gaumen und beschloss, Leonhard später eine Flasche mitzugeben, wenn er ging.

«Hatte er eigentlich Familie?», fragte Anna neugierig.

«Nein, keine. Eine Schwester war früh gestorben, und die Eltern lebten ebenfalls nicht mehr. Kurze Ehe, kinderlos.»

Was für eine traurige Bilanz eines offenbar langen Lebens.

Leonhard schien ihre Gedanken zu lesen. «Er hatte mich. Und jede Menge Freunde, echte und weniger echte. Ihr glaubt gar nicht, wie beliebt ein Mensch mit Geld sein kann.»

«Macht auch nicht unbedingt glücklich», kommentierte Anna trocken.

Emma nickte. «*Giusto*. Geld kann aber sicher manches erleichtern. Frag Konstanze, wie es ist, wenn man keines hat.»

Für ein paar Momente hing jeder seinen Gedanken nach, bis Leonhard schließlich sein Handgelenk ins Kerzenlicht drehte und auf die Uhr sah.

«Oh, so spät. Wir haben dich lange aufgehalten, Emma. Vielen Dank für deine Zeit.» Er schob langsam seinen Stuhl zurück und stand auf.

«Ihr habt mich nicht aufgehalten. Es war mir eine Ehre und ein Vergnügen. Außerdem ist morgen Sonntag. Ich kann ausschlafen.»

Auch Anna und Emma erhoben sich von ihren Plätzen, und während sich Onkel und Nichte auf den Weg zur Tür machten, nahm Emma rasch eine Flasche Wein aus dem Karton, dann eilte sie ihnen nach.

«Für dich, Leonhard. – Gute Nacht, Anna.»

Leonhard bedankte sich und schenkte Emma ein letztes warmes Lächeln. Dann verabschiedeten sie sich, und leise fiel die Tür hinter den beiden ins Schloss.

15. KAPITEL

Am Sonntag nahm Emma sich gern mehr Zeit als sonst unter der Woche. Auch an diesem Morgen ließ sie es ruhig angehen, und so war es nach zehn Uhr, als sie ihre Wohnung verließ. Hugo war noch nicht wieder von seiner nächtlichen Jagdtour zurück – oder schon wieder unterwegs? – und sie hatte keine Lust auf ihr übliches Frühstück im Laden.

Vor sich hin summend machte sie sich auf den Weg zur Tür, als ihr Blick auf die beiden Kartons fiel, die der Lieferfahrer gestern bei ihr abgeladen hatte. Am besten, sie packte sie gleich in ihren Kofferraum, dann konnte sie die nicht mehr vergessen, wenn sie das nächste Mal zum Gut hinausfuhr.

Schon beim Anheben merkte sie, wie schwer die Kartons waren, so wie der junge Fahrer gesagt hatte. Also stellte Emma einen wieder ab und trug den anderen zu ihrem Auto, das auf dem hinteren Parkplatz wartete. Dabei warf sie einen neugierigen Blick auf den Absender: Eine Druckerei im Fränkischen, es handelte sich also wahrscheinlich um Papier.

Was Konstanze wohl bestellt haben mochte?

Sie hievte auch das zweite Paket ins Auto und sperrte ab. Nach einem kurzen, aber strammen Spaziergang kehrte sie bei Straubs im Gasthof ein und fragte Adelheid nach Helene.

«Die ist bei meiner Mutter. Wennst magst, schau vorbei.»

«Das ist eine gute Idee, *grazie*, Adelheid.» Schon vorhin

hatte Emma sehnsüchtig an Thereses Schmandkuchen gedacht, von dem die alte Dame gestern erzählt hatte. Wie es aussah, würde sie nun vielleicht tatsächlich welchen bekommen.

Beschwingt lief sie durch das Dorf und klingelte an Thereses Haustür. Helene öffnete ihr.

«Hey, das ist ja eine schöne Überraschung! Omi, schau mal, wer da ist!»

«Was ist, Kind?», ließ sich Therese aus der Küche vernehmen.

Helene verdrehte die Augen. «Ich versuche ja immer wieder, sie zu einem Hörgerät zu überreden. Mit mäßigem Erfolg.»

Ihre Großmutter erschien in der Küchentür. «Ach, die Emma! Wie schön! Komm rein, ich hab Kuchen für dich. Magst du Sahne dazu?»

Sahne mochte Emma eigentlich immer, doch angesichts ihrer etwas stramm sitzenden Jeans verzichtete sie lieber darauf und aß den herrlich locker-leckeren Kuchen ohne – die Kalorien reichten auch so. Mit light hatte Therese nämlich nichts am Hut.

Nachdem sie genüsslich ihr Stück verspeist hatte, brachte sie die beiden bei einer Tasse Kaffee auf den neuesten Stand.

Therese nickte bedächtig. «Alte Liebe rostet nicht, sag ich immer. Natürlich mag der Leo sie noch.»

«Aber gell, Omi, wie die Emma gesagt hat: Das behalten wir erst mal für uns, dass das der frühere Verehrer von Konstanze ist», mahnte Helene.

«Ja, das weiß ich. Ich bin doch nicht blöd», wehrte ihre Großmutter beleidigt ab und stand auf.

Emma fasste sie am Arm. «Aber das wissen wir, Resi. Es

ist nur so, dass man es sich oft besser merkt, wenn man es öfter hört. Das gilt auch für mich.» Sie warf Helene einen strafenden Blick zu.

«Was denn?», zischte die, als Therese in die Küche schlurfte, um frischen Kaffee zu holen. «Ich hatte einfach Angst, dass sie es nicht gehört hat.»

«Du musst sie aber deswegen nicht wie ein kleines Kind behandeln, Leni.»

Helene sah schuldbewusst auf ihren Teller. «Stimmt, aber manchmal kommt sie mir halt so vor.»

«Leni! Deine *nonna* ist fünfundachtzig! Es ist sowieso ein Geschenk, dass sie noch so rüstig ist.»

Helene seufzte. «Die Mami will demnächst mal mit ihr in die Stadt fahren wegen eines Hörgeräts. Ich hoffe, sie macht mit.»

«Das wird sie …» Emma brach ab, weil Therese zurückkam.

«So, hier ist frischer Kaffee. Möchte jemand Rühreier? Ich hab ganz tolle Eier, von glücklichen Hühnern.»

«*Grazie*, Resi, aber ich bin wirklich satt vom Kuchen, ich kann gerade nichts mehr essen.»

Helene schenkte Kaffee nach, und Resi setzte sich wieder zu ihnen an den kleinen Tisch. Sie schob den Vorhang ein wenig zur Seite und blinzelte hinaus.

«Die Sonne scheint», stellte sie fest. «Ich setz mich nachher unter meine Linde und schau den Leuten zu. Vielleicht kommt der Leonhard vorbei, dann plaudern wir über alte Zeiten.»

«Wusstest du eigentlich, wer er ist, Resi?», hakte Emma ein.

Die alte Dame lachte. «Natürlich. Aber ich hab's euch

nicht sagen dürfen. Genauso wenig, wie ich's jetzt der Konstanze sagen darf. Ich hab ihn ziemlich gut gekannt, schließlich bin ich damals im Gutshaus putzen gegangen.»

«Was?» Helene ließ beinahe ihre Tasse fallen. «Und das erzählst du uns jetzt erst?»

«Ihr habt mich nicht gefragt.» Therese blickte irritiert von ihrer Enkelin zu Emma. «Ist das denn wichtig?»

«Ich weiß es nicht», gestand Emma. «Aber vielleicht hat er dir Dinge erzählt, die für uns interessant sein könnten.»

«Hm ...» Therese rührte geistesabwesend in ihrer Tasse. «Ich denk mal nach. Vielleicht fällt mir ja was ein. Dann sag ich's euch.»

«Ja, tu das, Omi.» Helene legte ihr den Arm um die Schulter. «Vielleicht bringt das Licht ins Dunkel.»

Dieser Ausdruck ließ Emma stutzen. «Wisst ihr, ich habe das merkwürdige Gefühl, dass wir gar kein Licht brauchen. Es liegt so vieles offen vor uns. Die Zusammenhänge sind so deutlich. Wir wissen, wer wen kennt und warum nicht mag, wir wissen, wer mit wem irgendwie verbunden ist, wir kennen die Hintergründe ... und trotzdem ist einfach nicht klar, wer es letzten Endes war. Ich lande immer und immer wieder an diesem Punkt und komme nicht weiter. Es ist, als würde irgendetwas fehlen. Nur ist es kein Licht, sondern etwas anderes.»

«Aber was?»

«Genau, Leni. Aber was?»

«Hast du dein Notizbuch dabei?»

«Ja, immer. Damit ich mir Ideen notieren kann, wenn sie vorbeihuschen.» Emma zog es aus ihrem kleinen Rucksack, den sie am Wochenende meist anstelle einer Handtasche benutzte. «Was willst du denn damit?»

«Alle noch mal durchgehen, die überhaupt infrage kommen könnten. Und dann notieren wir daneben, warum sie es *nicht* gewesen sein können.»

«Das ist eine gute Idee, Leni. Manchmal muss man das Pferd von hinten aufzäumen, sag ich immer.» Therese legte den Löffel beiseite und stützte sich auf dem Tisch ab, um besser zu Emma hinübersehen zu können.

«Dann fang gleich mal an, Omi», ermunterte Helene sie.

«Natürlich die Konstanze.»

Emma schrieb – und war froh, dass sie in diesem Moment nicht diesen irrationalen Groll empfand, ihre Freundin als erste Verdächtige notieren zu müssen. Vielleicht bekam sie langsam wirklich eine professionelle Distanz. Es hatte seinen Sinn, dass Polizisten nicht in ihrem eigenen persönlichen Umfeld ermitteln durften. Es war schwierig, objektiv zu bleiben, wenn es um jemanden ging, den man mochte.

«Emma? Träumst du?»

«*Cosa?*» Sie schreckte auf. «Ich hab nur gerade nachgedacht. Wer kommt als Nächstes?»

«Dorothea Artzt», diktierte Helene. «Und Hubert Rossmeier.»

«Und der Doktor aus der Schweiz. Wie heißt der?»

«Du meinst diesen Hunziker, Resi», soufflierte Emma und schrieb.

«Dann der Leonhard. Und dieser verlorene Enkel, der … der …»

«Gernot Klimpel.»

«Genau. Leni, fällt dir noch jemand ein?»

«Jetzt grad nicht, Omi. Ich glaub, da haben wir die vollständige Liste aufgezählt.»

«Wahrscheinlich ausgeschieden sind nach wie vor nur

die beiden Ärzte», resümierte Emma. «Rossmeier, weil er sich laut den Fotos von Benedikt zum fraglichen Zeitpunkt vermutlich weder in Konstanzes noch in Isadoras Nähe aufgehalten hat.»

«Wobei ich da ein Fragezeichen machen würde», mischte sich Helene ein. «Mit Sicherheit sagen können wir das nämlich nicht, weil ja alles anders passiert sein könnte, als wir glauben.»

«*Giusto*, aber zunächst müssen wir von Wahrscheinlichkeiten ausgehen. Hunziker war in München. Konstanze sagte, er sei am Morgen kurz vor ihr losgefahren, um sich mit seinem Freund zu treffen.»

«Wissen wir eigentlich, wer dieser Freund ist?»

«Der Kommissar sagte, sie hätten sein Alibi überprüft.»

«Bleiben Leonhard Schweiger, die Klimpels ...»

Emma seufzte. «Nach wie vor Doro – und natürlich Konstanze.»

Nach dem nicht besonders erfolgreichen Vormittag – zumindest aus ermittlungstechnischer Sicht – brauchte Emma etwas Abstand und Bewegung. Sie zog sich rasch um, packte ein paar Snacks in ihren Rucksack und machte sich auf in die Hölle.

Das wunderbare Naturschutzgebiet nicht weit von Himmelsricht, das sie vor Tagen Leonhard Schweiger oder besser dem unbekannten Touristen Lennart Stiller empfohlen hatte, zog sie immer wieder magisch an. Wenn sie für sich sein, überlegen oder einfach nur an nichts denken wollte, kam sie für ein paar Stunden hierher, wanderte den wildromantischen Höllbach entlang und vergaß dabei jedes Mal die Zeit.

Danach sehnte sie sich auch jetzt wieder. Sie war länger nicht mehr hier gewesen, ihr gut laufendes Lädchen hatte sie so vereinnahmt, dass sie sich gar nicht die Muße genommen hatte für ein paar freie Stunden. Doch nun war es mal wieder so weit.

Sie parkte das Auto nicht am Beginn des Wanderwegs, sondern an seinem Ende und lief die Straße hinauf, auf der Peter sie letztes Jahr aufgesammelt hatte. Heute würde sie erst das anstrengende Stück bergauf bewältigen, damit sie es nach dem Abstieg in der Hölle gemütlicher hatte.

Im Wald war es kühl, wie immer. Der schmale Höllbach bahnte sich seinen Weg durch einen Wirrwarr an riesengroßen Granitfindlingen, umspülte steinerne Inseln, plätscherte unter umgestürzten Baumstämmen hindurch, verzweigte sich, schuf Tümpel und kleine Kaskaden und fand wieder zu einem einzigen Flüsschen zusammen. Sein Rauschen bildete eine konstante Geräuschkulisse, die etwas Hypnotisches an sich hatte.

Der Waldboden, der dicht mit Nadeln bedeckt war, gab weich unter ihren Füßen nach, als Emma eine Weile den Hang entlanglief, der von ihrer rechten Seite aus zum Wasserlauf hin abfiel. Doch dann war es ihr zu mühsam, die Schräge auszubalancieren, und sie ließ sich hinuntertreiben ans Wasser, wo das Gehen zwar ein bisschen mehr Aufmerksamkeit erforderte, weil es steiniger und auch rutschiger war, dennoch empfand sie es als bequemer.

Langsam und bewusst genoss sie jeden Schritt, folgte mit den Augen den Schmetterlingen, beobachtete kleine Wasseramseln, die flink herumhüpften und keine Sekunde still hielten, sodass sie wenigstens ein Foto hätte machen können. Sonnenstrahlen fielen schräg durch die Baumwipfel, von Tannenzweigen zu filigranen Scherenschnitten geformt.

Eigentlich hätte das Leben nicht schöner sein können. Sie war gesund, ihrer Tochter ging es blendend, ihr *Alimentari* war ein großer Erfolg ... Was hätte sie sich mehr wünschen können?

«Zu wissen, wer es war», sagte sie laut in das Murmeln des Wassers hinein und fiel für einen Augenblick aus dem Moment, als der ungelöste Mordfall sie wieder einholte. Morgen würde sie mit Konstanze nach Regensburg fahren. Sie würde sich mit ihrer Tochter auf ein spätes Frühstück treffen, während die Freifrau ihren Notartermin wahrnahm. Ob sie da erhellende Neuigkeiten erfahren würde? Emma hoffte es, und sie hoffte außerdem, dass das Testament, das Konstanze prüfen lassen wollte, seine Gültigkeit hatte. Abgesehen davon freute sie sich sehr auf das Treffen mit Raffaella.

Emma sah sich um. Wie lange waren sie nicht mehr als Familie hier gewesen? Sie, Korbinian und ihre Tochter? Das musste Jahre her sein. Wie gern hatten sie gemeinsam hier die Nachmittage verbracht, hatten gepicknickt, und Raffaella hatte Geschichten erfunden, die von Steinkönigen und Wassergöttinnen handelten.

Sie seufzte. Lang vergangene Zeiten. Vergangenes Glück. Wie das Wasser war auch das Leben ein beständiger Strom an Veränderungen. Sie hatte eine neue Erfüllung gesucht und gefunden, Raffi war happy mit ihrem Studium und ihrer Regensburger Clique, und Korbinian baute sich gerade eine Beziehung mit Friseurin Petra auf.

Vermisste sie das? Zweisamkeit? Einen Partner an ihrer Seite?

Sie prüfte das Nein, das spontan in ihr hochploppte, und

fand es authentisch. Ihr fehlte nichts. Zumindest meistens. Sie hatte ihre Freundinnen, manchmal unternahmen sie gemeinsam etwas, hin und wieder gab es ein Abendessen im Freundeskreis. Doch für gewöhnlich war sie nach ihrem langen Tag im Laden so geschafft, dass sie einfach nur relaxen und früh ins Bett wollte.

Ein kleines Teufelchen auf ihrer Schulter flüsterte ihr die Frage ins Ohr, ob das alles gewesen sein sollte, doch sie schubste es entschlossen weg und ertränkte es im Höllbach, wo es hingehörte.

Da sie noch immer satt vom Kuchen war, ließ sie ihren Proviant im Rucksack und schüttelte die Überlegungen ab. Der Tag war viel zu schön, um ihn mit solchen Anwandlungen zu verschwenden. Das war auch nicht ihre Art, sie krempelte lieber die Ärmel hoch und packte an, statt lange über Dinge nachzugrübeln, die sie nur traurig machten.

Ihre Gedanken wanderten zurück zu ihrem Fall. Da wollte sie endlich mal vorankommen, denn momentan drehte sie sich leider nur im Kreis. Frustriert stapfte sie weiter. Der Spaziergang brachte ihr nicht die erhoffte Inspiration, den ersehnten Durchbruch. Mit wem konnte sie noch sprechen, wen fragen? Wer konnte etwas wissen, gesehen oder gehört haben?

Sie ließ ihren Blick über die teils moosbedeckten Granitfelsen streifen, die unverrückbar die kleine Schlucht prägten. Kurz dachte sie an die Ratssitzung am Freitagabend und fragte sich, wo diese Kurklinik wohl gebaut werden sollte. Platz gab es genug im Umkreis, die Landschaft war wahrlich schön und das Klima der Gesundheit sicher förderlich. Aber ob so eine Klinik mit der dazugehörigen Klientel auch gesund für Himmelsricht und Umgebung wäre?

Allmählich näherte sie sich der Talsohle des Höllbachs und kam an die Stelle, an der das Gefälle weniger wurde, der Bach seinen Lauf etwas verlangsamen konnte und nicht mehr so rasant über Stock und Stein sprudelte. Emma überquerte die Holzbrücke, die sie hinüberbrachte auf die andere Uferseite, wo es nun ruhiger, sanfter und beinahe eben weiterging. Das Plätschern des Wassers wurde zu einem Murmeln, das sie weiterhin begleitete und durch das Stimmen und Gelächter zu ihr drangen. Sie war nicht mehr allein. Irgendwo mussten auch andere Spaziergänger den Zauber des Naturschutzgebietes genießen.

Zu beiden Seiten stieg der Wald hügelig an, im Talgrund führte der Weg nun über eine weitere saftig grüne Wiese. Und genau auf dieser saftig grünen Wiese sprang sie am Rand des Baches ein quietschbunter Fleck an, der sich als Picknickdecke mit Sonnenschirm entpuppte.

Emma musste zweimal hinsehen, doch dann erkannte sie Andrea Klimpel in ihrem gepunkteten Sommerkleid. Die schwarzen Haare hatte sie heute auf dem Kopf zu einem Dutt gebunden.

Sie waren zu viert. Die beiden Erwachsenen saßen auf der Decke zwischen einem Bastkorb, Holztellern und Servietten, und Janina spielte Federball mit ... *Dennis Bachmeier*? Die beiden Teenies hatten offenbar einen Heidenspaß.

Der Junge entdeckte sie als Erster.

«Hi, Emma», rief er quer über das Grün, und spätestens damit war Emmas Chance, sich irgendwie unbemerkt an der Gruppe vorbeizumogeln, dahin.

«*Ciao*, Dennis.»

«Der Punkt geht an mich!», rief Janina begeistert und schwenkte ihren Schläger durch die Luft.

«Das gilt nicht, ich war abgelenkt!», protestierte Dennis. «Nur weil man mal tut, was einem die Erwachsenen andauernd predigen, und 'ne Bekannte höflich grüßt, kannst du mich nicht einfach bescheißen!»

Janina grinste ihn nur breit an. «Spielen wir jetzt weiter oder was?»

«Moin, Emma!» Andrea Klimpel winkte ihr mit beiden Händen. Sie hatte das mit dem Du offenbar tatsächlich ernst gemeint.

Emma winkte zurück.

«Komm rüber und iss was mit uns!», rief Andrea gut gelaunt. «Es ist so viel da!»

«Danke, aber ich will nicht stören», wehrte Emma ab. Den Nachmittag mit einem ihrer Verdächtigen, seiner Familie und Annas Sohn beim Picknick zu verbringen, war absolut nicht ihr Plan gewesen.

«Ach, Humbug! Du störst nicht!»

«Überhaupt nicht», stimmte Gernot Klimpel zu. «Im Gegenteil, das ist ein schöner Zufall, wir hatten's nämlich grad von Ihnen.»

Emma sah ein, dass sie der Situation nicht entfliehen konnte, ohne die Leute offen zu brüskieren, also ging sie quer über die Wiese zu ihnen.

«So?», meinte sie. «Hoffentlich war auch Gutes dabei.»

«Nur», behauptete Andrea vollmundig. «Konstanze hat uns nämlich ihren Geschenkkorb abgetreten, weil sie sagt, das kann sie gar nicht alles essen, und drum machen wir hier jetzt ein Picknick. Ist das nicht großzügig von ihr?» Ohne eine Antwort abzuwarten, redete sie weiter. «Und deswegen, weil die Sachen so lecker sind, haben wir eben von dir gesprochen und gesagt, dass der Laden toll ist und dass wir so was bei uns oben in Cuxhaven auch gut brauchen könnten. Du magst nicht zufällig ein bisschen weiter in den Norden ziehen? Ans Meer? Ist zwar nicht das blaue Mittelmeer, aber bei uns ist es auch schön, glaub mir.» Sie lachte fröhlich. Von der schlecht gelaunten Frau, die vor einer Woche lauthals über den Rauswurf bei Straubs und über die teuren Preise in Emmas *Alimentari* gemeckert hatte, war nichts mehr übrig.

«Setzen Sie sich, Frau Ferrari.» Gernot Klimpel mogelte sich elegant in eine Atemholpause seiner Frau und rückte ein wenig beiseite.

Etwas widerstrebend kniete sie sich neben die beiden auf den Rand der Decke und ließ ihren Blick über den Inhalt des Korbes wandern, den sie selbst zusammengestellt hatte. Konstanze hatte das Geschenk ihres Vielleicht-Neffen also abgelehnt, sieh an. Aus Trotz? Oder wollte sie sich der Familie einfach nicht verpflichtet fühlen? In jedem Fall war es eine Demonstration von Distanz, dessen war sich Emma sicher.

«Greif zu und tu dir keinen Zwang an, das reicht locker für uns alle. Die Kids wollen nichts, die hatten sich vorher Pommes gewünscht.»

Emma schaute zu den beiden, die kichernd und gackernd über die Wiese flitzten.

«Sie scheinen sich gut zu verstehen.»

«Oh, und wie! Stell dir nur mal vor ...» Andrea Klimpel beugte sich zu Emma und senkte die Stimme. «Janina redet überhaupt nicht mehr von Rust und Freizeitpark und verkackten Ferien ...»

«Andrea, bitte!» Ihrem Mann war das Vokabular offenbar peinlich, er warf Emma einen entschuldigenden Blick zu.

«Was denn, Gernot? Ich wiederhole nur, was deine Tochter dauernd sagt. Da stört's dich ja auch nicht.»

«Das stört mich auch, aber es hilft ja nichts, selbst wenn ich es ihr tausendmal sage.»

«So sind Teenager eben», schaltete Emma sich ein.

«Hast du auch welche?»

«Nicht mehr. Meine Tochter ist über zwanzig.»

«Gott, da kommt unsere hoffentlich auch irgendwann mal hin.» Andrea verdrehte die Augen, griff sich eine Scheibe Salami und wickelte sie um ein Stück Parmesan. «Wenn ich sie vorher nicht erwürge.» Sie schob sich den Happen in den Mund und kaute genüsslich.

Emma musste sich trotz allen Unwohlseins ein Schmunzeln verkneifen, als ihr wieder einfiel, dass sie vor nicht allzu vielen Jahren einen ähnlichen Satz gesagt hatte – damals sehr zu Korbinians Entsetzen, der ihr eine solche verbale Entgleisung nicht zugetraut hätte.

«Sie waren sicher ein bisschen überrascht, als Sie gehört haben, dass wir mit Konstanze verwandt sind», lenkte Gernot Klimpel das Gespräch wenig elegant auf das einzige Thema, das Emma länger als zehn Minuten auf der Picknickdecke halten konnte.

«*Sì*, das kann man so sagen», bestätigte sie vorsichtig. «Allerdings werden wir alle erst dann echte Gewissheit haben, wenn das Ergebnis des Gentests feststeht.» Seit sie wusste, dass Gernot Klimpel – zumindest theoretisch – in Besitz des tödlichen Gifts gewesen sein konnte, war ihr Misstrauen rasant gestiegen.

«Ach, ich hab gleich gemerkt, dass es dir lieber wäre, wenn das nicht stimmt», sagte Andrea leichthin. «Versteh ich auch, ihr seid halt Freundinnen. Wenn ich in der Situation wäre, hätte ich auch was dagegen, dass plötzlich irgendwer auftaucht und von der unrühmlichen Vergangenheit erzählt.» Zwei Oliven folgten der Salami und dem Käse, begleitet von einem Stückchen Bruschetta.

Ehe Emma etwas darauf sagen konnte, ergriff Herr Klimpel wieder das Wort.

«Ich kann auch nachvollziehen, dass Konstanze das nicht akzeptieren will, aber glauben Sie mir, Frau Ferrari, wir haben es uns nicht leicht gemacht, diesen Schritt zu gehen und uns vorzustellen.»

«Warum duzt ihr euch eigentlich nicht auch?» Andrea tunkte etwas Öl mit einem Stückchen Brot auf.

Das brachte ihren Mann sichtlich aus dem Konzept. «Was? Aber, Andrea, du kannst nicht einfach …»

«*Va bene.*» Emma gab ihren Widerstand gegen die Situation auf. Es war nun eben so, wie es war. Also konnte sie auch gleich das Beste daraus machen und versuchen, mehr herauszufinden. Das war mit Sicherheit nervenschonender, als sich darüber aufzuregen. Und sie hatte Gieseking zwar versprochen, bis zum Gentest zu warten, bevor sie den Klimpels auf den Zahn fühlte, aber zu dem Zeitpunkt hatte sie ja nicht ahnen können, dass das Ehepaar sie zu einer Unterhaltung geradezu zwingen würde. «Schon gut. Wir können gern auch Du sagen. Emma.»

«Gernot.» Erleichtert streckte er die Hand quer über die Decke.

«Schon lustig», kommentierte Andrea völlig zusammenhanglos, griff nach den getrockneten Tomaten und machte eine raumgreifende Bewegung. «Hier kann man echt sagen, ich bin durch die Hölle gegangen. Und es ist nicht mal gelogen.»

«Seid ihr denn durch?» Sie sahen nicht so aus, als hätten sie einen anstrengenden Marsch hinter sich.

«Nö», sagte Andrea erwartungsgemäß. «Wollen wir auch nicht, was, Gernot? Ich hab eh zu viel gegessen dafür. Wir legen uns nachher lieber zu einem Schläfchen hin.»

Ob das den Teenies nicht zu langweilig werden würde? Emma sah sich suchend nach den beiden um und entdeckte sie am Ufer sitzend, wo sie offenbar in eine spannende Unterhaltung vertieft waren. Von der Seite aus schien tatsächlich erst mal Ruhe zu herrschen.

«Du wolltest erzählen, warum ihr trotzdem hergekommen seid», kehrte sie zum Thema zurück.

«Ach ja, genau.» Gernot nahm sich nun ebenfalls ein Stück Brot. «Wissen Sie ... Weißt du, für uns war das auch eine schöne Überraschung, dass da plötzlich eine Großmutter auftauchte, von der wir gar nichts gewusst hatten. Also, ich meine, natürlich war klar, dass mein Vater auch eine Mutter gehabt haben musste. Aber mein Großvater hat sie eisern totgeschwiegen. Dann habe ich die Geburtsurkunde meines Vaters in seinem Nachlass gefunden und mir aus einer Laune heraus gedacht, ich surfe mal ein bisschen und suche nach diesem ungewöhnlichen Namen.»

«Isadora Witzmann.»

Er nickte. «Hat mich ein paar Feierabende und eine Computernacht mit einem Freund gekostet, der sich da auskennt. Mein Vater und ich, wir haben ja beide gedacht, dass sie längst gestorben ist. Aber dann habe ich jemanden mit diesem Namen gefunden, als verheiratete Isadora von Hohenfels. Ich dachte eigentlich, das könnte nur ein Zufall sein, und sie ist es eben nicht. Auf jeden Fall wollte ich hierher und sehen, ob sie noch lebt und ob sie es sein könnte und ob ich weitere Verwandtschaft habe, von der ich nichts weiß.»

«Wir dachten, ob sie die richtige ist oder nicht, würden wir daran merken, wie sie reagiert, wenn wir plötzlich vor der Tür stehen», ergänzte Andrea. «Weißt du, nach dem Motto ‹Wie heißen Sie? Kenn ich nicht, nie gehört, guten Tag›. Dann wären wir eben wieder gefahren. Aber sie war so komisch drauf, dass mir gleich klar war, die muss es sein. Das ging gar nicht anders.»

Ihr Mann nickte. «Beim ersten Besuch war offensichtlich, dass sie den Namen meines Vaters kannte und es nur nicht zugeben wollte. Als wir dann die Unterkunft wechseln mussten, lag es nahe, sie zu fragen, ob sie uns die paar Tage bei sich wohnen lässt. Das Haus ist ja riesig, und sie war immerhin meine leibliche Großmutter. Und ich wollte halt auch gern wissen, wie es eigentlich zu dieser komischen Konstellation kam.»

«Was für eine Konstellation?»

«Na ja …» Hilfe suchend sah er seine Frau an.

«Gernot meint, dass man sich fragen muss, warum ein Kind nicht bei seiner Mutter aufwächst, wenn die nicht früh gestorben ist. Ist ja ungewöhnlich, ne? Und so totgeschwiegen … das ist komisch, oder?»

Die Frage schien berechtigt, wenn auch zum gegenwärtigen Zeitpunkt nicht wirklich angebracht.

«Ich wollte sie einfach kennenlernen und wissen, was sie dazu gebracht hat, ihren Sohn zu verlassen», sagte Gernot schlicht.

Emma nickte. «Leider war das nur ein sehr kurzes Kennenlernen, und wie ich vermute, ohne entsprechende Antworten.»

«Ja, leider. Und hier sind wir nun. Aber glauben Sie … glaub mir, Emma, wir sind ohne jeden Hintergedanken an ein Erbe hergekommen.»

«Na ja …» Seine Frau hob den Finger.

«Also ich jedenfalls nicht, Andrea. Und du auch nicht wirklich, wenn du mal ehrlich bist. Was willst du denn mit so einem … Kobel in der tiefsten bayerischen Provinz?»

Emma musste sich auf die Zunge beißen, um auf diese respektlose Beurteilung ihrer geliebten zweiten Heimat keine harsche Antwort zu geben. Gleichzeitig wurde sie hellhörig: Offenbar war das Erbe durchaus Thema zwischen den beiden gewesen.

«Ja, als ich das dann gesehen habe, wollte ich das Gut ja auch nicht mehr erben», lenkte Andrea ein.

«Mir tut meine Tante Konstanze beinahe leid», sagte Gernot. «Seit wir dort wohnen, ist mir erst mal so richtig klar geworden, dass das kein Zuckerschlecken ist, wenn man so ein Objekt an der Hacke hat.»

«*Sì*, das stimmt.»

«Ich wollte nur … also ich wollte wirklich nur …» Er hielt inne, fuhr sich durchs Haar und starrte mit plötzlich wässrigen Augen in die Ferne. «Ich dachte, ich hätte meine Großmutter wiedergefunden. Und eine Tante obendrein. Familie eben, weil ich sonst keine mehr habe …» Er klang so aufrichtig, dass es Emma eng ums Herz wurde.

«Du hast uns», sagte seine Frau unerwartet sanft und strich ihm über den Oberschenkel.

Er legte seine Hand auf ihre und lächelte sie an. «Ja, euch habe ich. Und ihr seid mir lieb und teuer. Aber du weißt, was ich meine, Andrea.»

«Das weiß ich. Versteh dich ja.»

«Und kaum sind wir hier, stirbt sie nicht nur, sondern wird auch noch ermordet! Mord!» Er hob beide Hände zu einer fassungslosen Geste. «Das muss sich einer mal vorstellen!»

«Ja, das war schlimm», pflichtete ihm Andrea bei. «Hast du dir anders vorgestellt.»

«Und ich habe wieder nichts erfahren ...» Gernot wischte sich über die Augen und schüttelte den Kopf. «Tante Konstanze hat ja jetzt auch niemanden mehr, oder?»

«Das ist richtig», sagte Emma betroffen.

Sie sah über die sattgrüne Wiese und ließ Gernots Worte in sich nachwirken. Sie musste sich eingestehen, dass sie diese Familie – oder Teile davon – gern als des Mordes an Isadora von Hohenfels schuldig befunden hätte, aber ... waren hier genug Intelligenz und kriminelle Energie vorhanden, um einen solchen Mord zu planen und auszuführen? Zumindest Andrea Klimpel schien keine Rolle zu spielen, sie war ganz sie selbst, und Gernot ... Emma kam zu keinem Ergebnis. Er wirkte aufrichtig, doch natürlich konnte das nur Show sein. Immerhin lag ihnen der Gedanke an ein Erbe nicht ganz fern.

Eine Weile herrschte Schweigen, das nur vom leisen Plätschern des Baches und dem Murmeln der beiden Kinder untermalt wurde. Emma gab sich einen Ruck. Da sie nun hier saß und sich mit den beiden unterhielt, konnte sie ebenso gut ihren eigenen Proviant zum Picknick beitragen. Also kramte sie aus dem Rucksack, was sie eingepackt hatte.

«Ich habe auch noch ein paar Leckereien mitgebracht. Mehr ist es nicht, aber so kann ich auch ein bisschen was beisteuern und muss es nicht wieder mit nach Hause nehmen», meinte sie und legte die Ochsenherztomate, den Ziegenricotta und die Grissini auf einen der Teller.

Andrea griff danach. «Ah, fein. Ich mag diese Tomaten. Wie sagt man? Grazia?»

«*Grazie.*»

«Na, dann eben das. Und jetzt lasst uns auf deine Großmutter anstoßen, Gernot. Gott hab sie selig, die alte Schnepfe ...»

16. KAPITEL

Konstanze wartete am Montagmorgen bereits vor dem Laden auf Emma. Es waren erste Kunden da, aber Anna hatte alles bestens im Griff, und so konnte Emma ohne schlechtes Gewissen mit ihrer Freundin zum Notar fahren.

Auf der Bundesstraße Richtung Stadt fasste sie sich ein Herz und stellte Konstanze die Frage, die sie seit ihrem gemeinsamen Besuch bei Doktor Rossmeier beschäftigte.

«Nehmen Sie es mir nicht übel, Konstanze, aber da ist etwas, das meiner Neugierde keine Ruhe lässt.»

«Was denn?» Konstanze nahm kurz den Blick von der Straße. «Schießen Sie los.»

«Isadoras Patientenverfügung, damit Ihnen der Doktor Auskunft erteilen konnte ...»

«Was ist damit»?

«Sie war sehr hilfreich ...» Himmel, warum fiel es ihr so schwer, einfach damit herauszurücken?

«Das ist Sinn und Zweck solcher Schriftstücke.»

«War sie echt?»

Wieder kam ein kurzer Blick von der Fahrerseite herüber. «Wie meinen Sie das?»

«*Allora* ... Isadora wollte nicht, dass Sie zu Lebzeiten von ihrer Krankheit erfahren, aber Sie stellte Ihnen ein Dokument aus, das genau das nach ihrem Tod bis ins Detail ermöglichte? Ich frage mich, wie das zusammenpasst.»

Konstanze zuckte mit den Achseln. «Diese Frage habe

ich mir nicht gestellt, sondern war froh, dass ich das Ding hatte.»

«Sie haben da also nicht etwas nachgeholfen?»

«Das trauen Sie mir zu?»

Emma überlegte einen Moment. In Konstanzes Stimme hatte ein belustigter Unterton mitgeschwungen, und sie wusste trotz der eigentlich klaren Antwort noch immer nicht wirklich, was sie glauben sollte.

«Irgendwie ja.»

Konstanze wandte den Kopf und grinste sie breit an. «Gut zu wissen – das gefällt mir.»

Emma lächelte zurück und beschloss, es dabei zu belassen. Falls Konstanze das Dokument gefälscht hatte, war es sowieso besser, wenn sie es nicht explizit wusste. Kleine Geheimnisse erhielten die Freundschaft – oder wie sagte man da?

Konstanze setzte Emma am Donauufer ab und fuhr weiter in die Innenstadt. Sie wollten sich anschließend wieder hier treffen, vielleicht einen Stadtbummel machen und gemeinsam mit Raffaella eine Kleinigkeit essen.

In dem Bistro hatten sich Emma und ihre Tochter bereits mehrfach verabredet. Sie selbst fand den Ort um diese Jahreszeit einfach schön, und für Raffaella war es praktisch, weil sie nicht weit von hier ihre WG hatte und so nicht quer durch die Stadt fahren musste. Das konnte dauern, denn im Sommer war hier alles voller Touristen – zu Recht, wie Emma fand. Ihr gefiel es ausnehmend gut in Regensburg, das von sich sagen durfte, die wohl italienischste Stadt nördlich der Alpen zu sein, mit dem philosophischsten aller römischen Kaiser als Gründer: Marc Aurel.

Emma war zu früh dran. Sie ging ein paar Schritte auf die

Brücke hinaus, die über den südlichen Donauarm führte, lehnte sich ans Geländer und schaute ins Wasser. Der große Strom zog hier, an seiner nördlichsten Stelle, träge unter ihr dahin. Ganz anders als das flinke Bächlein, an dem sie gestern entlanggegangen war. Emma wurde sich wieder einmal der Tatsache bewusst, dass sie nirgendwo leben wollte, wo kein Wasser in der Nähe war.

Scharen von Menschen, die von einem der großen Parkplätze auf der anderen Flussseite kamen, liefen an ihr vorbei. Sie schnappte ein paar Wortfetzen auf – viele der Besucher schienen internationale Gäste zu sein.

«Schön, wie das Wasser strömt, nicht wahr?»

Raffaella war neben sie getreten, ohne dass sie es gemerkt hatte.

Emma umarmte ihre Tochter fest. «Ja, das habe ich mir auch gerade gedacht. *Ciao, tesoro*! Wo kommst du her? Ich dachte, ich würde dich sehen ...»

«Ich habe das Fahrrad genommen, weil ich vorher was erledigen musste. Das habe ich vor dem Café abgestellt, da hab ich dich auf der Brücke stehen sehen.»

«*Dai, andiamo*. Lass uns gehen, du hast sicher Hunger.»

«Nein, heute mal nicht so. Ich hab erst spät gefrühstückt, aber das heißt nicht, dass ich nichts mehr reinkriegen würde.»

«Du bist, wie ich früher war», stellte Emma mit einem Blick auf die schlanke Taille ihrer Tochter nicht ohne liebevollen Neid fest. «Ich konnte auch essen, was ich wollte, ohne dass es anschlug. Aber jetzt ...»

«Ach, *mammina*!» Raffaella gab ihrer Mutter einen Schmatz auf die Wange. «Ich finde, ein bisschen Polster an den Hüften zu haben, steht dir wirklich gut. Und außerdem hast du viel weniger Falten als andere Frauen in deinem Alter.»

Emma prustete. «Danke für das Kompliment, *ciccia*. Als meine Tochter hättest du aber auch nichts anderes sagen dürfen.»

Sie suchten sich einen Platz, von dem aus sie die Flusskreuzfahrtschiffe im Auge hatten, und bestellten sich wie üblich Milchkaffee und dazu jeweils ein Stück der verführerischen selbst gebackenen Kuchen. Mit dem Anflug eines schlechten Gewissens nahm Emma sich vor, die nächsten Tage nur Salat zu essen. Zumindest als Beilage.

«Jetzt erzähl mal ausführlich, was sich in dem himmlischen Dorf Mörderisches tut», forderte Raffaella ihre Mutter mit vollem Mund auf. «Ich will alles wissen, von Anfang an.»

Den Gefallen tat ihr Emma gern. So hatte sie noch mal die Gelegenheit, ihre Gedanken zu sortieren. Nach dem gestrigen Picknick mit den Klimpels war sie dazu nicht mehr gekommen, zu sehr hatte sie das Gespräch beschäftigt. Fest stand, trotz des anscheinend aufrichtigen Verhaltens Gernot Klimpels würde sie sich keinesfalls von einem weiteren Verdächtigen verabschieden. Dass er kein Interesse an dem Erbe hatte, würde sie nicht einfach so schlucken, auch wenn er es so hatte darstellen wollen. Es steckte ein großes Vermögen in all dem Grund und Boden, dem Wald und den Wiesen, die zu dem Gutshof gehörten und verpachtet waren. Wer nicht daran hing, sondern es verkaufen wollte, dem war das sicherlich klar.

Und dann waren da auf jeden Fall Doro, Leonhard. Und Konstanze.

Das sah Raffaella genauso. Sie hatte längst ihren Kuchen

verzehrt, hielt immer noch die leere Tasse in der Hand und hörte aufmerksam zu.

«Das wird aber langsam eng für Konstanze», sagte sie schließlich, als Emma geendet hatte. «Natürlich könnten es die beiden anderen auch gewesen sein, eure Apothekerin vielleicht eher als dieser Leonhard, aber ... ich weiß nicht. So'n bisschen Gras im Keller ist doch nicht schlimm. Ist jetzt eh alles so gut wie legal.»

«Nicht wirklich, *tesoro*. Doro schrammt da wohl am Rande der Legalität entlang, aber der *commissario* ist da sehr kulant, und solange sie sich nicht als Täterin entpuppt, wird sie wohl auch damit keine Probleme bekommen.»

Raffaella stellte endlich ihre Tasse ab. «Ah, okay. Das ist aber ein feiner Zug von ihm. In der Zwischenzeit hab ich übrigens mit meinem Bekannten gesprochen, und wir haben ein bisschen recherchiert. Lustigerweise hat es auch mal einen *Tatort*-Krimi gegeben, in dem ein Mann mit Kaliumcyanid und», sie hob grinsend den Zeigefinger, «damit versetztem Lakritz ermordet wurde.»

«Kann mir immerhin nicht passieren», stellte Emma trocken fest.

«Du mit deiner Lakritzaversion. Das ist so lecker!»

«Hallo? Bist du überhaupt meine Tochter?»

«Ja, aber auch die meines Vaters, und der mag das. Wie auch immer. Man kann sich daran beim Einatmen, durch orale Aufnahme – also beim Essen, wie bei Isadora – und über Hautberührung vergiften, und es braucht nicht viel dazu, nur zwei bis drei Milligramm pro Kilo Körpergewicht.»

«Isadora war ja eher zierlich.»

«Da haben die Amarettini-Krümel wohl gereicht. Allerdings können auch Apotheken Kaliumcyanid nicht kaufen und bevorraten, nicht mal unter strikten Auflagen. Ich denke, damit wird sich dein Kommissar sicher auch beschäftigt haben.»

«Das muss ich ihn fragen», antwortete Emma, ohne auf die Anspielung einzugehen. «Doro hat ein kleines Labor, in dem sie ihre Naturmedizinpräparate herstellt. Vielleicht hat er da was gefunden.»

Raffaella nickte. «Mein *Freund* ...», sie malte Anführungszeichen in die Luft, «... hat herausgefunden, dass es tatsächlich nicht so furchtbar schwer ist, Blausäure zu extrahieren, wenn man weiß, wie das geht, und die entsprechende Ausrüstung hat. Was bei einer Apothekerin ja zutreffen dürfte. Du brauchst dazu entweder bittere Aprikosenkerne oder Bittermandeln, beides kannst du problemlos im Internet bestellen. Bei den Mandeln steht sogar explizit, dass sie hochgiftig sind und nicht roh gegessen werden dürfen.»

«Könnte das ein Arzt auch? Die Blausäure extrahieren?»

«Du meinst Doktor Rossmeier? Weiß ich nicht, kommt darauf an, wie seine Praxis ausgestattet ist. Die meisten Ärzte haben ja keine eigenen Labore mehr, sondern schicken alles weg. Aber ich glaube, wer sich ein bisschen mit Chemie auskennt, sollte da keine Probleme haben.»

«Und wie könnte Konstanze an das Gift gekommen sein? Sie hat nicht die technischen Möglichkeiten und auch nicht das Wissen, sie müsste es also fertig gekauft haben.»

Raffaella zuckte die Schultern. «Sie müsste dann wohl inoffiziell rangekommen sein. Hatte sie irgendwelche Bezugsquellen? Dunkle Kanäle? Über ihre Kochkontakte? Oder von der Apothekerin? Ihrem Neffen?»

«*Giusto*. An dem Punkt waren wir auch: dass mehrere Personen zusammengearbeitet haben könnten.»

«Und Konstanze hat sich Hilfe geholt? Möglich wäre das immerhin, zumindest theoretisch.»

Missbilligend schüttelte Emma den Kopf. «*Ma che!* Willst du mir damit sagen, dass du das glaubst? Raffi!»

«*Ma no, mamma*! Ich dachte, wir gehen hier die Möglichkeiten durch.»

«*Scusami, tesoro*.» Emma seufzte. «Es stört mich nur so sehr, dass ich nicht weiterkomme und irgendwie alles immer wieder zu Konstanze führt.»

«Du bist von ihrer Unschuld überzeugt, oder?»

Emma warf die Hände in die Luft. «Eigentlich ja ...»

«Eigentlich gibt's nicht», belehrte Raffaella sie schmunzelnd. «Ja oder nein?»

Emma atmete aus. «Ja. Auch wenn einiges gegen sie spricht.»

«Lass uns mal überlegen, wer einen Vorteil davon hat, wenn Konstanze, obwohl unschuldig, als Mörderin verurteilt wird», schlug Raffaella vor. «Wer könnte davon profitieren?»

«Gernot Klimpel», sagte Emma wie aus der Pistole geschossen. «Wenn sich herausstellt, dass sie ihre Mutter ermordet hat, geht sie ins Gefängnis, und er als nächster Verwandter erbt alles.»

«Sehr gut. Weiter. Wer könnte davon profitieren, wenn Konstanze aus dem Verkehr gezogen wird?»

«Na, Leonhard sicher nicht. Dann könnte er ja wieder nicht mit ihr zusammen sein.» Das war ein interessanter Punkt. Wenn sie von Konstanzes Unschuld überzeugt war, musste sie auch von Leonhards überzeugt sein. «Aber dem wahren Mörder würde es helfen. Wenn Konstanze für den Mord ins Gefängnis geht, wird die Polizei nicht weiter ermitteln. Ich weiß nicht, ob uns das weiterbringt.»

Raffaella seufzte tief. «Wenn du mich fragst, hat dieser Fall das Zeug zum Cold Case.»

«Meinst du?» Emma gestand sich verblüfft ein, dass sie auf diese Idee gar nicht gekommen wäre. In ihrer Welt musste der Täter gefunden werden.

«Wenn der Kommissar Konstanze nicht zweifelsfrei nachweisen kann, dass sie es war – und auch sonst niemandem –, was will er dann machen? Es könnte einen Indizienprozess geben, aber das ist eher unwahrscheinlich. In dem Fall bleibt die Frage der Täterschaft offen, Konstanze bleibt in Freiheit, und es gibt keine Aufklärung. – Apropos Konstanze, da kommt sie ja.»

Schon von Weitem fiel die Freifrau durch ihre Haltung und den aufrechten Gang ins Auge. Sie strahlte etwas aus, das einen zweimal hinsehen ließ, dabei war sie keineswegs besonders modern oder schick gekleidet, im Gegenteil wirkte sie beinahe ein wenig altmodisch. Sie würde so gut zu Leonhard passen, schoss es Emma durch den Kopf.

«Lass uns nicht mehr darüber reden, ja? Sie hat Stress genug», raunte Emma ihrer Tochter zu.

«*D'accordo, mamma.*»

Konstanze überquerte die Straße und den gepflasterten Platz vor dem Café und kam mit einem Lächeln auf Mutter und Tochter zu.

«Hallo, ihr beiden. Ist bei euch ein Plätzchen frei?»

«*Ciao*, Konstanze.»

«Hallo, Frau von Hohenfels.» Raffaella stellte ihre Tasche

vom Stuhl neben sich auf den Boden. «Mögen Sie neben mir sitzen oder neben meiner Mutter?»

«Sehr gern neben Ihnen, meine Liebe. Und ich glaube, wir hatten das mit dem ‹Frau von› auch anders geklärt, oder nicht?», meinte sie und nahm Platz.

«Stimmt», gab Raffaella lachend zu. «Aber ich war mir nicht sicher, ob das nur eine Weinlaune war und Sie sich vielleicht nicht mehr daran erinnern.»

«Weinlaune? Also ich muss doch sehr bitten», tadelte Konstanze gespielt streng. Dann blickte sie sich um. «Wie hübsch – ich bin zum ersten Mal hier, und es gefällt mir.»

«*Sì*, uns auch. Ich habe es letztes Jahr dank Raffi entdeckt, und gelegentlich treffen wir uns in diesem Café.» Emma fragte nicht nach, wie der Termin gelaufen war, denn falls Konstanze vor Raffaella darüber reden wollte, würde sie das von selbst tun.

Sie wollte offenbar nicht, und so plauderten sie über dies und das. Raffaella erzählte von ihrem Studium, den Kommilitonen und ihren Dozenten und hielt sowohl Emma als auch die Freifrau mit ihrem Humor bei Laune. Konstanze bestellte sich ebenfalls Kaffee und Kuchen und war von diesem sündhaft späten Frühstück, wie sie es lachend nannte, ebenso begeistert wie Emma.

Allerdings hatte sie keine Ruhe für einen Stadtbummel, wie ursprünglich angedacht gewesen war.

«Es tut mir leid, aber ich habe den Kopf so voll ... Ich würde lieber nach Hause zurückfahren und mich um ein paar Dinge kümmern. Wir könnten das ja bei passender Gelegenheit nachholen, aber momentan steht mir der Sinn wirklich nicht nach Zerstreuung. Emma, macht es Ihnen viel aus, wenn wir aufbrechen?»

«*Assolutamente no.* Ich habe auch nichts dagegen, im Laden nach dem Rechten zu sehen, die Übergabe mit Anna heute Morgen war recht kurz, weil ich zu spät dran war.»

«Oder ich zu früh», merkte Konstanze an. «Ich danke aufrichtig für Ihr Verständnis.»

Sie bestand darauf, die Rechnung zu begleichen – als Dank für die Begleitung, wie sie sagte –, dann verabschiedeten sich die beiden Frauen von Raffaella und gingen in das Parkhaus, wo Konstanze ihren Wagen abgestellt hatte. Erst als sie die Innenstadt verlassen hatten, ergriff sie das Wort.

«Ich nehme an, Sie haben mit Ihrer Tochter über den Fall gesprochen.» Sie klang eher neugierig als kritisch, so als würde sie darauf hoffen, dass die beiden zu neuen Erkenntnissen gelangt wären.

«Ja, das habe ich, aber wir sind leider nicht weiter gekommen, als ich es vorher war», sagte Emma und schob das schlechte Gewissen beiseite, schließlich hatten Raffaella und sie auch über Konstanzes mögliche Schuld gesprochen.

Konstanze seufzte. «Das ist bedauerlich. Nun gut, nicht zu ändern. Mein Besuch beim Notar ergab nichts Überraschendes. Das vorliegende Testament ist gültig, und wie erwartet bin ich die Alleinerbin.»

«Das ist gut.»

«Prinzipiell ja. Falls kein weiteres Testament auftaucht, das neuer ist als dasjenige, das ich jetzt dem Notar überlassen habe. Es ist immerhin ein paar Jahre her, dass meine Mutter es verfasst hat.»

«Halten Sie das denn für möglich?»

«Ich weiß es nicht, um ehrlich zu sein. Zuzutrauen wäre ihr alles, wie Sie wissen.»

Emma nickte, das stimmte zweifellos. «Und was ist mit Ihrem möglichen Neffen? Hat der Notar dazu etwas gesagt?»

«Sollte sich herausstellen, dass Gernot Klimpel – was für ein Name! – tatsächlich mein Neffe und damit der Enkel meiner Mutter ist, könnte er, da sein Vater verstorben ist, Anspruch auf den Pflichtteil erheben. Dabei, das kann ich Ihnen sagen, würde aber nicht viel herauskommen. Vielleicht sollte ich sogar darauf hoffen, denn die Schulden würde er logischerweise ebenfalls anteilig erben.» Sie lachte freudlos. «Mit mehr Details will ich Sie hier gar nicht langweilen.»

«Dann warten wir mal auf das Ergebnis des Gentests.»

«Ja, das müssen wir wohl. – Was ich Sie fragen wollte ...» Konstanze klang plötzlich zaghaft.

«*Sì?*»

«Ich ... habe einiges an Unterlagen meiner Mutter gefunden, die ich sichten möchte. Sichten muss. Würden Sie heute Abend vorbeikommen und das mit mir zusammen angehen? Mir graut ein bisschen davor, das allein zu tun, um ehrlich zu sein.»

«*Naturalmente sì.*»

Ein Lächeln legte sich auf Konstanzes Gesicht, als sie zu ihr hinübersah. «Danke, Emma.»

Den Nachmittag verbrachten Emma und Anna damit, die eingehenden Lieferungen zu versorgen und sich gegenseitig auf den neuesten Stand der Dinge zu bringen. Wie sich herausstellte, war gestern nicht das erste Mal gewesen, dass sich Klimpels Janina und Dennis Bachmeier getroffen hatten. Offenbar hatten sie sich seit dem Veranstaltungswochenende, an dem sie sich zufällig im Zelt begegnet waren, mehrfach verabredet, zunächst von den Erwachsenen unbemerkt.

«Ich weiß zwar nicht, was mein Sohn an ihr findet», vertraute Anna Emma an, «aber wenn es den beiden Spaß macht, sollen sie. Wenn die Klimpels in ein paar Tagen heim nach Cuxhaven fahren, ist der Spuk eh wieder vorbei.»

«Was sagt denn Tanja dazu? Die Zwillinge unternehmen doch sonst immer alles miteinander.»

«Die findet die Leute, ich zitiere, ‹bodenlos› und will mit Janina nichts zu tun haben.»

Emma kicherte. Die Sprache der heutigen Jugend war ihr nicht mehr geläufig, doch auch Raffaella hatte in dem Alter ein paar Sprüche rausgehauen, bei denen ihr die Spucke weggeblieben war.

«Ach, wie du sagst: Wenn es ihnen Freude macht ... Das ist mal eine Abwechslung für deinen Sohn.»

«Genau. Hast du eigentlich schon was vom Kommissar gehört wegen des Gentests?»

«*Mannaggia* – den wollte ich längst anrufen! Gut, dass du mich erinnerst.»

Emma verzog sich mit einem Glas Wasser in die Kaffeeküche und wählte Giesekings Nummer. Es läutete ziemlich lange, bis er abnahm.

«Frau Ferrari ... auf Sie warte ich heute den ganzen Tag.»

«*Davvero?* Sie klingen, als hätten Sie gute Nachrichten für mich.»

«Kommt darauf an, was Sie darunter verstehen.»

«Zum Beispiel, dass Sie wissen, wer es war?»

«Da muss ich Sie leider enttäuschen, so weit sind wir nicht. Was gibt es von Ihrer Seite?»

«Auch nichts Neues», berichtete Emma und konnte nicht verhindern, dass sich Frustration in ihre Stimme schlich.

«Schade. Und ich hatte gehofft, Sie hätten mir die Arbeit abgenommen.»

Sie schnaubte. «Sie sind dafür, dass Sie auch nicht weitergekommen sind, aber erstaunlich gut gelaunt.»

«Wie war das mit dem Galgenhumor? Ich versuche eisern, mir den zu bewahren.»

«Und recht haben Sie damit. Aber was ist mit den anderen Neuigkeiten? Haben Sie das Ergebnis des Gentests?»

«Ja, das habe ich, und ich habe es Frau von Hohenfels auch bereits mitgeteilt.»

«Und mir dürfen Sie es nicht sagen?»

«Netter Versuch. Sie kennen die Regeln.»

«Ich erfahre es ja sowieso.»

«Dann brauche ich es Ihnen auch nicht zu verraten.»

«Das habe ich befürchtet.»

«Im Übrigen checken wir gerade Leonhard Schweigers Möglichkeiten, an das Gift zu gelangen.»

Emma blieb für einen Moment der Atem weg. «Was?», brachte sie nur heraus und war froh, dass sie dem Kommissar nicht Auge in Auge gegenübersaß, denn ihre Ohren wurden heiß.

«Sie wissen, wen ich meine. Interessant, dass ein alter Bekannter von Isadora nach so langer Zeit wiederaufgetaucht ist, oder?» Seine Stimme klang vorwurfsvoll, als hätte sie ihn hintergangen.

Am liebsten hätte sich Emma um eine Antwort gedrückt. «Ich halte ihn für unschuldig», sagte sie schließlich kleinlaut in die Stille hinein. «Und ich weiß selbst erst seit Kurzem, wer er ist. Wie sind Sie überhaupt auf ihn aufmerksam geworden?»

Gieseking schnalzte tadelnd mit der Zunge. «Wir haben die Kennzeichen der Fahrzeuge überprüft, die um das Zelt herum geparkt waren, und da war seines dabei. Ich nehme an, Sie wollten mich am Wochenende nicht stören und hätten mir noch von ihm erzählt.»

«*Certamente sì!*» Die goldene Brücke, die er ihr baute, würde sie auf jeden Fall nutzen. Ihr war klar, dass sie ihm gegenüber nicht fair gespielt, sondern sich von ihren Emotionen hatte leiten lassen. Emotionen, die Leonhard am Samstagabend mit seiner Geschichte in ihr ausgelöst hatte. Absichtlich? «Ich musste nur diese Neuigkeit selbst erst verdauen.»

«Das verstehe ich.»

«Übrigens weiß Konstanze nichts davon – können Sie es eine Weile dabei belassen? Die beiden haben … eine gemeinsame Vorgeschichte.»

«Ich sehe keinen ermittlungstechnischen Grund, es ihr zu sagen. Wir haben uns heute Morgen mit ihm unterhalten, und auch er hat diese Bitte ausgesprochen.»

«Danke.» Emma war erleichtert, dass der Kommissar ihres Schweigens wegen nicht nachtragend war. «Kommen Sie eigentlich mal wieder vorbei?»

«In den nächsten Tagen vermutlich nicht, wir gehen hier ein paar Möglichkeiten durch und sind mit Fleißarbeit beschäftigt. Aber, und das habe ich Frau von Hohenfels auch mitgeteilt, wir werden den Leichnam ihrer Mutter zur Beisetzung freigeben. Die Forensik erwartet keine neuen Erkenntnisse mehr.»

Emma nickte, auch wenn er sie nicht sehen konnte. «Das

ist ja immerhin etwas, obwohl ich gehofft hatte, wir könnten den Fall vorher abgeschlossen haben.»

«Offensichtlich dieses Mal nicht.»

«Meine Tochter meinte heute Morgen sogar, das könnte ein Cold Case werden.»

Sie hörte ihn schmunzeln. «Ach ja? Nun, so schnell geben wir nicht auf, oder, Frau Ferrari?»

«*Assolutamente no, commissario*. Und wenn ich Neuigkeiten habe, melde ich mich sofort bei Ihnen.»

«Danke.»

Eine Pause entstand.

«Werden Sie zur Beisetzung kommen?», fragte Emma dann.

«Mal sehen. Möglicherweise ja. Außerdem muss ich irgendwann auch mein Fahrrad abholen.»

«Ach, das stört hier nicht.»

Er lachte leise. «Aber ich würde ganz gern mal wieder ein bisschen trainieren.»

Nicht, dass er das nötig hätte, aber das sagte sie ihm lieber nicht. «*Certo*», antwortete sie stattdessen. «Holen Sie es, wann immer Sie möchten, aber bringen Sie etwas Zeit für einen Cappuccino mit.»

17. KAPITEL

Schön, dass Sie hier sind, Emma.» Konstanze schien dieses Mal direkt hinter der Tür gestanden zu haben, so schnell hatte sie ihr geöffnet. «Kommen Sie rein.» Sie ging voraus in den Salon. «Dieses Mal sind wir wenigstens ungestört, mein Neffe und seine Familie sind schon den ganzen Tag in Regensburg und bleiben den ganzen Abend weg, sie haben Kinokarten.»

Emma blieb in der Tür stehen. «Dann stimmt es also?»

Konstanze nickte und seufzte schwer. «Ja, der Kommissar hat angerufen. Gernot Klimpel, geborener Molsen, ist tatsächlich der leibliche Enkel von Isadora von Hohenfels. Ich habe also unerwartet Familienzuwachs bekommen. Wer hätte das gedacht.»

«*Infatti* … niemand.» Emma stellte die Kühltasche ab.

«Was haben Sie denn da Schönes?»

«Ich dachte, ich bringe uns ein paar Leckereien mit, nachdem Sie den Klimpels alles andere zurückgegeben haben.»

«Ja, das war … kleinlich von mir. Ich bin genauso unsympathisch wie meine Mutter, aber ich wollte einfach auf Distanz zu ihnen gehen.» Konstanze schüttelte verärgert den Kopf.

«Die Klimpels fanden das außerordentlich großzügig», beruhigte Emma sie.

«Tatsächlich? Es könnte mir ja egal sein, was diese Leute denken, aber … das ist es nicht. Verrückt, oder?»

«Nein, ich finde das nicht verrückt, sondern sehr menschlich und außerdem anständig. Sie sind nicht wie Ihre Mutter, Konstanze.»

Konstanze straffte sich. «Danke für Ihren Zuspruch, Emma. Na, dann wollen wir uns mal stärken, bevor wir loslegen.»

Emma begleitete sie in die Küche, wo sie auf einer großen Platte gemeinsam ein Potpourri an Leckereien zusammenstellten, das von einer üppigen Portion Tiramisu gekrönt wurde. Eine Flasche Prosecco – der feine, den Emma auch zur Aufklärung des Mordes im letzten Jahr ausgeschenkt hatte – und ein besonderer Rotwein standen außerdem zur Auswahl. Nachdem sie die verschiedenen Delikatessen eingehend begutachtet hatte, entschied sich Konstanze für den Rotwein.

«Den Prosecco können wir dann hinterher trinken, um alles andere zu vergessen», scherzte sie halbherzig. «Lassen Sie uns ins Büro meines Vaters gehen. Mir ist heute danach, ihm nahe zu sein.»

Emma folgte ihr in den Raum, den sie noch nicht kannte. Auch hier war alles mit dunklem Holz getäfelt, doch gemusterte Vorhänge und goldgelb bezogene Sessel vermittelten ein wärmeres Gefühl als drüben im Salon. Außer einem riesigen Schreibtisch gab es eine kleine Sitzecke, deren Tisch groß genug war, dass sie das häusliche Picknick darauf anrichten konnten. Während Konstanze die Schüsselchen und Teller verteilte, entkorkte Emma den Wein.

«Er hätte ein bisschen atmen sollen», meinte sie entschuldigend.

«Ach, sicher schmeckt er trotzdem. Jetzt lassen Sie uns erst mal auf diesen Abend anstoßen.»

Als sie beide ihre Rotweinkelche in der Hand hatten, wandte sich Konstanze direkt an Emma und hob das Glas.

«Mir ist es ein Herzensanliegen, Emma, Ihnen für Ihre unermüdliche Unterstützung zu danken, und ich möchte Sie außerdem fragen, ob wir nicht inzwischen an einem Punkt angelangt sind, an dem wir uns vielleicht duzen sollten.» Sie kniff kurz die Augen zu. «Gott, das klingt ja fürchterlich! Also, liebe Emma, lassen Sie uns *Du* zueinander sagen, einverstanden?»

«Einverstanden, Konstanze. *Molto volentieri.*» Es freute Emma sehr, dass die Freifrau nun den nächsten Schritt in ihrer Freundschaft tun wollte, schließlich hatte sie beinahe damit gerechnet, dass sie auf immer und ewig beim vertrauten Sie bleiben würden.

Konstanzes Augen strahlten, als sie die Gläser klingen ließen und einander zuprosteten. Beide nahmen einen Schluck.

«Oh, der ist aber sehr gut! Auch ohne zu atmen», befand sie ein bisschen heiser. Nachdem sie sich ausgiebig geräuspert hatte, stellte sie das Glas ab. «So, dann kann es also losgehen ...»

«Ich bin wirklich neugierig», gestand Emma.

«Im Safe meiner Mutter habe ich einen Hinweis entdeckt und bin ihm nachgegangen. In einem alten Bauernschrank auf dem Dachboden sollte es eine Holzkiste geben, und was soll ich sagen ... die habe ich dort tatsächlich gefunden.» Konstanze machte eine Kunstpause und wies mit der Hand neben sich. «Et voilà – hier haben wir sie.»

Die Kiste sah gänzlich unscheinbar aus, fand Emma. Doch entscheidend war schließlich der Inhalt.

«Haben Sie ... *scusa*, hast du schon reingeschaut?»

«Nur flüchtig, aber immerhin genug, um zu wissen, dass

darin einiges an Informationen stecken dürfte, die die drängendsten Fragen beantworten sollten.»

Natürlich … dieselben Fragen, die Gernot Klimpel bewegten, musste auch Konstanze sich stellen: Was war damals geschehen? Was hatte es mit ihrem Halbbruder auf sich? Wie war es dazu gekommen, dass die Geschwister nichts voneinander wussten? Wie hatte ihre Mutter ihr Kind aufgeben können?

«Ich würde mir so sehr wünschen, dass es nicht irgendeinen ganz profanen, egoistischen Grund hat, dass ich meinen Bruder nie kennenlernen konnte», sagte Konstanze leise, eine Hand auf dem Deckel der Kiste. «Aber so, wie ich sie kenne, war es entweder ein Machtspielchen oder eine Frage des Geldes.»

Emma wusste darauf keine tröstende Antwort, und Konstanze schien auch keine zu erwarten. Resolut klappte sie den Deckel hoch, holte den Inhalt heraus und breitete ihn auf dem Schreibtisch aus.

Ein Packen Briefe, vergilbt und mit Paketband zusammengeschnürt, ein paar Fotografien und drei schmale Büchlein mit marmorierten Einbänden. Konstanze blätterte hinein. Die Seiten waren in einer klaren, feinen Handschrift beschrieben …

Zwei Stunden später saßen die beiden Frauen tränenüberströmt auf dem Boden im Büro des Freiherrn und sahen einander fassungslos an. Um sie her auf dem Teppich verstreut lagen Briefe und Tagebücher, dazwischen die Bilder einer jungen Frau, die nur wenig lächelte.

«Wir müssen es Gernot sagen», meinte Konstanze tonlos und putzte sich umständlich die Nase.

«*Sì*, das sollte er tatsächlich erfahren», stimmte Emma zu.

Konstanze rappelte sich auf und leerte die Rotweinflasche in die Gläser. «Grundgütiger Herr im Himmel, wer hätte das gedacht.»

Auch Emma kam auf die Füße und nahm das Glas entgegen, das Konstanze ihr hinhielt. «Wie man sich täuschen kann. Sind die Klimpels eigentlich zurück?»

«Ich habe sie nicht gehört, und glaube mir, das hätten wir.»

Emma nickte, dann sah sie ihre Freundin an. «Was wirst du nun tun, Konstanze?»

«Erst einmal trinken wir. Auf die Familie, das Leben und die Freundschaft.»

«*Alla famiglia, la vita e l'amicizia*», wiederholte Emma feierlich auf Italienisch.

«Danke für diesen guten Tropfen.» Konstanze stellte ihr Glas auf den Schreibtisch und wollte sich abwenden, da drehte sie sich noch einmal um. «Und hoffentlich macht das jetzt einen Rotweinrand auf dem kostbaren Holz», sagte sie trotzig. «Ich bin dressiert wie einer ihrer Jagdhunde, und immerhin weiß ich jetzt, woher das kommt, aber ich habe es satt, all diese alten Muster wieder und wieder abzuspulen, nur weil sie vielleicht irgendwann mal wichtig waren.»

Emma musste über diese Reaktion lächeln und legte ihr eine Hand auf den Arm. «Da hast du recht. Wir sind alle das Produkt unserer Eltern und Großeltern, aber das muss ja nicht so bleiben. Und eins wissen wir jetzt: Immerhin waren es keine Machtspielchen und keine Frage des Geldes.»

«Genau.» Konstanze atmete tief aus. «Wenigstens habe ich nun Klarheit über dieses Detail meiner Geschichte. Und die Hochachtung vor meinem Vater ist noch einmal ein Stück gestiegen.»

«Er muss ein wundervoller Mensch gewesen sein. Schade, dass ich ihn nicht mehr gekannt habe.»

«Das war er. Er hätte dir gefallen, Emma, davon bin ich überzeugt.»

Stimmen im Flur ließen die beiden Frauen innehalten.

«Da haben wir sie ja», murmelte Konstanze und straffte sich. «Dann mal los. Bringen wir es hinter uns.»

«Bist du sicher, dass ich dabei sein soll?»

«Ist es dir zu spät?», fragte Konstanze alarmiert und sah auf die Uhr. «Bitte entschuldige, ich nehme ja gar keine Rücksicht auf dich!»

«Ich frage nicht wegen der Uhrzeit, sondern ... das sind *affari di famiglia*. Also ... Familiengeschäfte.»

«Familienangelegenheiten, meinst du. Ja, das ist richtig, aber ... ich würde es sehr schätzen, wenn du hierbleibst.»

Emma lächelte. «Dann bleibe ich sehr gern.»

«Danke.»

Konstanze eilte zur Tür, die das Büro mit der Eingangshalle verband, und riss sie auf. Sie erwischte die Klimpels gerade rechtzeitig, ehe sie vollends im ersten Stock verschwunden waren.

«Herr Klimpel?» Noch war sie bei der offiziellen Anrede, doch Emma vermutete, dass sich das bald ändern würde.

«Ja?»

«Ich würde gern mit Ihnen sprechen. Kommen Sie bitte einen Moment herunter. – Sie alle, wenn möglich.»

Wenig später hatte sich das Büro des verstorbenen Freiherrn gefüllt. Klimpels saßen in der Sitzgruppe, wo Janina so unverhohlen zu den Tiramisu-Resten schielte, dass

Emma ihr eine Schale und einen Löffel in die Hand drückte. Konstanze stand vor dem ausladenden Schreibtisch, Emma selbst rückte ein wenig in den Hintergrund und nahm auf einem Ledersessel Platz.

«Als Erstes möchte ich Ihnen danken, dass Sie sich die Zeit nehmen, mich anzuhören», begann Konstanze steif und offiziell. Offensichtlich rang sie nach Worten und wusste nicht recht, wie sie es ausdrücken sollte.

Ihre überrumpelten Zuhörer gaben keinen Mucks von sich, sondern saßen artig da und hingen an ihren Lippen, Janina mit der Dessertschüssel auf dem Schoß.

Konstanze räusperte sich. «Laut Kommissar Gieseking hat der Gentest die Verwandtschaft zwischen uns bestätigt. Ich bin tatsächlich Ihre ...» Sie räusperte sich noch einmal unbehaglich. «... Tante. Daher sollten wir uns dann wohl duzen, wie das in Familien so üblich ist. Gernot.»

«Na also», schoss Andrea hervor, erntete aber einen tadelnden Blick ihres Mannes. «Schon gut. Entschuldigt.»

«Danke für die Bestätigung, Tante Konstanze», sagte Gernot beherrscht und warf einen kurzen Blick zu Emma. «Da war ich mir allerdings vorher schon sicher. Ich möchte, dass du weißt, dass ich nichts haben will von meiner Großmutter. Richtig kennenlernen wollte ich sie gern, das war leider nicht möglich. Aber es ist gut, zu wissen, dass ich doch Familie habe.» Kurz senkte er den Kopf, dann sah er entschlossen hoch. «Mir genügt diese Gewissheit. Drum werden wir morgen auch abreisen.»

«Was?» Seine Frau starrte ihn fassungslos an.

«Nein, nicht jetzt!», protestierte Janina und ließ klirrend den Löffel in die Glasschüssel fallen. «Wir sind doch gerade erst angekommen!»

«Es ist die richtige Entscheidung», sagte er bestimmt und machte Anstalten aufzustehen.

«Bitte setz dich, Gernot. Das ist noch nicht alles.» Konstanze klang ruhig, aber so entschlossen, dass sich die Augen aller Anwesenden wieder auf sie richteten und ihr Neffe sich in die Polster zurücksinken ließ. Sie griff nach einem Büchlein, das hinter ihr auf der Tischplatte lag, und schlug es auf. Ihre Hände zitterten leicht, und offenbar auch ihre Knie, denn sogar der Saum ihres wadenlangen Rocks vibrierte, als sie die Lesebrille aufsetzte und mit anfangs brüchiger, dann festerer Stimme zu erzählen begann.

«Meine Mutter Isadora von Hohenfels, bürgerlich geborene Witzmann, war ein Kind schlechter Zeiten und zum Ende des Zweiten Weltkriegs dreizehn Jahre alt.» Sie hielt kurz inne und schüttelte den Kopf. «Ich glaube, niemand von uns kann jemals ermessen, was es bedeutet, fast die Hälfte seines Teenagerlebens im Ausnahmezustand eines Krieges und in bitterster Armut verbracht zu haben.» Ein vielsagender Blick zu Janina ließ diese ihre Dessertschüssel beiseitestellen. «Aus ihren Tagebüchern, die ich leider erst jetzt gefunden habe, lese ich heraus, dass sie ein sensibles Mädchen war … ein junger Mensch, der besonders unter diesen Umständen gelitten hat. Sie schreibt am Tag nach der Kapitulation: *Ich kann gar nicht glauben, dass ich nie wieder das Heulen der Sirenen und das Jaulen der Brandbomben hören werde. Stattdessen dürfen die Vögel wieder singen und die Schmetterlinge wieder fliegen. Das wird das Paradies.*»

Konstanze schluckte schwer und ließ das Buch sinken.

«Paradies wurde es keines, dafür unendliche Plackerei, Hunger und Entbehrungen. Isadora war unterernährt und ausgezehrt, aber sie hatte sich ihren Mut und Optimismus bewahrt. Noch.»

Sie nahm ein anderes Buch vom Schreibtisch und suchte eine bestimmte Stelle.

«Da steht etwa drei Jahre später: *Ich werde mich nicht unterkriegen lassen, denn ich will nicht glauben, dass es mein Schicksal sein soll, in diesem Elend sang- und klanglos unterzugehen, ohne jemals die Liebe kennengelernt zu haben.*»

«Das klingt ja richtig romantisch», warf Gernot heiser ein.

Janina lauschte mit großen Augen. Ihre Mutter sagte nichts.

«Ja, das war sie wohl», bestätigte Konstanze. «Denn zwei Jahre später hat sie einen Mann kennengelernt, der ihr wie vom Himmel gesandt vorgekommen sein muss: Theodor Molsen. Reif, gesetzt und vermögend. Sie hat sich Hals über Kopf in ihn verliebt. *Oh mein Gott, liebes Tagebuch, meine Gebete sind erhört worden. Wie habe ich nur einen so wunderbaren Mann verdient! Er trägt mich auf Händen, und ich kann alles haben, was ich will – dabei will ich nur ihn und dass er mich ein bisschen lieb hat.*»

«Oohhh», hauchte nun auch Andrea Klimpel.

«Er hatte sie wohl mehr als nur ein bisschen lieb, denn wenig später wurde Isadora schwanger», fuhr Konstanze fort. Sie sprach sehr leise, doch die Spannung im Raum war so greifbar, dass man die berühmte Stecknadel hätte fallen hören können. Auf den Teppich, wohlgemerkt. «Eine Weile muss sie gefürchtet haben, er könnte sie verlassen, dann besann sich Theodor offenbar seiner moralischen Grundsätze und heiratete sie. *Mein Gott, ich bin so erleichtert. Gerade rechtzeitig macht er eine ehrbare Frau aus mir und gibt meinem*

Kind seinen rechtmäßigen Vater! Was wäre sonst aus mir geworden? Ein gefallenes Mädchen mit einem Bastard – ich hätte in die Elbe gehen müssen!»

«War das in Hamburg?», erkundigte sich Gernot leise, als Konstanze eine Pause machte.

«Ja.»

Emma bewunderte sie für ihre Haltung. Zwar war ihre Nase vom Weinen ein wenig zugeschwollen, was ihr das Sprechen nicht gerade erleichterte, doch sie trug alles ruhig und beherrscht vor und schlug auch Emma selbst in den Bann, obwohl sie die Geschichte inzwischen kannte.

«In die Elbe gehen – was bedeutet das?», fragte Janina vorsichtig.

«Sich ertränken. Vor Verzweiflung Selbstmord begehen», übersetzte ihre Mutter. «Sei froh, dass du solche Ausdrücke nicht zu kennen brauchst.»

Janina nickte nur.

«Dann kam eine unspektakuläre und rasche Eheschließung, immerhin war die Braut deutlich sichtbar guter Hoffnung, aber das machte ihr nichts aus, denn sie war in jeder Hinsicht gerettet. Bis zur Geburt ihres Kindes.»

Konstanze schloss das Büchlein und legte es hinter sich, griff nach einem anderen und blätterte darin bis zu der Stelle, die sie sich vorhin markiert hatte. Atemloses Schweigen begleitete ihre Gesten.

«Sie bekam einen Sohn, und Theodor platzte vor Stolz. Er hatte in seinem Alter einen Erben gezeugt. *Das Kind ist ihm wichtiger als ich*, schreibt Isadora. *Aber das ist auch gut so, denn vielleicht hilft ihm das dabei, mich ein bisschen mehr zu mögen …*» Sie brach ab, musste sich kurz sammeln. «Nun ja, hier kommen nun seitenweise Einträge, die nicht sehr erbaulich sind, aber darauf hinweisen, dass Isadora dem emotionalen Druck nicht gewachsen war und sich ihre Stimmung mehr und mehr verdüsterte. Es ging ihr schrecklich. Ich erspare euch die meisten Details.»

Sie überblätterte einige Seiten, hielt dann aber inne.

«Hier, nur ein Beispiel: *Ich kann nicht aufstehen, kann mich nicht zurechtmachen, so sehr ich es auch möchte. Habe keine Kraft dazu. Man lässt mich das Kind nicht mehr sehen, weil er Angst hat, ich könnte ihm und mir etwas antun. Dabei liebe ich das kleine Kerlchen unendlich. Und ich kann es nicht ertragen, eine so schlechte Mutter zu sein ... Ich schäme mich so sehr ...*» Konstanze sah in die Runde. «So geht das seitenlang weiter.»

«Klingt nach Wochenbettdepression», flüsterte Andrea Klimpel. «Das hatte ich auch eine Weile. Es überrollt dich einfach, du hast keine Ahnung, was mit dir los ist. Es ist, als würdest du verlieren, wer du bist. Hätte ich dich damals nicht gehabt, hättest du nicht dafür gesorgt, dass ich die Hilfe bekomme, die ich brauchte ...» Sie griff nach der Hand ihres Mannes und drückte sie fest. «Aber zu Isadoras Zeit war das psychotherapeutische Angebot ja überhaupt nicht mit dem heutigen zu vergleichen ...»

Emma ertappte sich dabei, wie ihre Antipathie zu bröckeln begann. Auch Janina schien ihre Eltern in diesem Moment mit anderen Augen zu betrachten. Anscheinend hatte sie davon nichts gewusst.

«Jedenfalls hatte ihre Erkrankung grausame Folgen. Ihr Mann Theodor, der sie anfangs so glücklich gemacht hatte, war mittlerweile offenbar zu einem sehr ungeduldigen und wenig verständnisvollen Menschen geworden. Er ließ sie in eine Klinik einweisen, und nicht nur das. Er beantragte die

Scheidung und verlangte, dass sie alle Ansprüche auf das Kind aufgab.»

«Oh, mein Gott …» Gernot klang erschüttert.

«Das ist … unglaublich, oder?» Andrea schaute ihn fassungslos an. «Dein armer Papa! Und deine arme Großmutter!»

Janina hielt ihre Unterarme mit den Händen umschlungen, als wäre ihr kalt. «Da musst du ja zum Drachen werden, wenn dir dein Typ so übel mitspielt! Das ist echt krass!»

Für einen Moment herrschte betroffene Stille.

Andrea fasste sich als Erste. «Und wie ging es dann weiter?»

Konstanze schlug das Büchlein zu. «Sie hatte Glück im Unglück und traf auf meinen Vater», erklärte sie kurz und bündig. «Später schrieb sie nur wenig, und für eine Weile hörte sie ganz damit auf, Tagebücher zu führen.»

Emma verstand, dass sie nicht mehr darüber erzählen wollte. Es war sehr ergreifend, aber auch intim gewesen, zu lesen, mit welcher Sensibilität der junge Freiherr es geschafft hatte, Isadora aus ihrem Tief herauszuholen und ihr neuen Lebensmut zu geben. Bemühungen, die in der Geburt der Tochter Konstanze gipfelten.

Die beiden Frauen waren lesende Zeuginnen gewesen, wie sich die sensible junge Dame in eine starke, harte und unnachgiebige Frau verwandelt hatte, die mit der Zeit, besonders aber nach dem Tod ihres Mannes, keinerlei Gefühle mehr zuließ.

All das mussten die Klimpels nicht wissen, die immer noch fassungslos vor sich hin schauten und den Teil der Geschichte verarbeiteten, den sie eben gehört hatten.

«Das ist ja echt ’n Ding», kommentierte Andrea.

«Aber total», stimmte ihre Tochter zu.

«Wie furchtbar.» Gernot schüttelte den Kopf. «Wenn ich bedenke, dass mein Großvater all das heraufbeschworen hat ... und ich mochte ihn wirklich gern ...»

«Das sollst du auch weiterhin», sagte Konstanze. «Das eine hat mit dem anderen nichts zu tun. Kinder und Enkel sollen ihre Väter und Großväter lieben. Was die in einem anderen Leben getan haben, ist unerheblich.»

Der Satz stand im Raum, und er schien ein gutes Schlusswort zu sein, denn niemand erwiderte etwas darauf. Die Klimpels erhoben sich von ihren Sesseln. Emma atmete ebenfalls auf. Sie spürte, wie so oft in den letzten Tagen, das Glück, das sie mit ihrer eigenen Familie hatte. Ja, die italienische Sippschaft war laut und konnte manchmal etwas übergriffig sein, doch seit sie in Deutschland lebte, hatte sie vor Onkel, Tanten, Cousins und Cousinen im Alltag ihre Ruhe. Und trotzdem waren sie da, und wenn es darauf ankam, konnte sie auf Unterstützung zählen.

Konstanze stieß sich vom Schreibtisch ab und lächelte müde in die Runde. «Ich möchte den Abend nicht in so trauriger Stimmung beenden. Was meint ihr – köpfen wir den Prosecco?»

Es war beinahe Mitternacht, als die Klimpels sich unter vielen Umarmungen und Gute-Nacht-Wünschen von den beiden Frauen verabschiedeten. Erstaunlicherweise ließ Konstanze diese unerwartete Nähe mit viel Haltung über sich ergehen. Gähnend half Emma ihr anschließend, als die Familie in ihren Gästezimmern verschwunden war, alles in die Küche zu bringen und ein bisschen Ordnung zu machen.

«Danke, Emma, aber jetzt fahr bitte nach Hause», sagte

Konstanze, als das Gröbste erledigt war. «Du hast morgen wieder einen langen Tag vor dir.»

«Deiner wird sicherlich nicht kürzer werden. Du musst dich immerhin um die Beerdigung kümmern.»

«Ja, das werde ich morgen gleich in Angriff nehmen. Als Erstes erstelle ich eine Liste mit all denen, die ich informieren muss, das ist ganz dringend.»

«Vergiss den Schweizer Jugendguru nicht.» Emma verbiss sich ein erneutes Gähnen. «Ich glaube, der wäre sehr enttäuscht.»

«Gut, dass du mich erinnerst. Da mache ich mir gleich eine Notiz.»

«*A proposito* Notiz ... Ich habe zwei Pakete für dich im Auto, die hat mein Paketbote bei mir abgegeben, und ich habe sie vergessen. *Mi dispiace.*»

«Tatsächlich? Das müssen die neuen Kochbücher sein, die ich bestellt habe. Ich komme mit und helfe dir beim Ausladen.»

«Ans Kochen war die letzten Tage nicht zu denken, *vero?*», erkundigte sich Emma, als sie zusammen in den Hof hinaus und zu ihrem Auto gingen.

«Nicht mal im Traum. Es fehlt mir, aber das ist nun mal so. Es kommen auch wieder andere Zeiten ...»

«Ganz sicher. – So, hier sind wir.» Emma öffnete den Kofferraum und zerrte an der ersten Schachtel.

«Die sind ja wirklich schwer! Warte, ich helfe dir.»

«Geht schon.» Emma zog den Karton an den Rand der Ladefläche, hievte ihn heraus und übergab ihn Konstanze. «Hier. Den anderen nehme ich.»

«Wir bringen sie am besten gleich ins Büro, da sind sie mir am wenigsten im Weg», schlug Konstanze vor.

Emma folgte ihr ins Haus. Gut, dass sie den Schreibtisch vorher noch aufgeräumt hatten, so war genug Platz.

Ihre Freundin stellte das Paket auf die Tischplatte und warf einen Blick auf das Etikett. «Da steht ja gar kein Name drauf ...»

«*Mannaggia ...*» Müde, wie sie war, blieb Emma mit dem Ellbogen an der Türklinke hängen, ihr entglitt der Karton, der mit der Kante auf den Boden krachte. Diese platzte der Länge nach auf. «Oh verflixt! Das tut mir leid, Konstanze, hoffentlich ist jetzt keins der Bücher beschädigt!»

Sie hob das kaputte Paket auf und wuchtete es auf den Schreibtisch, um den Schaden zu begutachten, hielt jedoch mitten in der Bewegung inne.

«Aber ... was ist das?»

Konstanze sah ihr über die Schulter. «Zeig mal her.»

Fassungslos starrte Emma auf das, was sie in Händen hielt. «Du kennst diese Frau auch, nicht wahr?»

«Oh ja.» Konstanzes Stimme bröckelte.

«Und du weißt, was das hier jetzt bedeutet ...» Sie sah ihre Freundin ernst an.

«Ich bin mir nicht sicher. Ist das ...?»

«Das ist die Lösung unseres Falls. Gieseking muss das unbedingt erfahren, und zwar sofort.»

18. KAPITEL

Die Beisetzung war ein Event gewesen, Emma konnte es nicht anders ausdrücken.

Stefan Liebls kleine Dorfkirche war aus allen Nähten geplatzt; auf dem sie umgebenden Friedhof hatte man die Grabsteine nicht mehr erkennen können vor lauter Menschen, und der *Strauberwirt* hatte jedes erdenkliche Plätzchen zur Verfügung gestellt, damit alle, die es wollten, am Leichenschmaus zu Ehren der Isadora von Hohenfels teilnehmen konnten.

Nur der Kommissar, der hatte gefehlt. Dabei wartete Emma seit Ende des Trauergottesdienstes händeringend auf sein Erscheinen. Er hatte versprochen zu kommen, also würde er es auch tun. Nur vermutlich mal wieder auf den allerletzten Drücker – schließlich war viel zu erledigen.

Die Dessertteller waren beinahe leer, da stand er in der Tür. Emma sprang erleichtert auf, lief ihm entgegen und zog ihn in den Flur nahe der Treppe, die nach oben führte. Hier waren sie ohne Zuhörer.

«Haben Sie es geschafft?»

«Ja. Meine Leute haben bis vor einer Stunde daran gearbeitet, aber unser Vorhaben steht. Alles ist bereit.»

«Oh, *grazie a dio!* Das hat mich echt Nerven gekostet!»

«Das fragen Sie mich mal!» Er schenkte ihr sein typisches schiefes Lächeln und fuhr sich durch das kurz geschnittene grau melierte Haar. «Was, wenn Sie sich täuschen?»

«Ich täusche mich nicht, glauben Sie mir.» Das war vollkommen unmöglich, davon war Emma so überzeugt wie von der Tatsache, dass auf Bruschetta Basilikum gehörte. «Sie zweifeln doch nicht etwa daran?»

«Nein, tue ich tatsächlich nicht. Ich wollte nur sichergehen, dass auch Sie absolut sicher sind und nicht wegen irgendwelcher Sympathien einen Rückzieher machen.»

«Oh, das werde ich nicht, glauben Sie mir.»

«Na dann … auf geht's. Sie lotsen die richtigen Leute nach Gut Hohenfels, und dann alles wie besprochen.»

Am späten Nachmittag summte es im großen Salon des Gutshauses wie in einem Bienenstock. Emma kontrollierte unauffällig ihre Liste – es waren alle da, die sie brauchte, und einige mehr, die sie entweder nicht hatte ausladen können oder gern hatte dabeihaben wollen.

Natürlich war das Frauenquartett mit ihr, Helene, Anna und Therese komplett. Konstanze war als Hausherrin und Gastgeberin – und Kommissar Giesekings erste Verdächtige – ohnehin anwesend.

Korbinian und Raffaella sowie Georg und die Zwillinge hatten Vorbereitungen getroffen und für die nötige Menge an Getränken gesorgt. Nun kümmerten sie sich als fleißige Helferlein im Hintergrund darum, dass alle etwas zu trinken in Händen hatten.

Die Klimpels saßen ein Stückchen abseits in der kleinen Sitzgruppe im Erker und sahen etwas verloren aus. Gernot hielt seine Andrea an der Hand, und Janina ließ Dennis nicht aus den Augen, der wiederum auffallend oft in ihrem Umkreis zu tun hatte, obwohl dort alle mit gefüllten Gläsern versorgt waren. Doktor Hubert Rossmeier und seine Frau standen zusammen mit Dorothea Artzt und einer anderen

Frau, die Emma nicht kannte, in der Nähe der Klimpels. Sie schienen sich angeregt zu unterhalten.

Emmas Blick schweifte weiter. Helene und Benedikt hatten sich mit Anna und Therese über Eck an den großen Esstisch gesetzt und Leonhard in ihre Mitte genommen. Emma konnte sich des Eindrucks nicht erwehren, dass sie ihn vor Konstanzes Blick abschirmen wollten.

Etwas abseits des Tisches in der Nähe des Kamins standen Bürgermeister Beuerle und seine Frau sowie Veronika und neben ihr Doktor Hunziker. Der war am späten Vormittag knapp vor der Beisetzung eingetroffen und hatte sich mit feuchten Augen bei Konstanze dafür bedankt, dass sie Wort gehalten und ihn zu diesem Anlass geladen hatte. Gestresst von seiner Anreise aus der Schweiz hatte er sich während der Trauerfeier in der Kirche einen Platz ganz hinten gesucht, doch beim Leichenschmaus hatte Konstanze ihn an ihren Tisch gebeten und für später zum Treffen bei sich zu Hause eingeladen.

Sie waren vollzählig. Kommissar Gieseking stand am anderen Ende der langen Tafel, wo er einen tragbaren Beamer aufgebaut und an seinen Laptop angeschlossen hatte. Emma nickte in seine Richtung, er gab das Signal an seine Mitarbeiter weiter. Diese zogen die Türen zu.

Alles war bereit, und Emma schloss einen Moment die Augen, um sich zu konzentrieren. Was sie vorhatten, war gewagt, und sie mussten auf Glück und ein entscheidendes Überraschungsmoment hoffen. Als sie die Lider wieder hob, fing Giesekings Blick den ihren ein. *Alles wird gut,* schien er ihr sagen zu wollen. Sie nickte zurück, bevor sie die Plätze einnahmen, die sie besprochen hatten: am Ende der Tafel zwischen dem Beamer und der Tür zur Küche.

Das Klirren einer Gabel, die gegen Glas schlug, ließ die Gespräche der Anwesenden verstummen. Konstanze stand vor dem Kamin in der Mitte des Raumes, trotz aller sichtbaren Anspannung bereit, ein paar Worte an ihre Gäste zu richten.

«Liebe Anwesende. Trauergäste, Bekannte, Verwandte, Freunde und Familie», begann sie, und ihre Stimme zitterte hörbar. Sie wusste, was auf sie zukam, und hatte sich trotzdem den gesamten Tag über bewundernswert gehalten. Nun schien ihr langsam die Kraft auszugehen.

Das überraschte Emma nicht. So viel Staatsmacht, wie jetzt gerade auf ihrem Grund und Boden verteilt war, hatte das Gut vermutlich noch nie gesehen. Und die Aufklärung eines Mordes ebenso wenig.

«Ich danke Ihnen von Herzen, dass Sie diesen schweren Tag heute mit mir begangen haben und mir auch jetzt zur Seite stehen. Wirklich, ich bin jeder und jedem Einzelnen von Ihnen aufrichtig zu Dank verpflichtet, denn ich weiß sicher, dass niemand meiner Mutter besonders zugetan war. Dass Sie trotzdem hier sind, ist zu großen Teilen der Verdienst meiner wunderbaren Freundin Emma Ferrari, die Sie alle ausdrücklich – und gewiss auch *nach*drücklich – eingeladen hat herzukommen.» Sie hob ihr Glas in Emmas Richtung. «Danke, liebe Emma. Und zu einem anderen, nicht minder großen Teil ist Ihre Anwesenheit der Tatsache geschuldet, dass Kriminalhauptkommissar Henrik Gieseking von der Mordkommission Regensburg dieses Treffen zum Anlass nehmen wird, mit uns allen ein paar Gedanken zum ungeklärten Tod meiner Mutter Isadora von Hohenfels auszutauschen.»

Leises Raunen war die Antwort auf ihre Ankündigung,

und die Köpfe von so gut wie allen Anwesenden wandten sich zum Kommissar um. Gieseking quittierte die Aufmerksamkeit mit einer angedeuteten Verbeugung und seinem typischen schiefen Lächeln.

«Wie Sie ja alle wissen, wurde meine Mutter ermordet. Und bis zum heutigen Tag konnte nicht festgestellt werden, wer dafür verantwortlich ist. Mir als Tochter ist diese Situation unerträglich, aber so ist das Leben nun mal: Nicht immer bekommt man, wonach man sich sehnt.»

Emma schoss einen raschen Blick zu Leonhard Schweiger. Der hatte es geschafft, von Konstanze unbemerkt einzutreten. Nun saß er ein wenig abseits und hielt den Kopf gesenkt. Bei diesen Worten wandte er ihr für einen Moment halb das Gesicht zu, ehe er sich rasch wieder wegdrehte. Emma konnte seinen Ausdruck nicht erkennen.

«Doch wir wollen und dürfen nach vorn sehen und meine Mutter vielleicht nicht in bester, aber wenigstens in wohlwollender Erinnerung behalten. Zu jedem Menschen gibt es eine Geschichte, und auch wenn Isadora von Hohenfels sich der Welt nicht gerade offen gezeigt hat – auch sie hatte es nicht immer leicht.» Sie versuchte sich an einem kleinen Lächeln, das jedoch ziemlich steif wirkte. «Die meisten von Ihnen kennen mich – ich bin keine große Rednerin. Darum halte ich es auch für angebracht, das Wort jetzt an den Kommissar zu übergeben. Anschließend sind Sie eingeladen, für den gemütlichen Teil meine Gäste zu sein und sich untereinander kennenzulernen, zu amüsieren und das Leben zu feiern. Vielen Dank.»

Sie hob das Glas, prostete in die Runde und nahm den zögerlichen Applaus, der aus der Klimpel'schen Ecke kam, mit einem fast schüchternen Nicken entgegen.

«Bitte, Kommissar Gieseking ... Ihre Bühne.»

«Ich danke Ihnen, Frau von Hohenfels.» Der Kommissar trat vor und stellte sein Glas ab. «Meine Damen und Herren, ein paar sind heute unter Ihnen, die schon im letzten Jahr das Vergnügen hatten, an einem solchen ... Austausch teilzunehmen, Sie werden sich vielleicht daran erinnern. All jene, die neu sind in unserem Kreis, möchte ich umso herzlicher begrüßen. Ich will mich gar nicht lange aufhalten, aber eine Person erwähnen, die mir auch diesmal mit Rat und Tat zur Seite gestanden und dabei geholfen hat, Gedanken zu sortieren und Vermutungen auf den Punkt zu bringen: Emma Ferrari. Dankenswerterweise hat sie heute Abend wieder für das flüssige Wohl aller Anwesenden gesorgt.»

Emma dankte ihm mit einem Nicken und hob andeutungsweise ihr Glas.

«Frau von Hohenfels hat es ja angesprochen: Wir werden uns gemeinsam darüber Gedanken machen, was an jenem Sonntag passierte, an dem ihre Mutter Isadora ermordet wurde, warum dies geschah und vor allen Dingen: Was diesem Mord vorausging. – Möchten Sie beginnen, Frau Ferrari?»

«Sehr gern, *commissario, grazie mille*.»

Das war so aufregend! Letztes Jahr hatte Emma ihren Auftritt sehr genossen, war sie doch endlich in allen Aspekten und jeder Konsequenz vom Verdacht des Mordes befreit worden, indem sie die Tat aufklärte. Dieses Mal war die Aufgabe eine mindestens ebenso schwierige gewesen, obwohl sie nicht selbst im Fokus gestanden hatte. Und nun würde sich herausstellen, ob sie und der Kommissar die Puzzlesteine richtig zusammengesetzt hatten, die ihnen zugefallen waren, und ob sie es an diesem Spätnachmittag schaffen würden, die letzten Lücken zu schließen, die letzten Fragen zu beantworten.

«Fast jeder von euch war am vorletzten Sonntag live dabei, als Isadora von Hohenfels ums Leben kam. Und viele von euch hatten nach meiner Auffassung ein Motiv zu diesem Mord. Wenn wir ehrlich sind, hatte sie es sich im Laufe ihres Lebens mit so gut wie mit jedem hier im Dorf verscherzt. Mit manchen mehr, mit anderen weniger, aber – *scusa*, Konstanze – irgendwie gab es keinen, der sie so richtig mochte.»

Konstanze hob die Hände. «Wer bin ich, dem zu widersprechen?»

«Wie ich sagte, fast jeder war dabei, als Isadora beim Kochwettbewerb vergiftet wurde, nur hat leider keiner etwas gesehen, weil alle von den Geschehnissen abgelenkt waren, die gleichzeitig stattfanden. Ich erspare es euch jetzt und hier, das zu wiederholen. So kam es, dass der Mord an der Freifrau gewissermaßen vor versammeltem Publikum stattfinden konnte und niemand ihn beobachtet hat.» Emma sah in die Runde, erwartungsvolle Gesichter blickten ihr entgegen. «Damit waren für mich und die Kriminalpolizei eine Reihe von Personen verdächtig, die alle ein Motiv und die Möglichkeit hatten, Frau von Hohenfels zu ermorden. Als Allererste natürlich du, Dorothea.» Sie wandte sich an die Apothekerin und erntete dafür einen bitterbösen Blick von deren Begleiterin.

«Logisch», sagte Doro lapidar und zuckte die Schultern. «Das musste ja so kommen. Ich bringe ihr freiwillig und öffentlich das Essen, an dem sie nachher stirbt. Klar, dass ich es war.»

«Aber sie war das nicht», widersprach die Frau an ihrer Seite.

Emma hob erstaunt die Brauen. «Stellst du uns vor, Doro?»

«Das ist Rebecca Hauser, meine Lebensgefährtin. Becca, das ist ...»

«Habe ich mitbekommen, danke, Liebes. – Ich hoffe sehr, dass Sie das schnellstmöglich klarstellen», wandte Rebecca sich an Emma.

Sie konnte die Frau nur zu gut verstehen. Wahrscheinlich hätte sie genauso reagiert an ihrer Stelle.

«Darauf können Sie sich verlassen, Frau Hauser. Wir werden sogar hier und heute klären, wer für den Mord verantwortlich ist.»

Ein Raunen ging durch die Menge, und Emma hoffte inständig, dass sie den Mund nicht zu voll nahm.

«Wie kommen Sie überhaupt dazu, Doro zu verdächtigen?» Rebecca ließ sich nicht so schnell abschütteln. «Ich meine ... sie ist der selbstloseste Mensch, den ich kenne, sie würde nie ...»

«Lass gut sein, Becca. Es hat nicht nur mich getroffen mit den Verdächtigungen.»

«Trotzdem ...»

«Ihre Frage nach dem Warum, Frau Hauser, ist schnell beantwortet.» Emma wandte sich direkt an Doro. «Du hast Isadora das Essen gebracht zur Verkostung, warst also diejenige, die am nächsten an ihr dran war. Du bist Apothekerin und hattest theoretisch Zugang zu dem Gift, das sie tötete. Und Isadora hat dich wegen der Happy Drops erpresst. So war es, oder?»

Die Apothekerin nickte widerstrebend und wich Emmas Blick aus.

«Ich habe mich gefragt, woher Isadora davon wusste. Sie war zwar ein Fan deiner Schmerztropfen, aber sie konnte eigentlich nicht wissen, was es mit ihnen auf sich hat.»

Doros Kiefermuskeln mahlten, sie sah zu Boden und schien mit sich zu ringen. Dann fasste sie einen Entschluss, ehe sie einen düsteren Blick an Emma vorbeiwarf – zu wem, konnte diese nicht erkennen.

«Das kann ich dir sagen, jetzt ist es auch egal … Doktor Hunziker war mal bei mir und hat Isadoras Tropfen abgeholt.» Ein weiterer vernichtender Blick, nun war klar, zu wem. «Da kamen wir ins Gespräch. Ich dachte, ich könnte ihm vertrauen, schließlich sind wir ja beide der Gesundheit und dem Wohlergehen unserer Mitmenschen verpflichtet – zumindest dachte ich, es würde eine gewisse Solidarität herrschen. Er hat mich gefragt, und da hab ich mit ihm über die Zusammensetzung gesprochen. Bald nach diesem Gespräch kam Isadora damit rüber, dass sie es weiß und nicht mehr für die Happy Drops zahlen will.»

«Aber ich konnte ja nicht ahnen, dass meine Patientin diese Information gegen Sie verwenden würde», schaltete sich Hunziker ein. Bisher hatte er sich im Hintergrund gehalten, nun trat er mit hochrotem Kopf vor – anscheinend war ihm die Sache sehr unangenehm. «Es ist bedauerlich, dass Sie dadurch Schwierigkeiten bekommen haben», versicherte er mit seinem charmanten Schweizer Akzent und blickte entschuldigend in die Runde. «Das wollte ich nicht. Bitte glauben Sie mir das.»

Doro machte eine ungeduldige Handbewegung. «Was wissen Sie schon von Schwierigkeiten? Außerdem hilft das jetzt auch nichts mehr, das Kind ist in den Brunnen gefallen.»

«Ja, aber es tut mir trotzdem sehr leid.»

«Was sind denn diese Happy Drops?», fragte Janina Klimpel in die folgende kurze Stille hinein, schlug sich aber gleich die Hand vor den Mund. Sie hatte offenbar nicht damit gerechnet, einen Moment zu erwischen, in dem gerade niemand etwas sagte.

«Schmerztropfen mit einem Hauch Cannabis», informierte Doro sie. «Sind bei fast allen Schmerzen nützlich, aber ich stelle sie nur für einen kleinen Kreis von befreundeten Frauen her, weil sie unter anderem bei Regelschmerzen helfen. Und ja, manchmal habe ich die eine oder andere Pflanze zu viel, aber alles andere ist … legal.»

«Nun ja …», schränkte Gieseking ein.

Janina sah Doro mit großen Augen an. «Cannabis? Ist das nicht Marihuana? Endkrass! Aber seid ihr da nicht dauernd high, wenn ihr das nehmt?»

«In dieser Dosierung treten keine berauschenden Nebenwirkungen auf», sagte Doro knapp. «Das ist rein medizinisch indiziert.»

«Und das hilft trotzdem?»

«Oh ja», bestätigte Emma wie aus der Pistole geschossen.

«Das könnte ich auch manchmal gebrauchen», seufzte Andrea Klimpel. «Das wäre glatt ein Grund hierherzuziehen.»

«Au ja, Mama!»

«Scht! Janina!»

«Also», beendete Emma die Unterbrechung, «wenn Isadora ihre Drohung wahrgemacht hätte, hätte Doro sich wegen des Anbaus, des Besitzes und vor allem des gewerblichen Vertreibens von Marihuana verantworten müssen. Daraus wäre sie je nach Richter wahrscheinlich nicht straffrei hervorgegangen, und ihre Lizenz hätte sie ganz sicher verloren. Isadora von Hohenfels war also eine Bedrohung für Doro. Ist das plausibel genug als Erklärung für Sie, Frau Hauser?»

«Nun ja … wie man's nimmt.»

Gieseking schaltete sich ein. «Frau Ferrari war nicht allein mit ihrem Verdacht, Frau Hauser. Auch wir haben selbstverständlich in diese Richtung ermittelt, denn wenn Sie die Sache neutral betrachten, drängt sich der Verdacht gegen Frau Artzt geradezu auf, nicht wahr?»

«Wie ich gerade sagte: Wie man's nimmt.»

«Wenn Sie gestatten, machen wir weiter …» Gieseking betrachtete Rebecca Hauser streng. Wie er es machte, dass er mit einer einfachen Geste oder einem Blick so viel Autorität ausstrahlte, war Emma ein Rätsel, das sie durchaus faszinierend fand.

«Nur zu.» Mit verschränkten Armen stellte sich Rebecca demonstrativ hinter ihre Partnerin.

Emma musste sich trotz des latent aggressiven Verhaltens ein Schmunzeln verbeißen. Es war schön, zu sehen, wenn Paare so zueinanderstanden. Sie und Korbinian waren früher auch so gewesen, aber das Leben hatte andere Pläne gehabt.

«Wir haben also festgestellt, dass Frau Artzt verdächtig ist. Doch sie ist nicht die Einzige», fuhr Gieseking fort. «Bitte, Frau Ferrari.»

«Sie stehen so schön beieinander. Herr Doktor Rossmeier.» Emma musste sich nur leicht nach rechts drehen und fixierte den Dorfarzt. «Es macht Ihnen sicher nichts aus, wenn Sie gleich mein nächster Verdächtiger sind.»

«Zu Diensten.» Der Mediziner verbeugte sich spöttisch.

«Ich wüsste nicht, was hier ans Licht kommen sollte, das wir nicht bereits besprochen hätten, als Sie und Frau von Hohenfels beziehungsweise der Kommissar bei mir in der Praxis waren. Es hat sich seitdem nichts geändert, weder an meiner Einstellung zu unserem Gesundheitssystem, das eher ein Krankheitssystem ist, noch an der Tatsache, dass ich nichts mit dem Mord zu tun habe. Ich weise jede dieser Anschuldigungen weit von mir.»

«Das glaube ich Ihnen selbstverständlich, *dottore*. Und ich werde unsere Zuhörer nicht dadurch langweilen, dass ich alle unsere Überlegungen erneut ausbreite.»

«Meine Frau wird es Ihnen danken ...»

«Aber vielleicht zum Verständnis für alle, die es nicht wissen», Emma reckte sich ein wenig und spähte an der Gruppe um Rossmeier vorbei zu den Klimpels im Erker, «die Verstorbene hat dem Vater unseres *dottore* hier vor vielen Jahren das Leben schwer gemacht und war gewissermaßen dabei, die alte Geschichte zu wiederholen, indem sie hier im Ort ihren neuen, vermeintlich besseren Arzt aus der Schweiz präsentierte. Es wäre also verständlich, wenn Doktor Rossmeier versucht hätte, sich dagegen zu wehren, dass sein berufliches Ansehen angekratzt wird.»

Andrea Klimpel nickte automatisch, obwohl ihr Gesichtsausdruck erkennen ließ, dass sie nicht sicher war, wovon Emma sprach. Es war ihr nicht zu verdenken, doch Emma wollte keinesfalls weiter ausholen als nötig. Es ging darum, zum Kern vorzustoßen, nicht, die Anwesenden um jeden Preis mit Details der Ermittlung zu unterhalten.

«Wir haben uns viele Gedanken gemacht, wie es abgelaufen sein könnte. Sie waren am Sonntag mit im Festzelt, Doktor Rossmeier. Und Sie haben Isadora Erste Hilfe geleistet. Vielleicht wollten Sie dadurch den Anschein erwecken, als würden Sie tatsächlich helfen, haben aber in Wahrheit dafür gesorgt, dass die Sanitäter zu spät gerufen wurden. Ich habe mir nämlich sagen lassen, dass man eine solche Vergiftung unter Umständen behandeln kann, wenn man es schnell genug versucht.»

«Ich soll die Rettung meiner Patientin verzögert haben? Das ist kompletter Unsinn!» Doktor Rossmeier wurde laut. Seine Frau legte ihm beschwichtigend eine Hand auf den Arm, die er jedoch abschüttelte. «Niemand, hören Sie, absolut *niemand* wäre in diesem Fall schnell genug gewesen, die Dosis war viel zu hoch.»

«Das konnten Sie aber gar nicht wissen. Und Sie haben auf einer natürlichen Todesursache beharrt. Wäre das gelungen, hätte niemand nachgeforscht, und Sie wären damit durchgekommen.»

«Das ist ... also, das ist ... ich fasse es nicht. Die Sachlage war so eindeutig, dass ich eine natürliche Todesursache annehmen *musste*! Und Sie wissen genau, was ich meine!»

«Ja, ich weiß, Isadora von Hohenfels war nicht so gesund, wie sie sich den Anschein gab», warf Gieseking ein. «Aber bei diesen äußeren Anzeichen und dem starken Geruch nach Bittermandel hätten auch Sie stutzig werden müssen. Frau Obermüller hat ihn sofort wahrgenommen.»

Rossmeier schaute sich nach Therese um. «Und deshalb haben Sie eine forensische Untersuchung angeordnet?», fragte er fassungslos. «Weil eine alte Dame Bittermandeln riecht?»

«Frau Obermüller ist nicht irgendeine alte Dame», mischte sich Emma empört ein. «Ihre olfaktorischen Fähigkeiten sind außergewöhnlich.» Zum Glück hatte sie dieses schwierige Wort vorher geübt – für den Fall der Fälle, der nun tatsächlich eingetreten war.

«Das mag ja alles sein. Ich wiederum gehöre aber zu dem Drittel der Bevölkerung, das den Geruch nicht wahrnehmen *kann*», informierte Rossmeier das Auditorium. «Daher hatte ich nicht den geringsten Anlass, an einer natürlichen Todesursache zu zweifeln.» Kopfschüttelnd sah er zwischen Emma und dem Kommissar hin und her. «Wie können Sie hier so einen faulen Zauber abziehen? Finanziert von unseren Steuergeldern? Warum kümmern Sie sich nicht lieber um die trauernde Tochter?»

«Schatz, reg dich nicht auf», versuchte seine Frau, ihn zu beruhigen. «Die wollen nur, dass du irgendwas Falsches sagst.»

«Es gibt nichts Falsches zu sagen, und das weißt du genau!», polterte er los. «Mich macht so etwas einfach nur wütend.»

«Und wenn Sie wütend sind, was dann?» Gieseking musterte den Mann ruhig. «Greifen Sie dann zu Gift?»

«Mir reicht es, ich gehe. Komm, Elfriede.» Er wandte sich zur Tür, musste aber stehen bleiben, da sich Kommissar Oliver Falk mit verschränkten Armen davor postiert hatte.

«Bleiben Sie doch», meinte er mit einem freundlichen Lächeln, «und hören Sie sich an, was noch alles ans Licht kommt, hm?»

Sichtlich widerwillig kehrte Rossmeier an seinen Platz zurück. Seine Frau war ohnehin zögernd auf halbem Weg stehen geblieben und nahm nun ebenfalls ihre ursprüngliche Position wieder ein.

«Ein Schluck Wein, Herr Doktor?» Raffaella schenkte ihm ihr charmantestes Lächeln.

«Ach, gehen Sie mir weg damit», brummte er unwirsch, ließ sich dann aber von seiner Frau ein Glas in die Hand drücken.

«Danke, Raffaella», sagte sie. «Das ist sehr nett von Ihnen.»

«Machen wir weiter», schlug Gieseking vor. «Sonst sitzen oder stehen wir morgen noch hier.»

«Genau. Und da würde ich nun gern zu unseren Überraschungsgästen kommen: Familie Klimpel.» Emma wandte sich zu den Cuxhavenern um.

«Was? Wir? Aber wir ...»

«Still, Gernot», unterbrach ihn seine Frau. «Merkst du nicht, dass alle ihr Fett weg kriegen? Lass es über dich ergehen, dann isses vorbei. Wir waren das nicht und gut. Aus die Maus.»

«*Infatti* ... mit euch hatte ich so meine Schwierigkeiten», gab Emma zu. «Aber ganz kurz für alle, die es noch nicht mitbekommen haben, eine knappe Zusammenfassung, ohne auf Details einzugehen. Isadora von Hohenfels hatte ein Leben, bevor sie hierherkam. Und in diesem Leben gab es einen Ehemann und einen Sohn, die sie beide unter unschönen Umständen aufgeben musste.»

Andrea Klimpel schnaubte unterdrückt, von einigen anderen Anwesenden kam ungläubiges Geflüster.

«Dieser Sohn war der Vater von Gernot Klimpel, der nach dessen Tod mit seiner Familie hierherkam, um seine Großmutter kennenzulernen.»

«Hi.» Gernot winkte unsicher in die Runde, und es war mehr als deutlich zu erkennen, wie unbehaglich er sich fühlte. «Ich war's aber nicht», schob er unbeholfen hinterher und zupfte an seiner Hose herum, die diesmal dem Anlass angemessen nicht hochgekrempelt war.

«Es ist zweifellos ein nicht zu übersehender Zufall, dass Isadora von Hohenfels ermordet wird, kurz nachdem ihr auf der Bildfläche erscheint», sagte Emma. «Aber was ist euer Motiv? Rache dafür, dass sie dich als Enkel nicht anerkennen wollte? Oder, was sehr viel wahrscheinlicher ist, die Hoffnung, etwas vom Kuchen abzubekommen, der hier zu erwarten war ...»

«Schöner Kuchen», maulte Andrea. «Stockflecken an den Wänden, und durch die Fenster zieht's wie Hechtsuppe. Wer will das schon erben?»

«Gute Frage.» Diesmal kam das unfeine Schnauben von Konstanze. «Frag mich mal.»

«Und hier drin kriegt man ja Depressionen», setzte Frau Klimpel mit einer ausholenden Handbewegung hinzu. «Wer will denn so wohnen?»

Konstanze rollte mit den Augen. Emma war sich nicht sicher, wie es mit diesem Familiengefüge weitergehen würde. Da stand vermutlich die eine oder andere Überraschung ins Haus.

«Wie auch immer. Davon abgesehen gibt es Ländereien, einen großen Besitz ... also genug, was man verkaufen könnte, wenn man es nicht behalten möchte, aber das müssen wir jetzt nicht vertiefen. Allerdings blieb die Frage, wo ihr das Gift herbekommen hättet. Dann stießen wir auf etwas sehr Interessantes.» Sie wandte sich wie abgesprochen an den Kommissar, der übernahm.

«Herr Klimpel, Sie sind Trödelhändler und bekommen immer wieder Dinge in die Hand, die andere auf ihren Dachböden finden, nicht wahr?»

Gernot zuckte die Schultern. «Ja, richtig. Das passiert häufiger, als man denkt.»

«Und so manche Wohnungsauflösung bringt ungeahnte Schätze ans Licht – auch aus den unrühmlichen Zeiten Deutschlands.»

«Kommt gelegentlich mal vor.»

«Wie Zyankalikapseln aus dem Zweiten Weltkrieg. – Damals ein bewährtes Mittel, um sich mit einem schnellen Selbstmord aus der Verantwortung zu stehlen», erklärte er Janina, die ihn verständnislos ansah.

«Auch das hatten wir bereits», gab Gernot zu. «Ich hab die aber offiziell gemeldet, die wurden abgeholt und entsorgt.»

«Das haben wir so recherchiert, ja. Aber was, wenn Sie nicht die tatsächliche Menge abgegeben haben, sondern nur einen Teil? Was, wenn Sie eine oder zwei der tödlichen Kapseln behalten hätten?»

«Gernot!» Andrea starrte ihn fassungslos an. «Davon hast du mir ja gar nichts gesagt! Ich will so ein Zeugs nicht im Haus haben, ist das klar? Wenn das Kind die mal findet! Spinnst du?»

«Das stimmt ja auch gar nicht, verdammt noch mal!», fuhr Gernot sie an. Emma war erstaunt, wie aufgebracht er war. «Das ist purer Mumpitz! Drei Kapseln waren's, und drei hab ich abgeliefert. Merkst du's denn nicht? Alle kommen dran, hast du selbst gesagt. Also halt mal die Luft an, ja?»

«Nur die Ruhe», beschwichtigte Emma die beiden. «Fest steht, du warst im Festzelt, ich habe dich und deine Lieben selbst dort gesehen. Du – oder gegebenenfalls auch Andrea – hättest das Gift leicht über Isadoras Essen geben können.»

«So was hätte ich nie Andrea machen lassen.» Gernot Klimpel hatte aufgehört, an seiner Hose herumzuzupfen, und sah Emma aus zusammengekniffenen Augen an.

«Wenn ich wirklich, wirklich was will, dann schaffe ich das auch allein und ziehe da keine Frau mit rein.»

«Gernot! Mensch, merkst du nicht, dass du dich gerade um Kopf und Kragen quatschst?» Andrea schüttelte den Kopf.

«Ich sag nur, wie's wär. Nicht, dass ich's war.» Er verschränkte trotzig die Arme vor der Brust.

Emma seufzte resigniert. Wie beim ersten Mal machte sie sich auch bei dieser Gelegenheit keine Freunde. Und es war noch nicht vorbei. Ein rascher Blick auf Konstanzes undurchdringliche Miene zeigte ihr, dass einiges bevorstand ... doch da musste sie durch, es half alles nichts.

«Lassen wir das so stehen. Wir können ja später darauf zurückkommen. Zwar bleiben Fragen offen, aber ich glaube, wir können uns darauf einigen, dass du Motiv und Möglichkeit gehabt hättest.»

Gernot brummte etwas Unverständliches, Andrea strich ihm über den Oberschenkel. «Sie meint das nicht persönlich», tröstete sie ihn und verblüffte Emma mit dieser glasklaren und richtigen Einschätzung.

«*Giusto*», sagte sie, um Zeit zu gewinnen. Wie sollte sie nun weiter vorgehen? Sie hatte mit dem Kommissar zwar die grobe Richtung besprochen, aber keine Zeit mehr gehabt, sich mit Leonhard abzustimmen.

Die leeren Gläser auf dem Tisch retteten sie aus dieser Verlegenheit.

«Ich würde sagen, unsere fleißigen Helfer machen die Runde und versorgen euch mit frischen Getränken», schlug sie vor.

Allgemeines Aufatmen gab ihr recht, und während die Gläser wieder aufgefüllt wurden, ging sie zu dem Grüppchen am Tisch hinüber und beugte sich zu Leonhard. Der sah sie fragend an.

«Du hast gesehen, wie wir vorgehen», sagte sie leise zu ihm, als ihr die gerade auflebenden Gespräche eine schützende Geräuschkulisse gaben. «In unserem Plan bist du der Nächste, Leonhard, aber ich müsste dazu deine Identität lüften, alles andere wäre leider sinnlos. Was soll ich tun?»

Nach kurzem Zögern nickte er bedächtig. «Verstehe. Es ist ohnehin an der Zeit, denke ich. Ich hätte das viel früher machen sollen. Unter vier Augen mit ihr. Aber das habe ich verpasst.»

«Ist das für dich in Ordnung?»

«Ja, ist es. Aber ich möchte es selbst tun.»

Emma schenkte ihm ein warmes Lächeln. «*Va benissimo.* Das ist sehr gut. So machen wir es.»

Die kurze Pause des Nachschenkens und Durchatmens war vorbei, und diesmal war es Emma, die an ihr Glas klopfte.

«Dann wollen wir mal weitermachen, wenn ihr einverstanden seid. Unser nächster Verdächtiger war ebenfalls eine riesengroße Überraschung. Und wie Isadoras Enkel hat er eine sehr alte gemeinsame Geschichte mit ihr, aber das erzählt er euch am besten selbst.»

Emma gab Leonhard mit einem Nicken zu verstehen, dass sie ihm die Aufmerksamkeit überließ. Sie selbst trat etwas beiseite, damit sie Konstanze im Blick behalten konnte, die sich auf einen der Stühle an der Wand neben dem Kamin gesetzt hatte.

Leonhard nickte dankend zurück, erhob sich und räusperte sich knapp.

«Eine gemeinsame Geschichte ... Ja, das kann man so

sagen. Wenn auch mehr mit der Tochter als der Mutter.» Langsam wandte er sich zu Konstanze um, die ihn mit gerunzelter Stirn musterte. «Mein Name ist Leonhard Schweiger, und in einem anderen Leben war ich mit dieser wunderbaren Frau verlobt.»

19. KAPITEL

Das schlug ein.

Wieder schwoll das Stimmengewirr an. Beuerles, Rossmeiers, Veronika, Doro mit Gefährtin und Hunziker hatten genauso wenig davon gewusst wie die Klimpels. Vermutlich erinnerte sich außer Therese und Anna niemand mehr an den Mann, der als junger Erwachsener verschwunden und nie zurückgekehrt war. Die meisten, schätzte Emma, hatten ihn gar nicht gekannt.

Sie behielt Konstanze im Auge, die mit keiner Regung zu erkennen gab, dass sie begriff, was Leonhard gerade gesagt hatte oder wer er war. Sie saß vollkommen unbewegt auf ihrem Platz.

Leonhard wiederum, der wohl mit irgendeiner Reaktion gerechnet hatte, legte seine Hand aufs Herz und verbeugte sich leicht in ihre Richtung. Stille kehrte ein.

«Es tut mir leid, dass du es so erfahren musst, liebe Konstanze. Ich hätte unter vier Augen mit dir sprechen sollen, als die Zeit dafür war, doch ich war zu feige. Bitte verzeih ...»

Er lächelte sein verhaltenes, sanftes Lächeln, und Emmas Herz schmolz. Hoffentlich ließ Konstanze sich erweichen, bewegen, erobern ...

Nach einem weiteren, endlos langen Augenblick des Schweigens hob Konstanze das Kinn. «Ich glaube, hier und jetzt ist nicht der geeignete Moment für Rührseligkeit. Wir sollten weitermachen wie von der Polizei geplant.»

Im Raum war es so still, dass Emma hörte, wie Gieseking hinter ihr leise ausatmete. Offenbar hatte auch ihn die Szene nicht kaltgelassen.

Emma schluckte ihre Enttäuschung hinunter und schalt sich dafür, dass sie etwas anderes erwartet hatte. Doch das hier war kein Film, und auch kein Liebesroman, in dem die Heldin aufstand und ihren verschollenen Liebsten entweder küsste oder ohrfeigte. Konstanze von Hohenfels war ihr Leben lang darauf gedrillt worden, ihre Gefühle im Griff zu haben. Ihre Mutter hatte eine eiserne Selbstdisziplin besessen – nun wussten sie auch, woher die gekommen war – und sie an ihre Tochter weitergegeben.

«Fahr bitte fort, Leonhard», sagte Konstanze gefasst. «Über alles andere sprechen wir später.»

Für einen Moment schien Leonhard den Faden verloren zu haben, er schaute sich fragend nach Kommissar Gieseking um, der ihm spontan beisprang.

«Vor etwa zwei Wochen tauchte ein unbekannter Tourist namens Lennart Stiller in Himmelsricht auf», sagte er. «Und es hat ein Weilchen gedauert, bis seine Nichte Anna Bachmeier darauf kam, wer sich hinter diesem Namen verbirgt: Leonhard Schweiger.» Er wandte sich dem alten Herrn direkt zu. «Sie hatten Ihre Gründe zu gehen – und auch, warum Sie sich nicht zu erkennen geben wollten, nicht wahr?»

Leonhard nickte. «Oh ja, die hatte ich. Aber lassen Sie mich mit der Zeit beginnen, die ich damals für die schwärzeste meines Lebens hielt.» Er senkte den Blick. «Isadora von Hohenfels hat mich gezwungen, den Ort und Konstanze zu verlassen, nachdem sie von unserer heimlichen Verlobung erfahren hatte. Sie drohte mir, mich wegen Diebstahls verhaften zu lassen, wenn ich nicht auf der Stelle verschwände. Und nicht nur das. Sie drohte auch, Konstanze mit einem alten Jagdfreund ihres Mannes zu verheiraten, wenn ich nicht ginge.» Seine Stimme hatte bei den letzten Worten merklich zu zittern begonnen.

«Jakob zu Seidlitz-Bonhoff», stieß Konstanze mit starrem Blick hervor. «Rülpser-Jakob. Der Mann hatte Tischmanieren wie ein Schwein.»

«Und war sehr vermögend, im Gegensatz zum jungen Leonhard», übernahm der Kommissar, der offenbar bemerkte, wie schwer es Leonhard fiel, seine Geschichte zu erzählen. «Herr Schweiger wusste genau, wie sehr Konstanze diesen Mann verabscheute. Und ihrer Mutter war das ebenfalls klar, so hatte sie ein zweites perfektes Druckmittel gegen ihn in der Hand. – Sie haben nie erfahren, warum Ihr Verlobter über Nacht einfach ging, nicht wahr, Frau von Hohenfels?», wandte er sich an Konstanze.

Sein einfühlsamer Tonfall ging Emma unter die Haut. Der Kommissar hatte eine sanfte Seite, die er nur äußerst selten zeigte, die sie aber sehr berührte.

Konstanze schüttelte mechanisch den Kopf, sagte aber kein Wort. Leonhard hatte ihr also nichts von Isadoras Drohungen erzählt.

«Natürlich nicht. Sie haben ihn seit über vierzig Jahren nicht gesehen. Aber nun kam er zurück. Und kurz danach wurde Isadora ermordet.»

Gieseking warf Emma einen fragenden Blick zu, und diese fand es an der Zeit zu übernehmen. Sie wandte sich an Leonhard.

«So sehr es mir auch missfiel, dich zu verdächtigen – ich habe Herrn Stiller als einen sehr sympathischen Mann kennengelernt – musste ich in Erwägung ziehen, dass du als Herr Schweiger eine späte Rache an der Frau genommen hast, die dir das Lebensglück zerstörte.»

Lautes Ausatmen kam aus der Ecke der Klimpels. Janina saß da mit Tränen in den Augen, hatte die Knie angezogen und die Arme darumgelegt. Auch Gernot und Andrea wirkten äußerst betreten.

Leonhard hörte ihr schweigend zu. In den Fältchen um seine Augen lag ein angedeutetes Lächeln, und Emma war nicht sicher, ob er ihr gleich widersprechen würde.

«Wir haben uns gefragt, ob du mit irgendjemandem hier gemeinsame Sache gemacht haben könntest. Doro zum Beispiel. Sie könnte dir das Gift besorgt haben, und du hast es benutzt. Dank Benedikt ...» Sie wies auf den jungen Journalisten, der in seiner Nähe saß. «... haben wir eine Menge Fotos vom Mordtag und dem Tatort. Auf einigen bist auch du zu sehen, ganz in der Nähe von Isadora. Im entscheidenden Moment aber fehlt uns eine Aufnahme von dir: als es brannte.»

«Ja, das war ein spannender Augenblick, ich hatte in erster Linie Angst um Konstanze, weil ich dachte, sie wäre in Gefahr.» Er warf ihr einen schnellen Blick zu, der jedoch wieder keine Reaktion hervorrief.

«Vielleicht stimmt das. Vielleicht hast du aber auch in diesem Moment, in dem alle abgelenkt waren, Doro abgepasst. Als sie vorbeiging, hat sie dir den Teller hingehalten, damit du das Essen vergiften konntest.»

Leonhard seufzte leise. «Für so ein perfektes Timing bin ich inzwischen zu alt, glaub mir. Das wäre mir vor vierzig Jahren vielleicht gelungen, aber nicht mehr heute.»

«Es gibt noch eine andere Variante. Du sagtest, du hättest in den vergangenen Jahren für einen Geschäftsmann gearbeitet. Wir haben ein bisschen gegoogelt ...»

Das war leicht untertrieben. Raffaella und ihr Freund hatten in den wenigen letzten Tagen die Suchmaschinen heißlaufen lassen, um Informationen auszugraben, die sie weiterbringen konnten – nicht nur über Leonhard.

«... und wir haben herausgefunden, dass dein früherer Arbeitgeber unter anderem eine Kette von Juwelierläden besaß. Wir wissen, dass man Zyanid auch für die Reinigung wertvoller goldener Schmuckstücke verwendet. Was läge also näher, als dir irgendwann einen kleinen Vorrat davon zuzulegen und eine günstige Gelegenheit abzuwarten?»

«Frei nach dem Motto *Man kann nie wissen?*», fragte er und klang amüsiert.

Emma nickte. «*Esatto. Non si sa mai.* Und Geduld hattest du.»

Leonhard senkte den Kopf und verschränkte die Finger ineinander. «Ich gestehe, der Gedanke ist mir tatsächlich mal gekommen. Einmal. Ich habe mit Bernard darüber gesprochen, das ist lange her, und er hat mich ausgelacht. Hat mich gefragt, ob diese Frau es wirklich wert ist, wegen ihr mein gesamtes Wertesystem mit Füßen zu treten, alles, woran ich glaube, ad absurdum zu führen und mich für den Rest meines Lebens – wie lange das auch immer sein mag – unglücklich zu machen. Er sagte, ich sei nicht zum Mörder geboren. Und er hatte recht.»

«Wer ist Bernard?» Konstanze ließ es sich nicht anmerken, aber sie hörte offensichtlich aufmerksam zu.

Leonhard wandte sich ihr zu. «Mein Arbeitgeber. Und Freund. Er war ein sehr kluger Mann. Er hätte deinem Vater gefallen.»

Konstanze presste die Lippen aufeinander, als bereute sie, die Frage gestellt zu haben.

«Da ist etwas anderes, das gegen mich als Mörder mit Vorsatz spricht», sagte Leonhard ernst zu Emma. «Ich konnte nicht wissen, dass Isadora noch lebt. Der Wahrscheinlichkeit nach hätte sie längst das Zeitliche gesegnet haben können.»

«*Giusto*», bestätigte Emma. «Allerdings gilt: *Man kann nie wissen.*»

«Sie hatten ja durchaus die Möglichkeit, das herauszufinden, Herr Schweiger», setzte Gieseking hinzu. «Das Netz mit all seinen unbegrenzten Möglichkeiten stand und steht auch Ihnen offen. So wie Herr Klimpel Isadora von Hohenfels gefunden hat, hätten auch Sie sie finden können.»

«Ja, das ist richtig», räumte Leonhard ein. «Und dennoch falsch.»

«Selbst wenn», sagte der Kommissar, «wäre ja auch eine ganz andere Möglichkeit in Betracht zu ziehen: dass nämlich Sie mit Konstanze von Hohenfels gemeinsame Sache machten. Alte Liebe rostet nicht, wie Frau Obermüller sagt, vielleicht haben Sie beide sich zusammengetan, um die immer noch lästige Hüterin adliger Konventionen aus dem Weg zu räumen und Konstanze endlich von ihrer Fuchtel zu befreien.»

«Nie und nimmer», widersprach Konstanze schrill. «Ich habe erst hier und jetzt vor Zeugen erfahren, wer dieser Mann ... dass Leonhard am Leben ist!»

«Das kann – verzeihen Sie mir – auch gut geschauspielert sein.»

Konstanze winkte ab und funkelte Gieseking ärgerlich an.

«Da wir nun schon bei Ihnen sind, verehrte Frau von Hohenfels, fahre ich gleich mit Ihnen fort. Ich gestehe, dass ich mich in diesem Fall bei der Aufklärung schwertat und bei den Ermittlungen außerdem auch gegen den erbitterten Widerstand Ihrer Freundin Frau Ferrari ankämpfen musste, die bis zuletzt auf Ihrer Unschuld bestand.»

Ein so dankbarer Blick traf Emma, dass es ihr fast das Herz zerriss. Sie wusste, was nun kommen würde, und konnte es nicht verhindern. Immerhin hatte sie mit dem Kommissar vereinbart, dass er Konstanze allein ins Kreuzfeuer nehmen und sie außen vor bleiben und die Beobachterrolle einnehmen würde.

«Sie waren von Anfang an meine Hauptverdächtige, Frau von Hohenfels», erklärte Gieseking kurz und bündig. «Und daran hat sich im Laufe meiner Ermittlungen nur wenig geändert.»

«Na, da danke ich auch sehr.» Die Ironie in Konstanzes Stimme ging in ihrem Zittern beinahe unter. «Welche Ehre.»

«Sie hatten Ihre Mutter einfach satt. Und da sie anscheinend das ewige Leben anstrebte und dafür Unsummen an Geld ausgab, mussten Sie handeln, denn das Gut steht vor dem Bankrott. Eine weitere Rechnung von Doktor Hunziker – wie nannten Sie ihn mal? Den Jugendguru –, den Sie lediglich für einen Scharlatan und Beutelschneider hielten, und die Bank hätte Ihnen die letzten Konten gesperrt. Das wollten Sie um jeden Preis verhindern. Ihre Mutter hingegen hätte ohne Hemmungen auch Grundstücke verkauft, um die Behandlung fortzuführen. Wir haben entsprechende Anfragen bei einem Immobilienmakler gefunden, mit dem sie in Kontakt war. Es wäre nicht viel übrig geblieben von Ihrem geliebten Gut, hätten Sie sie weiter schalten und walten lassen.»

Konstanze lauschte reglos und wirkte wie eingefroren, ihr Gesicht eine undurchdringliche Maske.

«Sie sind in einem Alter», fuhr Gieseking fort, «in dem man – ich drücke es mal vorsichtig aus – sich ungern von seiner Mutter gängeln lässt. Sosehr Ihnen das auch in Fleisch und Blut übergegangen sein mag. Im Zusammenspiel mit ihrer Verschwendungssucht sahen Sie keine andere Möglichkeit mehr, ihr Einhalt zu gebieten. Das Preiskochen lieferte Ihnen die beste Gelegenheit. Vor aller Augen – und doch unbemerkt – konnten Sie die alte Dame ins Jenseits schicken.»

Konstanze schüttelte wie mechanisch den Kopf. «Und woher hätte ich das Gift haben sollen?»

«Alte Bestände auf dem Speicher? Hilfe Ihrer Bekannten, der Apothekerin? Vielleicht hat ja gar nicht Isadora Frau Artzt erpresst, sondern Sie selbst waren es? Schweigen gegen Zyanid? Von Ihrem Neffen, den Sie angeblich vorher nie gesehen hatten ... vieles ist möglich.»

Konstanze gab ein Schnauben von sich, das eher einem Schluchzen glich.

«Die Organisation des Koch-Events spielte Ihnen wunderbar in die Hände. Dass man Ihre Mutter zum Ehrengast machte, sie also alles kosten würde, was auch Sie zubereiteten, gab Ihnen die perfekte Gelegenheit für Ihr Vorhaben. Ein Kochrezept mit Amarettini, die per se bereits nach Bittermandel riechen – niemand hätte auch nur den geringsten Verdacht geschöpft. Ich vielleicht auch nicht. Wäre da nicht Frau Obermüller gewesen, die den Blausäuregeruch von dem der Kekse unterscheiden konnte und mich darauf aufmerksam machte. Ein dummer Zufall, nicht wahr, dass ich ausgerechnet an diesem Sonntag in der Gegend war und einen Stopp einlegte, um Frau Ferrari und ihre Freundinnen zu treffen. Ich erinnerte mich vom letzten Jahr an die außergewöhnlich feine Nase der Dame und wurde stutzig.»

Therese hatte offenbar alles mitbekommen, was der Kommissar gesagt hatte, und strahlte vor Freude über das offizielle Lob. Helene strich ihr nicht minder stolz über den Rücken und lächelte sie liebevoll an, bevor sie ihre Aufmerksamkeit wieder auf den Kommissar richtete. Anna flüsterte Helene etwas ins Ohr, doch Emma stand zu weit entfernt, um es hören zu können.

Sie warf einen raschen Blick in die Runde. Ausnahmslos alle Anwesenden hingen an den Lippen des Kriminalbeamten, der eindringlich, aber unaufgeregt Fakten und Überlegungen präsentierte.

«Wäre ich nicht hier gewesen, wäre es vielleicht völlig anders gekommen. Doktor Rossmeier, der den tatsächlichen Gesundheitszustand und die beschränkte Lebenserwartung Ihrer Mutter kannte, hätte einen natürlichen Tod bescheinigt, und alles wäre in Ordnung gewesen. Ein Mord, der nicht als solcher erkannt wurde und damit ungesühnt blieb. Doch leider kam es anders als erwartet, denn bei der Hausdurchsuchung fanden wir tatsächlich präparierte Kekskrümel in der Speisekammer.» Gieseking schoss einen Blick in die Runde. «Wenn sich nun jemand fragt, warum man so dumm sein sollte, sich ihrer nicht rechtzeitig zu entledigen: Diese Frage stellte ich mir auch. Und es gibt nur eine mögliche Antwort darauf.»

Lähmende Stille folgte dieser Feststellung.

«Jemand hat sie dort deponiert.» Bürgermeister Beuerle war der Einzige, der die rhetorische Frage schließlich zu beantworten wagte, und er brach mit seinen Worten einen Bann.

«So könnte es gewesen sein, exakt.» Gieseking nickte. «Um den Verdacht auf Frau von Hohenfels zu richten.»

«Aber ... ich verstehe nicht.» Beuerle hakte nach.

«Wer eine Person ermordet, um sie zu beerben, wird gerichtlich als erbunwürdig erklärt», erläuterte der Kommissar. «Dadurch geht das Erbe automatisch auf die nächsten Angehörigen über. In diesem Fall Sie.» Er drehte sich herum und deutete mit ausgestrecktem Zeigefinger auf Gernot Klimpel. «Der Kreis schließt sich, wenn Sie auf das Erbe spekuliert, Ihre Großmutter ermordet und die Tat Ihrer Tante in die Schuhe geschoben haben.»

«Oh nein! Nein, nein, nein!» Gernot fuchtelte mit beiden Händen abwehrend durch die Luft. «Das lasse ich mir nicht anhängen. Auf gar keinen Fall.»

Gieseking lächelte. «Wir werden sehen. Frau Ferrari, sind wir durch?»

Emma atmete tief ein. «Ich glaube, wir haben jemanden vergessen.» Sie drehte sich um. «*Mi scusi, dottore*, aber Sie sind bisher nicht zu Wort gekommen.»

«Wer – ich?» Filipp Hunziker deutete mit erstaunter Miene auf sich. «Aber Sie wissen doch, ich kann es nicht gewesen sein. Ich war nicht da an diesem Tag.»

«Das ist richtig.» Emma überlegte kurz. «Möchten Sie trotzdem etwas dazu sagen? Ich meine ... Sie kannten die Ermordete besser, als ihre eigene Tochter das tat, nicht wahr? Sie wussten von der Schwere ihres Leidens und waren ihr erster Ansprechpartner. Und Sie waren viel an ihrer Seite und haben sie unterstützt, so gut es ging. Ihre Behandlung schlug an, die Blutwerte haben sich verbessert – das wissen wir von Ihrem Kollegen Rossmeier. Sie müssen sich fürchterlich geärgert haben, als sie Ihnen unfreiwillig so vor der Nase wegstarb, anstatt Ihre Paradepatientin zu sein, mit der Sie eine großartige Referenz gehabt hätten.»

«Aber natürlich war das ärgerlich, das gebe ich zu.» Bisher hatte sich Hunziker im Schatten des Bürgermeistergrüppchens gehalten, nun trat er hinter Veronika hervor. «Es ging ihr gerade so gut ...»

«Waren die Blutwerte denn echt oder gefälscht?», warf Emma ein. Die Frage interessierte sie brennend.

Irritiert sah Hunziker sie an. «Echt natürlich. Ich muss gestehen, das hat auch mich selbst etwas überrascht, denn ich hätte nicht mit einem so durchschlagenden Erfolg des Amygdalins gerechnet. Aber es freut mich natürlich, denn meine selbst entwickelte alternative Chemotherapie mit soft konzentriertem Vitamin B17 in Ölform ist die Zukunft der Onkologie, das werde ich der Welt beweisen.»

Er zögerte kurz, dann griff er in die Innentasche seines Jacketts und zog ein zusammengefaltetes Blatt heraus.

«Die Freifrau von Hohenfels sah das genauso wie ich und stimmte mit mir darin überein, dass meine bahnbrechenden Forschungsergebnisse einem breiten Publikum zugänglich gemacht werden müssen. Ihre Frau Mutter war nicht so verantwortungslos, wie Sie sie zeichnen, Frau von Hohenfels. Sie wusste, dass sie sich meine Behandlung nicht mehr leisten konnte, und hat eine Entscheidung getroffen. Da ich ihr mit den Kosten gern entgegenkommen wollte, haben wir einen Kompromiss gefunden, mit dem sie sich auf andere Weise erkenntlich zeigen und zugleich gewissermaßen unsterblich werden konnte.» Er ging an Emma und

Konstanze vorbei zu Gieseking und hielt ihm das Schreiben hin. «Bitte, Herr Kommissar.»

Gieseking nahm es entgegen und faltete es auf. Er überflog den Text, dann las er ihn noch einmal langsam und gründlich durch.

Im Raum herrschte gespanntes Schweigen. Draußen vor den Fenstern neigte sich die Sonne einem spektakulären Untergang entgegen und sandte ihre schrägen Strahlen herein. Sie fielen durch die Blätter eines Strauches auf das dunkle Parkett und glitzerten dort in einem kunstvollen Muster.

«Das ist allerdings interessant», meinte Gieseking schließlich und ließ das Blatt sinken. «Und tatsächlich wirft es ein ganz neues Licht auf die Situation.» Er blickte in die Runde. «Dies ist ein handgeschriebenes Testament von Isadora von Hohenfels, datiert auf vor dreieinhalb Wochen. Alleinerbe von Gut Hohenfels nebst allen damit verbundenen Immobilien und Vermögensgegenständen ist demnach ihr Arzt, der hier anwesende Doktor Filipp Hunziker.»

20. KAPITEL

Konstanze stieß einen erstickten Schrei aus und presste die Hand vor den Mund. Emma traute ihren Ohren nicht. Den anderen Anwesenden schien es genauso zu gehen, denn fassungsloses Gemurmel legte sich wie ein dichter Teppich über den Raum.

Leonhard hielt es offenbar nicht mehr auf seinem Platz. Er stand auf und setzte sich neben Konstanze. Er sah sie nicht an und berührte sie nicht, doch er hielt ihr eine Hand hin. Gespannt wartete Emma auf eine Reaktion. Als Konstanze schließlich ihre Hand in seine legte, ebenfalls ohne ihn anzusehen, lächelte sie in sich hinein. Das war ein guter Anfang.

«Herr Hunziker …»

«Doktor Hunziker, bitte.»

«Herr Doktor Hunziker», korrigierte sich Gieseking, und wahrscheinlich nahm nicht nur Emma den ungeduldigen Unterton in diesen drei Worten wahr. «Sie sagen also, dass dieses Testament, so es denn gültig ist, von Ihrer Patientin gewissermaßen als Ihre Bezahlung gedacht war?»

Hunziker nickte zufrieden. «Genau, Herr Kommissar. Wir haben uns darauf geeinigt, denn es war eine absolute Win-win-Situation, müssen Sie wissen.»

«Win-win für wen?», ließ sich Leonhard scharf vernehmen.

«Na, für die Freifrau und mich. Sie bekam weiterhin eine

Behandlung, die vollkommen revolutionär war und die sie sich niemals hätte leisten können, und ich bekam endlich die Gelegenheit, mit ihrer Hilfe und diesem Objekt hier meinen medizinischen Lebenstraum zu verwirklichen.» Er machte eine raumgreifende Handbewegung und meinte offenbar das Gutshaus.

Objekt? Hallo? Das war Konstanzes Zuhause. Emma bekam Lust, diesem plötzlich so selbstverliebt auftretenden Kerl eine zu verpassen.

«Und was ist mit Konstanze von Hohenfels? Der Tochter und rechtmäßigen Erbin? Welchen Gewinn hätte sie davon gehabt?» Leonhard hatte offenbar nicht umsonst einen löwenstarken Namen, und er hörte sich an, als würde er Emmas Verlangen, Hunziker zu ohrfeigen, teilen.

«Oh, wir hätten eine wunderbare Lösung für Frau von Hohenfels gefunden», versicherte Hunziker. «Eine Einliegerwohnung zum Beispiel. Schön groß und sonnig und mit Dachterrasse ...»

Getuschel füllte den Raum, ganz offensichtlich verstanden viele der Anwesenden nicht, wovon Hunziker sprach. Emma beobachtete den Bürgermeister, der unangenehm berührt sein leeres Glas begutachtete.

«Wussten Sie, dass es bei dem Bauprojekt, das Sie uns neulich vorgestellt haben, um Konstanzes Zuhause geht, Herr Beuerle?», fragte sie ihn direkt. «Dass die große Kurklinik, die unserem Ort so viele Besucher bringen soll, genau hier geplant ist?»

Beuerle zupfte an seinem Krawattenknoten. «Nun ja, ich ... kannte das Grundstück, auf dem gebaut werden sollte, aber nicht die Person hinter den Bauplänen.»

«Der Herr Bürgermeister wird mir eine große Hilfe sein»,

sprang ihm Hunziker bei. «Denn ohne ihn und seine Unterstützung würde der Genehmigungsprozess viel zu lang dauern, und wir müssen bald starten, damit wir möglichst vielen Erkrankten helfen können, so wie der verstorbenen Freifrau.»

«Wie haben Sie ihr denn geholfen?», erkundigte sich Emma unschuldig.

«Nun, ihre Blutwerte ... Sie sagten das ja bereits. Sie hatten sich enorm verbessert.»

«Nur hätte ihr das nichts genützt.» Gieseking trat vor. «Unsere Forensik hat festgestellt, dass Frau von Hohenfels nur noch wenige Wochen zu leben gehabt hätte. Das Einzige, was ihr vielleicht geholfen hat, war zu sterben, bevor die Schmerzen unerträglich wurden.»

«Ach, Forensiker.» Hunziker winkte unbeeindruckt ab. «Was wissen die von lebenden Menschen?»

Gieseking runzelte die Stirn, ließ das aber unkommentiert. «Lassen Sie uns kurz über Ihren Traum sprechen, Doktor, Ihre Kurklinik. Wir haben dazu interessante Informationen gefunden, und wohlgemerkt, diese Informationen sind drei Monate alt. Bitte, Frau Kollegin.»

Er gab einer Beamtin ein Zeichen, die sich daraufhin an den Laptop setzte und den Beamer startete. Es war zwar reichlich hell im Raum, aber die Bilder, die nun auf der weißen Wand im Hintergrund auftauchten, waren dennoch gut zu sehen. Es war eine Art Projektvorstellung in einem Kurzfilm, eine moderne Klinik war aufwendig visualisiert worden. Das Gebäude konnte Emma zuerst nicht zuordnen, doch dann erkannte sie darin die Grundzüge des Gutshauses. Dazu ertönte eine sonore Männerstimme, die von Gesundheit und Energie, von Genesung und Lebensglück sprach.

«Und all das finden Sie in der exklusiven Kurklinik *Isadora by Hunziker*, in einer Region, deren Energie und Klima Ihrem Wohlbefinden und Ihrer Heilung zugutekommen werden.»

«Was … Woher haben Sie das?», stotterte Hunziker. «Das ist bisher noch nicht veröffentlicht! Das sollte niemand sehen, also wie kommen Sie dazu?»

Gieseking lächelte. «Forensiker, wissen Sie, Doktor? Manche von denen kennen sich nicht nur mit toten Menschen aus, sondern auch mit lebenden Daten. – Ist das Ihr Projekt?»

«Ähm …» Hunziker räusperte sich, dann richtete er sich auf und schien eine Entscheidung zu treffen. «Ja, das ist es. Da Sie alle das nun schon sehen, kann ich es ja auch publik machen. Meine Klinik, in der meine Heilmethoden nicht nur angewendet, sondern auch gelehrt werden. Mein Lebenswerk. Mein Lebenstraum. Bald wird all das Wirklichkeit sein. Hier in Ihrem wunderschönen malerischen Dörfchen.» Er blickte wie entrückt auf die Wand, auf der das Standbild einer riesigen, ganz in Weiß und Grau gehaltenen Immobilie prangte.

«Die künstliche Intelligenz, die hinter alldem steht, ist erstaunlich, nicht wahr?», merkte Gieseking an. «Ganz umsonst dürfte diese Animation allerdings nicht gewesen sein, da ihr ein fertiger architektonischer Plan zugrunde liegt, wie wir herausgefunden haben. Aber lassen Sie mich auf das Datum zurückkommen. Wie konnten Sie vor drei Monaten wissen, dass Sie das Gut erben würden, um daraus eine Klinik machen zu können? Und wir sprechen von dem Ergebnis, nicht der Auftragserteilung an den Architekten, denn die lag weitere zwei Monate zurück. Sie haben also vor fünf

Monaten gewusst, dass Isadora von Hohenfels Sie als Erben einsetzen würde?»

Hunziker wurde rot. «Es ... zeichnete sich ab», sagte er ausweichend. «Meine Patientin hat es mehrfach angedeutet.»

«Für ein paar vage Andeutungen haben Sie aber ganz schön Geld in die Hand genommen. Die Pläne, der Architekt, dieser Trailer hier, ein Internetauftritt vom Feinsten ...»

Im Hintergrund lief nun eine lautlose Diashow ab. Mehrere Bilder, eins pompöser als das andere, Hochglanz, Beauty und die Aura von Geld. Viel Geld. Luxus pur. Es war irritierend, fand Emma, das vertraute alte Gebäude fast bis zur Unkenntlichkeit verfremdet zu sehen.

«Aber ... auch meine Webseite ist noch nicht online!», protestierte Hunziker erneut und wirkte zunehmend fassungslos.

«Und doch haben wir sie gefunden.» Gieseking klang hochzufrieden.

Emma zog einen Flyer aus ihrer Hosentasche, faltete ihn auf und hielt ihn hoch. «Von denen hier wurden zehntausend Stück geliefert, da steht die Webadresse drauf.»

«Wie bitte?» Hunziker machte einen hastigen Schritt auf Emma zu und riss ihr den Flyer aus der Hand. «Sie hatten kein Recht, in meinen Sachen zu schnüffeln!»

«Das habe ich auch nicht», entgegnete sie ungerührt. «Sie waren ja so frei, Ihre Druckbestellung hierherliefern zu lassen, als würde Ihnen das alles schon gehören – allerdings ohne Empfängernamen, also dachten wir, es wäre eine Buchbestellung für Konstanze. Mir ist eine der Schachteln runtergefallen und hat das nicht ausgehalten. Beschweren

Sie sich bei der Druckerei, die sollen nächstes Mal einen stabileren Karton nehmen.»

«Wenn es denn ein nächstes Mal gibt», warf Gieseking ein und lächelte ihr zu. «Wir sind nämlich leider auf einige Ungereimtheiten gestoßen, die Sie uns gern beantworten dürfen, Doktor. Isadora von Hohenfels hat nach Professor Doktor Liebeskind gefragt, stattdessen sind Sie hier aufgetaucht.»

«Das war unsere interne Absprache, weil der Professor aus Altersgründen nicht mehr viele Patienten privat und exklusiv betreut. Ich nutzte die Gelegenheit, ihn zu vertreten.»

«Ah so ...» Gieseking hob die Brauen. «Und wie ich erfahren habe, ist das, was Sie so vollmundig als Vitamin B17 bezeichnen, der Wirkstoff Amygdalin, nichts anderes als Blausäure, richtig? Genauer gesagt, nutzen Sie Bittermandelöl als sogenannte alternative Chemotherapie, wie die Mitarbeiter meiner Forensik ...» Er betonte das Wort genüsslich. «... herausfanden.»

«Natürlich! Das ist ein äußerst effizienter Wirkstoff, der die Zellteilung bei Krebs hemmen und die Tumore schrumpfen lassen kann.»

«Und diesen Wirkstoff produzieren Sie selbst. Nicht etwa in der Schweiz, sondern in München. Ihr Freund, den Sie am fraglichen Sonntag besucht haben, betreibt dieses Labor, und er kann natürlich nicht nur Öl, sondern auch Pulver herstellen.»

«Ach!» Emma tat erstaunt. «Uns haben Sie erzählt, es wäre ein Bekannter, den Sie lange nicht mehr gesehen haben und mit dem Sie vielleicht forschen möchten.»

«Da habe ich mich sicher nur missverständlich ausgedrückt.» Hunziker wirkte äußerst wachsam.

«Natürlich. Ihre Patientin vertraute Ihnen blind, nicht wahr?», setzte Gieseking nach.

Der Arzt nickte. «Ein vertrauensvolles Arzt-Patientin-Verhältnis ist das A und O in meiner Behandlung.» Das war sicheres Terrain für ihn.

«Die Freifrau hätte von Ihnen alles eingenommen, richtig? Zumal sie an das Aroma von Bittermandel gewöhnt war.»

«Was wollen Sie damit sagen?» Hunzikers Fassade bröckelte etwas.

«Wenn Sie ihr mit Zyanid kontaminierte Amarettini über das Risotto gestreut hätten, hätte sie sicher keinen Verdacht geschöpft.»

Hunziker stieß ein schnaubendes Lachen aus. «Wie und wann hätte ich das tun sollen? Und warum?»

«Zum Warum kommen wir gleich. Wie und wann? Ja, darüber haben wir auch lange nachgedacht und viel diskutiert, nicht wahr, Frau Ferrari?»

«Und wie. Wir haben uns richtig die Köpfe heißgeredet», bestätigte Emma. «Es fehlte eine beträchtliche Menge an Amarettini, sodass Konstanze von Hohenfels Angst um ihre Zutaten bekam. Wir sind überzeugt, dass Sie die Kekse präpariert haben und ihr dann wieder unterschieben wollten.»

Hunziker beobachtete sie mit schmalen Augen und verkniffenem Mund, sagte aber nichts dazu.

«Doch dann passierte zweierlei: Zum einen hat Konstanze ihre Vorräte für den Wettbewerb im Auto eingeschlossen, sodass Sie nicht mehr drankamen und sie daher nicht austauschen konnten. Und zum anderen ist Ihnen wohl gerade rechtzeitig eingefallen, dass es dann nicht nur Isadora treffen könnte, sondern die gesamte Jury und vielleicht weitere Personen. Und für einen Mehrfachmord hatten Sie zum Glück zu viele Skrupel.»

«Sie vergessen, dass ich in München war. All diese Spekulationen sind damit haltlos.»

«Oh ja, natürlich. Und Isadora von Hohenfels war bitter enttäuscht, dass Sie bei ihrem großen Auftritt nicht anwesend waren. *A proposito*, da fällt mir etwas ein, das ich vorhin vergessen habe zu erwähnen, als wir beim Testament waren ... Ist Ihnen eigentlich klar, dass Sie auch einen Berg an Schulden erben?» Sie wandte sich zu Konstanze um, die Hand in Hand mit Leonhard den Schlagabtausch mit angespannter Miene verfolgte. «Das ist doch so, oder?»

Konstanze stieß ein bitteres Lachen aus. «Hypotheken bis unter den Dachfirst», sagte sie. «Ich schenke Ihnen den alten Kasten, wenn Sie ihn möchten – aber mitsamt allen Verbindlichkeiten.»

Zufrieden nahm Emma zur Kenntnis, dass Hunzikers Gesichtszüge weiter entgleisten. Er nahm dem Kommissar das Testament aus der Hand und betrachtete es eingehend. Dann faltete er es zusammen und steckte es wieder in die Innentasche seines Sakkos.

«Das werden wir ja sehen», meinte er.

«Keine Sorge, wahrscheinlich bleiben Ihnen die Schulden ja ohnehin erspart», spekulierte Emma freundlich.

«Oh? Und wie wäre das möglich?» Hunziker war offensichtlich interessiert.

«Das hatten wir heute schon mal: Mörder sind nicht erbberechtigt.» Wieder so ein neues Wort, das sie im Laufe dieses Falls gelernt hatte.

Hunziker winkte ab. «Ich dachte, es wäre etwas, das auf

mich zutrifft. Aber seien Sie unbesorgt, ich werde mich mit der Sachlage intensiv auseinandersetzen. Sind wir hier nun am Ende dieser Vorstellung? Dann würde ich mich nämlich gern auf den Rückweg machen. Ich habe meiner geschätzten Patientin die letzte Ehre erwiesen, und mir bleibt viel zu erledigen und vorzubereiten. So eine Klinik entsteht nicht von allein.»

Gieseking machte eine beschwichtigende Handbewegung. «Langsam, Herr Doktor, langsam. Wir haben eine letzte Kleinigkeit zu klären.»

«Und das wäre?» Hunziker schielte zu den Türen – doch Oliver Falk stand vor der einen und Gieseking zwischen ihm und der anderen.

«Ihre Fahrt nach München am Tag des Mordes an Isadora von Hohenfels.»

«Ach so.» Er lachte erleichtert. «Natürlich, ja. Sie können meinen Freund fragen, mit dem ich zu Mittag gegessen habe. Wir haben einen sehr angenehmen Sonntag zugebracht und angeregte fachliche Gespräche geführt.»

«Soso.» Gieseking kratzte sich am Kinn. «Sie haben vermutlich auch über die weitere Vorgehensweise gesprochen. Was Sie gemeinsam machen werden, wohin die Reise gehen soll …»

«Natürlich, er wird es Ihnen bestätigen. Fragen Sie ihn ruhig.»

«Das haben wir getan.»

«Dann wissen Sie ja, dass wir den ganzen Sonntag zusammen waren und ich erst spät abends zurückkam. – Um da zu erfahren, dass meine Patientin …» Er brach ab und rieb sich über die Augen.

Etwas dick aufgetragen, fand Emma.

«Ja, das wurde bestätigt, aber etwas ist merkwürdig daran ...» Gieseking schob eine Hand in die Hosentasche und musterte den letzten Kandidaten auf die Täterschaft in aller Ruhe.

«Was ... ist merkwürdig?», fragte Hunziker. «Mein Alibi ist wasserdicht.»

«Komisch, dass Sie das sagen», stellte Emma fest. «Niemand sonst hat das so betont.»

«Weil ich als Einziger ein echtes Alibi habe.» Das klang beinahe stolz.

«Wussten Sie, dass Sie eins brauchen würden?»

«Natürlich nicht.»

«Wer außer Ihnen benutzt Ihr Fahrzeug?», übernahm Gieseking wieder.

«Um Himmels willen! Ich würde nie jemand anderes ans Steuer meines Wagens lassen.»

«Dazu muss man wissen, dass der Herr Doktor ein ziemlich neues und recht teures Auto fährt», fügte der Kommissar an die Runde gewandt hinzu. «Das würde ich auch nicht aus der Hand geben.»

Emma hatte von ihrer Position den Raum gut im Blick. Konstanze saß reglos neben Leonhard, doch sie schienen sich ein paar Millimeter näher gekommen zu sein. Wieder war es so ruhig im Raum, dass das Ticken der großen Standuhr in einer Ecke deutlich zu hören war. Alle lauschten aufmerksam, als würden sie spüren, dass der Kommissar auf einen Punkt zusteuerte, an dem er sich zu jedem einzelnen der Verdächtigen wenden und ihn als Mörder identifizieren könnte.

«Ja», sagte Gieseking nun langsam und betont. «Sie haben als einziger unserer Verdächtiger ein Alibi, das Ihnen eine andere Person verschafft. Und doch … schauen Sie, hier ist mein Problem.»

Er nickte der Kollegin zu, die wartend am Laptop saß. Nun rief sie eine weitere Datei auf und warf diese mit dem Beamer an die Wand.

Zu sehen war die Kopie eines Schreibens der Verkehrsüberwachung. Ein paar Zeilen waren gelb markiert. Der Adressat war Filipp Hunziker.

«Dieser Blitzer hat Sie auf der Schnellstraße zwischen Regensburg und Falkenstein kurz vor der Ausfahrt Himmelsricht aufgenommen.»

«Mhm. Das muss wohl vor ein paar Wochen bei einer meiner Anreisen gewesen sein. Ich erinnere mich, dass ich es eilig hatte, weil ich aufgehalten worden war. Frau von Hohenfels wartete nicht gern.»

«Am Tag dieser Aufnahme hat sie aber gar nicht auf Sie gewartet. Schauen Sie.»

Giesekings Kollegin vergrößerte das Schreiben, man erkannte das Datum, die Uhrzeit und das Kennzeichen.

«Ist das Ihr Kennzeichen, Herr Doktor?»

«Ja, das ist es offensichtlich.»

«Das Bild wurde am vorletzten Sonntagnachmittag aufgenommen. Um 15 Uhr 23, um genau zu sein.»

Hunziker schwieg, er war bleich geworden.

«Sie waren in München. Zum Essen, nicht wahr? Doch am Nachmittag haben Sie keinesfalls über zukünftige Forschungen gesprochen. Sie haben sich von Ihrem Freund verabschiedet und sind in großer Eile zurückgekommen», überlegte Emma laut.

«Das … das kann nur eine Fälschung sein.» Eine dünne Schweißschicht glänzte auf Hunzikers Stirn.

«Nein, ist es nicht, das versichere ich Ihnen.» Gieseking nickte seiner Kollegin zu, die zwei weitere Bilder an die Wand projizierte. Die Fotos zeigten das Innere des Festzelts, die Metadaten waren eingeblendet.

«Zu unserem großen Glück hat Herr Kramer alles festgehalten und uns die Aufnahmen freundlicherweise zur Verfügung gestellt», sagte er. «Vielen Dank an dieser Stelle.»

«Gern geschehen», warf Benedikt ein. «Es war mir eine Ehre, bei der Mörderjagd mithelfen zu dürfen.»

«Wie Sie anhand der Daten sehen können, zeigt ein Bild die Freifrau bei guter Gesundheit um 15 Uhr 46 und das nächste tot über ihrem Teller um 15 Uhr 53. Lenken Sie Ihre Aufmerksamkeit bitte auf die Zeltplane im Hintergrund: Beim ersten Bild ist sie geschlossen, beim zweiten offen.»

«Da sind Sie reingekommen, stimmt's?», hakte Emma ein. «Einer der Handwerker, die in der vorherigen Nacht am Aufbau gearbeitet haben, hat Sie wiedererkannt. Sie haben sich bei einem Spaziergang die örtlichen Gegebenheiten genauer angesehen, um auf den Sonntagnachmittag vorbereitet zu sein.»

«Das ist kompletter Unsinn», stieß Hunziker hervor. «Alles fake. Die Bilder sind manipuliert. Das ist ganz einfach, das könnte sogar ich.»

Gieseking schüttelte mitleidig den Kopf. «Wir sind die Polizei, Herr Doktor, wir tun so was nicht. – Aber da ist noch etwas anderes.» Er sah sich zu Emma um. «Frau Ferrari, wollen Sie?»

«*Con piacere*.» Emma wandte sich Hunziker zu. «Das wäre beinahe untergegangen, weil sowohl Konstanze als auch ich zu diesem Zeitpunkt zu abgelenkt waren, um den Gedanken zu verfolgen. Aber dann ist es uns wieder eingefallen.» Sie warf Gieseking einen raschen Blick zu. Der nickte bedächtig. «Als Frau von Hohenfels Sie auf Ihrer angeblichen Heimfahrt aus München anrief, haben Sie sie getröstet und gesagt, dass ihre Mutter durch das Zyankali einen schnellen Tod gehabt hätte. Können Sie uns das bestätigen?»

«Aber selbstverständlich. Das sind allseits bekannte Fakten.»

«Allseits bekannt. Hm.»

«Natürlich!» Hunziker wirkte, als würde er sich wieder auf sichererem Terrain fühlen. «Das können Sie leicht im Netz nachlesen.»

«Das habe ich. Aber die entscheidende Frage ist eine ganz andere: Woher wussten Sie zum Zeitpunkt dieses Telefonats, woran Isadora gestorben war?»

Gebannte Stille breitete sich im Raum aus. Die Anwesenden schienen sogar das Atmen eingestellt zu haben.

Hunziker starrte Emma stumm an. Sein Mund öffnete sich, doch erst kam kein Ton heraus. Dann lachte er gekünstelt auf.

«Darüber hat mich der Kommissar in dem Gespräch informiert, in dem er mir wegen meines Alibis auch gestattete, nach Hause zu fahren.»

«An einen solch schwerwiegenden Fehler in meiner Ermittlungstätigkeit würde ich mich erinnern, Doktor.» Gieseking verschränkte die Arme. «Die Antwort ist viel einfacher: Sie wussten es, weil Sie ihr das Gift verabreicht haben. Bleibt nur noch eine Frage.»

Hunzikers gehetzter Blick sagte Emma, dass er mit dem Rücken zur Wand stand.

«Warum?», übernahm sie wieder das Wort.

«Warum was?», echote Hunziker.

«Sie hatten alles erreicht: Das Vertrauen Ihrer Patientin, die Änderung des Testaments, eine große Vision, die Realität werden sollte, und die Gewissheit, dass Frau von Hohenfels ohnehin nicht mehr lange leben würde. Aus welchem Grund musste Isadora dann doch so plötzlich sterben? In ihrem gesundheitlichen Zustand?»

Hunziker bebte am ganzen Körper. Dann streckte er den Arm aus und deutete anklagend auf Konstanze. «Sie ... sie ist schuld!», stieß er hervor. «Sie wollte ihre Mutter gegen mich aufbringen. Sie wäre sogar so weit gegangen, sie für unmündig erklären zu lassen, damit sie sich nicht mehr von mir behandeln lassen kann.»

«Und offenbar völlig zu Recht! Allein dieses zweite Testament ...» Konstanze war aufgesprungen und starrte Hunziker fassungslos an. «Sie ... Sie ...»

«Ja, Sie sind selber schuld», setzte der Schweizer nach. «Sie wollten meine Besuche und Behandlungen unterbinden und mich von meiner Patientin fernhalten.»

«Weil Sie uns in den Ruin getrieben hätten!»

«Sie hätten damit meine Zukunft zerstört! Das konnte ich nicht dulden!» Ihm schien aufzugehen, was er gerade gesagt hatte. «Es ging um die Gesundheit Ihrer Mutter!», schob er hastig hinterher.

«Wohl eher um die Gesundheit Ihrer Klinik», entgegnete Emma spöttisch.

Konstanze wirkte ratlos. «Aber trotzdem ...», begann sie dann und sah Emma an, «er hatte das Testament ... Und meine Mutter wäre offenbar ohnehin bald verstorben. Was wollte er denn noch?»

«Er musste befürchten, dass deine Mutter das Testament ein weiteres Mal neu schreibt, Konstanze», erläuterte Emma. «So war es doch, *dottore*, oder? Sie dachten, wenn Sie Isadora so einfach dazu bringen konnten, ein Testament zu Ihren Gunsten zu machen, dann hätte sie die Meinung genauso schnell auch wieder ändern können, wenn Sie keinen Einfluss mehr auf sie gehabt hätten. Und dann *arrivederci*, Luxusklinik.»

«Das also war es?» Konstanze schüttelte fassungslos den Kopf. «Wegen dieses alten Gemäuers hier sind Sie zum Mörder geworden?»

«Pah!» Hunziker warf die Arme in die Höhe. «Das Gemäuer ... so ein Unsinn. Es ging um meinen Lebenstraum, um meine Vision von durchschlagenden Behandlungserfolgen für meine Krebspatienten. Um eine ganz besondere Klinik! Um den Nobelpreis für Medizin vielleicht sogar, wenn ich hier den Beweis antrete, dass meine Entwicklung revolutionär ist und keine so vernichtenden Nebenwirkungen hat wie eine klassische Chemo. Therapie geglückt, Patient tot?» Er lachte schnaubend auf. «Nicht mit meiner Alternative. Endlich habe ich eine perfekte Gelegenheit bekommen, das konnte ich mir von Ihnen nicht wieder nehmen lassen!»

Betroffenes Schweigen folgte auf diesen Ausbruch. Dann ergriff Emma noch einmal das Wort.

«Perfekte Gelegenheit, das ist ein gutes Stichwort, *dottore*. Darauf möchte ich gern zurückkommen, denn die lag mir die ganze Zeit schwer im Magen. Woher konnten Sie wissen, dass Sie die Gelegenheit haben würden, unbemerkt ins Zelt, zu Isadora auf das Podest und wieder hinaus zu gelangen? Der Groschen ... oder das Zehnerl ...», sie zwinkerte Therese zu, «... fiel bei mir erst, als wir uns Ihre Flyer genau ansahen. Ich glaube nämlich nicht an so viele Zufälle auf einem Haufen, wissen Sie?»

«Und ich auch nicht», stimmte Gieseking zu.

Emma lächelte verschmitzt, wurde aber sogleich wieder ernst.

«Wie wir herausfanden, war auch tatsächlich kein Zufall im Spiel, sondern Planung. Das wurde mir klar, als ich diese junge Dame hier entdeckte.»

Sie hielt den Flyer hoch und deutete auf das Foto, das in einem runden Rahmen auf der Rückseite abgebildet war.

Doro konnte ihre Neugier offenbar nicht bezähmen, denn sie kam näher, griff nach dem Blatt Papier und besah es sich genauer.

«Aber das ist ...», begann sie verblüfft und starrte Hunziker an. «Ich glaub das jetzt nicht. – *Unsere Ernährungsexpertin Sia Heveroich kümmert sich mit all ihrer Expertise und Erfahrung um das leibliche Wohl der Patienten und sorgt für revolutionäre, ganzheitliche und essenzielle Lebensmittel auf Ihrem täglichen Speiseplan*», las sie vor und wedelte dann mit dem Blatt durch die Luft. «Das ist die Köchin, bei der es gebrannt hat!»

Ungläubiges Gemurmel ging durch den Raum, und Hunziker wurde unter den Blicken der Anwesenden deutlich unruhig. Er wirkte, als suchte er fieberhaft nach einer Antwort, einer Ausflucht.

«Natürlich hat mein Team alle anderen Teilnehmer des Wettbewerbs unter die Lupe genommen», übernahm Gieseking. «Doch wir konnten nicht gleich eine Verbindung zu Ihnen finden. Auf die sind wir erst dank des Fotos auf diesem Flyer gestoßen.»

Hunziker schoss Emma einen finsteren Blick zu. «Sie hätten diese Pakete nie in die Finger kriegen sollen», murmelte er.

«Das war dann wohl genauso Pech wie der Blitzer, dem Sie in die Falle gegangen sind», stellte Gieseking trocken fest. «Es liegt also auf der Hand, wie Sie Frau Heveroich dazu gebracht haben, ihren Topf in Flammen aufgehen zu lassen.»

Emma verschränkte die Arme. «Sie kannten sie wohl schon länger.»

Gieseking nickte. «Richtig. Sie haben sich über ihren gemeinsamen Bekannten, den Münchner Arzt, kennengelernt. Frau Heveroich ist eine ambitionierte Ernährungsexpertin, die sich – und das war tatsächlich Zufall – ebenfalls an dem Kochwettbewerb beteiligte. Das haben Sie genutzt und sie mit dem Versprechen geködert, dass sie in Ihrer Luxusklinik einen verantwortungsvollen Posten bekommt, wenn sie einen kleinen Zwischenfall inszeniert. Das war ihr dann lieber als ein möglicher, aber unwahrscheinlicher Gewinn gegen die Favoritin Konstanze. So konnte sie alle ablenken, und Sie hatten den nötigen unbemerkten Moment, ins Zelt zu schlüpfen, ohne dass Isadora oder irgendjemand sonst Sie sehen konnte.»

«Haben Sie eigentlich dem Freund in München für das Alibi auch einen Posten in Ihrer Klinik versprochen?», fragte Emma, doch sie erhielt keine Antwort.

Offenbar hatte Hunziker beschlossen, dass es besser wäre, jetzt den Mund zu halten.

«Wir haben auch Ihre Komplizin bereits festgenommen, und natürlich wird sie sich für die Tat verantworten müssen. Sie wartet auf dem Revier, und meine Münchner Kollegen werden alle weiteren Details herausfinden, die wir brauchen.» Kommissar Henrik Gieseking gab seinem Kollegen Falk einen Wink, der kam mit einsatzbereiten Handschellen auf Hunziker zu.

«Filipp Hunziker, ich verhafte Sie unter dem dringenden Tatverdacht des Mordes an Isadora von Hohenfels. Es steht Ihnen frei, sich zu diesem Vorwurf zu äußern, Sie können die Aussage aber auch verweigern, insbesondere müssen Sie sich nicht selbst belasten. Sie haben außerdem die Möglichkeit, sich zu einem späteren Zeitpunkt schriftlich zu äußern, wenn Sie das wollen. Es ist Ihre Entscheidung.»

Die Handschellen klickten.

21. KAPITEL

Emma sah sich um. Sie war zufrieden mit dem Ergebnis des Nachmittags. Ihre Menschenkenntnis hatte sie nicht im Stich gelassen – sie hatte den Mord an Isadora von Hohenfels keiner und keinem der Verdächtigen zugetraut, und tatsächlich war niemand von ihnen ein Mörder. Den Schweizer hatte sie bis zum Fund der Flyer nie ernsthaft in Betracht gezogen, schließlich schien er ein Alibi und kein Motiv gehabt zu haben.

Die Beuerles und die Rossmeiers hatten sich bald nach Hunzikers Verhaftung verabschiedet. Der Tag war lang und anstrengend gewesen, hieß es einhellig, man habe viel zu erledigen am Samstag. Emma vermutete aber eher, dass der Bürgermeister enttäuscht war wegen des geplatzten Klinikprojekts. Er hätte es vermutlich gern gesehen, wenn daraus ein Strom an zahlungskräftigen Touristen entstanden wäre. Das würde ja nun nicht geschehen. Doktor Rossmeier hatte nicht mehr viel gesagt, er wirkte nachhaltig verstimmt, und Emma hoffte, dass sie ihn erst wieder brauchen würde, wenn sein Ärger über sie verraucht wäre. Ein schlecht gelaunter Mediziner war im Ernstfall eher von Nachteil.

Doro und Rebecca verabschiedeten sich ebenfalls und nahmen Tanja mit ins Dorf, um sie nach Hause zu bringen. Dennis und Janina saßen neben dem Kamin über ihre Handys gebeugt und guckten Videos.

Benedikt Kramer war spontan losgefahren, um einen Artikel über die Ereignisse in die Wochenendausgabe zu bringen. Veronika hatte schüchtern gefragt, ob sie bleiben dürfe, und Konstanze hatte sie herzlich aufgenommen. Nun saß sie mit Emma, Anna, Helene und Therese beisammen am Tisch, und die Frauen unterhielten sich angeregt.

Die Klimpels hatten den Erker geräumt, um sich am anderen Ende des Raumes zu Georg und Korbinian zu gesellen. Stattdessen hatten Konstanze und Leonhard dort Platz genommen. Sie sprachen leise miteinander, und die Atmosphäre war spürbar entspannter als zuvor.

Emma lächelte in sich hinein und goss sich Wasser nach, da bemerkte sie aus den Augenwinkeln, dass Leonhard ihr winkte. Als sie den Blick auf ihn richtete, sprang er auf und zog einen der Stühle vom Tisch heran, damit sie sich zu ihnen setzen konnte. Dieser Aufforderung folgte sie gern.

Konstanze griff spontan nach ihrer Hand, kaum dass Emma saß. «Du warst mal wieder großartig», sagte sie mit einem Überschwang in der Stimme, den Emma von ihr gar nicht kannte.

Sie wehrte lachend ab. «Das war wie immer Teamwork. Wir haben alle zusammengearbeitet, und das kam heraus.»

«Nicht so bescheiden», mahnte Leonhard. «Kam der entscheidende Anstoß nicht von dir?»

«Allerdings», bestätigte Konstanze. «Ich war dabei, als wir die Flyer entdeckten, aber ich habe daraus nicht den richtigen Schluss gezogen.»

«Das hättest du, glaub mir. Ich habe mich nur ein bisschen vorgedrängt, das ist alles.»

Konstanze schüttelte lachend den Kopf. «Bis mir der Zusammenhang aufgefallen wäre, hätte es ewig dauern können. Außerdem hast du definitiv den besseren Draht zum Kommissar.»

Das stimmte. Nachdem Emma ihm von ihrem vielsagenden Fund berichtet hatte, war eine fieberhafte Recherche in Gang gekommen.

«Erzähl mal, das ist mir entgangen», bat Leonhard.

«*Be'* ...» Emma lehnte sich zurück. «Ich habe ihn angerufen, und er kam am selben Abend vorbei. Dann haben wir versucht, das Puzzle zusammenzusetzen, aber es blieb eine Lücke, denn Hunziker hatte ja das Alibi seines Münchner Freundes, und die Köchin war bei der ersten Befragung unauffällig gewesen. Also mussten wir irgendwie herausfinden, ob er nicht doch in der Nähe war. Da hatte Herr Gieseking die Idee, es bei der Verkehrsüberwachung zu versuchen.»

«Und der Schweizer hat sich tatsächlich ein Knöllchen gegönnt», schlussfolgerte Leonhard zufrieden.

«Genau. Die Kollegen des Kommissars haben stundenlang die Stecknadel im Heuhaufen gesucht und tatsächlich gefunden.»

Sie beobachtete die beiden – es lag ein gewisses Fremdeln in der Luft. Das war nach all dieser Zeit aber auch kein Wunder. Immerhin sprachen sie miteinander. Oder besser, immerhin sprach Konstanze mittlerweile mit Leonhard. Er hatte damit ja ohnehin kein Problem gehabt.

«Er muss sich sehr sicher gefühlt haben», überlegte er. «So sicher, dass er dumm genug war, zur Beerdigung zu erscheinen.»

«Er dachte eben, er hätte den perfekten Mord begangen», meinte Konstanze. «Jetzt begreife ich auch, wo die vielen Amarettini geblieben sind, die mir für den Sonntag fehlten.

Meine Mutter und er haben die gar nicht alle gegessen, er hat einen Teil davon genommen und präpariert.»

«*Esatto*. Und nach der Tat hat er den Rest in deiner Vorratskammer versteckt, um den Verdacht auf dich zu lenken.»

«Dafür würde ich den Schlüssel zu seiner Gefängniszelle am liebsten persönlich umdrehen», grollte Leonhard, was ihm ein verlegenes Lächeln von Konstanze einbrachte.

«Wisst ihr», sagte sie und straffte den Rücken. «Ich hatte heute einen Moment, da wünschte ich mir absurderweise, er würde tatsächlich alles bekommen. Dann wäre ich diese Bürde endlich los und könnte frei sein. Frei von allen Verpflichtungen, von allen Schulden, von allen Erinnerungen ...»

Leonhard fasste nach ihrer Hand, die sie ihm widerspruchslos überließ. «Kommt Zeit, kommt Rat, liebe Konstanze. Vielleicht findet sich ja eine bessere Lösung.»

«Hm ...» Sie nickte, und ihr Lächeln vertiefte sich. «Vielleicht. Das wäre schön.»

«Aber nun, denke ich, sollten wir diesen Tag feiern, ehe er um ist», schlug Leonhard vor. «Was haltet ihr davon? Ist noch etwas von deinem leckeren Prosecco übrig, Emma?»

Emma nickte und schenkte nach. «Selbstverständlich. *Alla vita e l'amicizia*.»

EPILOG

«Und hiermit erkläre ich euch zu Mann und Frau.» Stefan Liebl grinste übers ganze Gesicht, als er die Formel zu Ende gesprochen hatte. «Sie dürfen die Braut jetzt küssen.»

Applaus brandete auf in der kleinen Dorfkirche. An diesem sonnigen Spätsommertag hatte sich alles eingefunden, was in und um Himmelsricht gehen oder fahren konnte. Derart voll war es zuletzt bei der Trauerfeier für Isadora von Hohenfels gewesen.

Emma war so glücklich wie lange nicht mehr. Alles fügte sich, alles griff ineinander, alles passte. Henrik Gieseking neben ihr erwiderte ihr strahlendes Lächeln.

«Wer hätte das gedacht.» Der Beifall übertönte seine Worte beinahe. «So ein Happy End hatte ich nicht erwartet. Sie etwa?»

«Nein», gestand Emma. «Aber ich habe es gehofft, seit ich Leonhards Geschichte kenne.»

Das Brautpaar küsste sich beinahe schüchtern unter dem Johlen von Janina und Dennis, in das auch mehrere Erwachsene einstimmten.

«Sie werden aber jetzt nicht wieder durch die Finger pfeifen, oder?», mahnte Emma.

«Schön, dass Sie mich daran erinnern.» Gieseking hob die Hände und machte Anstalten, genau das zu tun, doch sie hielt ihn entsetzt am Arm fest.

«*Ma no!*»

Er grinste. «Das war nur Spaß. In einer Kirche würde ich das nicht tun, auch wenn es nicht mein Verein ist.»

«Meiner auch nicht.»

«Ach – Sie als Italienerin sind nicht katholisch?»

«Doch, aber in Italien gibt es diese Zwangsmitgliedschaft ab dem Moment der Taufe nicht. Das war ein Ding zwischen den Deutschen und dem Vatikan. Mussolini hat das offenbar verschlafen.»

«Interessant …» Gieseking unterbrach sich. «Die zwei sind ein schönes Paar!»

«*Sì, vero?* Das finde ich auch.»

Konstanze im dunkelblauen, wadenlangen Spitzenkleid schritt am Arm von Leonhard, der einen perlgrauen Cut trug, den Mittelgang entlang. Jeder für sich war eine Erscheinung, zusammen wirkten sie umwerfend. Die Orgel brauste derweil zu einem emotionalen Crescendo auf, das Emma die Tränen in die Augen trieb. Erfolglos kramte sie in ihrer Clutch nach einem Taschentuch.

«Hier.» Der Kommissar war besser gerüstet als sie und betrachtete sie gutmütig. «Sie können also nicht nur ermitteln, sondern auch Ehen stiften?»

«Hier war nicht viel zu stiften.» Emma tupfte sich vorsichtig die Augen trocken, um die Wimperntusche nicht zu verschmieren. «Die zwei sind ein ganzes Leben füreinander bestimmt, und jetzt haben sie sich endlich bekommen. So viele verlorene Jahre …»

Die Festgemeinde reihte sich langsam Bank für Bank hinter dem Brautpaar ein, um die Kirche zu verlassen, und auch Emma und Gieseking schlossen auf.

«Stellen Sie sich mal vor: Die zwei hätten sich damals bekommen, der Standesunterschied wäre zu groß gewesen, und nach fünfzehn, spätestens zwanzig Jahren hätte es eine schmutzige Scheidung gegeben. Sie hätten sich in einem Rosenkrieg zerfleischt, und die gemeinsamen Kinder hätten ihre Eltern dafür abgrundtief gehasst. So viel zu den verlorenen Jahren ...»

Erschrocken sah Emma den Kommissar an. «Was für eine Schauergeschichte!»

«Eine, wie sie da draußen täglich passiert. Den beiden aber nicht. Jetzt sind sie glücklich, dass sie einander doch noch gefunden haben, und werden sich lieben und achten bis an ihr Lebensende, egal wie viel Zeit das sein mag. Lieber Qualität als Quantität, meinen Sie nicht?»

Emma seufzte. «*Va bene*, Sie haben recht, auch wenn ich es nicht gern zugebe.»

Neben ihnen schoben sich Korbinian und Petra von der anderen Seite in den Gang. Die Freundin ihres Ex-Mannes hatte ebenfalls feuchte Augen.

«So rührend, was?», meinte sie zu Emma.

«*Assolutamente sì.*»

Petra warf einen neugierigen Blick an Emma vorbei zu Gieseking. «Äh ... dass der Kommissar heute hier ist ... heißt das etwa, ihr beide seid ... zusammen?», wisperte sie kaum hörbar an Emmas Ohr.

Die kicherte. «*Ma no, ma no!* Bisher sind wir noch nicht mal beim Du angekommen», antwortete sie genauso leise. Wirkten sie und Henrik Gieseking etwa so vertraut miteinander?

«Was flüstert ihr denn da?» Korbinian sah neugierig zwischen den beiden hin und her.

«Ach, nichts ... Stimmt es eigentlich, dass Leonhard Schweiger einen Haufen Geld geerbt hat?», wechselte Petra das Thema. «Dabei sah er immer aus, als müsste man ihn mal neu einkleiden.»

Emma nickte. «Das stimmt tatsächlich. Sein Arbeitgeber hat ihm ein Vermögen vermacht für all die Jahre, die Leonhard ihm zur Seite gestanden hat. Er ist aber tatsächlich äußerst bescheiden, und er wollte nicht auffallen, deshalb ist er in seinen ältesten Sachen hier aufgetreten.»

«Und dass sie das Gutshaus von Grund auf renovieren wollen?»

«Das ist auch richtig», antwortete sie. «Ich finde das *assolutamente fantastico*. Die beiden haben es so sehr verdient, glücklich zu sein.»

«Oh ja, das haben sie», stimmte Petra inbrünstig zu, als sie aus der Kirche in den Sonnenschein traten. Sie sah sich suchend um, bis sie das Brautpaar entdeckte. «Wir gehen mal gratulieren und sehen uns später.»

«*A dopo*.»

Emma sah den beiden hinterher, als sie sich entfernten, und lächelte. Alles war gut, so wie es war.

Konstanze und Leonhard standen rechts vom Portal unter einem Bogen aus weißen Rosen und nahmen mit strahlenden Gesichtern die Glückwünsche ihrer Gäste entgegen.

«Wollen wir warten, bis der Ansturm vorüber ist?», schlug Emma beim Anblick der langen Schlange vor.

«Das ist sicher eine gute Idee.» Gieseking folgte ihr auf die andere Seite des Kirchplatzes in den Schatten eines alten Ahorns. Von hier aus hatten sie einen einigermaßen guten Überblick, soweit es das Gewusel vor der Kirche zuließ.

«Ach, hier seid ihr!» Helene gesellte sich zu ihnen. Sie hatte ihr dickes blondes Haar von Petra zu einer kunstvollen Frisur flechten lassen und trug ein festliches Dirndl in Königsblau mit silbernen Stickereien auf der Schürze.

Emma lächelte. «Wie glücklich die beiden aussehen», meinte sie mit Blick hinüber zu Konstanze und Leonhard.

«Ja, für die Liebe ist man nie zu alt, sag ich immer.» Therese war natürlich genauso in Tracht wie ihre Tochter Adelheid, an deren Arm sie auf ihren Rollator verzichten konnte. Der wartete beim *Strauberwirt* auf sie.

«Das war aber auch mal Zeit», stimmte Adelheid ihrer Mutter zu. «Hat ja keiner vermuten können, dass es für die beiden so ein gutes Ende nimmt.»

«Sie sehen alle drei sehr schick aus», sagte Gieseking. «Und wie schön, Frau Straub, Sie auch mal außerhalb Ihrer Wirtschaft zu sehen.»

Adelheid lachte. «Danke fürs Kompliment, finde ich auch. Das haben wir dem Fabian zu verdanken.»

«Wem?» Gieseking wandte sich fragend an Emma.

«*Be'* … das ist der Sternekoch vom Hotel *Höllblick*.»

«Und als guter Verlierer des Kochwettbewerbs hat er der Gewinnerin angeboten, das Catering für ihre Hochzeit zu übernehmen – bei uns in der Wirtschaft. Samt seiner Belegschaft. Drum können wir zwei heute überhaupt hier sein.»

«Ach, natürlich.» Der Kommissar nickte. «Er hat auch teilgenommen, und Frau von Hohenfels hat ihn ausgestochen, jetzt fällt der Groschen.»

«Das Zehnerl meinen S' wohl, Herr Gieseking.»

Der wandte sich erstaunt an Therese. «Frau Obermüller! Ich habe gar nicht laut gesprochen! Sie haben doch nicht etwa …»

Die nickte eifrig. «Hab ich, hab ich. Schaun S' ...» Stolz sprach aus ihrer Stimme, als sie ihm ein Ohr zuwandte, in dem sich ein winzig kleines Hörgerät verbarg. «Ganz neu. Und funktioniert eins a, das können S' mir glauben. Die Leni hat nicht lockergelassen, bis ich mit ihr in die Stadt gefahren bin deswegen.»

«Das hat Ihre Enkelin richtig gut gemacht, finde ich.» Er warf einen anerkennenden Blick an Therese vorbei zu Helene, die geschmeichelt grinste.

«Es war ein zähes Ringen, glauben Sie mir.»

«Sei vorsichtig, was du sagst, Mädel, jetzt hör ich alles.»

«Da schau, die Klimpels.» Adelheid unterbrach das Geplänkel zwischen Enkelin und Großmutter und wies mit dem Kinn zum Brautpaar, wo sich Gernot gerade sehr förmlich vor Leonhard verbeugte.

Fast erwartete Emma, dass Andrea oder Janina – oder beide – einen Knicks machten, doch sie beschränkten sich auf Händeschütteln beim Bräutigam und Wangenküsschen bei der Braut, und sie strahlten, dass die Mundwinkel fast bis zu den Ohren reichten.

«Na, die Anna wird sich freuen, dass sie zurück sind», mutmaßte Helene und grinste schelmisch. «Von Dennis hörst du ja nichts anderes mehr als Janina, Janina, Janina, und Tanja verdreht nur die Augen.»

Emma lachte. «Ja, sie hat es gerade nicht leicht mit den beiden.»

Gieseking beugte sich zu ihnen. «Irre ich mich, oder hatte Frau Klimpel schon mal schlechtere Laune?»

«*No, no*, Sie irren sich nicht. Sehr viel schlechtere. Ich vermute, dass sie sich inzwischen von dem Trubel und dem Tod ihres Schwiegervaters erholt hat.»

«Ja, ja, in die Menschen schaust halt nicht rein, sag ich immer.» Therese hielt versonnen den Kopf schräg.

«Recht hast du, Mutti. Man soll eben nicht nach dem ersten Eindruck urteilen.» Adelheid nickte.

«Och, Mama, bitte nicht noch mehr Kalendersprüche. Dafür ist die Omi zuständig. Und der erste Eindruck kann genauso gut absolut richtig sein.»

Emma holte Luft, um etwas zu sagen, doch der Kommissar kam ihr zuvor.

«Was hat der Sternekoch denn Schönes gezaubert? Ich will ja nicht ablenken, aber etwas Vorfreude kann nicht schaden.» Er wandte sich an Emma. «Sie haben sicherlich auch dieses Mal wieder Ihren Teil dazu beigetragen, Frau Ferrari.»

«*Naturalmente sì*. Und es gibt einen internationalen Mix aus bayerischen und italienischen Köstlichkeiten wie Crostini mit Bierwurst und süßem Senf, Parmesansuppe mit frischem Meerrettich, Spanferkel mit einem Pesto aus getrockneten Tomaten und Petersilie …»

«Nun verrate aber nicht jetzt gleich alles!» Helene schüttelte den Kopf.

«Es gibt bestimmt viel mehr, also wird die Überraschung trotzdem gelingen», vermittelte Gieseking gutmütig. «Ah, da ist ja auch Ihre Freundin Frau Bachmeier.»

Georg und die Zwillinge hatten ebenfalls gratuliert, und Anna sah sich nach Emma um. Sie winkte, zeigte in Richtung Dorf und deutete an, dass sie vorgehen würden. Dennis war nirgends zu sehen.

Emma nickte, sie hatte verstanden. Die Klimpels waren weg, und nun musste Familie Bachmeier hinterher. Bestimmt hatte Konstanze bei der Sitzordnung daran gedacht, Janina und Dennis am selben Tisch zu platzieren.

«Wir gehen dann auch mal, gratuliert haben wir ja bereits», meinte Adelheid Straub und fasste ihre Mutter unter. «Ich glaub's zwar nicht, aber falls die doch unsere Hilfe brauchen, will ich da sein.»

Helene seufzte. «Na, ich hoffe, dass die Sternecrew das im Griff hat, Mama. Und der Paps ist ja auch da.»

«Eben», war die trockene Antwort.

«Dann bis gleich.» Helene winkte und hakte ihre Großmutter auf der anderen Seite unter. Die drei Frauen gingen langsam, in Resis Tempo, in Richtung Gasthaus.

«Wollen wir?» Gieseking wandte sich an Emma. «Der Andrang ist überschaubar geworden.»

Tatsächlich hatten sich die meisten Hochzeitsgäste bereits auf den Weg gemacht. Wer zum Essen geladen war, ging zum *Strauberwirt*, wer nur der Zeremonie beigewohnt hatte, nach Hause.

Das Herz wurde Emma weit, als sie auf Konstanze und ihren Mann zuging. Leonhard wandte den Kopf und sah sie als Erster.

«Da kommen ja unsere beiden Detektive», sagte er lächelnd. «Holmes und Watson gewissermaßen.»

Gieseking lachte. «Lassen Sie mich raten, wer von uns beiden wer sein soll: Ich bin Doktor Watson, oder?»

Leonhard lachte herzlich, doch ehe Emma sich in den Scherz einmischen konnte, lenkte Konstanze sie ab.

«Danke, Emma», sagte sie leise und umarmte sie. «Ich danke dir so sehr.»

«*Volentieri.*» Sie musste sich räuspern, weil ihr erneut der Hals eng wurde vor Rührung. «*Tantissimi auguri*. Ich wünsche euch beiden alles Glück der Welt.»

«Ich weiß.» Konstanze hielt für einen Moment ihre Hände fest. «Ich bin so reich beschenkt worden in den letzten Wochen, dass ich es kaum glauben kann. Ich habe Liebe gefunden, Freundschaft … Rettung.» Sie warf einen raschen Blick zu Leonhard, der mit Gieseking ein paar Worte wechselte und dabei genauso glücklich aussah wie sie selbst. «Ich weiß gar nicht, womit ich das alles verdient habe.»

«Oh, aber ich weiß das sehr wohl, Konstanze. Jeden einzelnen Moment hast du verdient, weil du vorher auf so vieles verzichtet hast.»

Jetzt war es Konstanze, die sich räusperte. «Nun, wie dem auch sei …» Sie sah sich auf dem Kirchplatz um. «Ich vermisse deine wundervolle Tochter.»

«Raffi hat es nicht zur Messe geschafft, sie wartet beim Wirt auf uns.»

«Wunderbar. Sie darf am schönsten Tag meines Lebens nicht fehlen.»

«Das hätte sie sich niemals nehmen lassen.»

Emma lächelte Konstanze warm an, dann trat sie zur Seite und gratulierte Leonhard, während Gieseking der Braut die Hand drückte.

«Was für ein herrlicher Tag», sagte er gelöst, als sie sich anschließend zum Gehen wandten. Er zog sein Sakko aus und hängte es sich über die Schulter. Er wirkte so unbeschwert, wie Emma ihn noch nie gesehen hatte.

Sie schloss zu ihm auf.

«*Sì, vero?* Und ich finde es großartig, dass Sie tatsächlich gekommen sind, um diese besondere Hochzeit mit uns allen zu feiern.»

«Ich darf Ihre Tochter zitieren: Das hätte ich mir nie entgehen lassen.»

«Und schließlich gehören Sie ja inzwischen dazu. Auch

ganz ohne Mord.» Die Worte rutschten Emma schneller heraus, als sie sie bremsen konnte. Ihre Ohren wurden heiß. Oder war das die Sonne?

Gieseking lachte. «Sie meinen, ich soll mein Fahrrad lieber gleich hier stehen lassen?»

Nun glühten Emmas Ohren erst recht. «*Eh* ... so habe ich das nicht ... also, ich meine, mich stört es natürlich nicht.»

«Tatsächlich hat die Gegend schöne Fahrradstrecken – wenn nicht wieder ein Mord dazwischenkommt.»

«Das wollen wir mal nicht hoffen.» Emma überlegte kurz. Eigentlich war das eine gute Gelegenheit, um ... «Was halten Sie übrigens davon ...»

«Außerdem hätte ich da noch eine Anregung», unterbrach Gieseking ihren Vorstoß im selben Augenblick.

Sie sahen einander an und brachen in Lachen aus.

«*Ladies first.*»

«... wenn wir uns duzen?», vervollständigte Emma mit pochendem Herzen.

Sein Lächeln wurde breiter, und seine grünen Augen leuchteten. «Das passt ja gut – ich wollte gerade dasselbe vorschlagen. Ich bin Henrik.» Er streckte ihr die Hand entgegen, die sie ergriff.

«Emma.» Sie strahlte zurück. Das war ja mal einfach gewesen – und viel schneller gegangen als bei Konstanze.

Und es ließ sich nachher beim Wirt sicher noch ein wenig vertiefen.

Emma sah hinauf in den blauen Himmel und atmete tief durch. Ein wunderbarer Nachmittag lag vor ihnen. Und ein Sommer, von dem sie sich kaum vorstellen mochte, was er noch für sie bereithalten könnte.

REZEPTE

Sicherlich haben Sie beim Lesen der leckeren Gerichte, mit denen Konstanze den Kochwettbewerb gewonnen hat, Lust bekommen, sie nachzukochen. Frau von Hohenfels hat alle Rezepte ihres Menüs für Sie so berechnet, dass sie mengenmäßig auf ein leckeres Sommerabendmenü für vier Personen abgestimmt sind. Sollten Sie mehr Gäste haben, passen Sie einfach die Mengen etwas an.

Antipasto:
Gegrillte Mazzancolle auf Zitronen-Blattspinat mit kandierten Tomaten

1 kg Mazzancolle (oder andere große Garnelen)

Für den Blattspinat
600 g Blattspinat (wenn Sie keinen frischen bekommen, geht auch TK-Ware)
2 Knoblauchzehen
1 Stück Ingwer, etwa daumengroß
1 EL Butter
100 ml Gemüsebrühe
Schalenabrieb einer halben Zitrone

Für die Tomaten
24 Kirschtomaten
Fleur de sel aus der Mühle
Puderzucker

Außerdem
Verschiedene Gartenkräuter: Petersilie, Schnittlauch, Oregano, Basilikum, fein geschnittener Rosmarin und Thymian
Grobkörniges Meersalz
Fein gemahlener Pfeffer
Sehr gutes Olivenöl, so viel man möchte
3 Zitronen

Als Erstes bereitet Konstanze die Tomaten vor, denn die brauchen ein bisschen Zeit (ungefähr zwei Stunden). Sie halbiert sie und würzt sie mit Kräutern, dem Zucker und dem Fleur de sel. Dann legt sie die Tomatenhälften nebeneinander mit der Schnittfläche nach oben auf ein Backblech und gibt es für etwa zwei Stunden in den auf 120 Grad vorgeheizten Backofen.
Während die Tomaten kandieren, kümmert sich Konstanze um die Mazzancolle und den Spinat. Sie schneidet die Mazzancolle (oder die anderen großen Garnelen) am Rücken auf, entfernt den Darm und klappt sie auf. Besonders wichtig ist ihr, sie gut abzuspülen und nachher sorgfältig trocken zu tupfen. Sind Sie in Ihrem Garten, können Sie schon

jetzt den Grill vorheizen (Konstanze bevorzugt eigentlich Holzkohle, nur im Festzelt ging das nicht, da wurde mit Gas gegrillt).
Konstanze blanchiert den Blattspinat, spült ihn kalt ab und drückt ihn gut aus. Zusammen mit etwas Olivenöl erhitzt sie in einem großen Topf die Butter, gibt den angedrückten Knoblauch und den geschälten Ingwer dazu und dünstet das Ganze ein bisschen an. Schließlich gibt sie den Spinat dazu, lässt ihn ein bisschen zusammenfallen und gießt dann mit Brühe auf.
Aus dem Olivenöl, dem Zitronensaft (etwa im Verhältnis drei zu zwei) und etwas Salz hat sie eine Marinade hergestellt. Nun legt sie die Mazzancolle erst mit der Schale nach unten auf den Grillrost und bestreicht die Fleischseite mit dieser Marinade. Nach drei bis fünf Minuten dreht sie sie um und grillt sie auf der Fleischseite so lange, bis deutliche Grillstreifen sichtbar sind. Dann wendet sie sie noch mal und streicht sie erneut mit der Marinade ein.
Inzwischen ist der Spinat gar. Konstanze entfernt Knoblauch und Ingwer (Sie können beides auch klein schnippeln und im Spinat lassen, wenn Sie mögen) und schmeckt mit Zitronensaft und -schalenabrieb, Salz und Pfeffer ab. Sie richtet den Spinat auf Tellern an, drapiert darauf die gegrillten Garnelen und garniert sie mit den kandierten Tomaten. Wenn Sie mögen, können Sie auch noch Zitronenschnitze oder -scheiben dazu dekorieren, Konstanze

hat sich an jenem Sonntagnachmittag dagegen entschieden.

Zwischengericht:
Kürbisrisotto mit Amarettini
und Ziegenkäseschaum

Für das Risotto

1 kleiner Muskatkürbis
2 EL Olivenöl
1 Zwiebel
2 Knoblauchzehen
300 g Risottoreis (am besten Carnaroli)
150 ml Weißwein
Ca. 1 l Gemüsefond
100 g frisch geriebener Parmesan (der sollte wirklich gut sein)
80 g Butter
1 Handvoll Amarettini

Für den Käseschaum

300 g Ziegenfrischkäse (wer es gern aromatischer hat, könnte dazu auch Gorgonzola verwenden)
260 ml Milch (wer mag, kann auch Sahne nehmen)
Außerdem
Pfeffer und Salz

Kürbis ist oft schwer zu schälen, daher greift Konstanze zu einem Trick: Sie halbiert und entkernt ihn und lässt ihn 30 bis 35 Minuten bei 180 Grad Ober- und Unterhitze im Ofen schmoren, damit er weich wird. Dann ist es viel einfacher, das Fruchtfleisch von der Schale zu lösen.

Die eine Hälfte des Kürbisfleisches püriert sie mit der erhitzten Brühe und schneidet die andere Hälfte in Würfel. Sie lässt die klein gehackte Zwiebel und Knoblauchzehen im Öl anschwitzen, gibt den Reis dazu und schwitzt ihn ebenfalls an. Dann löscht sie mit dem Wein ab, salzt und pfeffert und lässt die Flüssigkeit einkochen. Kelle für Kelle gibt sie anschließend die heiße Brühe mit dem Kürbis in den Topf und rührt regelmäßig um. Das war genau das, was dem Kommissar auffiel: Gutes Risotto ist viel Handarbeit.

Die Hitze muss dabei sehr niedrig sein, damit sich der Reis nicht am Topfboden anlegt (das passiert sehr schnell). Konstanze gibt weiterhin immer wieder frische Brühe dazu (die sie auf der Nachbarplatte heiß hält), wenn die vorherige Portion eingekocht ist. Nach 20 bis 25 Minuten testet sie erstmals, ob der Reis bereits gar ist. Die einzelnen Reiskörner sollten zwar weich, aber innen noch immer bissfest sein. Ist das der Fall, rührt sie Parmesan, Butter und die Kürbiswürfel unter und schmeckt alles mit Salz und Pfeffer ab.

Der Schaum ist supereinfach herzustellen: Dazu

löst Konstanze den Käse unter Rühren in der Milch (oder alternativ der Sahne) auf und schäumt ihn vor dem Servieren mit dem Stabmixer auf. Sie zerbröselt die Amarettini und gibt sie mit dem Käseschaum über das Risotto.

Gefüllter Wolfsbarsch in der Salzkruste

4 geschuppte Wolfsbarsche à ungefähr 400 g (oder Sie nehmen einen großen, wenn Sie ihn bekommen)

Für die Füllung
400 g gemischte Pilze
2 kleine Zwiebeln
2 Knoblauchzehen
Olivenöl
5 Stängel Petersilie
1 große Tomate
Salz und Pfeffer
Frische Croûtons

Für die Salzkruste
2 Eiweiß von Bioeiern
2,5 kg grobes Meersalz

Als Beilage
Beim Wettbewerb gab es dazu nur frisches Ciabatta-Brot. Konstanze rät, zu Hause dazu

Röstkartoffeln aus der Pfanne zu servieren:
1 kg kleine neue Kartoffeln
30 ml Sonnenblumenöl
Meersalz nach Geschmack
Frische Kräuter, zum Beispiel Rosmarin

Für die Füllung putzt Konstanze die Pilze und schneidet sie sie in mundgerechte Stücke, würfelt die Zwiebeln und den Knoblauch und hackt die Petersilie. Sie viertelt die Tomate, entnimmt die Kerne und würfelt das Fruchtfleisch. Die Pilze brät sie mit Knoblauch und Zwiebeln im Öl an, würzt sie mit Salz und Pfeffer und nimmt sie aus der Pfanne, um sie mit Petersilie, Tomaten und den Croûtons zu vermengen. Dann würzt sie die innen und außen gewaschenen Fische mit Pfeffer und gibt die Pilzmischung hinein.
Für die Salzkruste verrührt sie das Meersalz mit dem Eiweiß und 50 ml kaltem Wasser und formt auf einem mit Backpapier ausgelegten Blech ein Salzbett von etwa einem Zentimeter Höhe. Darauf legt sie die Fische und bedeckt sie mit dem restlichen Salz, damit sie vollständig eingehüllt sind. Konstanze achtet darauf, das Salz gut anzudrücken. Die Fische garen bei 200 Grad Ober- und Unterhitze auf der zweiten Schiene von unten etwa 45 bis 50 Minuten lang (Gas: Stufe drei, Umluft: 180 Grad).
Konstanze rät, die Kartoffeln in reichlich Salzwasser etwa eine Viertelstunde köcheln zu lassen. Gießen

Sie sie ab und lassen Sie sie abkühlen. Sie können sie schälen, müssen es aber nicht, wenn die Kartoffeln jung und gründlich gewaschen sind. Erhitzen Sie das Sonnenblumenöl in einer großen Pfanne und lassen Sie die Kartoffeln bei mittlerer Hitze ungefähr 20 Minuten rösten. Auf Salz können Sie vermutlich verzichten, der Fisch bringt genug mit, aber geben Sie die Kräuter hinzu, die Ihnen schmecken. Konstanze nimmt schließlich die Fische aus dem Ofen und klopft die Salzkruste rundherum mit einem Messer auf, löst sie vorsichtig und hebt sie ab. Wenn Ihre Gäste fit genug sind, die Filets selbst zu lösen, dann lassen Sie ihnen den Spaß, Konstanze hat ihre Barsche für die Jury natürlich filetiert und von allen Gräten befreit. Nicht auszudenken, hätte jemand – etwa gar ihre Mutter – eine Gräte in den falschen Hals bekommen!

Amarettini-Kuchen mit Mascarponecreme

Für den Kuchen

3 Eier
100 g Zucker
180 g Butter
200 g Mehl
1 Päckchen Backpulver
150 g Amarettini

Für die Mascarponecreme
6 EL Amaretto
3 Eigelb
75 g Zucker (je nach persönlichem Geschmack darf es auch weniger sein)
150 g Mascarpone
200 ml Sahne

Konstanze gibt die Eier in eine Schüssel, fügt den Zucker hinzu und verrührt alles mit einem Schneebesen. Da die Masse nicht geschlagen werden muss, benutzt sie keine elektrische Rührmaschine. Sie lässt die Butter im Wasserbad schmelzen und dann abkühlen, gibt sie in die Schüssel mit den Eiern und vermengt alles gut. Anschließend siebt sie Mehl und Backpulver in die Eiermischung und verrührt wieder alles mit dem Schneebesen.
Die Hälfte der Amarettini bröselt sie in die Masse und stellt die andere Hälfte beiseite, buttert eine Springform von 26 Zentimetern Durchmesser und bestäubt sie mit Mehl. Danach gießt sie den Teig hinein und streicht die Oberfläche mit einem Spatel glatt. Mit den übrigen Amarettini verziert sie die Oberfläche und bäckt den Kuchen auf 180 Grad Ober- und Unterhitze, 160 Grad Umluft, Stufe zwei bis drei bei Gas im vorgeheizten Backofen.
Für die Creme rührt sie die Eigelbe mit dem Zucker schaumig und mengt den Mascarpone und den Amaretto unter, schlägt die Sahne steif und hebt sie

unter die Masse. Wenn der Kuchen nur noch lauwarm ist, serviert sie ihn mit einem großen Klacks Creme darauf.

Viel Spaß, gutes Gelingen und guten Appetit wünscht Konstanze von Hohenfels.

Glossar

(in italienisch-alphabetischer Reihenfolge)

a dopo	bis später
a proposito	übrigens
affari di famiglia	Familienangelegenheiten
aggiudicato	ausgezeichnet
aia	aua
alla famiglia, la vita e l'amicizia	auf die Familie, das Leben und die Freundschaft
allora	also
allora vieni	also komm
andiamo	gehen wir
arrivederci, Signore	auf Wiedersehen, die Damen
assolutamente fantastico	absolut fantastisch
assolutamente incredibile	absolut unglaublich
assolutamente no	nein, absolut nicht
assolutamente sì	ja, absolut
assurdo!	absurd!
attenta	warte
be'	na ja
bella idea	schöne Idee
benissimo	bestens
birichino	Spitzbub
buonanotte anche a Lei, commissario	auch Ihnen eine gute Nacht, Kommissar
buonanotte, carissime	gute Nacht, meine Liebsten (Freundinnen)
buongiorno	guten Tag
calmatevi	beruhigt euch
caspita	Potzblitz, Donnerwetter
certamente	sicherlich
certo	sicher

che bello!	wie schön!
che merda	was für eine Scheiße
che ne so	was weiß denn ich
chiaro	klar, hell
chiunque	wer auch immer, irgendwer
ci scommetto	darauf wette ich
ciao	tschüs
ciao, tesoro	tschüs, Schatz
ciccia	Dickerchen (Kosewort)
come	wie
commissario	Kommissar
complimenti	Kompliment, Glückwünsche
comunque	jedenfalls
con piacere	mit Freude
condoglianze	Beileid
cosa	was
cosa c'è?	was gibt's?
credimi	glaub mir
d'accordo	einverstanden
dai	los
dai, andiamo	los, gehen wir
davvero	wirklich
dottore	Doktor
dunque	also
e allora	und jetzt
è pazzesco	es ist verrückt
e pronti	und los geht's!
e via!	auf geht's
ecco, caro	siehst du, mein Lieber
educato	(gut) erzogen
esatto	genau
fa niente	macht nichts
fantastico	fantastisch
fantastico, tesoro	fantastisch, Schatz
fiera	Jahrmarkt, Messe, Rummel
giusto	richtig
grazie	danke

grazie a dio	Gott sei Dank
grazie mille	tausend Dank
grazie, cara	danke, meine Liebe
guardi, commissario	schauen Sie, Kommissar
hai ragione	du hast recht
ho capito	ich habe verstanden
immagino	das kann ich mir vorstellen
impressionante	beeindruckend
in caso se	im Falle, dass, falls
incredibile	unglaublich
incrociamo le dita	überkreuzen wir die Finger, drücken wir die Daumen
infatti	in der Tat
infatti, no	tatsächlich nein
invece sì!	ja, und ob!
la sua reputazione	sein Ruf
logico	logisch
ma certamente	aber sicherlich
ma certo	aber sicher
ma certo, tesoro	aber sicher, Schatz
ma ché	ach wo
ma davvero?	ganz sicher?
ma mai in vita mia	nie in meinem Leben
ma naturalmente no!	aber natürlich nicht!
ma no, ma no	aber nein, aber nein
ma per carità	aber um Himmels willen
ma sì!	aber ja!
ma sì, volentieri	aber ja, gern
ma su serio?	im Ernst?
ma va!	ach geh!
ma veramente no!	aber wirklich nicht!
ma volentieri	aber gern
madonna santa	heilige Madonna
maggiordomo	Hausmeister
mannaggia	verdammt
meraviglioso!	wundervoll!
merda	Scheiße

mi dispiace	tut mir leid
mi dispiace tanto!	tut mir sehr leid!
mi dispiace, ma	tut mir leid, aber
mi prendi in giro	du nimmst mich auf den Arm
mi scusi	entschuldigen Sie
mi scusi, ma	entschuldigen Sie, aber
molto bene	sehr gut
molto volentieri	sehr gern
neanche un po'!	nicht ein bisschen!
nessun problema	kein Problem
niente	nichts
no grazie	nein danke
no, così non va	nein, so geht das nicht
non capisco	ich verstehe nicht
non ci posso credere	ich kann es nicht glauben
non lo so	ich weiß es nicht
non lo so, cocca	ich weiß es nicht, Liebling
non si sa mai	man kann nie wissen
non so	ich weiß nicht
noooo!	neeeiiiin!
o dio, tesoro!	oh Gott, Schatz!
o no	oh nein
oddio	oh Gott
onestamente	ehrlicherweise
panino con salame	Brötchen mit Salami
parliamo di ragazzi	reden wir von Jugendlichen
peccato	schade
per carità	um Gottes willen
per favore, carissima	bitte, meine Liebe
perché no?	warum nicht?
perfettamente	perfekterweise
perfetto	perfekt
però!	na so was! (Ausruf, eigtl. «aber»)
piacere	Freude
piacere mio	die Freude ist ganz meinerseits
piano	langsam (eigtl. «leise»)
probabilmente sì	wahrscheinlich ja

promesso	versprochen
quasi	fast
questo è vero	das ist wahr
ragazze	Mädels
ruffiana	Schmeichlerin
sagra	Volksfest, Jahrmarkt
santo cielo	heiliger Himmel
sciocca	Dummerchen, Spaßvogel
sciocchezze	Dummheiten
scusa	entschuldige
scusi, ma	entschuldige, aber
sempre volentieri	immer gern
sì	ja
sì, esatto	ja, genau
sì, veramente	ja, bestimmt
sicura	sicher
speriamo bene	hoffen wir das Beste
su serio?	im Ernst?
tanto è sicuro	so viel steht fest
va bene	okay
va bene tutto, ma	ich lasse mir alles eingehen, aber
va bene, allora	okay, also
va benissimo	passt bestens
vedremo	wir werden sehen
veramente	wirklich
vero	wahr
volentieri	gern